지난날 누군가를 사랑했거나
지금 누군가를 사랑하고 있거나
다시 누군가를 사랑하게 될

당신에게

두번째사랑 1권

초판 1쇄   2017년 12월 22일

지은이   손성조
발행인   김재홍
디자인   이근택
교정·교열   김진섭
마케팅   이연실

발행처   도서출판 지식공감
등록번호   제396-2012-000018호
주소   경기도 고양시 일산동구 견달산로225번길 112
전화   02-3141-2700
팩스   02-322-3089
홈페이지   www.bookdaum.com

가격   15,000원
ISBN   979-11-5622-325-2 04810
SET ISBN   979-11-5622-324-5 04810

CIP제어번호   CIP2017028231
이 도서의 국립중앙도서관 출판예정도서목록(CIP)은 서지정보유통지원시스템 홈페이지(http://seoji.nl.go.kr)
와 국가자료공동목록시스템(http://www.nl.go.kr/kolisnet)에서 이용하실 수 있습니다.

두번째사랑 1권

손 성 조 장 편 소 설

|차례|

제2부

프롤로그

어떤 슬픔도 이야기가 된다면 견뎌낼 수 있다 _

있는 그대로 보아라

"있는 그대로 봐."

나는 당신과 또 이별하였다. 처음 겪는 일도 아닌데 이번은 몹시 힘들었다. 내게 있어 이별은 언제나 사랑의 뒤 페이지에서 도사리고 있는 잦은 일이었다.

하지만 당신과 나는 부부가 아니었기에 옥수수 잎에 빗방울이 나리지도 않았고, 우리가 갈아엎어야 할 묵정밭도 없었다. 다만 당신과 이별하던 그 날도 가득한 먹장구름이 굵은 빗줄기를 쏟아놓았다. 우리의 이야기가 비와 함께 시작되어 비와 함께 끝나는듯했다.

누나는 '있는 그대로 보라'는 화두(話頭)를 던져주었다. 오늘도 저녁부터 부슬비가 나리기 시작했다.

"누가 뭐라고 하는 얘기는 중요한 게 아니야. 니가 직접 보고 직접 듣고 직접 겪은 얘기도 많을 거 아니야? 그것만 가지고 투철하게 바라봐."

누나가 주는 위로의 말을 들으면서도 나는 한줄기 깨끗한 눈물을 흘렸다. 사람의 눈물도 비처럼 꾸준하게 우리 사는 세상을 적셨다. 또 한 잔 소주를 부어 마셨다. 비어있던 내 뱃속으로 알싸한 소주가 찌릿하게 내려갔다.

8

복 불고기를 깔끔한 돌판 위에 구워주며 누나는 조건 없이 나를 위로해 주었다. 누나 역시 간단없는 삶의 고초들 속에서 지난한 마음공부를 하며 얻은 한 소식(消息)을 가지고 울고 있는 나를 '있는 그대로' 보아주었다.

"너하고는 쉽지 않은 관계, 어려운 인연이라 할지라도 그래도 내밀한 관계였는데… 다른 사람들이 그런 걸 어떻게 알겠어? 다른 사람들 얘기… 그런 거 신경 쓰지 마. 자, 여기 이것도 좀 먹고… 술만 마시지 말고…."

누나는 안주를 아예 내 앞 접시 위에 올려주었다.

"누나. 내가 너무 답답하고… 내가 알지 못하는 것이 많고… 또 내가 아는 것도 많고… 그러네. 내가 몰랐던 것도 많고, 왜 나한테 얘길 안 했을까?"

나는 도저히 어떤 말도 조리 있게 매듭을 짓지 못하며 소주잔 위에 눈물을 떨어뜨렸다.

"너에게 못 한 얘기는 아마 하고 싶지 않은 얘기이거나 미처 못 한 얘기겠지…. 너무 갑작스럽잖아."

"그래도… 누나, 그 사람이 말하지 않고… 숨겼던 그런 얘기나 모습은… 무슨 이유에서일까? 도대체 뭘까?"

"음. 민수야, 너에게 숨긴 것이 있다면 그건 숨겼다기보다는… 그건 아마 보여주고 싶지 않은 자기의 모습일 거야. 누구나 자랑하고 싶은 모습이 있다면 보여주고 싶지 않은 자기 모습도 있잖아. 넌 숨기고 싶은 네 모습이 없었니? 나도 사람들에게 보여주고 싶지 않은 내 모습이 있어. 그런 건 다 있는 거야. 여자들은 더 하지 않겠어?"

'보여주고 싶지 않은 자기의 모습.'

누나의 명쾌한 그 한마디가 어떤 의문과 의혹의 터널 끝 저 멀리에서 빛이 새어 들어오는 듯 들렸다.

"그러네. 나도 보여주고 싶지 않은 내 모습이 있었지… 많지."

"민수야, 있는 그대로 봐. 있는 그대로 보기가 어려운 거야. 욕심과 화냄과 어리석음을 다 내려놓고 그냥 있는 그대로 보는 거야. 너 자신도, 그 사람도, 니 마음도 있는 그대로 관조해. 자, 좀 닦아. 코도 좀 풀고…"

맹맹한 눈물과 콧물로 누추해져 가는 내 얼굴을 위해 누나는 따뜻한 물수건을 건네주었다. 팽하고 막힌 코를 풀었다.

"그래, 그래야지 누나… 이제는 잊으려고 할 것도 없고, 숨기려고 할 것도 없고, 피할 것도 감출 것도 없어. 어떻게 하면 있는 그대로 보는 걸까?"

"민수야, 네 마음에서 어떤 마음이 일어나고 가라앉고 또 다른 마음이 일어나고 또 사라지고 그 모든 것을 그대로 바라보는 거야."

"일어나고 사라지는 내 마음…?"

"그래. 민수야, 한 생각이 일어나고 사라지는 그 과정을 모두 들여다 봐. 그 생각이 찰나에 일어났다 사라질 수도 있고 아주 긴 시간에 걸쳐서 일어났다가 사라지기도 하고… 또 다른 것에 영향을 주기도 하고. 그 자체로 변하기도 하잖아. 그 일어나는 생각을 막으려고도 하지 말고 사라지는 생각을 잡으려고도 하지 마. 그냥 있는 그대로 바라보기만 해.

그 속에서 '나'라는 것도 말이야. 한 생각을 일으키고 한 행동을 하고 그런 것에서 절대적인 '나'를 찾고 싶겠지만… 그 같은 절대적인 '나'는 결국 없을 수 있어. 절대적인 '나'를 찾지 말고 오로지 인연으로써의 '나'만 보는 거야. 민수야."

"그래, 누나. 그렇게 제법무아(諸法無我)라는데… 난 그걸 잘 모르겠어. 모든 존재에서 결국 내가 없다는 데 그렇다면 과연 무슨 의미가 있는 것일까? 내가 지금 느끼는 상실감, 분노, 절망, 무력감…. 이런 모든 것이 내가 없다면 아무런 의미도 없는 거잖아."

"민수야, 자신을 절대시하면서 나만의 세계를 구축하려고 하는 것. 그게 갈등의 가장 큰 원인일 수도 있어. 내 것, 나만의 것, 절대적인 나, 이런 걸 자꾸 소유하려고 하니 탐진치(貪瞋癡)에서 헤어나지 못하는 게 아닐까?"

조용히 미닫이문이 열리고 소주 한 병이 더 누나와 나 사이에 놓여졌다.

"내가 그 사람을 연민하면서도 경외했거든…. 이율배반적이지, 연민하면서 경외한다는 게. 하지만 그 사람이 파멸해서 연민했던 건 아니야. 또 그 사람이 완전해서 내가 경외했던 것도 아니고. 음. 아."

격한 감정이 또 한 번 몰아쳐 갔기에 나는 갈라지는 목소리를 가다듬어야 했다.

"그래 알겠다. 민수야. 어쨌든 지금이라도 보고 듣고 말하는 인연으로써의 너만 남겨놓고… 눈물이 흐르면 흐르는 대로, 화가 나면 화가 나는 대로, 기쁘면 기쁜 대로, 슬프면 슬픈 대로… 그렇게 생각이 흘러가고 사라지는 것만 두고 그 속에서 절대적인 너의 모습을 찾으려고는 하지 말고. 그냥 들여다볼 때. 너 자신도 너를 떠나서 너를 있는 그대로 볼 수 있어.

또 말이야. 진실은 가끔 전혀 다른 모습을 하고 오기도 한단다. 그러니까 사실과 진실은 서로 다른 모습을 하고 있기도 해. 눈에 보이는 그 자체가 꼭 진실은 아닐 수도 있어. 하지만 있는 그대로 본다는 건 어떤 진실을 찾으려고 하는 세속적인 방법과는 다른 걸 거야.”

“그래 누나, 이제 다 얘기할 수는 있을 것 같아. 그 사람에게도… 나 자신에게도… 이젠 시간도 많잖아. 뭐.”

“그래, 그렇게 다 풀어 놓고 그렇게 다 얘기를 하는 거야. 니가 그래야 온전히 ‘있는 그대로’ 볼 수 있을 것 같다. 하고… 그런 말도 있잖아. 어떤 슬픔도 그게 하나의 이야기가 된다면 결국 견뎌 낼 수 있대.”

“그런데 경어(敬語)로 얘기하고 싶어. 내가 그 사람 많이 존중해. 이것도 내 마음이야. 내가 그 사람 한때 경외했다고… 아니 사실 굉장히 경외했어. 그래서 항상 존중하고 싶어. 절대 모독하고 싶지 않아. 다정하게 얘기하되 경어로 할게. 서로 평어도 쓰고 경어도 쓰고 막 그랬는데… 지금은 존댓말로 이야기하고 싶어.”

“그래. 말도 글도 다 방편인데… 뭐. 그런 건 너 마음 내키는 대로 해.”

“누나, 참, 마음이 아팠던 건 말이야. 우리를 인정해 줄… 아니 이해해주거나, 아니 약간이라도 알아줄 단 한 사람도 없었다는 게. 답답하기도 했어. 현실인데도… 나도 인간인지라 어쩔 수 없이 아팠어.”

누나는 묵묵히 기다려 주었고 나에게는 또 한 잔의 소주와 한 장의 수건, 몇 장의 티슈가 필요하였다. 그리고 추억처럼 담배 한 개피를 아련하게 피워 올리고 마음을 달래었다.

“그래 알아. 민수야. 사랑하는 내 동생이 아무렇게나 막살지는 않았겠지. 누나가 너를… 너희들을… 인정해 줄게. 세상에 사람이 사람을 그렇게 이해하지 못한 데서야… 자기네들은 뭐 그리 바르고 잘 살았다고. 세상에 이해 못 할 일이 뭐가 있겠어?

한데 민수야, 이제 밥은 좀 먹어야 돼. 그렇게 술만 먹지 말고. 이

따 탕이라도 들어오면 국물이라도 좀 먹으면서 한술 뜨자.”

물과 소주와 맑은 복어 국물을 조금씩 목으로 넘기면서 깔끔한 다다미가 깔려있는 그 조용한 방에서 나는 이야기를 시작했다. 누나는 어떤 재촉도 하지 않고 천천히 내 이야기를 들었고 함께 살아온 우리의 지난 시절을 같이 되돌아보기도 했다.

보석같이 빛나던 젊은 날들이, 어떤 때는 안개비에 싸인 듯이 막막했던 그런 날들이. 어리석었지만 아름다운 나날들이 모두 이야기 속에 들어있었다. 내 안에서 한 생각이 일어나고 사라지는 그 모든 것이 부질없이 밀려왔다 부서지고 사라지는 파도와 같았다.

이야기하는 사이에 나는 어떤 회한과 슬픔이 내 가슴속으로 서서히 스며드는 느낌을 받았다. 눈물과 회한으로 출렁이던 물결이 잦아들고 그 물기들이 어떤 깊은 곳으로 스며드는 느낌말이다. 마음속의 물길은 처음에는 급류였고 탁류였지만 이제 범람하지는 않을 듯했다.

누나는 어떤 슬픔도 그것이 이야기가 된다면 견뎌낼 수 있다고 했다.

어떤 때는 짙은 단풍이 들듯이 색깔을 얻은 추억이 생생해지다가 또 어느 순간에는 색이 바래고 말라서 낙엽처럼 바스러지기도 했다. 그 모든 것이 이야기였다. 이야기는 하나의 여행과도 같았다.

‘있는 그대로 보아라.’

누나는 자기 자신조차 관조하라는 충고를 합니다.

절대적인 ‘나’를 버리고 인연으로서의 ‘나’를 바라보기 위해 내가 ‘나’를 벗어나 나 아닌 내가 되어 ‘나’를 들여다보는 것이랍니다.

맨 처음 떠올랐던 장면은 당신과 어렵게 만나고 막 헤어지려고 골목길에 서 있는 우리의 모습이었습니다. 관조적 자세를 유지하라는 충고에도 불구하고 나는 순간 마음이 또 울컥했습니다.

살얼음판 같은 현실 위에서 만나 서로 어찌하지 못하는 우리의 가엾고 어리석은 날들. 탐닉의 어둠 속에서 서로를 굳게 잡지 못한 미혹과 망설임의 세월들.

그래서 이 이야기는 그런 우리를 가만히 관조하는 얘기입니다만, 가끔씩 일어나는 폭풍우 같은 감정의 소용돌이는 다 어찌하지 못합니다.

우리는 서로 이야기하는 것을 좋아했습니다. 나도 당신의 얘기를 듣는 것을 좋아했고 당신도 내 이야기를 듣는 것을 좋아했어요.

뜬금없는 나의 상상력과 다소 무리한 비유에도, 또 어찌 보면 잘난척하는 것처럼 비칠 논리 전개에도 당신은 가끔 기발하다고 말해주었습니다. 참신하다고 인정해주며 맞장구를 쳐주었지요. 은은하게 미소 지으며 내 얘기를 잘 들어준 당신. 그래서 고마운 당신.

사랑하는 당신.

이제 내 이야기를 들어볼래요?

언젠가 내가 말했던 적이 있는 얘기도 있고 또 내가 한 번도 당신에게 말하지 않았던 얘기도 있어요. 내가 말하지 않은 것은 나 역시 당신에게 보이고 싶지 않았던 내 모습 때문이었을 겁니다.

그렇게 내가 누군가를 사랑한 얘기, 그리고 내가 보고 듣고 만나고 겪은 당신에 대한 이야기 말이에요.

그러나 미안하지만 말입니다. 당신은 내 첫사랑이 아니에요. 당신도 아시겠지만요.

나는 어느 가을날 예쁜 내 첫사랑을 만났습니다. 그네를 만나서 키스를 하게 되고 밤을 새워 얘기도 하고 같이 잠을 자게 되고, 그리고 어머니께 인사드렸습니다. 내 형제들에게도 소개했고요. 내 친구들에게도 얘기했습니다.

어떤 이는 그네와 내가 처음엔 친구였다고도 하더군요. 그렇지만 아니에요. 그건 잘 모르고 하는 소리입니다. 그네와 내가 친구인 적은 사실 없었어요. 우리는 만난 지 얼마 되지 않아 서로 각인하였고 서로를 더 알고 싶어 했습니다. 그리고 우리는 아주 정상적으로 사랑하게 되었어요. 우리는 정상적인 관계였으니까요. 우린 또 적당한 연애의 시련과 사연을 만들었고 그렇게 세월이 흘러 결혼을 했습니다. 이런 이야기, 당신도 충분히 경험한 바이니 잘 아실 거예요.

하지만 세상에 곡절 없는 사랑이 어디에 있겠습니까?

한때 나에 대한 모든 것을 소유하고 마음껏 휘두르고 싶었던 당신이 다소 억울하고 아쉬워해도 할 수 없이 당신은 왜 내 두 번째 사랑이 될 수밖에 없었는지. 당신은 잘 알지 못할 거예요.

이제 그 긴 이야기를 들려드릴까요?

제1부

눈물이 옷자락에 젖어도 갈 길은 머나먼데
고요히 잡아주는 손 있어 서러움을 더해주나
저 사공이 나를 태우고 노 저어 떠나면
또 다른 나루에 내리면 나는 어디로 가야 하나 _

1988년의 어느 가을밤

"수연이 하고 인사는 했어?"

"안 그래도, 오늘 새벽에 미아동에서 출발했다."

동대문운동장역에서 올라탄 지하철은 그리 붐비지 않았습니다. 오늘 대장을 맡은 하태식은 빈자리에 앉지 않고 그렇게 물었습니다.

"오늘은 날씨도 서늘하네. 굉장히 날씨가 좋다. 웬일로 별로 덥지도 않고. 하늘도 가을처럼 높고 푸르네."

"그래. 진짜 산에 가기 딱 좋은 날이네."

그러나 우리는 산으로 가지 않았고 도심으로 향했습니다. 적당한 거리를 두고 앞서거니 뒤서거니 둘러서니, 하나 둘 셋 넷… 우리는 모두 일곱 명입니다. 모두 가방을 하나씩 메거나 어깨에 둘렀습니다.

지하철은 금세 우리를 시청역으로 데려다주었습니다. 한 무리의 사람들이 우르르 내려 차량은 더 가벼워졌을 겁니다. 시청역에 내리자마자 발걸음이 경쾌해졌습니다.

"여기서 무장합시다."

'무장을 하자'는 대장 하태식의 말을 신호로 우리는 가방을 열어 유인물과 몇 가지 조잡한 무기와 머리띠를 꺼냅니다.

이토 히로부미를 쏜 안 의사와 같은 기개와 또는 홍쿠우 공원에

도시락 폭탄을 던진 윤 의사와 같은 비장감을 우리는 가져야 했습니다. 그러나 떨리는 가슴과 긴장된 표정을 감추지 못하고 역 출구 계단을 올랐습니다. 너무 서두르지도 않고 너무 느리지도 않게 움직였습니다. 지하철을 빠져나와 인도로 들어섰습니다.

"자, 하나, 둘, 셋!"

태식의 신호와 함께 '와아' 하고 우리는 먼저 함성을 질렀습니다.

우리는 전대협 결사대, 하지만 숫자가 너무 적었습니다. 그리고 서로 다 잘 알지도 못했습니다. 그러나 지금 이것이 우리가 가진 물리력의 전부입니다. 우리는 그때 서로를 한없이 신뢰해야 했습니다.

건물 앞 돌계단에 바로 화염병을 던졌습니다. 불길이 확 치솟고 우리는 달려드는 야차처럼 등장했습니다. 불길에 겁먹은 건물 수위와 무심코 거리를 지나다 깜짝 놀라는 행인들. 모두 놀라서 물러났습니다. 놀라서 넘어지는 사람도 있었지만 우리는 위로하지 않고 곧바로 정문으로 치고 들어갔습니다.

기습이란 언제나 가진 힘의 몇 배를 더한답니다. 우리는 기습의 힘으로 정문을 뚫어냈습니다. 그리고 단숨에 계단을 뛰어올라 위로, 위로 향했습니다. 작전은 옥상을 목표로 하고 있었습니다. 숫자가 적은 우리가 계획한 전술이었습니다.

새벽 거리에서 우당탕거리며 달려온 젊은 우리는 단숨에 옥상까지 올라갑니다. 예상대로 옥상으로 통하는 문이 잠겨있었습니다. 동지들이 준비한 가방에서 쇠파이프를 꺼내 번갈아 가며 내리쳤습니다. 마지막에 발로 차서 드디어 문을 열어젖혔습니다.

옥상에서 준비한 현수막을 꺼내 펼치고 우리는 이윽고 투쟁가를 부르기 시작했습니다. 물론 우리가 뿌린 유인물에 적힌 구호도 외쳤지만, 투쟁의 노래를 부를 때 나는 더 의연하고 결연해졌던 것 같아요. 이상하게 목소리가 갈라지며 눈시울이 뜨거워지기도 했거든요.

말로 해도 다 전할 수 없고 소리를 질러도 세상에 들릴 것 같지 않은 텅 빈 옥상. 그 공간에서 왜 서사와 서정이 어우르진 그 투쟁의 노래를 부르면서 스스로 감회에 젖었을까요? 노래가 가진 알 수 없는 힘이, 노래가 가진 알 수 없는 상징성과 서정성이 초라할 수도 의연할 수도 있는 대오에 벅찬 감격을 가져왔습니다. 우리는 적은 인원으로 큰 건물을 때린 스스로의 공포감을 조금씩 떨치고 점점 대담해졌습니다.

이윽고 건물 밑에서는 망원경을 들거나 리시버를 낀 인물들이 서성거렸습니다. 한 시간이 지나서야 전경버스가 도착하고 무장한 경찰들이 진을 치기 시작했습니다. 먼저 메가폰을 잡은 경찰 간부가 우리를 향해 소리쳤습니다.

대충 뭐, 너희들은 포위되었다, 어쩌고 저쩌고로 시작하는데…

참 웃기지요. 우리는 포위된 것이 아니라 스스로 찾아왔는데 말입니다.

그들은 기습을 당하고 뒤늦게 찾아와서는 마치 자기들이 우리를 포위한 것이라 착각하더군요. 우리는 아랑곳없이 륙색(rucksack)에서 유인물을 꺼내 길거리로 뿌리며 구호를 외쳤습니다. 유인물이 보란 듯이 공중에서 춤추며 날아다녔습니다.

하늘 아래 옥상 위가 너무 공허하던 터에 오늘 구체적으로 상대해야 할 대상이 나타나자 우리의 점거 사태는 더욱 실감이 났습니다.

우리가 정성 들여 준비해서 뿌렸던 유인물은 정작 시민들에게는 한 장도 전달되지 못하고 사복 경찰로 보이는 자들만이 한두 장을 주워 갔습니다.

어느 정도 경고방송을 마친 경찰도, 구호를 외친 우리도 서로 먼 발치에서 마주 보며 하릴없이 소강상태에 접어든 때. 어떻게 올라왔는지 가까이 붙은 건너편 옥상에 어떤 젊은 사람이 우리를 향해 소리를 질렀습니다.

"저 중앙일보 기잔데요. 학생들이죠?"

그는 종이를 말아서 즉석 메가폰을 만들어 소리를 지르며 우리에게 현장 인터뷰를 요청했습니다. 태식이가 인터뷰에 응하기로 했습니다.

"어디 소속이에요? 학교는 어디에요?"

그 기자가 소리치며 물었습니다.

"우리는 전대협 결사대입니다. 서총련 투쟁국에서 왔습니다. 학교는 여러 군데고요."

비록 서로 다른 건물의 옥상 위였지만 크게 소리를 지르니 어느 정도 의사소통이 가능했습니다.

"저기… 주장하는 바가 뭡니까? 간략하게 말해 주세요."

"먼저 우리는 통일의 꽃 임수경 동지의 무사 귀환과 동행한 문규현 신부님의 안전한 귀환을 요구합니다."

"아. 임수경! 그럼 임수경 구출 투쟁입니까?"

"뭐. 구출까지라기보다는 지원 투쟁이라고 해 주세요. 하나 된 조국을 위한 임수경 동지의 방북은 정당한 것입니다. 또한 통일을 가로막는 국가보안법 철폐와 더불어 자유로운 통일 논의를 위한 남북청년 학생회담을 노태우 정권이 더 이상 탄압하지 말 것을 요구합니다."

마주 보고 속삭이는 인터뷰가 아니라 허공에 대고 소리 지르는 인터뷰였지만 기자는 질문하고 우리는 대답하는 형식과 내용은 온전하게 이루어졌습니다.

"근데 이거 보도됩니까?"

말미에 태식은 그렇게 물었습니다.

"데스크에 올릴 건데… 아마 보도는 될 겁니다."

태식의 질문을 마지막으로 짧은 인터뷰가 끝나자 그 젊은 기자는 취재 사진이 꼭 필요하다며 혹시 사진을 찍을 수 있겠느냐고 물었습니다. 우리는 결사대이므로 못할 것도 없다는 입장이므로 아예 적당한 포즈를 취해주었습니다. 현장을 누비는 신입에 해당할 그 기자는 우리의 취재 협조가 고마웠는지 잠시 뒤에 별 의미 없는 얘기까지 물어보았습니다.

"경찰은 자진해산이나 투항할 시 선처하겠다고 하는데… 의사전달은 인터뷰로 갈음하고 해산할 생각은 없습니까?"

"우리는 우리의 요구사항이 받아들여질 때까지 여기서 투쟁하겠습니다. 경찰의 투항 요구는 받아들이지 않겠습니다."

우리의 요구사항이 저 밑에 와있는 경찰들이 해결할 수 있는 성질의 것도 아니었지만, 그들도 기자를 통한 그런 제의로 이 사태가 쉽게 끝날 것이라 기대하지는 않았을 것입니다. 끝내 제압당하리라는 것은 알지만 얼마나 버티는가가 우리에게는 일종의 자존심이라 할 시대였습니다.

이제 목이 쉴 만큼 구호도 외쳤고 노래도 불렀습니다. 더 뿌릴 유인물도 바닥이 났습니다. 태양이 중천에 떠서 한낮의 햇볕이 이글거려 돌아가면서 그늘을 찾아 휴식을 취하기도 했습니다.

그런 사이에 경찰은 이미 건물 밑에 빈 박스를 쌓아 올리고 매트리스도 깔아서 혹시 있을 투신에 대비한 안전장치를 성실하게 만들어놓았습니다. 우리는 투신을 할 이유도 그럴 계획도 전혀 없었지만 말입니다.

건물 밑으로 경찰버스가 속속 들어찼습니다. 시간이 지나면서 경찰은 우리 대오의 숫자와 힘을 어느 정도 파악하고 최후통첩을 해 왔습니다. 경찰의 최후통첩은 액면 그 자체로는 대단히 정중했습니다. 물론 협상 조건을 내걸기보다는 이제 그만 순순히 항복하라는 통보에 불과한 것이었지요. 우리는 진압 작전 직전에 예의상 던지는 형식적인 내용이라는 것을 알고 오히려 그들이 곧 진압 작전을 전개하리라는 것을 예감했습니다.

건너편 옥상에 무전기를 든 사복 체포조가 나타났습니다. 하얀 헬멧을 쓰고 청자켓과 진에 운동화를 신은 그들, 그런 무장한 모습으로 일명 '백골단'이라 불렸던 그들. 곧이어 오십여 명에 달하는 백골단이 모여 작은 방패를 바닥에 두드리며 소리를 질러댔습니다. 우리의 기를 꺾어 보려는 위세입니다. 우리도 대거리로 구호를 외치며 노래를 불렀습니다.

백골단이 곧이어 방독면을 착용하고 둘러맨 크로스백에서 'KM-25탄'을 꺼냈습니다. 사과모양으로 생겼다고 해서 속칭 '사과탄'이라 불리던 그 휴대용 최루탄을 일제히 던지는 것으로 진압작전이 시작됐습니다. 나는 처음에는 굴러오는 그 사과탄을 발로 차서 넘겨버리기도 했지만, 곧 어깨 부근까지 사과탄이 마구 날아들자 뒤로 물러섰습니다.

태식이가 화염병을 하나 던졌습니다. 불꽃이 일면서 백골단이 잠시 뒤로 물러났습니다. 그러나 불꽃은 보기에는 화려하지만 시너의 휘발성으로 확 타오르다 금세 모닥불처럼 일렁거리며 잦아들었습니다. 그들은 휴대용 소화기로 그 불장난 같은 무기를 잠재워 버렸습니다. 우리는 륙색에 몇 개 더 가져온 화염병을 아껴 쓰며 최대한 시간을 끌었습니다.

마침내 화염병이 남지 않자 반대로 사과탄이 무참히 날아왔습니다. 작열하는 KM-25탄으로 주변은 최루 가스로 가득 차면서 우리는 곧 저항할 수 없는 지경에 이르렀습니다. 최루 가스는 항상 겪어보아도 참고 견뎌서 해결될 문제가 아니거든요.

결국 물러서는 우리를 보고 방독면을 쓴 그들은 여유 있게 준비한 널판을 놓고 우리 쪽 옥상으로 건너오기 시작했습니다. 성이 함락되는 순간입니다. 공성전(攻城戰)과 같은 싸움에서 성벽이 무너지면 승패는 곧 끝나기 마련입니다. 순진한 우리보다 그들은 훨씬 긴 장봉을 들었고 싸움은 싱겁게 끝나갔습니다. 이런 원시적인 싸움에서 항상 유리한 쪽은 더 긴 것을 든 쪽입니다. 더구나 그들은 우리보다 몇 배나 숫자가 많았고 최루 가스 속에서도 마음대로 움직일 수 있는 방독면을 쓰고 있으니 우리는 버틸 재간이 없었습니다.

우리는 팔이 꺾였고 목이 잡혔습니다. 제압당한 우리는 그들이 준비한 운반 수단까지 잡혀 내려가야 했습니다. 고개를 숙인 우리에게 주먹이 날아들고 무질서하게 발길질이 날아들었습니다. 가장 폭력적인 그 순간에 가능한 한 부상을 피하기 위해 등과 다리는 내어주되 얼굴을 가리는 가드 자세를 어렵게 유지했습니다. 고개를 들지 못하니 소리만 들려왔습니다. 쉬쉬대는 무전기 소리 사이로 '퍽퍽'하는 사람 때리는 소리가 들렸습니다. 나는 긴장된 근육으로 그 구타를 버텨냈습니다. 어쨌든 한 계단 한 계단 내려딛고 있었습니다.

어느덧 때리는 속도가 약간씩 뜸해지면서 무전기 소리가 더 숨 가쁘게 울려댔습니다. 계단은 거의 끝이 나고 이제 건물 현관이 살짝 보였습니다.

"국가보안법 철폐하라!"

그때 끌려 내려오면서 구호를 외치려는 태식의 목소리가 들렸습니다.

"머리 숙여! 이 새끼야!"

욕설과 함께 어떤 모진 놈이 날아차기로 발길을 태식에게 내질렀나 봅니다.

"악!"

태식의 급박한 소리가 들려 순간 나도 고개를 들었습니다. 태식이가 중심을 잃고 넘어지면서 계단을 굴렀습니다. 현관문 앞까지 굴러서 떨어졌습니다.

"태식아!"

나는 새된 소리를 질렀습니다. 끌려가던 우리도 놀라고 때리던 놈들도 놀라서 잠시 행동을 멈췄습니다. 그런데 태식이가 그대로 엎어져서 일어나지를 못했습니다. 태식 옆으로 들어서는 경찰들도 당황하기 시작했습니다. 그건 거의 사고예요.

나는 고개를 들고 밑으로 굴러떨어진 태식을 바라보았습니다. 그러나 오, 태식이는 일어나지를 못했습니다.

또 채식주의자라고 했던 우리 동지 한 명은 어떻게 맞았는지 코피가 흘러 입 주변이 붉게 물들었고 셔츠 목덜미가 피에 젖어 있었습니다. 태식은 아예 의식을 잃은 듯했습니다.

"태식아! 태식아!"

결사대 사이에 서로 이름을 부르지 않기로 한 약속을 잊고 나는 거의 울부짖었습니다. 쓰러진 태식의 곁으로 경찰 간부인 듯한 사람이 뛰어 왔는데 그의 당황한 모습에 어디서 나타났는지 몇 명의 기자들이 몰려들었습니다. 그리고 순식간에 카메라 기자들의 플래시가 터졌습니다.

나는 고개를 들고 태식을 계속 불렀습니다.

"태식아! 태식아!"

"고개 숙여! 이 새끼야!"

백골단은 나를 다시 제압하려 들었습니다.

"저 학생… 웬 피가… 얼마나 때린 거야?"

"뭐야… 한 사람… 쓰러져 있는데… 죽은 거야?"

기자들의 웅성대는 소리가 들렸습니다. 점점 몰려드는 기자들의 플래시가 정신없이 번쩍거려서 상황이 긴박해지고 무슨 촬영 현장처럼 카메라 조명이 비춰졌습니다. 경찰들의 무전기 소리에서 서로 명령을 내리는 그들의 목소리도 흥분되어갔습니다. 기자들의 취재 행위가 도저히 통제되지 않는데 길 건너편에 있던 거리의 시민들마저 웅성대면서 폴리스라인 근처로 다가왔습니다.

경찰은 이제 우리보다도 기자들을 막기에 바빠서 분주했습니다. 또 그들은 피를 흘리는 채식주의자 동지의 모습을 보여주기 싫었는지 우리를 삥 둘러서 가로막았습니다. 그런 사이에도 태식은 계속 일어나지를 못하고 의식이 없었습니다.

"야. 빨리 기자 막아! 순찰차라도 빨리 갖다 대! 학생들 빨리빨리 태워!"

경찰 간부는 소리를 지르며 빨리 그 자리를 떠나고자 했습니다.

잠시 뒤 '들것'이 들어와 쓰러진 태식을 실었습니다.

"태식아!"

드디어 나는 뒤엉켜 있던 경찰을 밀치면서 일어섰습니다. 태식은 의식을 잃고 들것에 실린 채 거리로 나서려고 했습니다. 의식을 잃은 태식이가 걱정되어 나는 그에게 다가가려 했습니다. 그의 안위를, 그의 얼굴을 보고 싶었습니다.

"야이. 씨발 새끼야! 앉아!"

백골단 중에 누군가 내게 욕을 했습니다. 그러나 나는 앉지 않고 일어서서 꿋꿋하게 걸음을 디뎠습니다. 삐뽀삐뽀 하며 다가서는 앰뷸런스 소리가 들렸습니다.

백골단의 손을 뿌리치고 나는 앞으로 나아갔습니다. 그 순간에 나도 무언가 둔탁한 물체로 어깨를 맞았습니다. 곧이어 정강이에도 몽둥이의 충격이 오면서 앞으로 쓰러졌습니다.

"학생들 좀 그만 때려!"

기자들도 소리를 질렀습니다.

앰뷸런스의 높고 날카로운 소리가 점차 가까이 다가왔습니다. 나도 쓰러져서 밖을 바라보았습니다. 가늘게 감기는 실눈 사이로 우리가 뿌린 유인물 중에서 아직도 수거되지 않은 몇 장이 그때까지 길거리에서 뒹굴고 있는 것이 보였습니다.

날카로운 앰뷸런스 소리와 숨 가쁜 무전기 소리. 웅성거리며 외치는 사람들의 소리. 눈꺼풀이 무거워졌습니다. 쓰러진 내게는 소리가 점차 잦아드는 듯했습니다. 우리를 그 무자비한 폭력의 자리에서 그나마 막아준 것은 사람들의 눈이라 할 수 있는 카메라입니다.

가을날 같은 그날의 높고 푸른 하늘이 감기는 눈 속으로 들어왔습니다. 가물거리는 의식 사이로 그네의 얼굴이 떠올랐습니다. 무거운 눈꺼풀이 감기면서 내 의식은 포근하고 아련한 여행을 시작했습니다. 일 년여 전의 그 서늘하고 청명한 가을 하늘 아래로.

1988년의 어느 가을날, 불빛이 따뜻했던 그 저녁의 학교 앞 술집. 맞은편에 그네가 웃으면서 앉아있었습니다. 맑고 귀엽고 고운 그네의 웃음소리가 들려왔습니다.

"총무 와서 술값 좀 내줘."

"그래. 좀 있다 회의 끝나면 총차하고 같이 갈게. 어딘데?"

"까치집이야. 그럼 총무 믿고 안주 막 시킨다."

"예. 맘대로 하세요."

총학생회 사회부장이 각 단과대의 사회부장들을 모시고 한잔을 기울이며 단합과 친목 나아가 투쟁의 결의를 다지겠다고 내게 전화를 걸어왔습니다. 2학기 넘어오면서 총무부장이었던 내가 다소 빡빡하게 예산을 집행하는 탓에 십여 명 넘게 모인 부서 회식비를 충당하기가 쉽지는 않았을 겁니다.

그래도 투쟁 전선의 가장 앞장에 나서서 위험하고 힘든 일을 마다하지 않으며 고생하는 사회부 모임에 흔쾌히 회식비를 지급해주겠다고 사전에 약속을 해주었습니다. 지출 집행에 더욱 실무적인 권한을 가진 우리 총무부 차장도 동의해 주었고요.

그 전화를 받고 한 시간이나 지나서야 회의가 끝난 총무부 차장 정종욱과 함께 학교 앞 그 술집을 찾아가기 위해 학생회관을 빠져나왔습니다.

가을로 접어드는 그 계절, 풍부한 밤바람이 어두운 캠퍼스를 교교하게 휘몰아쳐 갔습니다. 학생회관 중앙 계단을 걸어 내려올 때 대형 걸개그림이 바람을 한껏 먹고 마치 돛처럼 팽팽하게 부풀었다 늦추었다 하며 푸드득 하는 소리를 냈습니다. 밤늦도록 뭘 그리 연습을 하는지 멀리서 꽹과리 소리가 아련하게 들려오기도 했습니다.

청문회 정국을 맞이하여 쏟아지는 '5공 비리'에 대한 규탄과 '광주의 진실'이 실린 대자보의 한 귀퉁이가 바람에 찢어져 날리면서 우리의 발걸음을 따라 잠시 동행했습니다. 교정 곳곳에 다연발탄의 고무 파편이 여기저기 나뒹굴고 있어서 그날 오후에 있었던 교문 앞

대치와 충돌의 흔적이 채 지워지지 않았습니다. 교문 앞으로 다가갈수록 바닥에 깔린 최루탄 분말이 마지막 남은 독성을 먼지와 바람에 실어 피워 올렸습니다. 모두들 그걸 혐오하며 손등이나 옷자락으로 코와 입을 가리고 지나갈 수밖에 없었습니다.

깔깔한 모래알갱이로 뒤덮인 대운동장, 그 위쪽에 잔디로 만든 스탠드가 있었지만 인파에 하도 밟혀서 잔디 스탠드 본래의 모습을 거의 잃어버렸습니다. 그건 스탠드라기보다는 완만한 미끄럼틀이 되어가고 있었어요. 그 뒤로 그리 크지는 않지만 완고하면서도 단단해서 고집스러워 보이는 고려대학교 본관 건물이 버티고 있고, 그 건물을 좌우로 대학원과 문과대라는 두 개의 석탑 건물이 호위하고 있습니다.

그 언덕 위에서 내려다보이는 학교 밖 제기동의 이웃들은 무거워 보이는 잿빛 하늘에 눌린 야트막한 낮은 지붕을 이고 있었습니다. 사적(史蹟)으로 지정된 그 고딕식 석조 건물은 녹지를 배경으로 마치 고성처럼 하늘을 뚫을 듯 멋지게 솟아있는데 주변은 옹색한 개천이 갈라놓은 삐뚤삐뚤한 골목길을 품속에 웅크리고 안은 가난한 이웃들이 옹기종기 모여 사는 모습입니다. 마치 크나큰 사찰 아래 가난한 사하촌(寺下村)이 있듯이 고려대학교라는 그 대학 캠퍼스와 제기동이라는 그 동네는 일종의 부조화(不調和)를 연출하며 막걸리 장사와 막걸리 손님 정도의 관계를 맺고 있었습니다.

그 부조화의 공간 안에 지금으로 본다면 다소 촌스러운 차림의 젊은이들이 불같은 정열을 품은듯한 형형한 눈빛으로 마치 출세욕에 불타는 표정을 하고는 지나다니고 있었습니다.

"걔도 있을까?"

얼마 전에 본 한 여학생이 생각나서 교문 앞 지하도를 건너며 종욱이에게 말을 던졌습니다.

"누구? 아, 총무가 괜찮다는 그 여자."

"괜찮다는 게 아니고… 나를 쳐다봤다니까."

"뭐 어쨌든 그게 그거 아냐. 그런데 여학생도 사회부장을 하나?"

"글쎄… 여자 사회부장은 처음 보지만, 뭐 할 수도 있는 거 아니겠어? 여자라고 못 할 이유도 없잖아."

"돌이 안 날아가잖아."

"에이고, 총차. 돌 던지는 것만 투쟁인가? 다른 일도 많겠지."

그렇게 시시하게 며칠 전에 본 인상적인 한 여학생에 대한 얘기를 나누면서 총무부 차장 정종욱과 학교 앞 그 술집까지 어슬렁거리며 걸었습니다.

술자리는 한 순배 돌았고 서로 떠들썩하니 즐거운 판을 만들어놓았더군요. 그렇게 총학 사회부장을 위시하여 각 단과대의 사회부장들이 모였는데 초청을 받고 늦게 찾아온 나와 종욱이를 다들 반겨주었습니다. 우리는 결제자로서 품위를 지키며 찰랑거리는 막걸리 한 잔을 받았지요.

그 자리에는 일전에 본 그 여학생도 있었습니다. 꾸벅꾸벅 인사를 하는데 총학 사회부장이 먼저 호쾌하게 자랑하듯이 그 여학생을 내놓더군요.

"우리 사회부의 홍일점을 소개할게. 사대 사회 오수연 부장."

"안녕하세요. 총무 박민습니다."

그렇게 총학 사회부장의 소개로 그녀와 나는 공식적인 인사를 나누게 되었는데, 그녀는 자기를 소개하자 나를 보며 아무 말 없이 간단히 목례만을 했습니다. 그녀는 간접적으로 나는 직접적으로 서로의 이름을 내놓았지만 사실 그네를 처음으로 본 것은 이 자리가 아니라 그로부터 얼마 전이었습니다.

그러니까 내가 명목만 대학교 4학년이고 학점은 3학년에나 겨우 머물던 스물세 살의 그 해입니다. 그 해는 아주 바쁘고 활기찬 나날들이었다고 추억합니다. 나는 그때 우리 학교 총학생회 총무부장이었거든요.

우리 학교의 총학생회장인 이영기는 당시 전국 대학생 협의체 조직인 전대협의 의장이었습니다. 그는 주로 학교에 있기보다는 전국을 돌아다녔는데 그가 어디를 떠돌고 있는지는 나도 알 수가 없었습니다. 물론 그는 수배 중이었지요.

그가 어느 날 경찰의 눈을 피해 갑자기 학교에 들르면 나는 그에게 활동비를 쥐어주고, 그와 몇 가지 사안에 대해 상의를 했습니다. 비밀회의로 이어지는 그의 일정에서 자투리 시간이 생겨 한가한 때는 긴장된 수배 생활의 스트레스를 풀 겸 같이 장기를 한판 두기도 했는데요. 학생회장 선거를 준비할 때는 학생회장 후보와 선거 사무장으로 만났지만 이후에는 서로의 지위와 역할을 떠나 장기도 맞수이면서 우리는 개인적인 얘기도 나누고 농담도 툭툭 던지는 그런 자연스러운 친구가 되었습니다.

'6월 민주 항쟁'의 성과로 이루어진 국민 직접 선거에 의한 대통령 선거에서 양김(兩金)의 분열로 결국 선거를 통한 정권 교체가 무산되었습니다. 노태우 정권이 들어선 다소 난감하고 허무한 정세에서 그 해, 1988년은 시작되었습니다. 더구나 그 해는 오랫동안 약속되어온 '88 서울 올림픽'을 맞이하는 해이기도 합니다.

그러나 학생운동권은 서울대의 '남북청년학생회담' 제안을 계기로 4.19 직후의 혁신계와 청년학생들의 통일 운동 이후 오랫동안 잊혀져왔다고도 할 수 있는 통일 운동의 기운을 다시 열어젖히며 민족사와 한국 사회 모순의 근본적 문제에 도달하기 시작했습니다. 정계는 어쨌든 분열된 야권이었지만 높아진 민주화 기운과 지역구도에 편승하여 총선에서 '여소야대'의 상황을 만들었습니다. 이어 5공 비리 진상 조사와 광주 민주화운동 청문회 등 이른바 '청문회 정국'을 만들어 청문회 스타 의원들을 탄생시키며 시위를 해야 할 이슈 거리를 상당히 던져주었습니다.

그러나 이 이야기는 이러저러한 학생운동에 대한 것이 아니고 내가 보고 듣고, 만나고 겪은 미혹한 열정과 어리석은 감정의 나날들이 끊임없이 일어나고 부서지는 밤바다의 포말(泡沫)과 같은 사랑에 얽힌 이야기입니다.

하지만 그때에 우리가 맺었던 시절과의 인연이 또 그런 상황이라 역시 학생운동의 그 환경과 조건에서 쉬이 벗어날 수는 없네요. 사랑이란 온전히 둘만의 게임이면서도 한편으로는 우리 각자가 놓였던 시대와의 연인과 완전히 떼어놓을 수 없는 산물이기도 합니다.

여름의 따가운 햇살과 가을의 서늘한 바람이 잠시 공존하던 어느 날 오후, 나는 업무를 보던 학생회관 3층 내 방 창가에서 이른바 '민주광장'이라는 학생회관 앞 광장으로 이어진 외부 중앙 계단을 물끄러미 내려다보고 있었습니다.

그때에 계단을 총총거리며 경쾌하게 올라오는 찰랑거리는 단발머리를 한 여학생도 동시에 바라보게 되었는데요. 내가 집무를 보던 조그마한 방의 창밖 풍경이 열린 것은 오랜만에 있는 일이었습니다. 항상 창을 가리고 있던 현수막이 이슈의 교체에 따라 잠시 철거되었기에 그사이 모처럼 창밖 풍경이 열려서 그 여학생을 내 방에 그 냥 서서 바라볼 기회를 가지게 되었습니다.

A4 용지가 충분히 들어갈 다소 큰 숄더백을 어깨에 걸치고 청바지 차림으로 계단을 오르던 그네가 잠시 걸음을 멈추더니 그 계단 참에서 위를 쳐다보더군요. 멀지도 가깝지도 않은 거리였습니다. 그네의 눈길이 천천히 돌아서 학생회관 3층 총학생회실로 향한다고 느껴졌고 이윽고 마치 나를 쳐다보는 모습처럼 그 여자는 잠시 서 있었습니다. 그네와 나는 그렇게 서로 딴 데를 보는듯하다 무심하게 처음으로 눈이 마주쳤습니다.

순간 저 여학생이 총학생회로 찾아오는 손님일까? 아닐까? 하는 반반의 추측이 들었습니다. 그네가 다시 움직이자 나는 창가를 떠나 작은 집무실 방 옆에 있는 총학생회실로 나와 앉았습니다.

잠시 후 추측대로 숄더백을 맨 그 여학생이 총학생회실로 들어서 더군요. 피트하게 청바지를 단단히 끌어올리고 상큼한 단발머리를 경쾌하게 올린 그네는 총학생회실 안쪽으로 성큼 들어서지 못하고 문 앞에 서서 생소한 듯 그 공간을 둘러보았습니다.

"어떻게 오셨어요?"

그 상큼한 손님을 맞이하기 위해 내가 일어서며 목소리를 가다듬 고 정중하게 맞이했습니다.

"예. 저… 사회부장님 좀 만나러 왔는데요."

"아, 사회부장요. 지금 안 보이네요. 혹시 약속했어요?"

"예."

'사회부장이 지금 없으니 다음에 오세요.'라고 말할 수도 있었지만 용무도 있는 것 같고 첫 느낌이 너무 좋아서 붙잡아 둘 요령으로 친 절하게 안내했습니다.

"그럼. 저기가 사회부장 자린데요. 저기서 좀 앉아서 기다리세요."

그렇게 그네를 총학생회실 안쪽으로 끌어들인 나는 그 맞은편 내 자리에 앉아 열심히 일하는 척하며 슬쩍 곁눈질로 그네를 보았습니다. 남의 자리에 반듯하게 앉아있던 그네도 역시 어느 순간부터 나를 어떤 곁눈질로 보고 있다고 느껴졌습니다. 그러다 우리는 어느 순간 눈이 한번 마주쳤던 것 같아요.

눈이 마주치자 나는 계면쩍어서 무의미한 말을 던졌습니다.

"사회부장, 곧 오겠죠. 아마 4층에 전대협 투쟁국에 갔을 거예요."

"아… 예."

마침 모두 무슨 일로 나갔는지 아무도 없는 총학생회실에 그네와 내가 단둘이 서로 눈길을 이리저리 돌리면서 어색하게 앉아있었습니다.

"아. 수연이 왔네."

조금 있다 총학 사회부장이 나타났습니다. 그네는 앉아있던 자리의 주인이 나타나자 그 자리에서 벌떡 일어나 사회부장을 맞이했습니다. 둘은 웃으면서 악수를 하더군요.

항상 비밀이 많았던 총학 사회부장은 옆방으로 그네를 데리고 들어가서 무언가 얘기를 나누는 것 같았습니다. 잠시 후 밖으로 나온 그네는 천천히 걸어 나오면서도 사회부장과 무슨 말을 주고받더니 내게 간다는 인사도 없이 휑하니 밖으로 나갔습니다.

그네는 과연 기억할까요? 내가 자신을 처음으로 본 그 장면을. 기억하지 않아도 상관없어요. 싱겁기가 이루 말할 수 없으니까요.

어쨌든 그 시절 내 주변에 있던 우리 총무부 차장 정종욱도, 내 동아리 친구이며 문화부 부장이었던 홍성우도, 총학생회장이며 전대협 의장인 이영기도 모두들 그때에 조금은 서툴지만 순수하게 시작되는 사랑 키우기에 열중이기도 했습니다. 정국을 흔들고 전국을 규모로 정세를 관통하기도 했지만, 그때 우리는 겨우 스물세 살이나 네 살의 젊은이들이었거든요. 당연히 모두들 사랑과 연애에 관심이 많을 때입니다.

혁명적 파토스가 넘치는 그 시절, 젊음은 또 에로스적 열정으로 가득 차기도 합니다. 나는 그 시절 우리가 다녔던 대학가의 모습을 '낭만주의의 도래'라고 표현하고 싶습니다. 지금의 대학과는 달리 날마다 전쟁터같이 최루탄이 터지고 돌과 화염병이 날아다니고 격문과 구호소리가 그치지 않았지만, 인간관계에 대한 가치부여와 서로에 대한 감정의 온도가 다소 높았던 열정의 시대이기도 했습니다.

가정형편이나 군 입대, 취직, 고시 공부 등 앞날의 자기 직업과 인생에 대한 개인적 고민이 없을 수는 없었지만 또 한편에서는 세상에 대한 예리한 분석과 역사에 대한 어떤 경외(敬畏)가 존재했습니다. 또한 그러한 거대 담론에 경도되면서도 단지 정치성에만 매몰되지 않고 예술성과 일상성의 가치를 널리 추구하는 이들도 있어서 1980년대의 학생운동은 다소 널찍한 스펙트럼을 가지게 되었는데요. 이때의 오지랖 넓은 관심사들이 나중에 시민운동이나 생태, 환경, 여성, 교육, 문화 나아가 영화 같은 것에 이르기까지 새로운 시각과 시도들의 어떤 자양분이 되기도 했다고 생각합니다.

자신들을 둘러싼 가난, 약자, 민중 뭐 이런 것들을 단지 떨쳐버려야 할 장애물로만 생각하지 아니하고 따뜻한 시선으로 보려고 했던 것. 가난과 민중, 약자들에 대한 연민, 고통받는 이웃들에 대한 애정. 이것이 바로 의식화의 중요한 한 측면이 되어야 한다고 그들이 생각했던 것은 참으로 다행스러운 일이었습니다.

'온전히 한 세대가 자신의 존재와 기득권을 떠나 이타성의 영역으로 투신한 고귀한 한 시절이었다'고 누군가 그 시절의 우리를 예찬했던 적도 있었어요. 그러나 그건 너무 극찬이고 나는 감히 '만개한 낭만주의의 시대'라고 말하고 싶어요. 그것이 이타성이든 본질에 있어 또 다른 이기성이든, 그것이 어떤 가치에 대한 투신이든 아니면 관념적 매몰에 불과하든 나는 우리가 어떤 세대보다도 낭만적 열정이 넘치는 젊음을 보낸 세대라고 기억합니다.

 '낭만의 시대'에 끓어 넘치는 혁명적 열정과 함께 그 '낭만의 시대'를 완성시켜주는 것으로 역시 '낭만적 사랑'이 빠질 수 없겠지요. 억울한 죽음에 대한 분노와 끌려가는 벗들의 피 묻은 얼굴에 대한 사무침이 있었고, 미래의 자기 삶에 대한 결단과 두려움 사이에서 끊임없이 방황하는 청춘도 있었지만, 역시 젊음에 있어 한 편에는 아름다운 사랑도 있었던 시대였다고 나는 추억합니다.

 학생운동권의 학생들이 혼숙을 하고 난잡하다고 하는 당시 어용 언론의 이상한 상상력이 발동된 악담도 있었지만 그걸 그대로 믿는 바보들은 없겠지요. 우리의 동지적 친분이 부러워서 그랬다고 이해해 줍시다.

 물론 학생운동이란 완성된 인격체가 깨달음의 현현(顯現)을 실현하는 것이 아니라 꽁꽁 언 얼음을 깨고 전진하는 쇄빙선처럼 부족한 젊은이들이 모순 앞에 먼저 몸을 부딪치며 나아가는 과정이므로 그만큼의 오류와 잘못, 미혹이 있었던 것도 사실입니다. 특히 사랑이란 젊은이들에게 있어서 언제나 팔랑거리는 신기루 같은 것으로 '내가 누구를 얼마나 왜 사랑하는지? 내 마음이 진정으로 어떠한지?' 하는 자기 선택이나 자의식마저도 알 수 없는 흐릿한 독백으로 점철되기도 합니다.

사랑이란 어려운 것이지요. 그러나 그 시절 분단된 조국의 불우한 운명 운운하며 사랑과 연애를 어떤 퇴폐성으로 간주하는 유아적 단상(斷想)을 가지고, 또는 '진보주의자는 그래도 여성을 존중해야 한다'는 정도의 그런 앙상한 테제만을 가지고 현실과 욕망의 불길 속에서 너울대며 춤추는 우리의 사랑을 온전히 바라볼 수 있었을까요?

사랑에 대한 학습의 부재, 커리큘럼의 부재, 나아가 사랑에 대한 의식화의 부재 때문이기도 했을 것입니다. 시대의 정치 사상적 문제, 한국 사회의 주요 모순에 대한 견해 차이와 이에 대한 집단적 논의 과정의 반의반만이라도 만약 우리가 이 문제를 탐구했다면 어땠을까요? 그랬다면 우리는 집단적으로 유용하고 가치 있는 어떤 결론과 '사랑의 의식화'를 이루어낼 수 있었을까요? 하여튼 우리는 혁명사는 읽었지만 사랑에 대해서 별로 공부하지는 않았습니다.

하나의 마을 같기도 한 개별 대학교의 학생운동권에는 또 한 편에 '연애가 뉴스'라는 가십이 존재했습니다. 아무리 군사 독재 정권의 치하에 있었다 하더라도 거기는 이십 대의 청춘들이 서로 부대끼며 얼굴을 마주하고 고민하면서 일상을 보내는 대학이라는 그 자체로 만남의 공간이기도 했으니까요.

'연애가 뉴스', 그 동네 소문을 가장 늦게 듣고 자다가 봉창 두드리듯이 놀래는 사람이 나였습니다.

"야, 똘멩이하고 나팔이 하고 연애한다며… 언제부터 그런 거야? 야, 나팔꽃 개 괜찮았는데. 내가 한발 늦었네."

뉴스 당사자들의 별명을 부르며 내가 화들짝 놀래자, 한 학번 후배 여학생으로 의식성도 좋고 오지랖도 넓어 여러 러브 케이스에 대한 상담도 능한 세진이가 대꾸를 해줍니다.

"아이고, 그게 언제 적 얘긴데… 형은 참. 동네에서 젤 늦게 아는 사람이 형이잖아. 한발 늦은 게 아니라 한참 늦었어. 뭐 관심이나 있었던 거야?"

"응, 관심은 없었는데… 그래도 여자에 대한 예의지."

"에고 참. 그런 예의는 없어도 되거든요."

또 반대의 경우에는,

"야, 쇠돌이하고 경희하고 걔네들 헤어졌다며?"

"참, 그게 언제 적 얘긴데. 그 얘기 좀 하지 마. 걔네 인제 좀 조용해졌는데. 모른 척해. 도대체 형이 그 방면에 아는 게 뭐야?"

"그래? 한참 된 얘기구나. 난 몰랐지. 알았어. 조용히 할게."

그렇게 연애가 뉴스에서 가장 정보가 어둡고 항상 뒷북을 치던 사람이 나였습니다.

나름 순수했지만 다소 경직된 사고를 가진 어떤 선배 때문입니다. 그 선배의 논리는 지극히 간단하고 명료했습니다.

"아니, 우리 조국의 운명이 이렇게 불우한데… 우리가 그런 연애질을 해서 되겠니? 조국이 민주화되면 그때 하자."

아니 중도 아니고 조국이 민주화될 때까지 금욕을 하자니. 어느 세월에…

몸에서 사리가 확 쏟아져 내릴만한 그 얘기는 물론 강압은 아니고 농담이었겠지요. 그러나 단호하게 '미팅' 같은 건 하지 말라고 했어요. 그렇게 나는 대학에 와서 운동적인 터부 속에서 한 번도 미팅을 하지 않았습니다.

더구나 그 선배의 주도 아래 우리는 하나의 조직을 만들었는데 이름하여 '불우청년학생동지회'.

'조국의 운명이 하도 불우하므로 우리도 스스로 불우하게 살며 계

급성을 견지한다.'

그런 결의로 만들어진 그 조직의 회원은 반드시 애인이 없는 솔로여야 하며 조직의 내적 분란을 방지하기 위하여 가입하려고도 하지 않겠지만 여성 회원은 애초부터 절대로 받아들이지 않는 금녀(禁女)의 조직이었습니다.

약칭 '불청학', 이름은 거창하지만 하는 일이라고는 애인 없는 솔로들끼리 주말에 모여서 '막걸리 많이 마시기 대회'나 하는 그런 애주가 모임에 불과했습니다. 그러다 결국 그 모임의 창시자이기도 했던 그 선배가 전향하기에 이르렀는데, 어떤 여학생과 사랑에 빠졌던 거죠. 불청학의 동지들이 벌떼같이 일어나 그 전향자이며 배신자 선배를 향해 질타를 던졌는데, 선배는 꿋꿋하게 조직의 원래 목적을 설파했습니다.

"우리 불청학은 원래 해산을 목적으로 투쟁하는 모임이었어. 너희들도 빨리 탈퇴할 수 있도록 열심히 해 봐."

결국 우리가 연애를 안 하는 것이 아니라 못하는 것이라는 그 불편한 진실을 대낮같이 밝혀주고, 주말에 '불청학' 모임을 이끌던 그 선배는 마지막 회합을 끝으로 뒤도 돌아보지 않고 자기 사랑을 찾아 떠나갔어요.

지도부의 배신을 보면서도 탈퇴도 못 하고 남은 우리는 막걸리만 더 마실 수밖에 없었습니다. '비겁한 자여, 갈 테면 가라. 우리는 불청학을 지킨다.'라고 목 놓아 노래도 불렀지만 모두들 이 모임에서 탈퇴하고 싶은 감정을 숨기지는 못했습니다.

그 선배가 떠난 뒤 '불청학'의 새로운 지도노선을 구축한 사람은 나였습니다. 새로운 지도노선은 새로운 이념을 표방하였는데, 이름하여 '인간의 얼굴을 한 불청학' 노선이었습니다. '불우함'의 개념을

'애인 없음'이라는 것으로 핵심은 지키면서도 삶의 다양한 상황을 유연하게 받아주는 내용이었습니다.

"형, 짝사랑하는 건 괜찮은 겁니까? 불우함에 위배되는 겁니까?"

"위배는 무슨? 짝사랑이나 외사랑은 괜찮아. 서로 연애만 안 하면 되는 거야. 진짜 슬픈 건 혼자서 그렇게 지랄하는 게 더 불우한 거 아니겠어? 간단하게 생각해. 마음속으로 간음하는 건 간음한 게 아니야. 그거는 예수님 생각이고… 이상한 죄의식에 빠질 필요 없어. 우리는 직접 한 것만 간음한 걸로 인정하자고."

너무나 반성경적(反聖經的)이지만 나름 명쾌한 논리에 모두들 고개를 끄덕이고 반겼습니다. 이제 그 불우한 애들이 마음껏 짝사랑은 할 수 있게 되었으니까요.

"형. 그럼 사귀다가 실연(失戀)한 경우는… 그건 우리 불청학에 어긋나는 거잖아요? 연애를 이미 했으니까."

"헤어진 경우가… 그러니까 실연인 경우. 그것이야말로 진정한 불우함이지. 실연자야말로 진정으로 불우청년학생이야. 불우함이란 과거를 따지지 말고 현재 어떠냐 하는 것을 핵심으로 생각하자."

실연의 아픔마저 받아주는 그런 '인간의 얼굴을 한 불청학'의 새로운 노선은 열렬한 환영을 받았고 조직은 더욱 번창하게 되었는데, 문제는 실연한 놈들이 오면서 하나같이 좀 과음을 하는 데다가 시간이 늦으면 구석에서 쭈그리고 훌쩍대면서 못나게 굴어 분위기가 갈수록 칙칙해졌습니다.

그 칙칙한 분위기를 바꾸기 위해 그때쯤 나의 주도로 '불청학'은 역시 비슷하게 찌질한 조직, '오해투'와 막걸리를 사이에 두고 깊은 연대를 이루었습니다.

'오선지에 억눌린 음악을 해방시킨다.'라는 테제로 결성된 '오선지

해방투쟁위원회', 약칭 '오해투'.

자기네 말로는 일체의 억압과 압박을 벗어던진 자유와 평등의 문화투쟁 단체라고 주장하지만 노래책 한 권을 다 완창 할 수는 있으되 한 곡도 제대로 된 음정, 박자를 맞추지 못하는 진정으로 오선지에서 해방된 이들이었습니다. 음치(音癡)를 자기들만의 새로운 음악세계라고 여기는 대책 없는 나르시시즘에 빠져 막걸리 집 젓가락을 하도 두드려서 다 휘어지게 만들어 놓곤 했지요.

"그만 좀 두드려라. 젓가락이 다 휘어서 집어지지가 않는다. 막걸리 좀 흘리지 말고."

그 연대를 통해 '불청학'은 강력한 무기를 가지게 되었습니다. 그렇게 '오해투'식으로 소리 지르면서 노래 부르면 오던 여자들도 다 도망가겠더라고요. 그렇게 나는 '불청학'의 새로운 정신적 지주가 되어갔는데요. 그런 우리에게 달콤한 연애가 뉴스가 바로바로 전달될 리가 있겠습니까?

그러나 한 가지, 그렇게 연애가 뉴스에서 항상 늦었던 내가 오히려 누구보다도 빠르게 눈치챈 연인 관계가 하나 있었는데 그건 전대협 의장이며 내 친구였던 이영기의 애정 관계였습니다.

어느 날, 영기는 학교에 나타나지 않고 그의 수행원 역할을 했던 한 학번 후배가 남몰래 나를 찾아왔습니다.

"형. 불광동, 불광역 2번 출구로 오세요. 의장님이 보고 싶답니다. 미행 조심하시고요. 1100입니다."

약속시간은 밤 11시, 장소는 불광역.

밤이 되자 나는 영기에게 전달해 줄 활동비로 돈을 약간 챙긴 다음 아무도 모르게 학교를 빠져나와 재빨리 택시를 잡아탔습니다. 그러나 약속 장소로 바로 가지 않고 안전을 위해 국민대 앞에서 내렸습니다. 국민대 교내로 들어갔다 시간을 보내고 혹시라도 있을지 모를 미행을 조심하면서 내 뒤를 다시 한 번 살핀 다음 또 재빨리 두 번째로 택시를 타고 북악터널과 구기터널을 지나 불광역으로 갔습니다. 그런데 그 길을 가면서 '왜, 서울 시내 많은 곳 중에서 하필 불광역이지?'하는 의문이 들었습니다.

불광역? 그래 이건 뭔가 이중적인 의미를 가진 힌트일 수도 있어. 아, 그렇구나. 영기는 뭔가를 말해주고 싶은 거야.

그때 나는 수배 받기 전이나 수배 이후 영기가 보여 준 몇 가지 행동을 가지고 그의 애인을 추측했는데 '불광역'이라는 힌트를 통해 나는 그녀가 누구인지 거의 알아냈습니다. 왜냐면 그녀는 내 동아리 후배였거든요. 불광동은 바로 내 동아리 후배 서정원이 사는 동네였어요. 그녀가 매일같이 버스를 타고 등교를 하는 그 길을 지금 내가 거꾸로 돌아서 가고 있었어요.

그러나 나는 이 비밀 연인들을 지키기 위해 내가 느낀 것도 내가 짐작한 어떤 것도 입 밖으로 내지 않았습니다. 만약 상큼하게 어여쁜 2학년 정원이가 전대협 의장인 이영기의 애인이라고 알려진다면, 정원이를 짝사랑하는 어떤 아이들은 가슴을 치겠지만 반대로 그 첩보는 경찰과 공안기관의 가슴을 설레게 했을 겁니다.

전대협 의장을 잡으려고 특진에 눈이 먼 경찰 검거반은 무슨 일이든 저지를 수도 있기에 먼저 정원이 집 전화는 24시간 도청될 것이며 매일같이 정원이의 뒤를 미행하기에 여념이 없었을 것입니다. 그건 검거와 수사의 기본이니까요. 그러면 이 불쌍한 연인들은 데이트도 한번 할 수 없는 지경에 이를 것입니다.

자신을 지키고 사랑하는 사람도 지켜주기 위해서 이때 필요한 단한 가지는 바로 '보안 투쟁'입니다. 나는 그렇게 '불광역'이라는 힌트만 받아 안은 채 굳게 입을 다물었습니다. 내가 불광동에 갔다는 사실조차도 아무도 모르는 일로 만들었습니다. 다른 연애가 뉴스처럼 나불대다가는 큰일이 날 수 있으니까요.

그런 전대협 의장의 비밀 애인이 공개적으로 나타난 것은 영기가 검거되어 구속되었을 때입니다. 그때는 애인의 자격으로 면회를 해야 하니 드디어 정체를 드러낼 수밖에 없었습니다. 짐작대로 후배 정원이가 '형… 사실은…' 하며 수줍게 정체를 드러냈습니다.

"정원아, 나도 좀 눈치채고는 있었어… 그런데 어쩌다 영기랑 사귀게 된 거야?"

"실은, 학기 초에 영기 형이 경북대에서 열린 전대협 회의에 참석했어야 했나봐. 수배 중이라서 영기 형하고 나하고 연인 모드로 위장하기로 했는데…."

문화부장 홍성우의 추천으로 정원이가 비밀리에 위장 연인의 상대로 뽑혔답니다.

그때 정원이는 젊은 연인의 모습을 연출하기 위해 예의 신던 운동화를 벗고 구두로 갈아 신었고 플레어스커트에 꽃 모자까지 갖추어 쓰고 경부선 기차를 탔다고 했습니다. 잠입은 성공적이었고 그런 비장미 넘치는 기차여행을 통해 젊은 두 사람은 급속히 가까워졌답니다. 위장 연인으로 시작했다가 진짜 연인이 되어 버렸습니다. 연기하다가 실제가 된 거죠.

"투쟁하랬더니 몰래 연애질이나 하고 말이야. 하하. 그래, 어쨌든 잘했다."

우리는 그렇게 친구와 후배 나아가 우리 서로를 지켜주어야만 했고 항상 그러고 싶었습니다. 하지만 이제 연인을 경찰에 뺏겨 버린 정원이는 긴 이별을 받아들여야 했습니다. 내 옆에서 역시 그녀의 동아리 선배이며 내 친구인 문화부장 홍성우도 같이 애틋하게 정원이를 바라보았습니다. 그러나 정원이는 오래전부터 각오한 듯 침착하고 의연했습니다.

그 커플을 기억하는 것은 내 친구와 내 후배와의 관계라는 것도 있지만, 한 가지 기억에 남을 사건도 있었습니다.

"정원아, 내가 알아봤는데… 비공식적으로 잠깐 면회가 가능할 것 같아. 성우하고 같이 우리 이영기 의장 만나러 가자."

"형, 고마워."

학생처장님에게 부탁하며 백방으로 정보전을 펼쳤더니 성북경찰서에서 비공식적으로 잠깐 면회의 기회를 주겠다고 비밀 연락이 왔습니다. 서로 전쟁 중에도 마지막 협상의 핫라인이 살아있듯이 주로 내가 그 역할을 담당했습니다. 학생처장님과 학교 당국이 어느 정도 내 신변을 보장해주었기 때문입니다.

그렇게 정원이와 홍성우, 나 이렇게 세 사람이 함께 성북서로 이영기 면회를 비밀리에 갔습니다. 시경으로 이첩되기 직전에 아직 신병이 성북서에 있었던 것은 그나마 다행이었고 우리는 정보과 김 반장의 주선으로 대공과에서 일종의 특별 면회를 할 수 있었습니다.

역시 면회를 가보니 그런 자리에서는 친구보다는 애인이 우선이었어요. 후배이지만 애인인 정원이는 영기와 마주 앉았고 나와 성우는 경찰도 아니면서 김 반장과 같이 그 옆에 서 있는 모양이었습니다.

"수갑은 좀 풉시다. 이거 우리 정원이 앞에서 모양이 영…"

이영기 의장은 역진할 수 없는 벨기에제 수갑을 찬 채 양손으로 흐트러진 머리칼을 추스르면서 그렇게 툭 던졌습니다.

"이 의장. 미안한데… 그건 좀 곤란해. 주요 피의자라 수갑을 풀기는 어려워. 시간도 별로 없고. 빨리 좀 해줘."

김 반장은 수갑 해제는 어렵다고 말하며 사실 그 벨기에제 수갑을 풀어줄 자석 열쇠도 없다고 했습니다. 그냥 그렇게 고무신을 신고 앉아 있던 영기는 특별 면회 과정에서 이런저런 가벼운 안부 얘기를 나누다, 김 반장의 재촉이 있자 자기 애인인 정원이의 손을 덥석 잡았습니다.

"김 반장님, 지금 내가 들어가면 1년이 될지, 3년이 될지 모르는데… 우리 정원이랑 뽀뽀나 한번 하게. 자리 좀 비켜주시면 안 되나요?"

영기는 또 부탁을 했는데, 뽀뽀를 하게 자리를 비켜 달라는 것이었습니다. 듣는 나도 김 반장도 이게 애틋한 부탁인지 너무 뻔뻔한 부탁인지 서로 헛갈려서 얼굴을 마주 볼 정도였습니다. 그러나 생각해보니 어쨌든 긴 이별을 눈앞에 둔 애틋한 연인의 사정인 것은 맞더라고요. 이제 그렇게 손을 맞잡는 것조차 오랫동안 할 수가 없을 테니까요.

김 반장은 중요 피의자를 아무런 감시도 없이 그럴 수는 없다고 말했고 그렇다고 뽀뽀를 하겠다는 커플들을 빤히 쳐다보고 있기에는 계면쩍었어요. 절충책으로 김 반장은 그냥 뒤로 돌아 벽을 보고 있을 테니 알아서 하라는 식이었습니다.

"박 총무. 뭐해? 뒤로 돌아."

그래서 긴 이별을 앞에 둔 두 연인을 위해 한구석에서 나와 성우, 김 반장 세 사람은 잠시 벽을 보며 뒤로 돌아서 있는 그런 풍경이 벌어졌습니다.

어쨌든 정원이는 용감했어요. 경찰서 대공과에서 비공식적으로 잠깐 행해지는 면회. 사람들이 아무리 뒤로 돌아서 있다고 하지만,

그 상황에서도 연인의 제안을 받아들였습니다. 그 시절 스물한 살의 정원이가 침착하고도 은근하게 내면에서 요동치는 사랑의 열정을 솔직하게 드러냈습니다. 그리고 당연한 얘기겠지만 정원이는 당당했습니다.

"민수 형. 이거… 받아요."

"이게 뭐야?"

그 이상한 특별면회를 마치고 나와 택시를 타고 학교로 돌아오자 그때서야 정원이는 손바닥에서 아주 작은 쪽지를 내밀었습니다.

"영기 형이 아까 전해줬어."

"아니, 이걸 언제?"

"치, 아까 키스할 때… 이런 거, 주고 싶었나 봐."

어떻게 만들어졌는지는 모르겠지만 체포된 의장으로서 전대협에게 무언가 전달하고 싶었던 메시지가 깨알처럼 적힌 아주 조그마한 쪽지를 보여주었습니다. 지금 막 벌어지는 수사 사항에 대한 정보이니 대단히 귀중한 정보일 수도 있는데요. 두 연인은 키스를 나누면서도 이 귀중한 정보의 전달을 협력하였더군요.

영기는 사랑하는 애인과 키스도 하고 전대협 동지들에게 쪽지도 전달하고 싶은 두 가지 요구를 다 달성했습니다. 그는 어떤 상황에서도 쉽게 흔들리지 않는 당당하고 사려 깊은 우리의 멋진 전대협 의장이었습니다. 그리고 연인이 전해주는 그 쪽지를 당황하지 않고 침착하게 가만히 받아 쥔 정원이도 대단했습니다. 역시 연인들 사이에는 다른 사람들은 알지 못하는 깊은 정서적 공감이 흐르고 있나 봐요.

나는 그 쪽지를 전대협 사무국과 정책국에 전달하기 위해 학생회관 4층으로 올라갔습니다.

이런 에피소드를 또 당시 어떤 어용 언론이 알았다면 '사랑의 투쟁 도구화' 어쩌고저쩌고하며 개지랄을 떨었을 수도 있겠지요. 생각들이 그렇게 각박해서야. 그런 건 그저 일석이조, 님도 보고 뽕도 땄다고 생각하면 그만입니다.

세상에 누가 자기 자신으로 인해 사랑하는 사람이 위험에 빠지는 것을 원하겠습니까? 이영기와 서정원, 그들은 데이트와 연애 과정에서 단 한 장의 사진도 같이 찍지 않았고 항상 미행과 연락을 조심하며 어둠 속에서만 만났습니다. 치사한 공안기관의 '수배자 애인 찾기'라는 검거방식에 우리도 본능적인 자기방어를 해야 했습니다.

그렇다면 그런 수사와 검거 방식이 사랑하는 두 사람의 관계를 조금이라도 방해할 수 있었을까요? 턱도 없는 얘기입니다. 그런 역경은 둘의 사랑에 오히려 기름을 붓는 꼴입니다. 역경에 대한 도전은 대체로 사랑의 불길을 지핍니다. 그것이 어떤 역경이든 좋은 감정을 가진 자신들의 관계를 훼방 놓는 어떤 장벽에도 용감한 연인들은 굴복하지 않고 도전합니다. 로미오와 줄리엣이 따로 있는 것이 아니고 항상 사랑하는 사람들의 열정 속에 있답니다.

스물한 살의 여대생이 데이트를 하고 연애를 하는 그 과정에서도 보안투쟁과 비밀주의를 추구해야 했던 그 시절의 사정이 그리 유쾌하지는 않지만, 오늘날의 세대가 쉽게 느끼지 못할 비장미가 서려 있었습니다. 시대는 그렇게 가끔 여러 가지 모습과 사정으로 사랑을 키우고 그들을 성장시키기도 한답니다.

남학생은 감옥으로 가고 그래서 여학생은 감옥으로 면회를 가고 그렇게 옥바라지를 한다는 다소 신파적인 냄새가 나는 스토리를 펼치기도 했는데요. 어쨌든 그것도 자신이 내켜서 스스로 하는 것이고, 자기 결정으로 하는 것이기에 일방적 희생으로 해석할 수 없는 이야기들입니다. 물론 꼭 그런 식의 낭만적 옥바라지가 필요했던 것은 아닙니다. 구속된다 하더라도 아직 부모님이 계신 나이들이니 그 안에서 굶어 죽지는 않으니까요.

지금의 젊은이들은 1980년대의 이런 경험이 다소 생소하겠지만, 그래도 대한민국은 군대라는 건너가야 할 강이 있어 젊은 연인들은 때때로 원치 않는 헤어짐을 강요 당하기도 합니다. 그러나 진심으로 깨끗하게 사랑하는 젊은 연인들이여. 너무 걱정하지 마시기를. 사랑은 가끔 이별을 통해서도 무한한 성장을 한답니다. 늘 곁에 있던 사람을 멀리 떠나보내고 홀로 외로이 생각하는 그 밤에도 사랑이란 나무는 무럭무럭 자랄 수 있습니다. '그리움'이라는 아주 멋진 이 복합감정을 경험해보지 못한 사람은 사랑의 참맛을 제대로 느껴보지 못한 거예요. 이별을 너무 슬퍼하지 마세요.

자꾸만 차가워져 가는 가을바람이 가로수 잎을 떨어뜨리고 있었지만 안은 따뜻하고 유쾌한 술자리가 깊어 갔습니다. 자리의 홍일점인 오수연, 그네의 뺨도 조금 더 발그스레해졌습니다. 그때 내가 재미있게 농담을 한번 던졌습니다.

"우리 사회부장님들이 모인 자리니까… 내가 문제 하나 낼게? 맞춰볼래? 혹시 우리나라 최대의 지하조직이 어딘지 알아?"

"최대의 지하조직?"

주위를 환기시키는 문제에다가 또 '지하조직'이라는 말에 순간 자리가 잠시 조용해지며 간단하게 주목을 이끌어냈습니다.

"왜 이래… 긴장하지 마. 난센스 퀴즈야."

"지하조직이라?"

"난센스 퀴즈라니까."

이 문제는 '난센스 퀴즈'라고 긴장도 풀어주고 힌트도 주었지만 모두들 모르겠다는 표정입니다. 그러나 주위의 주목을 끄는 데에는 성공했지요. 답을 말해도 될 것 같았어요.

"응, 지하철 노조야."

그 순간에 웃음이 터졌습니다. '그러네.' 하는 동조의 말도 들리자 내가 조금 더 진도를 나갔습니다.

"그런데 이 조직이 노선 싸움이 심해."

"노선 싸움이?"

"응, 1호선, 2호선, 3호선, 4호선. 이렇게 네 개로 갈라져 있어. 물론 서로 만나는 접점은 있는데 서로 추구하는 방향이 달라."

"진짜 그러네."

잔잔하게 미소 짓거나 또는 크게 웃거나 하는 웃음의 전염이 자리 전체로 퍼져갔습니다.

"1호선은 적색노조이고 2호선은 녹색노조야, 3호선이 좀 오렌지색, 4호선은 확실한 청색노조. 서로 색깔이 달라."

젊은 애들이 엄숙하기만 하려고 하는 그 80년대, 비장한 엄숙주의의 시대에 무서운 지하조직을 소재로 해서 운동의 노선 싸움마저 유머 소재로 과감하게 사용하는 나를 보고 그때에 한 여자가 경탄해 마지않았습니다. 사범대 사회부장, 오수연.

그네가 예쁜 눈을 반짝이며 좌중에서 가장 고운 웃음소리와 생각보다는 너무 귀여운 목소리로 웃고 있었어요. 마치 '뭐, 이런 개그맨이 있지?' 하는 맘이었을까요? 반응이 너무 좋아서 유머를 하는 나도 듣는 사회부 사람들도 그 자리의 홍일점도 모두 유쾌한 밤이었습니다.

처음으로 자리한 어떤 남자의 얘기에 웃는다는 것, 그건 일종의 무장해제인데요. 경계심이 누그러지는 과정이겠지요. 그네가 밝고 귀엽기까지 한 웃음을 띠며 나를 바로 바라보았습니다. 나도 이제 피하거나 감추지 않고 그윽하게 그네를 바라보았습니다.

서로 바라본다는 것, '응시'하는 것. 그것이 바로 구애(求愛)의 상투적인 첫 번째 행위라는 것을 알고 있나요? 우리 인간종뿐 아니라 짝짓기를 앞에 둔 거의 모든 포유류의 자웅(雌雄)들이 서로를 바라본답니다. 언제든 정념에 불탈 수 있는 남과 여는 항상 '서로를 바라보는 것'으로 시작합니다.

우리는 눈빛 자체에서도 미묘한 에너지와 메시지를 주고받을 수 있는 생득적 프로토콜을 가지고 있는 것일까요? 미팅, 소개팅, 맞선 그런 것뿐 아니라 어떤 술자리, 회합이나 회의, 일상에서 마주치는 일에 이르기까지 그 모든 것들은 기실 서로 '응시'할 수 있는 시공간 앞으로 두 남녀를 끌어당기는 의식이거나 계기에 불과합니다. 물론 앞으로 눈을 감고 살아갈 생각이 아니라면 반드시 눈을 뜨고 상대를 바라보면서 그때에 자신의 내면에서 일어나는 감정의 잔잔한 요동을 충분히 느껴야 하겠지요.

월곡동의 골목길

"총무, 86들이 지금 힘들어. 우리가 선거 자금을 지원해줘야 하는 거 아냐? 총무가 빨리 좀 결단을 내리고 집행을 좀 해줘."

"글쎄. 일전에도 말했지만 그럴 수는 없을 것 같아."

총학생회 간부 회의가 격해지고 있었어요.

그 시절, NL의 아성(牙城)이라 할 수 있는 우리 학교에 어느 때부터 기층에서부터 불어오는 PD 연합의 기세가 상당했습니다. PD 그룹은 당시 하나의 세력으로 완전히 단일한 대오를 형성하지는 못했지만 '반(反)NL'의 기치 아래 어느 정도 행동 통일과 네트워크를 만들고 있었습니다. 더구나 그들의 끈기 있는 학습 태도와 소규모 서클 방식의 끈끈한 라인업에 소수파라는 것이 더 치열한 열정을 불러일으키는 힘으로 작용하여 활발하게 세력을 확산하다 어느 때부터 전면으로 떠오르고 있었어요.

결국 PD 연합은 자신들의 단일한 학생회장 후보를 내세우는 것에 합의하였고 총학생회장 선거에 나서게 되면서 차기 총학생회장 선거는 바야흐로 NL 대 PD의 대결로 절정에 치달았습니다. 그러나 나는 그런 헤게모니 쟁탈전에는 별로 관심이 없었어요. 그저 주어진 자리에서 주어진 역할을 다하기도 벅찬 시기였습니다.

"모든 걸 어떻게 합법적으로만 하나? 운동에는 비합(非合)적인 것도 있고 반합(半合)도 섞여 있는 거지. 그럼 이적표현물로 찍힌 '민주광장' 발행비를 학교 당국에 어떻게 처리할 수 있겠어? 총무는 그런 것도 처리했잖아."

PD 연합의 단일한 반격으로 예상하지 못했던 혼전을 벌이는 학생회장 선거 판세에서 NL 진영의 후보를 위해 선거 자금을 지원해 주자는 안건으로 회의가 조금씩 격화되고 있었습니다. 왜냐면, 내가 반대하고 있었거든요.

"이건 '민주광장' 비용 처리 문제하고는 다르지. 학교 당국에 대한 문제도 아니고, 그리고 비합, 반합의 문제가 아니잖아. 이건 공정성의 문제이기도 해. 당파성이 있어야 한다는 건 인정해. 운동에서 자기 입장을 갖는 건 당연한 거지. 나도 나 스스로는 NLPDR이라고 생각해."

"그런데 뭐가 문제야?"

"하지만 난 현재 총학 총무부장인데… 총학은 학생 전체의 대표 기구잖아. 그런 내가 NL 전당대회에 참석할 수는 없었을 것 같아. 그리고 선거에서도 중립을 지켜야 하고. 당파성을 발휘할 데가 있고 못 할 데가 있는 거지."

"야, 그럼 우리 NL이, 학생회 간부들이 대부분인데. 모두 중립이라고… 그러면 어쩌자는 거야? 우리 선거할 때도 선배들이 남겨준 자금을 지원받았잖아."

"그때는 내가 받는 입장이고 뭔가 판단할 위치가 아니었어. 그런 자금 지원이 관행이었다 하더라도 아닌 건 아닌 거야. 우리는 한 정파의 대표가 아니라 어쨌든 공식적인 학생자치기구의 대표들이야. 학생운동이나 활동까지는 그렇다 쳐도 자금 지원 문제는 아니라고 봐. 더구나 회장인 영기가 지금 구속되고 없는 데다… 어쩌겠어? 내가 위임받은 권한과 역할대로 판단할 수밖에. 아니면 내가 사임하든지."

단순히 감정적인 말은 아니었어요. 이 문제로 사임하라고 하면 그것도 받아들이겠다는 생각이었습니다. 내가 월급 받고 그런 일을 하는 것도 아니잖아요. 총학 총무 일 자체에 좀 지쳐서 어떤 사정으로도 끝난다면 바로 며칠 여행이라도 갔다 와서 조동일 교수의 『한국문학통사』나 완독을 해야 되겠다고 그런 구체적인 생각까지도 해 보았습니다.

"지금 총무, 사임하라는 얘기가 아니잖아! 왜 이렇게 무책임하게 말을 해!"

물론 내 말이 회의 석상에서 그리 적절한 말은 아니었습니다. 다분히 감정적으로 느껴질 만한 대목이었지요.

"회의는 그만 끝냅시다. 우리 총무부, 추석 귀향 버스 사업 정산해야 하기 때문에 총차가 지금 단과대 전체 총무부 모임 가지고 있고. 나도 빨리 들어가 봐야 하거든."

NL 진영의 후보로 출마하는 총학생회장 후보에게 선거 자금을 지원하자는 비밀 안건으로 그 한 주의 회의가 공전되고 있었어요. 자금 집행의 가장 중요한 위치에 있던 내가 그것을 실행해주어야 하는데 그대로 뻗대고 있으니 답답한 형국이었습니다.

학생회비로 모인 학생자치 예산을 각 단과대의 예산안대로 요청받아 분배하는 신학기는 거의 모든 단과대 총무들이 나를 찾아오고 급기야 단과대 학생회장까지 나를 찾으려 다녔습니다. 왜냐면 조금이라도 더 예산을 분배받기 위해서는 나를 설득시켜야 했기 때문입니다. 처음 제출된 각 단과대의 예산안 원안을 모두 합치면 우리가 걷은 학생회비 전체보다 세 배가 넘는 규모가 됩니다. 모든 단과대 총무들을 불러 모아 집단 토론방식으로 예산을 조정하는 그러니까 불요불급(不要不急)한 사업들을 포기시키게 만들어 삭감시키는 그런 자리를 만들었지만 그래도 그 자체로 1.5배가 넘는 규모에서 더 이상 진전이 되지 않았습니다. 결국 마지막으로 총액에 맞추어 그 비율대로 신학기 예산 수립을 마무리 지었습니다. 그건 학생운동이라기보다는 지루한 행정 절차와 조정의 시간이었습니다.

학생회비라는 그 돈도 내가 바로 꺼내 쓸 수 있는 통장에 넣어둔 그런 상태는 아니었습니다. 우리는 학생이기 때문에 어쨌든 교육적으로 우리를 지도해야 하는 학생처가 학생회비를 보관하고 있다가 내가 품의서를 작성하여 올리면 학생처장님의 결재를 통해 그때그때 집행을 해주는 그런 체계입니다. 물론 나중에 다 영수증을 첨부하여 정산도 해야 합니다. 돈이란 투명하고 정확하여야 하니까요. 문제는 그 시절 우리가 마냥 고분고분하고 착한 학생들만은 아니었다는 겁니다.

"총무, '민주광장' 발행비라는 계정으로 결재를 받을 수는 없어. 법적으로 찍혀 버렸잖아. 다른 명목으로 올려야 돼."

단과대 총무들은 모르는 나만의 골치 아픈 문제는 일반적인 총학생회 운영비용에다가 그해 이적표현물로 규정된 총학 홍보부의 '민주광장'이라는 학생 정치 신문의 그 막대한 발행비를 어떻게 처리하느냐 하는 것이었습니다.

왜냐면 그래도 교수인 학생처장님께 법적으로 이적표현물로 규정이 되어버린 그 신문의 발행비를 결재하라고 곤란하게 할 수는 없으니까요. 그래서 장학과의 홍 선생님이 부탁 겸 방법론을 꺼냈는데 그 방법이란 다른 명목으로 갖가지 사유를 만들어 내는 것이고 거기에 맞추어 영수증을 첨부해야 한다는 것이었습니다.

이른바 '전투적 학생회' 노선에서 명실공히 총학생회 간부가 되면 학생운동의 지도노선을 고민할 줄 알았더니 사실 내가 그해 가장 고민했던 것이 그놈의 영수증입니다. 보는 사람마다, 보는 총학생회 동기들마다에게 '혹시 영수증 있어?', '영수증 있는 사람, 나한테 줘.' 라고 말하며 그야말로 영수증 수집광이 되어갔어요. 나중에는 나를 보자마자 아무 말 없이 주머니에서 영수증부터 꺼내서 건네는 총학 홍보부원도 있었으니까요.

또 사회부의 시위 관련 준비물과 비용도 그대로 '화염병 제작비' 또는 '반정부 시위준비 비용' 이렇게 처리할 수는 없었습니다. 수배 자들의 도피 지원 자금과 약간의 활동비 지원도 물론 '수배자 도피 비용' 이렇게 장학과에 결재를 올릴 수는 없잖아요. 몇몇 주요 구속 자들에 대한 약간의 영치금 또한 '구속자 영치금' 이럴 수는 없었고요. 더구나 총학생회실 바로 위 학생회관 4층에 있던 전대협 사무국 운영에 대한 지원은 거의 밑 빠진 독에 물 붓기였습니다. '전대협 운영비'는 각 학교가 갹출(醵出)을 하여 운영되지만, 우리 학교가 의장을 배출한 학교이며 사무국을 유치하고 있었으니, 마치 친정 근처에 사는 딸네 집을 살피듯이 해야 했습니다.

거기다 '고연전'이라는 축제 겸 체육행사를 맞이하면서 응원단은 1학년 여학생으로 구성된 새끼 호랑이 응원단에게 예쁘고 화려한 응원복과 말가죽 부츠를 사주어야 한다고 엄청난 예산안을 내 책상위에 올려놓고 한 달 내내 괴롭혔습니다. 그 예산대로 다 해주면 한이틀간 운동장에서 즐겁게 놀기 위해 남은 총학 예산의 절반을 다털어 넣어야 할 판인데 말입니다. 나는 또 학생처장님께 긴급 지원 요청을 할 수밖에 없었습니다. 그렇게 총무 업무도 운동의 모든 영역처럼 합법적인 것과 반합법적인 것 그리고 비합법적인 것 그 모든 영역을 넘나들어야 했습니다.

일 년 전 나와 비슷한 역할을 맡고 있는 86학번 선거 진영의 사무장이 어떻게든 자금을 지원받기 위해 나를 찾아왔지만 나는 그가 원하는 대답을 해 줄 수가 없었습니다. 진심으로 마음은 무거웠어요. 한 학번 후배들이지만 운동에 헌신하는 86학번 후배들의 진정성을 많이 보았습니다. 총학생회의 대표성과 공정성에 대한 내 가치 판단을 떠나 그들이 겪는 선거전의 어려움을 보면서 내 돈이라도 있으면 내놓고 싶은 심정이었습니다.

그러나 나는 학생이었기에 지위와 역할에 따른 권한과 책임만 있을 뿐 내 돈이라는 것은 전혀 없었습니다. 학생회비로 모인 총학생회의 자금은 결코 내 돈이 아닙니다.

그날도 총무부실에서 총무부 차장 정종욱과 나는 영수증을 수북하게 쌓아놓고 풀을 발라 전표에 붙이고 있었습니다.

"총무. 사대 사회부장, 어때?"

"누구? 오수연?"

"응, 오수연 부장말이야."

"솔직히 말할까?"

"당근 솔직히 말해야지. 지금 우리 둘만 얘기하는 거잖아. 내가 볼 때는 괜찮던데…"

"그래 솔직히 말해서… 나도 괜찮아."

그날따라 종욱이는 뭔가를 조금 아는 듯한 표정으로 먼저 오수연에 대한 펌프질을 시작하더군요. 그는 진정으로 사랑의 마중물이 되기로 한 걸까요?

"에이. '괜찮아'가 뭐야. 표현이 너무 그렇다. 우리 문학적인 총무가 너무 표현이 앙상해."

"에이, 그럼 뭐. 첫눈에 번개가 치고 비바람이 불면서 내 마음도 비에 젖고 있었어요. 당신을 만나기 위해 봄부터 소쩍새는 울고 간밤에 저리도 무서리가 내리더니 나는 그렇게 오랫동안 혼자였나 봅니다. 이렇게 표현하란 말이야?"

"오. 그래. 잘하네. 그런 식으로 얘기하면 되겠다. 여자들은 그런거 좋아해."

"이런 걸 여자들이 좋아한다고. 하하. 유치하다. 그래, 그럼. 지금부터 내가 읊어 볼 테니까. 한번 받아 적어봐. 내가 일곱 발자국을 걸으면서 시(詩) 한 편을 읊어볼게."

"오, 칠보시. 좋아. 읊어 봐."

일곱 발자국을 걸으며 한 편의 시를 읊는 칠보시(七步詩). 그 옛날의 조식처럼 절박한 심정이라기보다는 여유 있고 장난스럽게 나는 한 발 한 발 내딛으며 시를 읊었습니다.

"긴 밤을 지새우고 풀잎엔 아침이슬,

진주가 곱다한들 님보다 고울쏘냐,

나도야 고운 님 찾아 서러움 버리리라."

"뭐야! 표절 아니야?"

"이런 건 패러디라고 하는 거야. 어차피 모든 창작은 복합 패러디거든."

우리는 결국 키득대며 같이 웃었습니다.

"그건 그렇고. 전당대회 문제. 아니 그것보다 저기 86들 지원 문제 어떻게 결정됐어?"

"그거… 결정된 건 없어. 총차 생각은 어때?"

"내 생각이야 뭐. 총무 생각이 더 중요하지. 어떻게 생각하는데… 총무가 결정해야 되는 거야."

"내 생각? 결정? 그래. 맘이 무겁긴 해. 내가 볼 때 쉽지 않은 선거야. 총차도 알지?"

"그래, 알아. 단대 쪽에서는 좀 심각한 것 같아. 학우들이 우리 총학에 대한 평판도 뭐 그리 썩… 이번 『고대문화』 기조를 볼 때도 그랬지만 PD 연합의 기층 장악이 상당해."

"그렇겠지. 우린 고대 자체보다 전대협만 실컷 했잖아. 정치 편향, 친북 편향, 통일 투쟁 일변도… 다 먹히는 말일 거야. 간단히 말해서 '학내 문제 좀 신경 쓰라.' 이런 거겠지. PD의 학내 민주화 요구가 설득력이 있어. 내 동아리 쪽도 삐딱선을 타는데 뭐."

"그러니까…. 어려운데 좀 도와줘야 하나?"

"그래도 내 생각은 그건 좀 아니라고 봐. 어쨌든 우린 공식적인 대표기구잖아. 우리가 추석 때 귀향버스 일한 거… 그게 운동에 무슨 의미가 있냐고 할 수도 있지만 학생 자치 기구로서 우리는 우리 일을 했다고 봐."

유독 지방 출신 학생들이 많아서 이른바 '촌놈들의 학교'였던 고대. 그 당시 추석 때면 기차, 버스 등이 붐비면서 학우들의 마땅한 귀향 교통편이 부족하다는 것에 내가 착안하여 총학생회 차원에서 '귀향 버스'라는 이름으로 전세 버스를 대절했습니다. 대운동장에 약 50여 대 이상의 버스가 부산, 광주, 대구, 전주, 강릉, 대전, 포항, 안동, 목포에 이르기까지 전국 주요도시의 목적지 안내문을 달고 서 있었습니다.

학생회를 통해 미리 귀향 버스의 좌석표를 판매했는데, 수익사업이 아니었으므로 한 푼의 수익금도 남기지 않고 오로지 원가 이하에 모든 것을 제공했습니다. 표를 미처 구하지 못하고 출발 당일 날에 찾아오는 학우들도 태워주었고, 고향 갈 차비마저 없는 이상한 고학생들 몇몇은 빈 좌석에 슬쩍 무임승차까지 했지만 총무부는 못 본 척 눈을 감아주기도 했습니다.

그 추석 귀향 버스 사업 때문에 총무부 전체가 거의 열흘 동안 버스표를 판매하고 좌석 배정을 하는 마치 운수업 사무실에 이른 것 같았지만 모두들 나름의 보람을 느꼈습니다. 일시적인 버스 운수업 사업과 배차 안내 등으로 총무부의 잡무는 엄청났지만 학우들의 반응은 상상외로 좋아서 버스 좌석이 거의 100%에 가까이 꽉 찼습니다. 학교 친구들과 귀향길을 함께하는 재미로 다음 설날에도 이 사업을 해달라고 많은 요청이 들어오기도 했습니다.

"총무, 난 정말 좋은 아이디어였다고 생각해. 내가 그런 점에서 총무를 좋아한다니까."

"새삼스럽게. 진짜 수고야 총차가 더 많았지."

종욱과 나는 손발이 잘 맞는 부서 조직이며 우정 어린 친구이기도 했습니다.

"아무리 그동안의 관행이었다 하더라도 잘못된 건 잘못된 거야. 선거는 선거팀이나 출마팀이 알아서 할 문제야. 물론 어렵겠지. 어렵겠지만 특히 자금 문제는 더욱 공정해야 돼. 그리고 현 총학은 선거에서 중립을 지켜야 해. 물론 각자의 정치적 입장은 자기 신념대로 해야지만 공식적으로 부여받은 권한, 그러니까 중립을 지켜야 하는 입장을 쉽게 팽개칠 수는 없다고 봐. 물론 내 정치적 입장은 동조해. 그런 당파성마저 쉽게 여기는 건 아니야. 특히 이번에 나온 86 후보, 내가 진짜 좋아하는 애야. 충분히 학생회장 깜이라고 생각해."

종욱이는 가만히 내 사설을 진지하게 들었습니다. 총학 부장 회의에서 미처 못다 한 얘기, 무언가 답답하게 전개되었던 그 상황에 대해 넋두리를 늘어놓듯이 계속 말을 이어갔습니다.

『고대문화』 발행비가 문제 됐을 때도 그랬잖아. 책 처음부터 끝까지 NL 노선에 대한 비판에다가… 내놓고 PD 노선을 촉구했지만. 『고대문화』가 정당하게 자기 예산을 주장하는데. 우린 그냥 예산 집행해줬잖아. 심플하게 생각하자. 사투는 사투로, 투쟁은 투쟁대로, 정파성은 자기 신념대로. 그리고 우리의 권한과 책임은 주어진 그대로 공정하게. 그리고 우리 임기도 얼마 남지 않았어. 깨끗하게 마무리 짓고 싶어. 총차는 어때?"

"나? 총무가 지금 말한 게. 솔직히 내 생각이야. 물론 총무 결정을 따르려고는 했지만. 난 총무가 나랑 똑같이 생각할 거라고 믿었어."

"그래? 나도 총차가 내 생각을 지지해주리라 믿었어."

"그럼. 지지하지. 생각도 똑같은데. 그리고 오수연도 내가 살펴본 대로 총무랑 생각하는 게 똑같잖아."

"갑자기 웬 오수연? 뭐가 똑같다는 거야? 오수연이 여기서 왜 나와?"

"총무도 괜찮다며… 솔직히 내가 사대 사회부장하고 얘기 한번 나눠봤거든. 걔도 총무 괜찮게 생각한다니까. 알았어. 내가 봐서 자리 한번 만들어줄게. 왜 중이 제 머리 깎기 힘들잖아. 여자를 만나려면 일부러라도 서로 단둘이 있는 자리를 좀 만들어야 돼."

"오, 그런 거야. 역시 애인 있는 사람이 좀 다르네."

"내가 도와줄게. 걱정하지 마."

"아이고, 전혀 걱정 안 하거든요."

그렇게 나는 의연하게 얘기하면서도 오수연과 자리를 만들어 주겠다는 종욱의 그 계획을 막거나 하지는 않았습니다. 내심 기대했을 겁니다.

우리가 이런 얘기를 나누고 있을 때 탕탕하고 밖에서 최루탄 쏘는 소리가 들렸어요. 그 가스가 집무실로 새어들어 올까 봐 종욱은 천천히 일어나 창문을 닫았습니다. 그사이에 내가 슬며시 일어나 밖으로 나가려고 하자, 혼자서 영수증을 맞춰야 할 그가 지레 못을 박았습니다.

"어디 갈려고? 오늘 6시까지 영수증 맞춰서 장학과에 제출해야 돼."

"그래. 그래도 집회 상황 좀 보고 올게. 총차가 좀 하고 있어."

"빨리 돌아와. 저녁에 학생처장님하고 저녁 약속 있는 거 알지?"

그가 등 뒤에 대고 일렀습니다.

"알아요."

모자란 2학기 예산을 학교 장학과에서 더 지원받기 위해서 반드시 학생처장님을 만나야 한다는 약속을 그가 상기시켜 주었습니다.

광주의 아픔이 민주화 운동으로 명예를 회복하기 시작했고, '5공 비리 특별위원회'가 청문회를 통해 쏟아놓는 제5공화국의 부정부패와 비리가 국민적 공분(公憤)과 함께 반드시 시위를 해야 할 명분과 이슈를 매일같이 던져 주었습니다. '제5공화국'과는 씻을 수 없는 원한을 가진 학생운동권은 그날도 '전두환 구속'이라는 구호를 외치며 교내 집회 이후 가두 진출을 위한 교문 앞 싸움을 하고 있었습니다.

내가 학생회관을 나와 이름만 대강당이고 전혀 크다고 할 수 없는 강당 건물 뒤로 돌아 4.18 기념비 쪽으로 넘어올 때 시위대와의 공방을 끝내 참지 못하겠다는 듯 '지랄탄'이라 불리는 다연발탄이 대운동장의 하늘 위로 날아올랐습니다. 덕분에 교문 박치기를 하고 있던 시위 대열이 흩어지기 시작했는데 그 자욱한 연기 속에서 나는 한 여학생을 눈으로 찾고 있었어요. 사범대 사회부장, 오수연. 나는 처음부터 그네를 보기 위해 이 전장으로 나왔습니다.

다연발탄에 의해 대오가 뒤로 밀리면서 전열을 다시 가다듬어야 하는 그때, 찰랑거리는 단발머리를 약간 기울이며 그 자리에서도 숄더백을 매고 느릿하면서 우아하게 움직이는 한 여학생이 눈에 들어왔습니다. 내가 찾던 오수연이었어요. 최루탄 연기가 자욱한 그 속에서 숄더백을 매고 의연하게 뒷걸음치다가 다시 그 자리에 서 있는 그네는 마치 '잔 다르크'처럼 빛났습니다. 여유 있게 서 있는 그네의 옆으로 사범대 남학생들이 다가왔고 그들은 사회부장이며 선배인 그네의 말을 들으며 질서 있게 대오를 다시 정비하고 있었습니다.

그 봐, 총차. 꼭 돌 던지는 것만 투쟁은 아니야. 여학생도 얼마든지 사회부장 할 수 있다니까. 저렇게 서 있는 것만으로도 오수연이 너무 멋지게 하고 있잖아.

하지만 그래도 그렇지, 아무리 척박한 고대 땅에 사범대가 여학생 공급처의 역할을 한다지만, 사범대 이 자식들 사회부장 자리를 여학생에게 맡기다니. 보통 여학생들은 글씨를 예쁘게 쓰면 홍보부, 끼가 있다면 문화부, 책을 좋아하면 학술부 정도인데. 화염병이나 만들고 실제 교문 싸움이나 가투 오더(order)를 때리는 사회부는 아무래도 남학생들이 좀 맡아야 하지 않나?

나는 그런 고루한 성역할을 생각했습니다.

하긴, 여대는 가보니 대동제의 그 무거운 새끼줄도 여학생들이 스스로 다 만들고 무대에 못질도 하던데. 그러나 어쨌든 여기는 남녀

공학이잖아. 아니, 그래도 사회부에 홍일점 한 명 정도는 모양이 괜찮은 걸까? 지금 보니 잔 다르크처럼 너무 멋지잖아.

여학생 사회부장 오수연. 늘씬한 키에 균형 잡힌 몸매, 젊고 탄력 있는 움직임 그 자체로 멋졌습니다.

사실 나도 사범대인데… 내가 이제야 알게 되는 저런 여학생 동기가 있다니.

그해 학생처장의 교양과목만 선물처럼 받아 단 3학점만 획득하고 일 년 내내 사범대 수업 근처에도 가보지 못했던 나는 내 전공학과인 사범대가 마냥 아득하기만 했습니다. 매일같이 아침 9시에 총학생회 사무실로 출근한 뒤 밤늦도록 뛰어다니다 집에도 가지 못하고 동아리 방이나 학생회실 소파에서 늘어졌던 나는 그 시절 학생이라기보다는 벤처기업 직장인처럼 살고 있었습니다. 불규칙한 식사에 술도 끼니라고 생각하며 살았더니 60kg 간신히 넘었던 몸무게가 4kg이나 더 빠져나갔습니다.

오월 광주의 진실이 밝혀지면서 수많은 단체 참배객들이 망월동으로 모여들던 그해 5월. 우리 학교에서는 자그마치 오백여 명의 학생들이 광주와 망월동 묘역을 2박 3일의 일정으로 방문하겠다고 총학생회와 단과대 학생회로 신청이 들어왔습니다. 나는 오월 광주의 역사적 의미를 되새기기 이전에 광주까지 내려갈 전세 버스 대절, 오백 명의 도시락과 식사, 그 오백 명이 잠을 잘 장소 등을 걱정해야 했어요. 역시나 그런 고민을 해결해 줄 사람으로 전남대 총무부장에게 전화를 걸었습니다.

"워매… 징허게도 내려온다니까. 아, 오월만 이리 오고 평소에는 안 오면서… 우리 전대가 호텔이여 뭐여?"

"김 총무, 워메 솔찮게 어려운가 보네. 나야. 고대 박민수."

내가 장난삼아 그의 사투리를 좀 따라 했습니다.

"아이고, 누군가 했더니. 우리 박 총무구만."

전대협 모임에서 만났던 수더분하고 사람 좋은 전남대 총무부장에게 학생 오백여 명의 잠잘 공간을 부탁했습니다. 먹는 식당도 일단 두 끼 정도 예약하고 나머지는 도시락을 준비하겠다고 하니, 그는 먹는 건 걱정을 말라면서 내려오면 '오월 광주 주먹밥'을 실컷 먹여주겠다고 했습니다.

"전에 대의원 대회 때 우리 오월대 아그들한테 박 총무가 삼계탕으로 쫙 돌렸다고. 우리 아그들이 서울 가서 잘 먹고 왔다고 하더만. 내가 박 총무 부탁은 들어줘야제."

이날을 꼭 예상한 것은 아니지만 미리 해놓은 대접으로 전남대 인문대학 전체의 빈 강의실을 우리 학교 쪽으로 배당받았습니다.

"근데. 의장님도 오시나?"

"아마, 지금 미리 광주에 가 있을걸. 잠행할 테지만. 김 총무, 이 전화, 짭새들도 듣고 있을지 모르니까. 우리 의장님, 잘 좀 지켜주소."

그 시절 대학 총학생회실 전화야 다 도청된다고 짐작하고 있기에 이런 말을 덧붙였습니다.

"박 총무, 걱정을 마소. 딴 데는 몰라도 여거는 광주여. 짜바리들도 죽지를 않으려면 여거 광주서는 의장님한테 해꼬지를 못 하지라. 광주서는 괜찮을 것이요."

오랫동안 고립되고 진실이 은폐되어 외롭게 시대의 십자가를 짊어지었던 광주로 가는 길이 열렸습니다. 이제 정치인과 학생, 시민, 수많은 사람들이 그 5월을 기념하기 위해 전남대와 금남로, 망월동으로 모여들고 있었습니다.

"그놈의 골치 아픈 전대협을 먹여 살리느라고 박 총무가 뼈골이 빠질 것인디. 내려오면 내가 육해공으로 깔아놓고 한 잔 살 텐게. 얼릉 오소. 박 총무."

그렇게 고마운 전남대 김 총무는 인문대학 강의실 문마다 '민족 고대 학우 여러분. 환영합니다.' 라고 쓴 전지를 미리 붙여 놓아 강의실 배정의 질서도 잡고 먼 길을 내려간 우리를 따뜻하게 반겨 주었습니다. 그러나 막상 내려갔을 땐 그와 맘 편하게 술 한 잔을 마실 여유는 없었습니다. 전대협 의장단이 망월동 묘역에서 멋지게 기념식수를 할 진달래 묘목을 구하고 흰 장갑과 헌화할 꽃을 챙기느라 바빴고, 오백여 명에 달하는 학우들의 잠자리 배정과 식사 조직에 눈코 뜰 새 없었습니다. 우리 학우들이 한 명도 다치지 않고 무사히 돌아갈 수 있게 동행한 장학과의 홍 선생님과 함께 나는 가슴을 조이며 응급구급약 세트를 항상 들고 있었습니다.

서울로 돌아오는 길, 함께 해준 홍 선생님께 감사를 표하고 두려움 속에서도 힘든 여정에 버스를 몰아 준 전세 버스 기사님들을 모시고 고속도로 휴게소에서나마 따뜻한 식사를 대접했습니다. 한 명도 다치지 않고 무사히 돌아오면서 차창에 '광주학살 진상규명'이라는 검은색 플래카드가 걸려있는 고속버스 안에서야 나는 이틀 만에 겨우 잠이 들었습니다.

그렇게 나는 운동권 학생에서 점점 이른바 '보직 학생'이 되어갔는데요. 그렇다고 전혀 보람이 없었던 것은 아니에요. 많은 사람들이 실천의 현장으로 달려 나갈 때 조직의 뒷무대에서 한두 사람 정도는 그런 일을 해주어야 합니다. 나와 총무부 차장 정종욱이 그런 결의를 했습니다.

터지는 최루탄 속에서도 사회부의 지휘 아래 교문 싸움을 하는 시위대의 진열은 쉽게 흩어지지 않았습니다. 하지만 그래봐야 어차피 교문 앞이나 학교 앞 사거리 정도만 진출할 우리 대오.

'그래, 빨리 가서 영수증이나 맞추자. 종욱이 혼자 힘들겠다.'

아, 머리가 지끈지끈 아플 지경입니다.

'집회 한 번 당 10만 원씩 깨진다.'

그 시절, 이거 내가 학생운동을 하는 건지 학생회 경리로 취직을 한 것인지 분간이 어려운 나날입니다 그려. 왜냐면 아무리 고상한 투쟁도 진심 어린 활동도 결국 움직일 때마다 돈과 부딪혔어요. 학생회를 교육적으로 관리해야 하는 학교 행정당국, 장학과와 매번 싸울 수도 없을 뿐 아니라, 그래도 어려울 때는 장학과와 학생처장님께 부탁을 할 수밖에 없는 상황이었습니다.

대운동장의 잔 다르크를 더 보고 싶었지만 빨리 오라는 종욱이의 언질을 생각하고 다시 집무실로 돌아갔습니다. 그날도 나는 최루탄, 지랄탄 발포 소리를 들으며 아주 익숙하게 계산기를 두드렸습니다.

전자공학과 후배들이 '쉬프레드시트'라는 새로운 프로그램이 있다면서 그걸 쓰면 계산이 쉽다고 하던데… 도대체 그건 뭘까? 나중에 애들에게 물어봐야겠다.

너무나 많은 실무와 잡무에 나는 조금씩 지쳐 갔고 운동의 어떤 매너리즘에 빠지지 않을까 걱정하고 있었습니다.

"총무야. 오수연 부장도 총무 괜찮게 생각하는 거 같아. 내가 만나서 얘기 한번 나눠봤거든. 이번 주 내로 자리 한 번 하자고 하니까, 그러겠다고 그러던데. 총무, 너 만나고 싶어 하더라. 그래서 내일쯤 약속했는데… 만나자."

"에이, 됐어. 오수연이 걔 얘기하지 마."

"아니, 왜? 갑자기 왜 그래?"

"총차, 도대체 걔 뭐야? 군대 간 선배 있다는데 뭐. 진짜, 웃긴다. 걔. 뭘 만나고 싶어 해? 걔, 사대 대학원 선배 애인이래."

종욱이가 수연과 자리를 만들어 주겠다고 미리 얘기를 했고 나도 사실 싫지 않아서 그네를 만나면 무슨 얘기를 할까 머릿속으로 멘트 연습을 하고 있었습니다.

뭐 재미있는 얘기 없나?

역시 웃겨주는 게 제일 좋겠다고 생각하면서요.

그런데 그런 며칠 사이에 이상한 얘기가 들렸습니다. 대학이라는 일종의 생활 공동체 속에서 더구나 운동권이라는 그 인연공동체 속에서 또 한 건의 연애가 뉴스가 내 귀에 날아들었습니다.

오수연이 어떤 선배의 애인이라는군요. 그 소식은 일련의 스토리를 가진 연애담은 아니라 단편의 조각을 가진 어떤 첩보와 같이 들려왔습니다. 정통한 소식통이라기보다는 일종의 풍문이었지만 그렇다고 아주 무시할 수도 없는 내용이었습니다. 그네의 소속인 사범대에서 나온 얘기였기에 전혀 신빙성이 없는 얘기가 아니었습니다.

오수연의 그 선배는 대학원에 다니고 있는데 지금은 입대하여 군에 있답니다. 입대 전 수연과 사귀었고 현재는 그네와 편지 같은 걸 교환하면서 지낸다는군요. 그건 서로 뭐 그냥 연인이라는 얘기잖아요. 그러니까 오수연은 애인을 군에 보낸 전형적인 고무신 신은 여자라는 얘기인데요.

나는 순간 기분이 확 상했습니다.

도대체 걔 뭐야?

내가 또 연애가 뉴스에서 제일 늦게 어떤 소식을 안 것 같았습니다. 그전의 다른 소식과는 달리 이번에는 무언가 기분이 다르게 느껴지더라고요. 예전에는 그런 소식에 아무런 감정이 개입되지 않았는데 이번에는 감정이 좀 개입되더군요. 더구나 종욱이로부터 나를 만나고 싶어 하더라 하는 얘기를 들으니 그네가 더욱 가증스럽게 느껴지던걸요.

종욱이에게 내가 들은 풍문을 알려주었습니다. 그런데 내 얘기를 듣고 종욱이도 그네의 비양심에 분개해 줄줄 알았는데 반응이 그렇지는 않았습니다.

"글쎄… 그래도 그건 소문일 뿐이고. 본인한테 확인한 건 아니잖아."

"아니 내가 왜 그런 걸 걔한테 확인받으러 다녀. 그럼 아무 일 없는데 그런 얘기나 돌아다니나? 사대 쪽에서 나온 얘기라니까."

"어쨌든 그냥 소문이잖아."

오히려 더 진중하고 집요한 쪽은 종욱이였어요.

그래. 소문이긴 한데… 소문이라고 아무 의미가 없는 건 아니잖아. 아, 아니 땐 굴뚝에 연기 날까? 연애가 뉴스, 그 바닥이 원래 그렇잖아.

"총무."

종욱이 내 눈을 바라보면서 낮게 불렀습니다.

"그래서 아쉬워?"

"뭘… 내가 뭘 아쉬워? 내가 뭘 했다고…? 그런 얘기가 아니고. 아니, 내가 지금 아쉬워서 이러는 걸로 보여? 야, 돌겠네."

"응. 좀 그렇게 보이네. 지금 약간 흥분하는 거 알아?"

"흥분한다고… 내가 그렇게 보이나?"

"알았어. 알았어. 따지자는 게 아니야. 그냥 소문은 소문일 뿐이라는 거야."

마치 노련한 심리 상담사처럼 종욱이는 나의 과장된 반응을 냉정하게 집어내다가 바로 또 나를 다독거렸습니다. 고무신을 신고 나를 만나겠다고 남자를 농락하는 그네의 어떤 비양심에 대한 질타를 동조해 줄줄 알았더니 종욱이는 반대로 내 기저에 깔린 심리를 탐색하고 있었어요.

나아가 종욱이는 내 그런 감정적 태도나 의견은 무시하기로 작정을 했는지 한술 더 떠서 다음 날 아예 수연과 만나기로 약속을 확정 짓고 왔습니다. 그는 반금련과 서문경을 이어주기로 작정한 왕노파와 같이 나섰습니다.

"사대 사회부장. 그러니까 저기… 수연이가 만나고 싶대. 하고 싶은 얘기도 있다는데. 총무한테. 내가 다 얘기해봤어."

"나한테? 얘기하고 싶다고?"

"그래, 총무한테 직접 얘기하고 싶은 게 있나 봐. 그래서 오늘 약속했어."

"아니, 무슨 약속을 해?"

"야, 수연이가 하고 싶은 얘기도 있다는데. 그냥 들어보면 되지. 니가 더 속 끓일 필요는 없잖아. 그리고 우리 오늘처럼 한가한 날도 드물어. 또 언제 이런 시간 낼 거야? 일곱 시에 제기동 시장 형제집에서 만나기로 했어. 갈 테야 말 테야?"

제기동 시장에 형제집?

총차, 형제집의 닭곱창이 맛있기는 하지만 무슨 뒷풀이 자리도 아니고. 야, 그래도 여자라는 설정으로 만나는데 기왕 만나기로 했으면 어디 좀 돈가스라도 썰어 볼 수 있는 레스토랑 같은 데를 잡지.

형제집이 뭐냐? 정말 멋대가리라고는 약에 쓸래도 없는 이 진짜 고대생아.

그러나 표리부동한 이 생각을 입 밖으로 내놓지는 않았습니다.

"왔어? 앉아."

4학년이나 되어서 무슨 소개팅 같은 자리를 종욱이가 만들어 끌려나갔더니 같은 학번에, 대학 동기인 상대가 먼저 나와 있었습니다. 아예 소주와 안주를 다 세팅해놓고선 혼자 먼저 술을 마시고 있었어요. 확실히 미팅, 소개팅 분위기는 아니고 마치 그네가 혼자 술을 마시는 자리에 종욱이와 내가 불려 나온 듯했습니다. 그네는 가볍게 한 잔을 마시더니 내 앞에도 소주를 한 잔 가득 따라주었습니다.

"무슨 얘기 들었다는데… 사실 난 아니야."

도대체 종욱과 무슨 얘기를 사전에 했는지 그네의 일갈은 이토록 두서없고 도전적이었습니다.

"글쎄… 뭐가 아니란 거야?"

"총무가 아는 게 아니라고."

"아니, 내가 뭘 아는 데? 나는 아는 것 없어."

"민수야, 니가 듣고 아는 게 꼭 진실은 아니라고…"

"글쎄. 그러니까 내가 뭘 듣고 뭘 알고 있는데…?"

똑같은 말이 서로 꼬리잡기를 하며 빙글빙글 돌았습니다.

"총무. 에이 왜 그래? 민수야."

그 말꼬리 잡기에 참다못한 종욱이 나를 부르며 환기시켰습니다.

"아니, 그럼 우리가 무슨 서로 얘기가 있었나? 내가 뭘 어쨌다고 그래. 다들."

내 목소리가 좀 높았고 듣기에도 짜증스러운 말이었습니다. 수연은 아무 말 없이 또 한 잔의 술을 마셨습니다. 그래서 나도 한 잔의 술을 마셨고 종욱도 슬쩍 한 잔을 마셨습니다. 이제 이 자리의 의미가 무엇인지는 아무 상관없이 전부 각자 앞의 잔을 채우고 들이켰습니다.

"수연아, 그런 얘기 나한테 할 필요 없어. 솔직히 너한테 홍일점 어쩌고저쩌고하는 사회부는 그렇다 쳐도. 사대 쪽에서 오히려 나를 이상한 놈으로 보더라. 내가 너하고 뭐라도 하고 그렇다면 억울하지나 않지. 이게 뭐야? 난 뭐 아무 감정이 없나?"

"에이, 총무야. 민수야, 그런 얘기가 아니잖아. 자식이… 옹졸하게."

수연은 가만있고 다시 종욱이가 내 말을 잘랐습니다. 침묵이 흘렀고 조금씩 오르는 술기운에 모두들 차라리 점점 더 솔직해지고 있었을 겁니다.

"그래 좀 미안하네. 낼부터 또 바쁠텐데… 이런 얘기해서 뭐해?"

내 목소리는 차분하고 낮아졌지만 말의 내용은 차가웠습니다.

준비성 높은 우리 총무부가 실수를 할 리가 없지요. 장소 선정이 레스토랑보다는 훨씬 낫더군요. 대화 내용이 돈가스를 썰면서 나눌 얘기는 아니었고 나름대로 소주를 바로 제쳐 마시면서 나누어야 하는 내용이었습니다. 그런 면에서 아주 적당한 장소였어요. 역시 우리 총차가 상황을 알고 다 이런 자리를 준비했군요. 중간중간 끊어지는 어색한 침묵을 찰랑대는 맑은 소주가 채워 준 것이 다행스러웠습니다.

내용과 형식의 조화를 항상 꾀하는 부서가 우리 총무부가 아닙니까? 이건 뭐 미팅도 아니고 소개팅도 아니고 기본적인 호감을 가진 남녀의 탐색전도 아니고. 당사자가 자기와 관련된 어떤 오해를 풀기 위해 마련한 해명의 자리이거나 아니면 어떤 소문의 진실을 파헤치고자 하는 그러니까 당시 정국을 흔들던 청문회 자리와 비슷한 건가요?

혹시라도 수연과 이런 자리가 마련된다면 어떤 유머를 해서 웃겨주려고 계획했는데 왜 감정이 발동하여 내가 그렇게 옹졸하게 그네를 몰아세웠던 걸까요? 오히려 솔직하지 못한 사람은 나였습니다.

그 날, 수연과 나 사이에서 아주 중요한 그 첫날. 실은 그네가 자신에 대한 소문을 부인하는 그 말에 내 가슴이 요동치고 있었어요. 생각해보면, 지금 그네의 이 얘기는 내게 꼭 불리한 얘기는 아닙니다.

사실, 나는 그네가 '어머, 날 좋아했나 봐. 어떡해? 나는 모 선배의 애인이야. 호호… 어떡하니? 그러니 나를 그만 단념하고 그냥 친구로 지내.'라고 말할까 봐 엄청 긴장했거든요.

수연은 아랫입술을 지그시 깨물고 약간 화가 난 듯도 하고 조금 침울한 것도 같은 묘한 표정으로 한 잔을 더 마셨습니다. 그네를 따라 나도 같이 한 잔 마셨습니다. 수연은 말없이 내 빈 잔을 다시 채워 주더니 그때쯤 조용히 자기 숄더백을 뒤져서 담배를 꺼내어 불을 붙였습니다. 그 숄더백에 담배가 들어있을 줄 몰랐는데 그렇게 자연스럽게 꺼내니 나도 답답해서 '야, 나도 하나 주라.' 라고 말할 뻔했습니다. 그 담배가 반쯤 타들어갈 때 그네가 다시 차분하게 말문을 열었습니다.

"그래 어떻게 생각해도 좋은데… 난 아니거든. 아니야."

그네의 차분한 목소리가 더 큰 울림처럼 들려 나는 좀 멈칫했습니다. 술의 힘을 빌려 그네는 자기 얘기를 계속 풀어갔어요.

"그 선배가… 군대 가기 전에. 사대에서 사람들이랑 같이 술자리

를 했는데… 그 선배가 군대 가면 편지해달라면서 공개적으로 얘기
했어. 일방적으로… 그런데 사람들이 막 그러라면서… 나도 잘 모르
겠어. 그래서 좀 만났거든. 그 선배 군에 간 다음에 편지도 오고 해
서 그래서 답장도 했어. 그런 거뿐이야."

자신을 둘러싼 풍문에 대해서 당사자가 부인하고 있지만 그네의
얘기는 논리적으로는 모순되는 측면이 있어요. 그 선배가 '일방적'으
로 그랬다고 하면서 좀 만나고 편지도 주고받았다고 말하는 데 그
게 도대체 뭐가 일방적이라는 거죠? '일방적'이라는 단어의 개념이
무엇인가요? 서로 만나고 편지를 주고받는 일이 '일방적'으로 할 수
있는 일인가요? 그러나 그런 개념 싸움을 하면서 따지지는 않았습
니다.

개념이 정확하지는 않지만 그네의 그 얘기가 내게 꼭 불리한 의미
는 아니었는데 그 순간까지도 쉽게 그네를 이해해주거나 받아들이
지 못했습니다. 정서적으로 그네가 어떤 선배의 애인이냐 아니냐 하
는 문제는 당시 내게 있어서 결코 작은 문제가 아닙니다. 처음으로
만남을 시작해보려고 하는 내게 구체적 대상으로 다가온 여자가 누
군가의 애인이라면 혹시 내 첫사랑의 시작이 될지도 모를 그 일이
누군가의 애인을 가로채서 시작하는 것이 되므로 그리 유쾌한 일은
아니니까요. 용기백배가 필요한 장면이었지만 상황은 또 부담 백배
였습니다.

무엇이 진실일까요? 그네가 진실로 어떤 선배의 애인인지 아닌지
는 본인은 확실히 알겠지만 나는 알 수 없는 일이었습니다. 그네를
아는 몇몇 사람들은 그렇다고 얘기하는데 정작 본인은 아니라고 합
니다.

지켜보는 종욱이는 '이건 다 된 얘기야. 뭘 망설여?' 하는 눈치입

니다. 역시 연애의 유경험자라 그가 더 노련한 것 같아요.

종욱이 말대로 내가 옹졸했어요. 정말로 그네는 답답했나 봐요. 수연은 담배를 끄고 또 한 잔의 술을 마셨는데 그 잔을 천천히 내려놓을 때쯤 예측하지 못했던 일순간 분위기가 싸늘해지는 한 장면이 펼쳐졌습니다.

"몰라. 사실, 나 아니야. 속상해."

그런 어린아이 같은 말을 하면서 그네의 뺨 위로 소리 없는 한 줄기의 눈물이 주르륵 흘러내렸어요. 딴에 생각해보면, 그것도 나에 대한 호감의 표시인데, 아이러니하게 그런 첫 표현이 눈물이라니. 나는 깜짝 놀랐지요.

투쟁 이슈를 외치는 것도 좋겠지만 살아가면서 취해야 할 자기 입장도 분명히 해야 합니다. 하여튼 이 아가씨 뭔가 답답하긴 한가 보군요.

그래요. 본인이 아니라는데 뭐. 이런 문제에서 가장 중요한 것이 당사자의 입장이지, 다른 사람이 뭐라고 하는 것이 무슨 필요 있겠어요? 본인이 아니라는데… 본인이 부인하는 관계가 어떤 의미로 존재할까요? '사랑'이라는 감정이 어떤 조건과 과거로, 그리고 다른 사람들의 시선과 입장으로, 타인들이 보기 좋다고 강제될 수는 없는 거잖아요.

"저기…. 수연아, 울지 마."

결국 내가 넘어갔습니다. 그네의 눈물 속에서는 어떤 거짓도 발견할 수 없었어요. 더 이상 따진다는 것은 그 자체로 옹졸함이 분명합니다. 그네는 눈물이 글썽한 눈으로 '음음' 하며 목소리를 가다듬었지만 아직은 젖은 목소리로 말했습니다.

"그래. 총무. 니가 잘못한 것 하나도 없어. 다 내 잘못이지 뭐. 미안해."

그네로부터 어떤 사과를 듣고자 한 것은 결단코 아닌데 왜 그런 말을 내게 했을까요? 여자가 흘리는 눈물 앞에 저항하기는 어려웠습니다. 나는 쩔쩔매기 시작했어요.

"울지 마, 수연아. 알았어."

어느 순간에 거꾸로 내가 그네를 달래고 있었어요. 조악한 냅킨이나마 뽑아서 손에 쥐여주며 또 한 손으로는 그네의 손을 잡았습니다.

"알았어. 그 얘기 더 안 할게."

종욱이는 마침내 진심으로 그네를 달래고 있는 나를 쳐다보며 어떤 거간꾼의 성취감을 느끼다 점점 '애네들이 큰일 낼 애들이네.' 하는 표정으로 우리를 번갈아 가며 쳐다보았습니다.

'이 인간들, 만난 지 한 시간 만에 벌써 울고불고 손까지 잡고 난리야.'

남녀가 서로에게 빠지게 되는 계기는 논리정연하고 거창하게 설명할 수 없는 신호들로 가득 차 있습니다. 살짝 기울어진 머리, 간혹 마주치는 시선, 어떤 다정하고 흥미로운 이야기, 개성적인 제스처에 대한 호감, 귓가를 간질이는 청아한 음성, 중저음의 속삭임, 불쑥 떠오르는 공감대와 호기심. 그런 견딜만한 긴장감과 누릴만한 편안함의 공존 속에 불가사의한 정도는 아니지만 약간의 신비감을 간직한 사람이 좋겠지요. 그 사람에게 우리는 '왜 이 사람일까?' 하는 이성적인 분석은 잠시 접어둔 채 어느새 몸을 앞으로 기울이게 됩니다.

그날 밤 로맨틱하다고는 할 수 없는 그 소주집에서 진실과 진심을 알려주고 싶고 호감을 표하고 싶은데 어찌해야 좋을지 모르는 순진한 한 아가씨와 반대로 비겁하게 자신의 감정을 감추고 뭣도 없는 명예와 품위를 지키려고 하는 어리석은 한 보직 학생이 그렇게 앉아 있었습니다. 4학년까지 학생운동을 했기에 어떤 주의 주장에는 능통할 수 있다고 잘난 척할 두 남녀가 연애와 관련된 자기감정 앞에서는 한없이 서툴기만 한 언행을 이어갔습니다. 함께한 친구가 마음속으로 혀를 끌끌 찼을 겁니다.

그날 밤의 술자리는 미스테리한 수연의 진실을 본인에게서 듣는 것만으로도 충분한 자리였습니다. 그러나 밤은 길고 오해의 한고비를 넘은 젊음의 감정은 그 어떤 촉발로도 쉽게 불타오를 수 있었습니다.

"어디 사는데…? 저기… 내가 바래다줄게."

수연은 지금은 친구와 같이 자취를 하고 있다고 했어요. 가까스로 눈물을 닦고 두런두런 서로의 얘기를 시작한 그 진한 술자리를 마치고 일어나자 그쯤에서 빠지겠다는 듯 종욱이는 가벼운 인사를 하고 자기 길로 사라졌습니다.

술이 좀 과해서 약간 비틀대는 그녀를 그냥 그렇게 혼자 보낼 수는 없었습니다. 뭐랄까 바래다준다고나 할까요? 그래서 동행을 했는데 그녀도 그 동행을 거부하지는 않았습니다. 실은 여자를 사는 집까지 바래다주는 그런 행동 자체도 내가 처음으로 하는 것이었습니다.

"늦었어. 택시 타자."

택시를 잡아 그녀를 뒷좌석 안쪽으로 밀어 넣었습니다.

"응… 월곡동… 동덕여대 쪽… 가기 전에… 딸국."

"기사님, 월곡동으로 가주세요."

자기 집의 방향을 다 말하기도 전에 그녀가 가볍게 딸꾹질을 했기에 목적지를 내가 첨언해야 했습니다. 늦은 밤, 휑하니 뚫린 길을 택시는 쏜살같이 달려 이름 그대로 '달의 골짜기'라는 뜻을 가진 그 시절의 대표적인 달동네 월곡동(月谷洞), 어느 골목 초입에서 멈추었습니다. 고단한 불빛이 점점이 깜박이는 달동네의 푸른 언덕 위로 미리부터 초승달이 날렵하게 솟아 있었습니다.

길을 인도해야 할 그네가 아직도 비틀대고 있었습니다. 넘어질까 걱정이 되어 하는 수 없이 내가 그네를 살짝 부축했습니다. 그네의 걸음은 더뎠고 골목길의 한복판마저 바로 가로지르지 못하고 갈지(之)자로 우왕좌왕하면서 우리는 조금씩 엉켜 들어갔습니다. 생각보다 그네가 과음한 것 같았어요.

자꾸만 휘청대는 자신을 단단히 부축한 나를 그네가 얼굴을 돌려 쳐다보았습니다.

"민수야…"

낮고 부드러운 음성이 속삭이듯 나를 불렀습니다.

"응. 괜찮아? 수연아…."

"응… 음, 괜찮아 이리와. 내게로 와."

'나한테 와. 나에게 와.'가 아닌 '내게로 와.' 그 부드럽게 굴러가는 발음이 낭랑하게 와 닿았습니다. '내게로 와?', 이미 옆에 있는데 뭘 더 이상 가까이 간단 말이에요?

그 자리에서 그네가 나를 끌어서 어둠 속으로 데리고 들어갔습니다. 조금 전까지 술을 마시고 휘청대던 그네를 부축했던 내 행동을 비웃기나 하듯이 그네는 몸을 꼿꼿이 세우더니 내 팔을 잡고 끌어 들이더군요.

어둠이 두 청춘 남녀를 아늑하게 감싸 안았습니다. 골목길에 어떤 봉고차가 주차해 있었습니다. 그사이 조그마한 공간에 내려앉은 깊은 어둠이 큰길을 내달리는 차량들의 소음마저도 지그시 눌러주는 듯했습니다. 어느 순간 모든 소음이 사라지고 고요한 세상에서 서로에게 목마른 두 남녀가 서로를 바라보는 것 같았어요. 어두워서 그네의 얼굴이 또렷이 보이지는 않았지만 나를 똑바로 쳐다보던 초롱초롱한 눈빛만은 지금도 생생한 추억입니다. 그 무언의 눈빛이 수많은 어떤 말보다 오히려 더 많은 사연을 담은 듯했습니다.

나를 빤히 쳐다보던 그네가 어느 순간 가만히 눈을 감았어요. 그리고 내 팔을 조금 더 당기더니, 그대로 살며시 뒤꿈치를 들고 입술을 가져왔습니다. 그네의 입술이 느리지도 빠르지도 않게 그렇게 눈을 감고 나를 찾아왔습니다. 쉽게 거부할 수 없는 붉은 입술이 장난처럼 또는 운명처럼 갑자기 다가올 때 세상의 많은 남자들은 어떤 태도와 행동을 보일까요? 나는 저절로 입 속이 벌어졌습니다만.

그네도 나도 술이 있어 그런 용기를 내었다고 할까요? 술이라는 참으로 귀중한 정신의 음료가 있어 욕구는 좀 솔직하게 표현되고 책임은 좀 가볍게 다루어질 수 있었습니다.

어떤 이는 사랑은 상대의 문제가 아니라 나 자신의 문제라고 하더군요. 어떤 상대를 만나서 사랑을 시작하는 것이 아니라 내가 사랑하고 싶은 그 순간에 만나게 되는 누군가와 '사랑'이라는 사건을 일으키게 된답니다. 그렇게 현대인들은 어떤 상대보다도 '사랑하고 싶은 내 마음' 그 자체를 더 사랑할 수도 있답니다.

그날 수연은 어떤 욕망으로 나를 유혹했을까요?

하지만 어떤 상대를 유혹하려면 진실로 자신을 먼저 사랑해야 할 것입니다. 우리가 진정으로 원하는 것은 '사랑하는 것'일까요?, '사랑받는 것'일까요? 내가 사랑하는 것은 '타인'일까요? 아니면, 그 사람의 눈에 비친 '나 자신의 모습'일까요?

그네가 모든 것을 리드하는 것 같아 나도 지기 싫어서 그네의 등을 내 가슴 안쪽으로 당겼습니다. 그때에 브래지어 자국이 손길에 느껴졌어요. 눈으로는 닿을 수 있지만, 감히 손으로는 닿을 수 없는 그곳에 가만히 힘을 주었습니다.

솔직히 말씀드릴까요. 처음 하는 키스인데 내가 굉장히 잘한 것 같았어요. 영상 시청 경험과 이미지 트레이닝으로 그 첫 시도에 벌써 깊은 키스가 이루어졌습니다. 나도 잘했지만 그네도 잘 응대해 주었습니다.

물론 머릿속에서 종이 울리고 온몸에 전기가 오는 것까지는 아니었지만 부드러운 입술과 달짝지근한 혀, 가슴에 생생하게 다가오는 여자의 어떤 뭉클한 감촉에 이르기까지 나는 결단코 날카로운 첫 키스의 추억을 수연, 그네를 통해서 받아 안았습니다. 그 첫 키스를 통해 나는 그네를 완전히 다른 존재로 보기 시작했습니다. 어둠 속에서 손 등으로 살며시 입술을 닦는 그네는 그 이전과는 전혀 다른 의미로 다가왔습니다.

우리 푸른 젊은 날

"왔어?"

"있었구나."

"오늘도 회의 있니?"

"응."

그다음 날, 수연은 총학생회 사무실에 왔습니다. 그리고는 내 조그마한 집무실 방문을 살며시 열고 내가 있나 살펴보더군요.

"들어 와."

사회부 회의가 잡혔다면서 내 방으로 들어온 수연은 이제 총학생회에 와서 자리도 없이 서성이며 회의를 기다리지 않아도 되었습니다.

"커피 한 잔 줄까?"

내 작은 방 소파에서 커피를 마시며 회의 자료를 차분히 뒤적일 수 있게 되었거든요. 자판기에서 커피를 뽑아주자 그네는 '고마워'라고 말하며 환한 미소를 지었습니다.

이것 봐, 그렇게 웃으니 훨씬 예쁘네. 어제 찡그리며 울 때보다. 살그머니 보조개도 조금 잡히고. 정염을 간직한 도톰한 입술이 붉게 물들어 있잖아.

'어젯밤에 무슨 일이 있었나?'

우리는 시치미를 뚝 떼고 서로를 마주 보았습니다. 교문 앞 격렬한 시위, 최루탄 연기 속 대운동장의 잔 다르크가 내 방에서 커피가 담긴 종이컵을 양손으로 잡고 귀엽게 홀짝거리고 있습니다.

수연아, 나도 사실 전공학과는 사범대야. 도대체 어디 있다 이제야 나타났니? 내가 주로 학생회관과 동아리에서 활동했다지만 우리 이렇게 같은 캠퍼스를 4년간 다녔는데 왜 너를 미처 몰랐을까? 넌 도대체 어디에 숨어 있었던 거야? 네가 사범대 사회부장이 되어 총학 회의에 오지 않았더라면 정말 감쪽같이 널 모를 뻔했잖아.

회의 자료를 뒤적이던 수연은 어느새 계산기를 두드리며 서류를 맞추고 있는 나를 신기한 학생을 보는 양 바라보았습니다. '마치 저런 운동권 학생도 있구나.' 하는 눈으로요. 나는 서류를 만들기 위해 라이카 전동타자기를 드르륵 드르륵 쳐댔습니다.

"타자 잘 치네. 나보다 잘 친다. 언제부터 친 거야?"

"흠. 그래. 내가 한 타자하지. 1학년 때부터 쳤어."

"야, 타자기도 좋다. 첨 보는데. 총학이라 다르긴 다르네."

"이거 전동타자기야. 수동타자기보다 훨씬 편하고 빨라. 새끼손가락이 빠질 틈도 없고."

어린아이가 장난감을 자랑하듯이 나는 잘난 체를 했습니다.

"맞아. 타자기 치다 보면 새끼손가락이 맨날 빠지지."

그네도 타자기를 쳐 본 사람만이 알만한 공감을 표했습니다.

그날부터 내 방에서 회의를 기다리며 같이 커피를 마시거나, 저녁이 되면 학교 앞 분식집이나 식당에서 같이 저녁을 먹었습니다. 그럭저럭 정종욱이 일러준 대로 둘만의 시간을 계속 가졌지만 아직은 같이 손을 잡고 꽃놀이를 가거나 영화관을 찾아가는 그런 데이트는 하지 못했습니다. 그런 시간적 여유가 금세 나지는 않았어요. 하지만 우리는 매일 갖가지 이유를 만들어서 계속 만났습니다.

용감한 사회부 친구들은 자기들의 홍일점이 내 방에서 회의를 기다리는 줄 모르고 있다가 그네가 나와 너무 친하게 지내는 것을 보고 좀 의아하게도 생각했습니다. 약간 섭섭하게도 생각하는 애들도 있었지만 우린 다 친구였기 때문에 특별히 문제 삼지는 않았습니다.

사회부 회의는 매번 긴장감이 높고 실천적이었는데 잡소리가 필요 없고 항상 몇 명이나 동원할 수 있는데, 어디까지 전진할 수 있는데 하는 그런 사항들이 많았습니다. 그리고 무슨 보안 사항도 많은지 내게도 비밀로 하는 것들이 꽤 있더군요. 나는 물어보지도 않았고 알고 싶지도 않았습니다. 수연이 자체가 궁금했던 것이지 사회부 회의 내용은 하나도 궁금하지 않았거든요.

그런 사회부가 모르는 우리 총학 총무부의 비밀도 상당했습니다. 같은 집행부서라도 어차피 성격이 다른 사업 내용이니 '차단의 원칙'으로 서로 모르는 것이 좋아요. 알아서 좋을 일이 있고 몰라서 좋을 일도 있으니까요.

풍문으로 나도는 수연의 애정 관계, 이제 그런 건 몰라도 좋고 알 필요도 없었어요. 그네가 한없이 호기심 어린 눈으로 나를 바라보며 나를 알고 싶어 하던걸요. 이제 나를 그네에게 보여주기도 바쁜데요, 뭘.

수연은 이제 사회부 회의가 없어도 오후가 되고 저녁이 될 무렵이면 내 방문을 두드렸습니다. 혹시 내가 그 방을 비웠을 때도 비닐 레자 소파에 앉아 커피를 마시며 책을 읽거나 문건을 넘기고 있었습니다.

그렇게 한 보름이 지난 어느 날, 나는 연세대에서 어떤 회의가 있어 참석했다가 회의 참석자들과 함께 신촌에서 간단히 저녁을 먹고 다시 내 방으로 돌아왔습니다. 그날 수연은 소파가 아니라 내 책상에서 어떤 책을 펼쳐놓고 잠시 엎드려 졸고 있더군요.

"수연아. 또 회의 기다리는 거야? 밤중에 회의 잡힌 거야?"

"아니. 오늘은 회의 없어."

"그래. 그럼 나 기다린 거야?"

"뭐. 그냥…"

"응. 연대 좀 갔다 왔어. 일이 있어서. 저녁은?"

"저녁…?"

"에이고. 저녁도 안 먹었구나. 이런."

저녁도 먹지 않고 내 책상에서 엎드려 있던 그네 앞에 어떤 책이 펼쳐져 있어 내가 물었습니다.

"무슨 책을 그렇게 열심히 보고 있었어?"

"응, 이거 『감옥으로부터의 사색』."

"그 책 좋아? 나도 한번 볼까 했는데."

"응. 굉장히 좋아. 난 다 봤거든. 이거 너 줄게."

"아니야. 나도 사 보려고 하는데."

눈치 없는 내 말에 그네가 손까지 휘저으며 말했습니다.

"이거 너 주려고 산 거야. 받아. 저녁도 매번 사줬잖아."

저녁값에 대한 보상으로 책을 받아 넘겨보니 앞 장에 '재미있고 착한 민수에게' 라고 그네의 글씨로 적혀있어서 그 책은 이제 나 아닌 다른 사람에게는 줄 수도 없는 것이었습니다. 여자 글씨로 내 이름이 적힌 책 선물을 받으니 읽기도 전에 슬며시 웃음이 배어 나왔습니다. 거울처럼 그네도 살며시 미소를 비추었습니다.

"참. 저녁 안 먹었지? 가자. 저녁 먹으러 가자."

"넌 먹었다며…"

"괜찮아. 난 소주나 한잔하지 뭐. 책도 선물 받았는데…"

이젠 막걸리는 안 마실 거야. 아무래도 그 민속주는 입 안을 텁텁하게 하잖아. 언제 어느 때 네가 다가올지 모르는 데 조금은 산뜻하게 대기하고 있어야지.

늦은 저녁을 하러 학교 밖을 나서는 보기 좋은 한 쌍의 남녀 앞에 흩날리는 가로수 잎마저 운치 있었습니다. 그네의 이름을 처음으로 알고 그네의 웃음을 처음으로 본 학교 앞 술집, '까치집'까지 천천히 걸었습니다. 그 집에서 해물 파전에 라면을 시키고 그네와 나 사이에 소주 한 병도 올려놓았습니다. 수연은 나를 대작하려고 상당히 노력하더군요. 사실 그네는 술이 약한 편이었어요.

그네는 쏟아지는 단발머리를 귀 뒤로 붙이며 천천히 라면을 먹었고 나는 그네가 준 책을 손으로 주르륵 훑으며 살펴보았습니다. 우리는 다정하게 마주앉아 간간이 얘기를 나누었습니다. 그렇게 한참 시간을 보내고 있을 때였습니다.

"너희들 여기 있었구나."

그러던 어느 순간에 그 집 문 앞에 사범대 학생회장이 갑자기 나타났어요. 바쁜 걸음을 재촉했는지 숨마저 헐떡이는 그는 나와 수연을 보며 반가워하는 표정이 역력했습니다.

"오. 사대짱이 웬일이야? 수연이 찾아온 거야? 이 밤에 무슨 사대 회의 잡힌 거야?"

"아니. 아니. 회의는 아니고."

"그럼. 여기서 사대 모임 있니?"

"아니야. 사실 너네 만나러 온 거야. 총학에 갔더니… 너네 같이 나갔다고 해서."

"우리를? 왜?"

나는 좀 의아했어요.

"그래 너네. 그냥 같이 일단 한잔하자."

그는 숨을 돌리며 청탁했습니다.

"그래 앉아."

잔을 맞추고 내가 한잔 채워주자 그는 단숨에 잔을 비웠습니다. 소주를 한 잔, 또 한 잔 연거푸 석 잔을 마시더군요. 내가 후래자(後來者) 삼배(三盃)를 주장하지도 않았는데 그 친구는 벌주를 마시듯이 연거푸 마셨습니다.

그런데 분위기가 좀 이상해지고 있었어요. 그가 나타나자 수연이는 더 이상 라면을 먹지 않고 젓가락질을 멈추었습니다. 그가 눈길로 수연을 쳐다보는데 그네는 멍하니 그 눈길을 피하여 다른 곳을 두리번거리며 자꾸 불안해했습니다. 하여튼 요상하게 분위기가 흘러갔어요. 그네가 눈길을 맞추어주지 않자 그 불청객은 나를 돌아보며 입을 열었습니다.

"저기… 총무."

"응. 왜?"

"할 얘기가 있는데…"

"할 얘기? 할 얘기가 있으면 해야지. 뭔 얘긴데?"

"그러니까… 뭐냐면… 뭐랄까? 그래. 우리가 운동 이전에 도덕적이야 하잖아?"

"도덕적?"

말을 빙빙 돌리더니 뜬금없이… 얘가 왜 이래. 진짜로 하고 싶은 얘기가 뭐야?

그는 안주도 먹지 않고 네 잔째 잔을 내려놓고서야 말을 꺼냈습니다.

"너네. 어떤지는 모르겠지만… 사귄다는 소문이 있어서… 그래 단도직입적으로 말해서 사실 그러면 좀 곤란해."

"무슨 얘기야? 우리가 사귄다고 곤란할 건 뭐야?"

"수연이랑. 총무랑. 그러면… 곤란해. 수연이가… 사실 기다리는 사람이 있어."

음. 사범대 학생회장은 수연의 그 얘기를 하려 이 밤에 우리를 찾아 왔구나. 그런데 바보같이 수연아 뭐해? 니가 말을 해야지. 나에게 말했듯이 아니라고.

그러나 그네는 그 순간에도 아무 말 없이 앉아만 있었습니다. 오히려 나와 사범대 학생회장의 눈치를 살피며 침묵하고 있었어요. 점차 불안해져가는 그네의 눈빛이 오히려 안쓰러워 보였습니다.

수연아 왜 그래? 당당해야지. 네 감정은 너의 것이야. 흔들리지 마. 사랑에 선배가 어디 있고 후배가 어디 있니? 내가 폭력이나 어떤 기망(欺罔)과 거짓, 또는 잘못된 권위로 하는 것도 아니고 나도 오로지 내 감정과 내 매너와 내 스타일과 내 유머와 내 매력으로 몰고 가고 있는 게임이야.

내 잔상(殘像)에는 그네가 답답해하면서 내 앞에서 울었던 모습이 생생한데 그 마음의 그 진실성을 누구라서 알겠어요?

"내가 볼 때 수연이 하고 총무랑 그러는 거 안 된다고 생각해."

나는 잠자코 그의 말을 듣지만 않고 순간 맞받아쳤습니다.

"안 될 건 뭐야? 야, 사대 운동권에 누가 수연이를 맡겨놨니? 내가 볼 때는 말이야. 수연이가 그 정도는 자기가 판단하고 충분히 결정할 수 있는 사람이라고 생각하는데."

"물론 일시적인 감정도 중요한데. 그래도 우리가 감정적이기보다는 좀 도덕적 관점도 생각해 보고…"

"아니라잖아. 수연이가."

그가 내 말을 단지 감정적인 언사로만 판정하기에 좀 더 감정적으로 내가 내질렀습니다. 그런 내 말에 그는 좀 움찔했지요. 한 걸음 더 나아가 내가 분명하게 선언했습니다.

"그리고 수연이. 내가 좋아해! 됐어!"

그 말을 하면서 나는 소주잔을 손으로 꽉 쥐었습니다. 그 순간에 그 작은 유리잔이 내 손안에서 빠지직하며 부서졌습니다. 그대로 테이블에 내리칠까 했는데 그럼 깨진 잔에 손을 많이 다칠 것 같더라고요. 그래서 바닥으로 깨진 그 소주잔을 휙 집어던졌습니다. 그 순간에도 내 특유의 방어적 행동이 있었지만 타인이 보기에는 그 자체로도 충분히 폭력적인 행동이었습니다.

"어머! 민수야. 손… 손에 피가!"

한 방울의 피가 낡은 테이블 위에 뚝 떨어졌습니다.

"괜찮아."

그네는 내 손에서 배어나오는 피를 보고 깜짝 놀랐지만 나는 천천히 사범대 학생회장을 돌아보며 말했습니다.

"이런 문제는 말이야. 제3자는 관여할 수 없는 거야. 니가 말하는 그 문제는 내가 수연이에게 직접 물어볼게."

그네와 나는 어떤 나쁜 짓을 하다 들킨 사람들이 아니에요.

가능한 한 목소리에서 흥분된 감정을 빼려고 낮추었지만 눈빛만은 흔들리지 않게 그를 똑바로 쳐다보았습니다. 피가 계속 배어 나오는 손을 처연하게 쥐고 있자 놀란 그네가 냅킨을 건네주고 물수건이라도 얻어 와서 내 손을 펼치고 닦아주겠다고 부산을 떨었습니다. 덕분에 그 짧은 대화조차도 계속할 수가 없었습니다. 그 광경을 쳐다보는 그 친구의 입장에서 볼 때는 참 가관이었을지도 모릅니다.

참. 놀고 있네. 이 연놈들이.

보는 사람이 질려 버리는 장면이었어요.

여자들은 보통 자기의 어떤 마음이나 호감을 조금 던져놓고 남자가 그걸 받으면 그다음에 또 조금 더 던져주고… 뭐 그런 식으로 연애를 이끌어 가는 것 같아요. 아직 시작하는 단계이기에 밀고 당길 것은 없었습니다. 그네가 던지면 내가 받고, 그러면 그네가 조금 더 진전된 것을 던지고 또 내가 받고 하면서 순조롭게 전진해나가고 있었습니다.

그러나 한편 그런 단선적인 움직임 이외에 항상 무언가 단계를 뛰어넘는 폭발성에 의해서 모든 사건이나 관계는 진전되는 것인데요. 내가 술잔을 던진 그 행위는 어떠한 이성적 계산은 없었고 답답한 마음에 저지른 추태와도 같은 것이었습니다. 그러나 그 행동은 다른 사람은 몰라도 그날 수연에게는 가슴에 불을 지르는 행위였는지도 모릅니다.

깨진 잔에 손을 베이면서까지 자신을 변호해 주려고 하는 용감한 남자의 태도에 깊은 신뢰와 고마움이 자리했는지도 모르죠. 아니, 자기를 직접 바라보며 말하지는 않았지만 그네는 자기를 좋아한다는 내 말을 분명히 듣기도 했으니까요.

더 이상 그 이상한 술자리를 계속할 수가 없었습니다. 나의 폭력적인 행동으로 인해 그 집에 계속 있을 수도 없어서 모두들 자리에서 일어났습니다. 도덕을 중시하는 어떤 친구의 방문으로 수연은 저녁으로 겨우 시킨 라면조차 다 먹지도 못했습니다. 그러나 도덕을 중시하는 친구의 갑작스러운 방문이 반대로 수연과 나 사이에 어떤 불을 질렀다는 것을 그는 알지 못했을 거예요.

도덕, 도덕, 도덕. 사랑에 지겹게도 따라다니는 이 도덕. 백 년 전에도 천 년 전에도 사랑의 위대한 훼방꾼이 바로 이 '도덕'이라는 놈입니다.

불쌍한 도덕주의자들아. 무너진 도덕의 마지노선을 끌어안고 아무리 지켜보아도 이미 수많은 연인들이 용감하게 그 전선을 넘어 자신의 본성과 욕망의 고지를 향해 진격하고 있단다. '사랑의 자연사(自然史)'로 고찰하자면 이미 백 년 전에 너희들의 전선은 무너졌다. '그래야 한다, 또는 그러지 말아야 한다.'는 당위로서의 도덕적 고찰이 운동과 사상에서는 큰 힘을 발휘하지만, 이 사랑이라는 욕망의 게임 앞에서는 맥을 추지 못하는구나.

그 날 밤 서로 할 얘기가 더 있었는데도 불의의 방문자로 인해 자리에서 일어난 나와 수연은 정처 없이 한참을 걸었습니다. 밴드라도 사서 상처에 붙이자고 약국을 찾아가자며 그네는 종종걸음을 쳤지만 나는 하나도 아프지 않아서 천천히 어두운 거리를 거닐었습니다. 훼방꾼도 떼어 냈는데 급할 것이 전혀 없었지요.

"괜찮아? 민수야."

"괜찮아. 6·10 때 혈서도 써 봤는데 뭐… 이까짓 거"

어두운 거리에 서서 그네가 다정하게 밴드를 붙여주었어요.

우리는 얘기를 나누기보다는 천천히 어두운 거리를 같이 걷는 그 자체를 즐겼습니다. 보문동 고개를 넘어갔다 다시 넘어와서 개운사 입구를 돌아 안암동 로터리 쪽으로 왔습니다. 이공대 정문 옆길을 지나 대광고등학교 쪽으로 우리는 천천히 계속 걸었습니다.

"많이… 쌀쌀해졌다."

무게 있는 내 말이 무슨 신호라도 되듯이 그네는 슬며시 팔짱을

껴 왔습니다. 추워서라도 서로 몸을 가까이 붙여야겠지만 생각해보면 이제 조금씩 연인이 되어 가는 우리가 못 할 일도 아니었습니다.

살다 보면 말이에요. 서로 만나다 보면 그런 날이 있잖아요. 밤새도록 헤어지기 싫은 날 말이에요. 차가운 밤공기 속에서라도 걷고 또 걸어서 지구의 어느 곳 끝까지라도 함께 갈 수 있을 것 같은 그런 날 말입니다.

어두운 밤길이 머나먼 고뇌의 길처럼 열려 있었습니다. 환영받지 못하는 관계에서도 서로 사랑하게 된 비련의 주인공처럼 우리는 처연해져서 차가운 도시의 불빛 아래를 걸었습니다.

"추워?"

어느새 약간씩 떨리는 수연의 몸이 느껴져 물었는데 그네는 그냥 머리를 가로저었습니다.

"아냐. 수연아, 너 추운가 보다 떨잖아."

어느새 후드득 빗방울마저 이마에 닿았어요. 많은 비는 아니지만 피부에 느낄 만큼 차가웠습니다. 때맞추어 내린 찬비는 아직도 멀고 먼 길을 가야 할 우리의 걸음에 방향을 바꾸었습니다.

"꼭 집에 안 가도 되지?"

신설동쯤이었을까요? 깊이 생각하거나 미리 생각해본 말은 전혀 아니었지만 나는 담담하게 이 말을 던졌습니다.

빗방울에 젖은 눈앞에 '하이눈 모텔'이라는 이름을 가진 모텔의 푸른색 네온사인이 붉은색으로 바뀌고 있었습니다. 그러더니 혼자서 녹색으로 다시 푸른색으로 그렇게 색깔을 막 바꾸고 있었어요. 네온사인은 전기도 많이 소모하면서 왜 그렇게 가만있지를 못하고 색깔을 자꾸 바꿔야 하는지는 모르겠지만 그 요란함이 사람을 가볍게 들뜨웠습니다.

"수연아… 저기라도 들어가자. 너무 추워서 안 되겠다."

그네는 아무 대답이 없었지만 거부하지도 않았습니다. 오늘 밤 그네를 놓아주기 싫은 나 역시 발길을 돌리지 않았습니다.

우리는 처음으로 모텔 문을 열고 들어섰고 나는 갱지로 엮인 숙박계에 볼펜으로 쓸데없는 신원을 가짜로 익숙하게 적었습니다. 총학생회 선거를 준비하면서 한 달간 학교 앞 여관에서 합숙을 했었고 학교 행사를 준비하면서 무던히도 외박을 했기에 그런 장소가 낯설지는 않았습니다. 하지만 이렇게 여학생과 단둘이 이런 곳을 들어와 본 것은 처음이었어요.

방문 앞에서 물과 재떨이 등이 담긴 쟁반을 넘겨받고 문이 닫히니 거리의 소음이 일순에 조용해지는 느낌이 들었어요. '달깍'하고 문을 잠그니 일순간 그곳에는 나와 수연, 두 사람만 남은 그런 공간이 되었습니다.

거긴 학교 앞 여관과 달리 하얀 시트가 깔린 침대가 놓여 있었어요. 맨 처음 우리는 창문을 조금 열고 아마 담배를 같이 피웠을 거예요. 같이 피는 담배가 숨찬 걸음도 어떤 긴장감도 많이 풀어주었습니다. 그리고 우리는 마주 보고 얕은 웃음을 지었을 거예요. 모텔의 네온사인 불빛이 유리창의 간유리에 이지러지고 있었습니다.

욕실에 들어갔다 나온 나는 상의를 벗고 런닝 차림으로 나왔습니다. 나 다음으로 욕실에 들어간 수연은 한참 시간을 보내더니 처음 욕실에 들어간 그대로 다시 나왔습니다. 단단한 청바지도 그대로 입고 나와서 이마에 맺힌 몇 개의 물방울만이 그네가 씻었다는 것을 알 수 있게 했습니다.

한참 걸었던 발바닥의 열기가 식을 때쯤 불을 끄고 우리는 하얀 시트가 깔린 침대 위에 나란히 누웠습니다. 돌이켜보면 아침부터 바빴던 하루였습니다. 어둠에 슬며시 눈이 익숙해지자 네온사인의 불빛이 방 안까지 스며들어 푸르고 붉은 불빛이 낯선 벽지 위에 어른거렸습니다. 가끔씩 들렸다 멀어지는 차량 소음 사이로 그네의 가느다란 숨소리마저 귓가에 잡힐 만큼 우리는 가까이 있었습니다.

"좀 갑갑한데…"

그네가 갑갑하다고 말했는데 나는 그 말이 무슨 뜻인지를 몰라 그냥 아무 대꾸를 하지 않았습니다.

"저기… 갑갑해. 그냥 청바지 벗고 잘래. 젖어서 불편해."

말릴 틈도 없었고 굳이 말릴 필요도 없었겠지요. 그네는 그 말을 하고 내 동의를 구하려고 하지는 않았어요. 젖은 청바지가 불편해서 자기가 벗겠다는데 내가 이래라저래라 할 일은 아니니까요. 그네는 벌떡 일어나더니 스위치를 켜고 방 한구석에서 청바지를 내렸습니다.

그래서 나는 처음으로 여자의 하얀 하체를 보게 되었어요. 그네는 셔츠가 꾸겨질 것이 걱정이 되었는지 셔츠도 벗었습니다. 아주 짧은 순간에 일어난 일이었습니다. 순식간에 그네는 팬티와 브래지어 차림이 되었어요. 매끄러운 어깨선이 흐르고 도드라진 쇄골이 가로지르는 그 아래 가슴골이 아득하게 패여 있었어요. 나는 가슴이 쿵쾅쿵쾅 뛰기 시작했습니다.

그네는 다시 불을 끄고 내 옆으로 와서 가만히 누웠습니다. 흥식 호흡을 하는 여자의 가슴 움직임이 어둠 속에서도 느껴졌습니다. 그 상태에서 우리는 몇 마디 의미 없는 대화를 주고받다 또 입을 맞추었습니다. 잠시 후 참을 수 없는 유혹이 옆에 있어 내가 슬며시 그네의 브래지어마저 풀려고 들었습니다. 그 일은 쉽지 않아 약간 시간이 걸렸는데 그네는 가만히 기다렸습니다.

어둠 속에서 그네의 하얀 가슴이 눈앞에 펼쳐졌어요. 스며드는 네온사인 불빛에 여체는 희붐하게 물들었습니다. 그때쯤 공평하게 나도 런닝을 벗었습니다. 그네는 가슴만 할딱거리며 살며시 감은 눈꺼풀이 파르르 떨리고 있었어요.

그 계절쯤 우리나라를 떠나는 쇠제비갈매기 한 쌍은 불야성으로 번쩍이는 서울 하늘 위를 끼룩대면서 날아오르겠지요. 하지만 말이 점점 없어진 우리는 그냥 서울 하늘 아래에 있었습니다. 이윽고 우리는 어떤 말도 없이 육체적 결합을 위한 일련의 과정으로 들어갔던 것 같아요.

그네와 나의 관계에 대해 어떤 도덕적 고찰과 문제제기를 하려던 불청객이 오히려 우리를 그날 밤 이런 자리로까지 함께하게 도와주는 역설적 계기가 되었지만 지금의 과제는 오로지 나의 과제였습니다. 하지만 결과는 싱겁게도 완전한 육체적 결합에 이르지는 못했습니다.

어딘가에 있을 비밀의 문을 찾기가 쉽지 않더군요. 내가 경험이 없어서 여체를 잘 알지 못하는 것도 있지만 그때까진 용감하다 할 수 있을 그네의 용기도 그 정도였습니다. 그러니까 그네가 허벅지를 딱 붙이고 더 이상 열어주지 않으니 어쩔 도리가 없었던 게지요. 마음과 몸의 미세한 괴리는 서툰 내가 메울 수 없는 균열을 살짝 만들어 놓았습니다.

나는요, 그때까지 정말로 총각이었기 때문에 도저히 되지를 않았어요. 한참을 애썼는데도. 파토스(pathos)는 넘치는데 도대체 스킬(skill)이 없었습니다. 긴장한 내 몸에서 땀이 한 방울 그네의 얼굴 위로 떨어졌습니다.

"민수야. 어머. 땀 좀 봐."

어느덧 땀을 뻘뻘 흘리는 나를 알게 된 그네가 팔을 뻗어 수건을 잡아내 얼굴을 닦아 주었어요. 그네의 물기가 아직 남아있는 그 수건으로 내 얼굴을 닦았습니다.

그렇게 땀만 한 바가지 뻘뻘 흘린 채 나는 다시 그네의 몸 위에서 내려왔어요. 기왕에 벗어 놓은 옷을 다시 껴입거나 하지는 않았지만 우리는 더 이상 육체적 결합을 시도하지 않고 가만히 손을 잡고 잠이 들었습니다. 아련하고 고마운 피로가 긴장과 두근거림을 가라앉히며 우리를 차츰 깊은 잠으로 데려갔습니다.

총학생회 간부로서 임기를 거의 마쳐가는 마무리 단계의 학생운동, 꼬박 8학기를 다녔지만 학업을 등한시하여 아직 이수해야 할 학점은 2학기가 넘게 남아있는 상황. 게다가 아직 군대도 마치지 않아 언젠가는 입대해야 하는 상황.

그 무렵, 대학원을 갈까 생각해보기도 했던 나. 반드시 연구해야 할 무언가가 있었던 지적 호기심보다는 학교라는 일종의 보호막이 계속 필요했기에 그런 생각을 했을 거예요.

아니면 비선(秘線)을 타고 노동현장으로 달려갈까? 언론고시공부를 해서 기자가 되어 사회 현장을 지켜보는 건 어떨까? 아니야, 누나는 교사가 되어 교육운동을 펼치는 것이 나에게 맞는다고 충고하기도 했는데. 국어 선생님이 되어 아이들도 가르치고 내가 좋아하는 글도 읽고 쓰고… 그러나 역시 문제는 군대.

참, 86들 선거가 어렵지. 거기다 NL과 PD가 뒤엉켜서 또다시 분열의 골이 패여 가는 기층의 상황. 통일운동은 중요한 건데… 우리 근현대사를 더 많이 공부하고 알아야 우리 운동의 전통과 선열들의 고귀한 희생을 알 수 있을 텐데.

참, 구속된 영기는 어떻게 잘 지내고 있나? 그래도 정원이가 있어 그나마 다행이다.

앞으로 운동에서 내가 과연 무엇을 할 수 있을까? 어떻게 사는 것이 참된 삶일까?

복잡하면서도 멋진 스물세 살. 젊은 날의 고민이 엉켜있는 그 시절에 수연은 잔 다르크와 같이 멋지게 나를 찾아왔습니다. 이제 나는 그네를 내 첫사랑이라고 자신 있게 말할 수 있을 것 같아요.

어찌 되었든 그네는 내 마음을 뺏고 내 진심을 받아가고 나를 자신에게 헌신하도록 만드는 데에 성공했습니다. 서툴지만, 순수하고 아름다운 날들이었어요. 아니, 나도 그네도 그렇게 서툴러서 더욱 아름다운 날들이었습니다.

어떤 이는 성적 충동을 참을 수 없는 가려움이라고 비유하기도 했습니다. 가려워서 사람이 죽지는 않겠지만 도대체 가려움을 긁지 않고 얼마나 참을 수 있을까요? 매일같이 이 땅을 거닐며 숨을 쉬고 있는 우리는 이 충동의 존재와 이 충동의 유혹이 얼마나 강렬하며 얼마나 일상적인지를 알고 있습니다.

청소년기, 무엇에 쓰이는지도 모르면서 그 어려운 미적분을 풀고, 한 번도 가본 적이 없는 인도 편잡 지방의 밀농사가 어떤 연유로 지어졌는가에 대해 분석하고, 한 번도 만나본 적이 없는 김소월은 '산유화'에서 '저만치 피어 있는 꽃'이란 표현으로 어떤 의미를 말하려고 했는지에 대한 여러 가지 추측을 외우고 또 외웠던 그날 밤에도 우리 몸의 성장판은 닫히지 않았습니다. 2차 성징을 통해 분출하는 성호르몬의 바다 위에 둥둥 떠다니는 불안한 몸의 욕구가 어떤 갈망을 통해 성적 정체성을 확보하려고 합니다. 내가 생득한 성적(性的) 정체성은 결국 내가 몸과 마음으로 나와 다른 이성(異性)을 갈구하고 있다는 것을 깨달을 때 비로소 완성되는 것으로 나는 이를 3차 성징이라고 부르고 싶습니다. 남자 또는 여자라는 그 성적 정체성은 자기 자신이 가진 절대성이 아니라 반대의 성을 통해서 확인받고 관계속에서 완성되는 상대성이라 할 수 있을 것입니다.

아무도 보편적 '인간'으로 살아본 사람은 없습니다. 여자 또는 남자로만 살 수 있었던 게지요. 그렇게 인간이라는 추상성보다는 여자또는 남자라는 구체성으로 살아가야 하는 우리는 원하든 원하지 않던 타고난 한 성(性)을 가지고 별다른 학습도 없이 별다른 전술 전략도 없이 사랑이라는 이 어려운 전쟁터에 서 있습니다. 그래서 이 전장에서 모두 저마다의 상처를 입는 것은 어쩔 수 없는 일인지도 모르겠습니다.

육체적 관계의 완성은 물론 남자의 의지가 발동되어야 하지만, 그시작은 언제나 여자의 허락이 전제되어야 합니다. 오케이 사인이 떨어져야만 하는 거죠. 마치 영화감독이 '액션!' 하고 신호를 보내야 배우가 연기에 들어가야 하듯이 말이죠. 여자가 '그럴 의도가 있다는 것'을 눈치채기 위해 남자는 상당히 신경을 곤두세워야 합니다.

'오늘, 왠지 당신과 하고 싶군요. 빨리 나랑 하러 가요.' 이렇게 쉬운 말로 자신의 욕구를 말해주면 알아듣기 편하겠지만, 오늘날 어떤 여자도 이런 식으로 말하지는 않습니다.

'슛' 들어가고 '레디'하고 '액션'하는 그 과정들을 여자는 매우 상징화된 코드의 몸짓과 언어로 풀어헤치기 때문에 감각을 좀 예민하게 곤두세우고 귀를 쫑긋하고 잘 알아들어야 합니다. 여자들 개인마다 대단히 개성적이고 다양하게 구사하는 그 코드 언어를 잘 해석하면서 톤과 무드를 조정하고 타이밍을 맞추어야 하며 여자가 던지는 감정의 미세한 시그널에 맞추어 적절하게 움직여 주어야 합니다.

사실 이 모든 것은 조금 복잡하고 귀찮으며 가끔은 해석상의 어떤 오류를 불러오기도 합니다. 하지만 이를 복잡해서 귀찮다고만 여긴다면 대단히 불행한 인생이라 생각됩니다. 이 모든 과정을 하나의 즐거움으로 여긴다면 심심한 일상의 틀을 단박에 깨뜨리는 참으로 재미있고 활기찬 '연애'라는 시절인연을 즐길 수 있습니다.

　성(性)은 더 이상 도덕의 문제가 아니라 삶의 문제입니다. 이제는 오늘날 누구도 남자는 항상 성욕에 미치는 동물이고 여자는 단지 수줍은 성의 수용자라고 생각하지는 않습니다. 여자들이 가끔 그런 뉘앙스와 제스처를 보이거나 무관심한 듯 아주 느릿한 행동을 보일 뿐 그녀들의 머릿속에도 오만가지 연산과 추론이 엄청난 속도로 계산되는 중앙처리장치가 작동하고 있습니다.

　그러나 여성의 성적 충동은 항상 상대인 남자의 태도에서 일정한 정중함을 요구합니다. 남자와 달리 여자는 자기 자신을 스스로 성적 욕망의 대상으로 보기도 합니다. 여자의 욕망은 일종의 복잡계로서 거부와 수용, 과제와 순종, 절차와 욕구가 얽혀 있는 구조입니다. 그녀들도 성기의 삽입이라는 결과를 무겁게 받아들이겠지만 그 이전에 상대의 참을성과 헌신성, 진실성과 절정에 이르기까지 모든 과정을 전일적으로 받아들입니다. 여자와 남자의 어긋나는 성적 오해는 주로 이 부분에서 발생합니다.

　왜냐면 여자는 산만하고 복잡합니다. 훨씬 더 하이퍼텍스트적으로 사고(思考)한다고 할까요? 여자의 성적 관심과 반응은 남자보다 넓은 감정적 격자 구조 위에, 더욱 광범위하고 심도깊은 육체적 감각 위에, 그리고 더욱 복잡한 사회적 배경 위에 놓여 있습니다.

　여성성과 남성성의 또 다른 차별화된 내용 중의 하나는 여자는 과정을 중요시하고 관계 지향적이며, 남자는 결과를 중요시하고 목표 지향적이라는 겁니다. 무엇이 맞고 틀릴 것은 없어요. 단지 조금 다를 뿐입니다. 왜냐면 과정도 결과도 어느 것 하나 소홀히 할 수 없으며, 관계도 목표도 우리 삶에서는 다 같이 중요하기 때문입니다.

그러나 그때에 나는 그런 정도의 이해도는 없었습니다. 남성 호르몬의 지배를 받는 나 역시 삽입이 육체적 관계의 완성이라는 지극히 목표 지향적인 생각을 하고 있었어요. 그런 생각에서 볼 때는 그 날 나는 실패한 것이 분명합니다. 그러나 그건 진정으로 실패한 것이 아닙니다. 남자들이 볼 때는 그때 내가 실패한 것으로 볼 수도 있지만, 여자들이 생각할 때는 꼭 내가 실패한 것은 아닐 겁니다.

왜냐면 나는 수연이라는 여자에게 여성이 갖는 성적 충동과 욕망 체계에서 특별히 터부시할 만한 잘못을 저지른 것이 없습니다. 그래서 그네는 나에게 또 기회를 주려고 할 것이기 때문입니다.

다음번에 잘하면 되죠 뭐.

얼마나 많은 밤이 우리를 기다리고 있겠습니까?

"수연아. 우리 오늘 뭘 할까?"

"글쎄…"

"어디 갈까?"

그네가 호기심이 잔뜩 어린 눈길로 나의 제안을 기다리고 있었습니다.

"저기 우리 학교 앞 말고 어디 가서 저녁 먹고 차나 한잔하지 뭐. 괜찮지?"

"응. 좋아."

갈수록 바람이 차가워지고 있었어요. 그날도 수연과 함께 교문 앞을 나와 어디를 갈까 두리번거리고 있었습니다. 그네는 이제 갈수록 자신이 먼저 뭘 하고 싶다는 얘기보다는 내가 어떤 프로그램을 준비했는지 물어보는 것 같았어요. 뭐랄까, 나에게 어떤 리드를 원하는 것 같았습니다. 여자들이 진정으로 좋아하는 의사 결정 방식인 제안권은 넘겨주고 의결권을 가지는 그런 방식 말이에요.

우리 학교 앞은 너무 술집만 즐비해서 별로 로맨틱하지도 않고 그네를 데리고 만날 술만 마실 수도 없었습니다. 게다가 또 이상한 도덕주의자들이 찾아오면 매번 소주잔을 깰 수도 없었고요. 더구나 선거 운동을 하는 86학번들이 학우들을 만나기 위해 학교 앞 술집까지 찾아다니는 지경이라 영 마주치기가 부담스러웠습니다. 그래서 조금 애정의 도피행각을 벌리기로 하고 지나가는 택시를 잡았습니다. 멀리 간 것은 아니고요.

"택시 타고 가는 거야?"

"바로 요 근처… 성신여대까지만 가자."

그렇게 수연을 택시 뒷자리 안쪽으로 밀어 넣고 보문동 고개를 살짝 넘어 성신여대 쪽으로 갔습니다. 가깝기도 하고 역시 여대 앞이라 분위기가 다르더군요. 여학생인 그네도 싫어하지는 않았습니다.

멋진 연인처럼 같이 거리를 조금 걷다가 우리는 어느 레스토랑으로 들어갔어요. 고대 앞에서는 전혀 볼 수 없는 색깔이라고 할 수 있는 분홍색으로 테마를 정하고 깜찍한 데코레이션들이 실내를 장식하고 있는 그런 경양식집이었습니다. 게다가 레스토랑이라지만 맥주나 칵테일도 함께 팔면서 여러 가지 달콤 쌉쌀한 마실 거리를 가지고 테이블 위에 촛불마저 올려놓고 새벽까지 영업하는 겁니다. 막걸리 집보다 훨씬 로맨틱한 그 레스토랑에서 우리는 아마 영업 마감 시간인 새벽까지 함께 얘기를 나누었을 겁니다.

밤은 깊어가고 서로의 느릿한 대화는 쉽게 끊어지지 않았습니다.

수연과 나, 그렇게 점점 친밀한 연인이 되어가는 두 사람은 당연히 서로의 지난 경험이나 가족 관계, 개인 사정에 대해서 조금씩 털어놓으며 얘기를 나누었는데, 지금 생각하면 조금은 특별하다 할 화제가 그 자리에 떠올랐습니다.

"수연아. 혹시 구속된 적 있어?"

"구속? 응. 한 번…."

"그래. 언제? 혹시 건대 때?"

"응, 맞아. 건대 때."

"아휴, 고생했겠구나. 괜찮았어? 난 그때 학교 행사 준비로 못 갔거든… 나중에 건대에서 학생들 포위됐다고, 구출 투쟁한다고 버스 타고 세종대 사거리까지는 갔는데. 도저히 텍(tactics) 진행을 할 수가 없더라. 전경들이 쫙 깔리고 거리에 사람들은 하나도 없고. 그렇게 전경 버스가 많이 온 건 그때까지는 처음 봤어."

"구출 투쟁은 무슨? 와 봐야 잡히기만 하지. 안 오는 게 낫지."

"그때 뭐 먹지도 못하고. 굉장히 배고팠다며… 추웠고… 많이 맞지는 않았어? 수연아."

이미 지나간 일인데도 그때의 기억이 살아나서 내가 그네의 손을 덥석 잡을 정도였습니다.

그네가 겪었던 그 건국대 사건. 1986년 10월 28일 전국 26개 대학교 학생 2천여 명이 건국대에서 모여 '반외세·반독재 애국학생투쟁연합' 발대식을 벌이다 갑자기 교내로 진입한 경찰에 밀려 본관, 사회과학관 등 5개 건물로 흩어지면서 계획에도 없던 점거 농성에 들어갔던 사건입니다. 그렇게 경찰력에 의해 포위되고 고립된 상태에서 4일 동안 철야농성을 했던 학생들은 결국 진압되어 1,525명이 연행되었고 이들 중 1,287명이 구속되어 단일 사건으로는 최대의 구속자를 내었습니다. '단일 사건 최대 구속자 발생'이라는 이 기록은 말 그대로 한국 형사 사건의 전무후무한 대기록이 되었습니다.

이 사건은 일반적인 대학 연합 집회를 갖는 상황에서 이례적으로 교내로 경찰력이 밀고 들어오면서 이에 쫓긴 학생들이 학교 건물로 밀려들어가는 가운데 자연적으로 발생한 농성 사건으로 당시 학생들은 '무사 귀가'를 요청하기도 했습니다. 그러나 경찰은 끝까지 포위를 풀지 않고 무슨 '황소작전' 어쩌고 하며 끝내 폭력적인 진압으로 그 학생 전원을 연행하였습니다. 더불어 당시 언론은 건물에 갇혀있는 학생들의 모습을 TV에 그대로 방영하며 '용공 분자'라는 선전도 퍼부었습니다. 이는 당시 학생운동 세력을 고립시켜 개헌 정국을 공안 정국으로 돌파하려고 한 전두환 정권의 강경세력이 획책한 사건이기도 합니다.

하지만 대규모의 구속 사태로 학생운동의 활동력과 조직력을 와해시키려고 한 정권의 생각은 완전한 착오였습니다. 구속되었다 풀려난 건국대 사건의 그 학생들은 쉽게 좌절하지 않고 더욱 단단해진 모습으로 속속 학생운동의 핵심으로 떠올랐습니다. 또한 운동권 내부에서는 학생 대중과 괴리된 운동에 대한 반성과 함께 새로운 방향성으로 이른바 '운동의 대중 노선'이 채택되었습니다. '한 사람의 열 걸음 보다는 열 사람의 한 걸음'이라는 슬로건 아래 더욱 친밀하고 감성적인 활동 태도가 NLPDR의 노선으로 받아들여졌습니다.

이 노선의 성공은 나중에 6·10 국민대회 출정식에 나서는 학생들로 대운동장 스탠드가 가득 메워질 만큼 당시 대학생들의 정서적 공감을 끌어냈습니다. 나아가 고립을 피하고자 전국적 대학생 조직인 '전대협'을 만들고자 움직였고 이듬해 신학기가 되자 새롭게 입학하는 87학번 1학년들이 정의감과 호기심을 가진 눈빛으로 함께 하면서 학생운동의 끊임없는 치유적(治癒的) 흐름이 면면히 이어졌습니다.

건대 사건의 아픈 자극으로 인해 더욱 두드러진 '대중 운동 노선'은 학생회를 중심으로 활발하게 전개되어 사건 이후 채 6개월이 지나지 않아 학생운동권은 대오를 정비했습니다. 이듬해 6월, 학생운동은 '박종철 사건'과 '이한열 사건'의 공분을 모아 1987년 6월 민주항쟁의 선봉에 서서 '호헌철폐 독재타도'의 슬로건으로 뭉쳐 정세를 돌파하는 선봉대의 역할을 훌륭하게 해냅니다.

그때의 건국대 사건은 학생운동이 일방적으로 당한 것처럼 보이지만, 결과적으로 그 사건의 내적 외적 후폭풍은 전두환 정권을 무너뜨리고 6·29 선언을 강제해내는 새옹지마(塞翁之馬)와 같은 스토리텔링을 이루었다는 것이 내 생각입니다. 만약 건국대의 그 학생들을 그냥 풀어주었더라면 전두환 정권은 그토록 위기에 처하지는 않았을 것입니다. 완전히 포위당하고 궁지에 몰린 반대세력을 그렇게 잔인하게 짓밟는 건 안 되는 것입니다. 그냥 공포심만 높이면서 당시 자신들이 기르던 앵무새나 다름없었던 방송과 언론을 통해 왜곡과 선전만 벌이면 되는 것인데요. 마지막까지 몰려서 4일간 제대로 먹지도 못하고 굶주림에 먼저 늘어진 그 학생들을 잡아다 구속까지 시켜 버렸으니 이는 결국 깊은 원한과 그에 따른 복수심만 불러일으킬 뿐입니다.

그때 말기적 상황에 다다른 정권이 바보 같은 짓거리를 벌인 겁니다. 집권 기간 내내 유화 정책과 강경 정책의 줄타기를 하던 정권 내부가 결국 조급증을 이기지 못하고 무리수를 두는 순간이었습니다.

"배고팠는데… 어디선가 초코파이를 주더라고. 난 그때까지 초코파이는 잘 안 먹었는데. 그때 먹은 초코파이는 되게 맛있었어. 나중에 있잖아. 나와서 혼자서 초코파이를 사 먹어봤다. 그런데 그때 그

맛이 안 나더라."

"하하. 그땐 배고팠으니까 그렇지. 그리고 춥진 않았어? 그때 날씨도 갑자기 추워졌잖아. 학교에서 너네 생각에 진짜 괴로웠다."

건국대 옥상에서 추위에 떨면서 초코파이를 먹는 수연의 모습이 상상되어 그네의 손을 놓아주지 않고 꼭 잡았는데 그네는 내게 자기 손을 맡기고 가만히 있었습니다. 고난에 겨운 대학 시절을 보냈던 내 운동적 동지이기도 한 그네의 손이 너무나 부드러운 것에 내심 놀랐습니다. 그렇게 그네는 여자였습니다.

"맞아. 춥기도 했는데… 옥상에 계속 있으면 추우니까, 실내로 들어갔다 나왔다 했지. 그런데 나중에 횃불을 만들기로 했는데… 건물에 쓰다 남은 신나같은 게 있었나 봐. 플랑카드 남은 걸로 횃불을 만들기로 했는데. 우리 건물에는 그조차 없어서 속옷을 벗어서 쓰기로 했어. 남자들은 런닝을 막 벗었는데. 여자들은 벗을 수가 없잖아. 그런데 어디서 가위가 나왔어. 그래서 어깨끈을 잘라서 밑으로 뺐지."

"추운데 속옷까지 빼서 뭐하러 횃불을 만들었어?"

"캠퍼스에 학생들도 없고 너무 어두우니까… 우리가 아직 있다는 것도 알리고. 너무 어두우면 더 위험할 것 같아서."

그렇군요. 고립만큼 사람을 공포로 몰아넣는 것은 없을 겁니다. 어떤 연(緣)과 끊어지는 것만큼 우리를 무섭게 만드는 것도 없습니다. 나는 그네의 얘기에 가만히 감회에 젖으며 턱을 괴고 귀를 기울였습니다.

"남자애들 나중에 막 담배 찾았거든… 여자애들은 우리끼리 모여서 생리대 찾았다. 가방에 있는 거 서로 나누면서. 긴장되니까 애들이 갑자기 막 터졌나 봐."

그래요, 여자의 몸이란 언제 어디서나 항상 돌보아야 하고 깨지기

쉬운 유리처럼 스스로를 다루어야 하는군요.

내가 직접 겪지는 못했지만 그네가 그런 고초를 겪었다는 사실에 잊었던 건국대 사건의 그 아픈 기억이 살아와서 내가 조금 목이 메여왔어요.

이러한 건대 사건을 당시 학생운동권에서는 '건대 항쟁'이라고 불렀지만, 실상은 대책 없이 집회를 하다 어떤 모종의 작전계획을 세운 경찰력에 쫓겨 4일간 쫄쫄 굶으면서 포위되었던 일입니다. 결국, 헬기까지 띄우면서 진압 체포 작전을 펼친 경찰에 의해 거의 전원이 체포된 그런 사태였습니다. 그것은 항쟁이라기보다는 건국대에서 있었던 일종의 고난사로서 '건대 고난'이라고 불러야 할 정도였어요.

"수연아, 남은 우리도 되게 슬펐어. 교내에서 집회도 열고 했는데… 너무 많이 잡혀가서 힘이 받지 않는 거야. 아마 그때 가투보다는 거의 지하철로 피 세일(paper sale)을 많이 나갔는데… 시민들한테 욕도 먹었지. 데모 좀 그만하라고… 진짜 지하철에서 울면서 막 유인물을 사람들한테 나누어줬어."

"헤헤… 그때 다 고생했지. 뭐."

나는 약간 침울해졌는데 그네는 마시던 분홍색의 칵테일 핑크레이디를 그대로 들고 혀를 반쯤 물어 내보이며 오히려 미소를 보여주었습니다.

"그래 수연아. 어디 있었는데? 얼마나 있었어?"

"난 2학년이었고 해서… 기소유예로 나왔지. 성동경찰서 있다가 의정부 구치소로 넘어갔어."

"집에서 놀랐겠다. 괜찮았어?"

"엄마가 오셔가지고… 구치소에서 나오자마자, 그 길로 전주로 같이 내려갔지 뭐. 그다음 신학기까지 집에서 엄마한테 잡혀있었어."

"그래. 엄마께서 많이 놀라셨겠다. 머리 안 잘렸으면 다행이야."

"피. 우리 엄마, 그런 분은 아니셔. 성당도 열심히 다니시고 전주에서 봉사활동도 참 많이 하시고… 우리 엄마지만 참 좋은 분이야."

수연은 잔을 내려놓으며 쏟아진 머릿결을 추슬러 올렸습니다. 건대 얘기에서는 오히려 명랑하던 그네가 어머니에 대한 얘기를 하면서는 목소리가 조금 촉촉하게 젖어 드는듯했어요.

"민수야, 넌 구속 된 적은 없었어?"

"응. 난 구속된 적은 없고… 5·23 때 옥쇄하다 당연히 잡혔는데. 청량리서에서 훈방으로 나왔고. 그리고 6·10 때 백골단한테 잡혔어. 어떻게 하다 보니 스님들하고 같이 길거리에서 연좌하고 있다가 롯데백화점 앞에서… 백골단이 막 오는데. 아, 이 중들이 도망을 안 가고 그냥 계속 앉아있는 거야. '우리의 소원은 통일'을 부르면서… 난 일어나서 튈까 했는데 분위기가 하도 엄숙해서 같이 앉아 있다가. 근데, 야, 백골단이 스님들은 안 잡고 머리 길다고 나만 잡더라. 스님들은 부처님 빽이 있었던 거지. 그때 용산경찰서 갔다가, 조사받고 그다음 날 또 훈방으로 나왔지. 하도 잡혀 오니까. 조사고 뭐고 없는 거야. 형사계 유치장에 있는 데 하여튼 한밤중에도 계속 들어오는데… 대부분 사과탄 덩어리 묻히고 와서 그 안에서 털지도 못하고 콜록되느라고 잠도 제대로 못 잤어."

"그러게 왜 스님들 옆에 있었어? 호호."

"어쩌다보니… 스님들이 좀 멋있어 보여서 따라갔다가."

그래도 우리가 학생운동 과정에서 가장 기억에 남고 보람된 투쟁이 바로 6월 민주화 항쟁입니다. 누군가에게 내가 말했던 6월 항쟁에 대한 시공간적 분석을 수연에게도 들려주고 싶어졌습니다.

"수연아, 6월 항쟁 때 일반적인 정세 흐름과는 별도로 우리 편에서 보면 시간적으로 운이 좋았던 게 하나, 또 공간적으로 운이 좋았던 게 하나 있었어. 우리가 의도했던 건 아니지만… 우연하게."

"우연하게 운이 좋은 게 있었다고? 시간적으로, 공간적으로… 그게 뭔데? 민수야."

"응. 먼저 공간적으로 보면, 지하철 3, 4호선이 개통됐잖아. 그래서 시내에서 우리가 일종의 지하 퇴로를 확보하게 된 거야. 경찰이 지하까지는 작전을 피기가 어렵잖아. 백골단도 지하철로는 들어올 수가 없었지. 시청에서 동대문까지 지하로 다 뚫려 있으니까, 시위대는 이동하기도 좋고 만일의 경우에는 피하기도 좋았지. 그래서 을지로는 거의 안전했다니까. 이동하기 좋으니까 시위대가 쉽게 흩어지지도 않고 다시 모이기도 쉽고."

"오. 진짜 그랬지. 맞아. 그럼 시간적으로는?"

"시간적으로는 서머타임제를 했잖아. 올림픽 한다고 작년부터 서머타임제를 실시했잖아. 올림픽 끝나고는 안 한다지만. 그래서 9시가 되도 훤했잖아. 밤이 되면 우리가 불리하고 위험한데 해가 하도 기니까. 학교에서 출정식하고 시내로 나가도 시위할 시간이 충분했고 시민들도 퇴근하고 참여하기도 좋았지. 서머타임제 때문에 6월 항쟁이 충분한 시간을 얻게 된 거야. 둘 다 합치면 역사에 있어서 시공간적 행운이지. 둘 다 우리가 준비했거나 의도한 건 아니고 오히려 정권 쪽에서 시행한 건데 결과적으로 우리에게는 큰 행운이 되었다는 거야."

"그래. 그런 것 같아. 맞아. 민수야, 너 얘기 신선하다. 분석이… 시공간적 행운이라. 너 얘기 들으니 역사에서 필연과 우연의 관계가 생각이 나네. 어떤 우연 안에도 필연이 내포되어 있고, 어떤 필연도 우연에서 시작한다잖아."

내 얘기를 그네가 '우연과 필연의 변증법'으로 정리해 줄 때쯤 우리는 같이 다정하게 담배를 나누어 피웠습니다. 시공간의 행운이란 중요한 겁니다. 우리는 모두 시공간 속에서 존재하며 그 속에서 어떤 인연을 맺으니까요. 그러므로 수연과 나의 만남도 반드시 어떤 시공간의 인연이 있다고 말할 수밖에 없을 거예요.

"그보다, 내가 진짜 구속될 뻔한 건 구로구청 때였어."

"어머. 구로구청 있었구나."

"응. 구로구청 진압 때까지 있었는데. 난 묘하게 잡히지는 않았어. 일종의 목격자라고 할 수 있지. 지금 생각해보면 내가 잡히지 않은 이유는 그때 엄마가 오셨기 때문이야."

내가 겪었던 구로구청 점거 농성 사건, 1987년 12월 16일 제13대 대통령선거 구로갑구 투표 도중 부정투표함 밀반출사건이 일어나 시민과 학생 수천 명이 투표장소인 구로구청에서 사흘간 항의농성을 벌인 사건입니다. 투표가 한창 진행 중이던 그날 오전 11시경 구로구 선거관리위원회 측이 부정투표함을 식빵상자에 감춰 밀반출하던 중 한 아주머니의 제보로 이 사실이 발각된 데 이어, 여러 가지 부정 선거로 의심되는 증거가 나오자 '공정선거 감시인단'으로 활동하던 시민, 학생들은 문제가 된 투표함의 공개개봉을 요구하는 한편 부정투표에 항의하며 농성에 돌입했습니다.

이후 이 소식이 알려지자 구로구청을 구심점으로 수천 명의 학생, 시민들이 모여들어 '부정선거규탄대회'를 열었습니다. 이들의 대회가 밤샘 농성으로 이어지자 정부 당국은 18일 오전 6시경 수많은 경찰력을 투입하고 헬기까지 띄우면서 최루탄을 무차별 난사하여 전면 진압 작전을 개시하였습니다. 그렇게 1,034명의 농성자를 연행하고 그중 208명을 대통령선거법 위반, 폭력행위 등 처벌에 관한 법률 위반 등으로 구속했습니다.

이날 2천여 농성자들의 최후 거점이었던 구로구청 5층 옥상은 경찰의 폭력적 진압으로 아수라장이 되었으며 그 진압과정에서 당시 서울대생이었던 한 사람은 건물에서 추락하여 하반신이 마비되는 불구의 몸이 되었습니다. 몇몇 사람들이 갈비뼈가 부러지는 등의 중상을 입었으며 심한 구타와 직격 최루탄에 의해 많은 사람이 다치고 부상자가 속출했습니다.

두 차례에 걸친 박종철 추모 집회와 서울지역대학생협의체가 선도적으로 나섰던 5·23 투쟁, 그리고 6·29 선언을 끌어내며 '호헌철폐 독재타도'의 함성으로 전국을 흔들었던 6월 항쟁, 시청 앞을 백만 인파로 가득 메웠던 이한열 열사의 장례식, 노동운동의 새로운 지평을 연 7, 8월의 노동자 대투쟁, 18년 만에 국민의 힘으로 쟁취한 대통령 직접선거, 그렇게 군부를 기반으로 한 정권을 항쟁과 선거와 국민적 열망으로 교체하고자 했던 그 모든 것이 결국 양김(兩金)의 분열로 어처구니없이 막을 내리는 그해의 마지막 저항이었습니다.

"그때 도봉구에서 공정선거 감시인단 끝나고 허탈하게 있다가… 구로구청 소식 듣고 바로 갔지. 그래서 구로구청 앞마당에 있었는데 그날 동생하고 같이 어머니가 오셨어. 엄마가 거기까지 오실 줄은 몰랐지. 뉴스에서 보셨고 내 동생 민희한테 나 어디 갔냐고 물어보셨대. 걱정이 돼서 그러셨나 봐. 동생이 오빠 아마 구로구청에 있을 거라고 말을 해버린 거야. 그래서 찾아오셨어.

위험하니까 집으로 가자고 하는 걸, 내가 안 된다고. 여기 있어야 한다고 내일은 들어가겠다고 겨우 엄마를 설득하고, 바래다 드린다고 대림역까지 갔는데… 그러다가 시간이 꽤 흘렀어. 엄마가 자꾸 밥이라도 먹으라고 해서 분식집에 같이 들어갔거든. 그리고 돌아와 보니, 구청 안으로 사람들이, 본대가 들어갔고 질서 유지 차원에서 비표(秘標)를 만들어서 통제하는 거야. 엄마 모셔다드리다가 그 사이에 나는 비표가 없었거든. 그런데 한 선배가 밖에서 바리케이드도 필요하니 그냥 밖에서 바리케이드를 지키자고 하더라고. 거기도 사람이 필요하다고. 그래서 그 사람들하고 엄마가 사 주신 김밥을 같이 나눠 먹었어."

그렇게 구로구청 사거리 동서남북 차도 네 군데에 모두 각종 쓰레기와 장애물로 바리케이드를 치고 그날 밤을 지새웠습니다. 바리케이드 조는 모두 남자들로 구성되었는데 시간이 가면서 모두 한 손에 각목이나 막대기 하나씩은 들었습니다. 그게 얼마나 방어가 될지는 모르지만, 그냥 빈손으로 있는 것보다는 나을 것 같았지요. 그곳은 야외라 새벽녘이 되자 이빨이 딱딱 부딪힐 정도로 추웠습니다.

"12월이라 추웠는데… 누가 만들었는지 드럼통에 각목 같은 걸 넣고 불을 피웠어. 하여튼 불을 쬐면서 그렇게 밤을 새웠지. 한 네 시쯤부터 대림천인가? 그 개천 쪽에 경찰 병력이 모여든다는 첩보도 막 날아들었는데… 그러다 겨울이라 날도 아직 안 밝은데. 여섯 시쯤인가? 구청 바로 옆에 경찰서가 있었거든. 그 구로경찰서 쪽에서 갑자기 지랄탄이 확 날라 오더라. 그러더니 어둠 속에서 백골단이 쑥 나타나는 거야. 바리케이드 쪽에는 남자들만 있었는데. 병 던지고 들고 있던 각목이나 뭐 잡다 구리한 거 다 던졌지. 그런데 전경들이 오고 점점 병력이 많아지더라고. 겨우 한 십 분 정도 저지했다고나 할까.

그러는 사이에 구청 쪽으로 경찰 병력 본대가 막 밀고 들어갔고 그 바깥 사거리에는 우리 바리케이드 조들이 백골단과 대치하고 있

었는데. 어두우니까 서로 치고 들어오지는 못하고 있다가. 금세 날
이 밝아오기 시작하면서 결국 우리가 밀렸지 뭐. 사실 바리케이드
쪽에 몇 명 없었거든 그래서 바리케이드를 거꾸로 넘으면서 그때 무
슨 쓰레기차가 서 있던 하치장 쪽으로 밀렸어. 구청 쪽은 완전히 전
경들이 포위하고 건물 쪽으로 최루탄을 쏘기 시작하더라고. 우리는
그 안에 있는 사람들이 엄청 걱정됐지. 하지만 어쩔 수가 없었어."

압도적인 숫자의 백골단과 전경들에게 가로막혀 더 이상 전진하
지 못하고 멀리 포화에 휩싸여 가는 구로구청 쪽을 바라보니 죽음
의 전쟁터를 눈앞에서 목격하는 듯했습니다. 구로구청 옥상 위로 저
공비행 하는 경찰 헬기까지 떠올랐고 경찰들이 구청을 향해 최루탄
을 거의 직격으로 마구 발사했지만, 구청 안의 농성자들도 쉽게 굴
복하지 않고 계속 저항하고 있었습니다. 멀리 구청 쪽에서 최루탄
파편인지 어떤 물건인지 아니면 사람인지 무언가가 계속 뚝뚝 떨어
지는 것을 보면서 거리에서 대치하고 있던 우리도 조금씩 미쳐갔습
니다. 안타까움과 분노의 힘으로 일시 반격한 우리로 인해 결국 전
소 당한 전경 버스 한 대가 시꺼먼 연기와 불길을 길거리에서 내뿜
으며 내 눈동자에도 이글거리는 불꽃을 피워 올렸습니다. 1987년 12
월 그 겨울 이른 새벽, 서울 구로구청에서 벌어진 그 공방을 구로구
전체가 이른 잠에서 깨어 숨을 죽이고 지켜보았습니다.

"그렇게 날이 밝으니까 중 고등학생들이 등교하는지 거리에 학생
들과 출근하는 사람들이 나오는 거야. 우리는 차도에서 백골단하고
계속 투석전을 하고 있었고. 그렇게 바리케이드 조 한 이백여 명이
끝까지 남아서 두 시간도 넘게 싸웠다니까.

나중에 백골단이 막 치고 들어오더라고. 우리 몰골이 말이 아니었
나 봐. 추워서 불을 쬐었더니 몸에서 불 냄새도 나고 얼굴도 새까맣

고 난 싸우다 한번 넘어져서 바지가 찢어지고 무릎이 좀 까졌나 봐. 그땐 뛰느라고 아픈 줄도 몰랐어. 나중에 고등학생들이 지금 골목길까지 백골단이 우리 잡으러 들어오니까 대림역으로 가는 길을 알려주면서 그쪽으로 빠지라고 하더라고. 야, 걔들이 우리를 대림역까지 안내하면서 같이 가줬다니까. 그 애들이 둘러싸고 같이 갔기 때문에 백골단도 그냥 쳐다보면서 어쩌지를 못하더라고. 마지막에 우리를 호위해준 그 고등학생들이 없었으면 아마 나도 잡혔을 거야."

이렇게 내가 말할 때쯤 이번에는 수연이 가만히 내 손을 잡아주었습니다.

"구청 상황이 진압당하고 나도 결국 백골단에 쫓겨서 그렇게 대림역으로 들어갔어. 집으로 가지 않고 학교에 상황을 전달하기 위해 학교 쪽으로 갔어. 지하철을 타고 앉았는데 맞은 편 사람이 내 무릎에서 피가 난다고 일러주더라고. 휴지를 주기에 받아서 누르면서 겨우 학교로 돌아와 총학에 상황 보고를 하고 써클 룸에서 그냥 잠이 들었어.

자는데 또 학교까지 어머니께서 오셨더라고. 그래서 엄마하고 같이 집으로 돌아갔는데. 그때서야 절뚝대면서 까진 무릎 때문에 쓰라리고 걸음이 바로 걸어지지 않더라고. 엄마가 걱정하실까 봐 계속 바로 걸으려고 했지. 그리고 집에서 내가 한 사흘은 계속 자기만 했대. 밥도 안 먹고. 죽었나 하고 보면 숨은 쉬면서 계속 자기만 하더래. 사흘 동안…"

그리고 그 깊은 잠에서 깨어났을 때, 길거리에 개념 없이 흘러나오는 크리스마스 캐럴을 들으며 나는 격동의 1987년이 끝났다는 걸 깨달았어요. 앞으로의 내 생애에서 그렇게 열정적이고 격정적인 한 해가 다시 올까 하는 생각이 들었습니다. 이제 그 87년이 젊은 날의 어떤 추억으로 자리 잡을 것이라는 생각과 함께 감출 수 없는 좌절감이 밀려왔습니다.

군부를 기반으로 한 권위주의 정권을 국민의 힘으로 끝내고 민주정부를 세우는 시작을 열 그 절호의 기회를 날려버린 양김의 분열. 그 대선 정국에서 나타난 운동의 분열상. 역사라는 것이 반드시 직전만 하지는 않겠지만 이렇게 어이없이 주저앉는 것에 스물두 살의 내가 느낀 것은 깊은 회의와 좌절감이었습니다. 물론 선배들 쫓아서 겨우 애들 장난 같은 학생운동 몇 년 하고 그런 좌절감을 말하는 것이 건방진 얘기라는 것은 알고 있습니다. 그러나 그때 너무나 젊어서 그랬는지 어떤 안타까움과 분노가 그렇게 좌절감으로 나타났습니다.

동아리 방에서 나를 기다리며 맑은 눈을 깜박거릴 1학년들과 후배들 보기도 민망하여 학교에도 가기가 싫었습니다. 더구나 간호학과 1학년 후배 정원이가 구로구청에서 끝까지 있다 잡혀서 구류를 살고 있다는 안타까운 소식도 들었어요. 87년 내내 선배랍시고 잘난 척하며 그들을 끌고 다녔고 특히 1학년인 87학번들이 그렇게 열심히 함께 해주었는데 그들에게 그동안 떠들었던 어떤 논리가 부끄러웠습니다. 이런 허무함과 좌절감에 젖은 내 모습을 보여주는 것도 두려웠고요. 그 상심은 건대 사건의 아픔과는 차원이 다른 감정이었습니다. 그때는 차라리 어떤 복수심과 대안을 찾기 위한 치열한 내부 논의를 나눌 힘이라도 있었지만 서로 자기가 가지겠다고 다투다가 차려놓은 밥상을 엎어버린 그런 사태 앞에서 또 무슨 논리를 만들어 내겠습니까?

만약 그 시절 그 1987년 대통령 선거에서 이겼더라면 1985년도에 대학에 입학했던 나를 비롯한 많은 내 친구와 선배, 후배들의 삶의 궤적이 혹시 달라지지 않았을까 생각해봅니다. 나는 국민에 의한 국민의 민주 정부를 탄생시키는 그 과정에 동참한 추억과 자부심을 가슴에 안고 조용히 사범대로 돌아가 언젠가 맞이할 교생 실습을 준비하고 좋아하는 소설책과 시집을 골라 읽으며 문학청년의 꿈을 꾸었을 수도 있었을 겁니다. 아니면 이제 민주화의 기본은 갖추었으니 혹시 연애라는 걸 시작해 볼 수도 있었겠지요. 나의 이 생각은 타당한 생각일 겁니다. 나는 단지 조그마한 젊음의 열정을 가진 이른바 운동권 학생이었지 직업적 혁명가는 아니었거든요.

그런 상심의 겨울에 그때까지는 아주 친하지는 않았지만 서로 알고 지냈던 법대의 이영기가 나를 찾아왔습니다. 겨울 방학이라 학생들은 없고 을씨년스럽기까지 한 학생회관 1층 스낵바에서 그는 진중하게 말을 꺼냈습니다.

"민수야. 이제 우리가 4학년이 된다. 우리가 총학을 책임져야 할지도 학번이 돼버렸어."

서울에서 올림픽을 개최하기로 오래전부터 국제적 약속이 이루어진 1988년에 4학년이 되는 우리 85학번을 일컬어 그때 선배들이 관변적 이름을 빌려와서 '88 꿈나무'라고 지칭하기도 했는데요. 그 꿈나무들이 이제 정말로 4학년이 되어 버렸습니다. 군부독재의 종식이라는 꿈은 사라지고 춥고 허무한 겨울에 두 '꿈나무'가 입김을 불어대며 만났습니다.

"전투적 학생회 노선에서 총학생회는 대단히 중요한 거잖아. 민수야, 사실 이번에 내가 총학생회장으로 출마하게 됐어. 3월에 선거가 있잖아. 니가 선거팀에 같이 동참했으면 해. 미리 준비할 것도 많고… 우리 아직 좀 혼란스러워하는 후배들을 위해서라도 의기투합하자."

실내인데도 그렇게 말하는 영기의 그 얘기에 하얀 입김마저 서렸습니다. 나는 예상하지 못한 제안에 잠시 망설였지만, 그는 계속 말을 이어갔습니다.

"민수야. 선거팀 구성을 같이했으면 하는 동기들한테 지금 내가 돌아가면서 만나고 내 결의를 밝히고 있거든. 반독재 민주화 투쟁도 계속되어야 하지만, 이제 자주 민주 통일이라는 우리의 애국적 투쟁 전체를 조망하는 운동적 관점이 대두되고 있어. 특히 분단된 조국에서 올림픽이 열리는 올해. 이제는 통일 운동의 물꼬를 터야 할 때가 다가왔어. 4·19 이후처럼 역시 우리 청년학생들이 제일 먼저 분단의 벽에 부딪혀야 하지 않겠니? 기층이 많이 혼란스러워 하니까 우리 선거 팀을 빨리 꾸려서 준비해 나가야 해. 대선 정국으로 다소 혼란스러워지고 공백이 생긴 전대협도 제대로 꾸려야 하고. 민수야, 함께 하자. 니가 필요해."

대선 국면으로 학생회 선거마저 아예 이듬해로 미루어졌던 그 겨울, 멋진 법대 친구 이영기가 새로운 결의를 가지고 주저앉아 있던 나를 일으켜 세웠습니다. 너무 추워서 외투도 벗지 않고 주머니에 손을 넣고 그렇게 앉아서 얘기를 들었던 나는 일어나며 그와 악수를 나누기 위해 손을 내밀었습니다. 영기는 나에 대해서 무엇을 알고 있었을까요? 악수를 마친 그는 내 손을 쉽게 놓지 않고 나를 끌어당겨 가볍게 안아 주며 내 등을 두드려 주었습니다.

이런 이야기조차 로맨틱하게 들리던 밤이었습니다. 어떤 영화에서처럼 두 남녀가 서로의 몸에 난 상처를 내보이면서 서로의 과거를 얘기하고 서로를 알아가는 그런 비슷한 장면이 펼쳐졌습니다. 수연과 나는 학생운동의 무용담이라기보다는 고난사가 분명한 지난날의 어떤 사연들을 달짝지근한 핑크레이디와 시큼한 마티니가 놓인 심야의 그 테이블 위에 쏟아놓으면서 서로 위로하고 서로를 어루만져 주었습니다.

'나는 그렇게 구속이 되었다, 나는 그렇게 구속될 위험에서 겨우 빠져나왔다.'라는 그런 학생운동의 다소 고난스러운 얘기조차도 그때는 왜 그렇게 로맨틱하게 들렸는지… 건국대 사건과 구로구청 사건, 그런 얘기조차 사랑의 밀어가 될 수 있다는 것. 정말 '낭만적 사랑'의 초반기 그 단계는 세상의 모든 공간과 언어와 사연을 그 레스토랑의 색깔처럼 분홍빛으로 만들어 버리더군요.

진정으로 이야기하는 것을 좋아하는 나는 그렇게 그네와 어떤 대화가 된다는 것, 그런 대화를 통해 어떤 정서적 교류와 공감이 이루어지는 경험을 가지며 이것이 혹시 연애에서 가장 중요한 것이 아닐까 생각해보기도 했어요. 서로 대화가 된다는 것 말이에요.

그 시절 수연을 하나씩 알아가고 그네의 얘기를 듣는 것은 마치 신비롭고 흥미진진한 어떤 명작을 한 페이지 한 페이지 넘기며 읽어가는 것과 같은 그런 행복한 시간이었습니다.

지방에서 여고를 다니며 학교와 집만 왔다 갔다 하면서 그냥 공부 잘하는 모범생으로만 살았다는 수연. 일요일이면 어머니와 함께 성당에 나가 미사포를 쓰고 다소곳이 앉아 미사를 드리던 세례명 '스텔라'라는 그 여학생이 서울에 대한 무한한 동경을 가지고 유학을 왔다가 어떤 열정과 어떤 인식과 어떤 인연 속에서 차디찬 감옥의 마룻바닥에 앉았을까요? 그 시절에 그네의 어머니는 소중한 딸을 멀리 유학 보내고 매일같이 얼마나 가슴 졸이며 살았을까요? 그러던 어느 날 그 딸이 의정부 구치소에 있다는 소식을 듣고 또 얼마나 놀라셨을까요?

우리 누나 역시 교대를 졸업하고 교단에 서자마자 시꺼먼 낯선 남자들이 집에 나타나서 교육 문제와 관련된 출판 사건으로 누나가 악명 높은 남영동 대공분실에 와 있다는 소식을 갑자기 알려왔습니다. 어머니는 놀란 가슴으로 달려가셨지요. 댁의 따님이 혹시 '빨간 물'이 들었을지도 모른다는 거만한 수사관들의 협박에도 어머니는 주눅 들지 않으시고 '이 숭악한 놈들아. 내 딸을 건드리지 마라.' 라고 분명히 말씀하실 수 있었던 것은 오랫동안 착하고 모범생인 딸과 친구처럼 의지해온 이 땅의 모든 어머니들의 지혜로운 믿음과 직관의 힘이었습니다.

사실 어머니에게 있어 딸과 아들은 서로 다른 존재입니다. 아들인 나는 구로구청까지 찾아온 어머니에게 '오늘은 못 들어가고, 내일은 들어갈게요.'라고 우겼고 그 말을 듣고 어머니는 그냥 돌아설 수도 있었지만, 딸은 사실 그렇게 놓아둘 수가 없습니다. 어미에게 있어 딸은 또 다른 자신의 젊은 날이며 또 다른 자신의 꿈일지도 모르며 영원히 함께할 친구가 되기도 하니까요.

그러나 세상 모든 어머니의 그토록 소중하고 애틋한 딸의 마음과 몸을 사로잡는 것은 또 그렇게 껄렁껄렁하고 무책임한 아들들입니다. 진짜로 '숭악한 놈'들이 바로 이놈들인데… 이를 어쩌겠습니까?

나는 수연이가 칵테일을 마시면서 발그스름하게 얼굴이 달아오르거나 단발머리를 가끔 휙 하고 젖히는 그 모든 순간에도 그네의 하얀 젖가슴이 잊히지 않았어요. 눈앞에 펼쳐진 그 믿지 못할 광경이 뇌리에 남아 시시때때로 떠오르는 것은 과연 '숭악한 놈'들의 못된 상상일까요? 건대 항쟁으로 구속되었고 사범대 사회부장으로 최루탄 연기 속에도 의연하게 서 있는 나의 이 여성 동지가 그토록 에

로틱한 육신을 감추고 있었다는 것이 더 믿어지지 않는 일이 아닌가요? 어둠을 헤치고 분홍빛의 새벽 여명이 밝아오는 그 경양식집에 자기감정대로 사랑하며 살아가고픈 한 여자와 넘치는 정욕에 한없이 서툰 한 남자가 그렇게 앉아 있었습니다. 나는 아직 삽입이라는 완전한 육체적 결합은 없었지만 감출 수 없는 성적 상상력 속으로 빨려 들어가고 있었어요.

그네의 목소리가 아주 귀여운 음색이라는 것을 알게 되었습니다. 나중에 내가 '베이비 토크'라고 놀릴 정도로 그네는 너무나 귀엽고 맹맹한 보이스 톤을 유지했습니다. 하지만 그네는 어떤 내숭이나 설정 때문에 그런 목소릴 내는 것이 아니라 원래부터 자신이 가진 그런 목소리였습니다.

한 가지 더, 사람들은 그네가 다소 말이 없어서 새침하다고 여겼지만 나와는 아주 많은 얘기를 나누었습니다. 도대체 이야기 나누는 것을 싫어하는 여자들이 있을까요? 수연은 수다스럽다기보다는 적절하게 자기 얘기를 하고 또 적절하게 내 얘기를 들으며 때에 따라서는 지적(知的)인 면모도 슬쩍 내비치는 그런 진지함도 있었습니다.

우리는 그날도 달의 골짜기 그 동네 골목길에서 이제는 조금 더 여유 있게 작별의 키스를 나누었습니다. 그네가 주는 그 키스를 받기 위해서라도 밤을 꼬박 새워도 될 이유가 충분했습니다. 그네를 집에 바래다주고 돌아서 오는 길엔 벌써 버스가 다니기 시작했고 학교에 도착할 때쯤이면 이미 먼동이 터 와서 천지사물이 다 보였습니다.

잠을 자지 않아도 밥을 먹지 않아도 한 밤을 꼬박 새워도 나는 무럭무럭 힘이 나는 것 같았어요. 사랑의 이 신비한 힘이여!

명일동의 새벽 별

"수연아, 이번 토요일 날 우리 놀러 안 갈래?"

"놀러?"

"응. 별일 없으면… 야외로 우리도 놀러 한 가지 뭐."

"시간 괜찮아? 네가 시간 괜찮으면 나도 좋아."

남자로서 무언가 매듭을 지어야겠다는 생각이 들었을까요? 돌아오는 토요일 남이섬으로 놀러 가자고 그네를 꼬셨지요. 물론 그네는 내 데이트 신청을 받아들였습니다. 우리는 토요일 점심쯤에 같이 성북역에서 춘천행 기차를 타고 가평역에서 내려 택시로 갈아타고 남이섬으로 들어가는 선착장 앞에 도착했습니다. 깊어가는 가을에 화창하고 명징한 날이었습니다.

배를 타고 남이섬으로 들어와서 제일 먼저 애들 장난감 같은 코끼리열차를 타고 섬 안쪽으로 들어갔습니다. 토요일이라 MT를 오거나 체육대회, 단합대회 등을 하는 단체나 모임들이 많아 섬 전체가 좀 어수선했습니다. 그러나 또 한편에는 수연과 나와 같은 아베크족들도 있어서 그런대로 어색하지는 않았어요.

옛날 남이 장군의 이름을 따서 '남이섬'이라 불리기 시작했다고 전해지는데 섬 북쪽 언덕에 남이 장군 묘라고 전해오는 돌무더기가 있습니다. 청평댐에 의해 온전한 강섬이 된 이곳은 자연적 조건 위에 인공적 조경과 장치를 통해 휴양지로 가꾸어졌습니다.

그 아담한 강섬은 사계절의 풍광이 가득 찬 곳이었습니다. 키가 훤칠하고 이국적인 기품이 우아한 메타세쿼이아 나무가 빼곡하게 울창한 그늘을 만들었고 그사이에 반듯한 산책길이 뻗어 있었습니다. 메타세쿼이아 길을 지나자 노란 카펫을 깔아 놓은듯한 은행나무길이 이어졌습니다. 은행나무 오솔길에는 이미 노란 은행잎이 가득하게 낙엽 져서 온 땅을 뒤덮었어요. 발이 노랗게 물들만큼 시리게 은행나무 잎을 밟고 돌아 나오자 이번에는 단풍나무 길이 펼쳐졌습니다. 걸어가는 길마다 서로 다른 색깔을 펼쳐놓아 우리는 '와' 하는 탄성이 절로 나왔어요.

잣나무 길을 빠져나와 수피(樹皮)의 색이 하얀색이라 엷은 달빛에도 밤길을 밝혀줄 정도라는 자작나무 길을 지났습니다. 강변에는 다시 아기 은행나무가 친근감 있는 키를 가진 가지에서 은행잎을 떨어뜨리고 있었습니다. 바람에 나부끼는 갈대숲 사이로 보이는 강물도 어느덧 햇빛을 받아 자잘하게 부서지며 금빛으로 일렁거렸습니다. 회색빛의 서울과는 달리 가을의 남이섬은 색깔이 가득한 곳이었어요. 늦가을의 팔레트에 담긴 물감을 모두 꺼내어 색칠한듯한 풍경이었습니다.

그곳에 있는 레스토랑에서 저녁을 먹고 우리는 또 걸었어요. 작고 아늑하게 이어진 오솔길을 천천히 거닐었고 이름 모를 작은 연못가도 맴돌았습니다. 그 시절 북한강을 끼고 대성리나 청평으로 MT는 많이 와봤지만 이렇게 여학생과 단둘이 이런 식의 여행을 와 본 것은 처음 있는 일이었습니다.

남이섬은 밖으로 나가는 배가 있어야 그걸 타야 서울로 돌아갈 수 있는데 우리는 그런 배 시간에 구애를 받지 않겠다는 듯, 마냥 즐겁게 걷고 또 걷고 얘기하고 또 얘기했습니다. 수연은 내 어떤 말도 중간에서 막거나 자르지 않고 잔잔한 미소를 띠고 들어주었어요. 나도 수연의 목소리를 듣는 것 그 자체로도 좋아서 그네의 얘기를 가만히 들을 때도 있었지요.

밤 10시경 남이섬 나루의 마지막 배가 떠날 예정이라고 했지만 우리는 마치 서울로 다시 돌아가지 않을 것처럼 그냥 어떤 레스토랑 야외 자리에서 커피를 마시고 있었어요. 마지막 배가 섬을 떠난다는 안내 방송이 우리들의 얘기 속에서 그냥 흘러 지나갔습니다.

밤하늘에 별이 가득히 자리를 잡을 때에 우리는 남이섬 호텔의 프런트 앞에 섰습니다. 베드룸은 없고 온돌방이 딱 하나가 남았다더군요. 고립된 관광지 섬에서 토요일 같은 날에 숙박하려면 미리 방부터 잡았어야 하는데 우리는 머뭇거렸고 사실 그런 사정을 잘 알지도 못했지요. 하지만 별 상관없었어요. 마지막 방 하나가 남아 있었으니까요.

우리는 방 안에서 맥주를 한두 병 같이 나누어 마셨습니다. 사각거리는 하얀 홑청 요를 깔고 이불을 발아래 덥고 앉아서 텔레비전도 같이 보았습니다.

"야. 정말 좋다. 수연아, 별 좀 봐."

어느덧 텔레비전을 끄고 누웠더니 너른 창문으로 밤하늘에 별들이 빼곡하게 들어찬 것이 보였습니다. 서울에서는 쉽게 볼 수 없는 별을 누워서도 감상하는 사이 어둠이 조금씩 익숙해졌습니다. 큰 창으로 푸른 달빛이 허거덩 쏟아져 들어왔기에 방 안의 사물들이 점차 푸른 실루엣으로 그려져 갔습니다. 달빛이 왜 푸르게도 표현되는지 알 것 같았어요. 어느덧 우리는 손을 잡았어요.

나는 이제 그네에게 삽입하고 싶은 마음에 애를 썼습니다. 그러나 쉽지 않더군요. 수줍게 다문 그네를 열기란 쉽지 않았고 나는 어떤 기교도 경험도 없었으며 누군가 코치를 해 줄 사람도 없었습니다. 이어지는 정적 사이로 가을밤 귀뚜라미 소리만 찌르르 들려왔어요.

아무리 초보들이지만 서로 이렇게까지 시도하고 이렇게까지 성적 결합을 합의했는데 무언가 성공은 시켜야겠지요. 하지만 지금 이 순간은 남자의 기술보다는 여자의 도움이 필요한 때입니다.

여자들이 항상 착각하는 것이 있는데 이런 사정에는 남자도 상당한 두려움을 가지고 있습니다. 더구나 엄청난 의미를 두는 사람, 그러니까 자신이 어떤 애정의 마음을 두고 있는 여자와의 육체적 관계를 앞둔 남자의 마음은 어떤 시험을 앞둔 수험생과 같은 마음입니다. 더구나 나는 거의 재수생의 입장이었어요.

오로지 용기와 배려가 필요했습니다. 끓어오르는 욕구를 밀어 부쳐줄 용기와 이 서툰 터치와 진행마저 따뜻하게 안아줄 여자의 배려가 필요했습니다. 열린 구멍이라기보다는 닫힌 틈과 같은 여자의 그곳을 찾아가기란 쉽지 않은 일이었습니다.

어느 틈에 꾸겨진 시트 옆에 있던 새하얀 베개 쿠션이 내 눈에 띄었어요.

"응… 뭐야?"

"잠깐… 그냥…"

그네가 감고 있던 눈을 뜨고 실눈을 하고 물었지만 나는 무심하게 그 쿠션을 끌어다 그네의 허리 밑에 바쳤습니다. 다행히 그네는 거부하지 않았어요. 그 쿠션 때문일까요? 허리가 좀 더 휘어지며 그네의 자세는 약간 변화되었습니다.

그러자 마치 비밀의 문이 열리기라도 하듯 나는 자연스럽게 그네에게 들어갈 수 있었어요. 그 미세한 변화는 큰 결과를 가져왔습니다. 그네의 입에서 신음이 흘러나왔습니다.

"아. 아…"

"수연아. 아퍼?"

그렇게 물었지만, 그네는 눈을 감고 전혀 대답하지 않았습니다. 그네는 얕은 신음을 쉽게 끊지 않으면서도 어느새 손을 뻗어 내 팔을 잡고 한 손은 내 허리를 감았습니다. 서늘하게 닿는 부드러운 손의 느낌에 용기를 얻어 긴장된 내 몸은 조금씩 움직이기 시작했어요. 그러다 또 한 방울의 땀이 그네의 가슴골 위에 뚝 떨어졌습니다. 허나 그네는 수건을 찾거나 하지는 않았어요.

우리는 유연하게 몸을 뒤척이지는 않았지만, 점점 밀착되는 서로를 느낄 수 있었어요. 나는 무한히 감탄스러워서 그네의 목덜미에 손을 돌려 감고 가슴으로 안았습니다. 우리는 그렇게 온전히 결합하고 서로를 나누었습니다.

남자의 인생을 살면서 이런 깨끗한 관계에 이르기 전에 어두운 뒷골목에서 어설프게 육체적 경험을 할 수도 있는 계기나 기회가 열려 있는 것이 현실입니다. 세상에 그런 것이 만연해 있다는 것을 모를 정도로 눈과 귀가 막혀 있지는 않았습니다. 그러나 마음으로는 간음할 수 있어도 육체적으로는 간음하지 않는 '불청학'의 경직되었지만 바른 이념이 있어 나는 그런 진창에 발을 딛지 않았습니다.

깨끗한 마음과 몸으로 수연을 맞이하고 그네를 사랑하기 시작한 나를 다양한 경험을 가진 어떤 이들은 순진한 놈이라고 생각할 수도 있겠지만 그 사실은 내게 있어서는 어떤 자부심이기도 합니다. 오랫동안 추억할 수 있으며 의미가 깊고 고상한 여자와 내가 처음으로 육체적 관계를 가지게 된 것 말입니다.

'불청학'의 멤버가 되어 나름 재미있던 일도 있었지만, 미팅 한번 하지 않고 연애 전선에 있어서는 그토록 심심한 세월을 보내었던 나는 하는 수 없이 짝사랑이나마 실컷 했다고 할까요? 그래도 그런 짝사랑이 청춘의 한 페이지를 장식해준 것은 고마운 일입니다. 그건 일종의 시뮬레이션 훈련으로 앞으로의 진정한 사랑을 위한 감정적 연습과도 같은 것이니까요. 그런 점에서 내 짝사랑 또는 외사랑의 대상이 되어준 많은 분들에게 감사해야 할 것 같아요.

그러나 한때 짝사랑했던 그런 대상들은 그네 앞에서 모두 연기처럼 다 꺼져버렸습니다. 그런 공허한 상상의 로맨틱은 이 분명한 에로틱 앞에서 아무런 의미가 없었어요. 그네만이 내 첫사랑이며 나에게 잊을 수 없는 기억과 경험을 안겨 준 여자입니다.

지금 내가 그네에게 느끼는 감정과 관계는 공허한 짝사랑이 아니라 몸과 마음이 부딪히고 마치 탁구공을 치듯이 매트를 아슬아슬하게 넘기며 공을 주고받는 짜릿한 게임과 같습니다. 나는 처음으로 부딪쳐 오는 사랑, 살아 숨 쉬는 사랑, 주고받는 사랑을 진지하게 경험하게 되었습니다.

나는 그네로 인해 처음으로 경험해 본 것이 많습니다. 첫 키스, 가까이서 본 흥식호흡, 허벅지까지 고스란히 드러난 여자의 하얀 하체, 무한히 부드럽고 하얗고 아담한 젖가슴, 팬티를 내릴 때 살짝 엉덩이를 들어주는 그런 미세한 협조가 있다는 것에 이르기까지 내가 그네로 인해 처음으로 보고 처음으로 겪은 것이 많았습니다. 첫 키스와 첫 경험. 그것만으로도 그네는 내 인생에서 쉽게 지워질 수 없는, 아니 영원히 기억될 여자가 되었겠지요.

그러나 역시 가장 소중한 경험은 내가 어떤 여자로부터 순수하고 깨끗한 호감을 받고 있으며 그네가 내게서 어떤 화답을 요구하고 있다는 겁니다. 사랑은 두 사람의 화답하는 게임이며 정서적 공감의 깊은 흐름이었습니다.

그래서 수연과 나의 모든 이야기는 내 첫사랑 이야기이기도 합니다.

그네와 나누었던 많은 얘기와 웃음, 그네와 함께했던 수많은 날과 밤들, 그네와 함께 한 약속, 그네에 대한 그리움과 미혹, 그네가 나로 인해 흘린 눈물과 내가 흘린 눈물 그리고 내가 그네를 아프게 했던 악행(惡行)들. 그 모든 것조차 내 첫사랑의 이야기일 수밖에 없습니다.

이때 나는 사랑이 어떤 의식화나 조직화처럼 순차적이고 단계적으로만 이루어지는 것이 아니라 불꽃이 튀듯이 순간적으로 이루어질 수도 있다는 것을 알게 되었어요. 정말 그네를 알게 된 지, 서로 이렇게 얘기를 나눈 지 얼마 되지 않았는데 거센 소용돌이에 빨려 들어가듯이 깊어가는 공감(共感)의 급류가 흘러갔습니다. 동성 간의 우정과는 다른 어떤 정서적 일치감이 높아져 갔습니다.

그리고 서로가 나눈 그런 스킨십이 우리의 감정과 마음을 엄청나게 증폭시켜 주었습니다. 육체의 언어가 마음의 언어에 미치는 영향은 실로 대단했습니다. 키 크는 아이처럼 사랑은 그렇게 밤마다 부쩍 자라고 있었어요. 사랑에 이르는 길은 돈오(頓悟)와 점수(漸修)가 모두 가능한 정혜쌍수(定慧雙修)의 길이었습니다.

짝사랑이나 외사랑이 절대 가질 수 없는 교류하는 사랑의 깊은 울림은 세상 모든 것의 색채를 바꾸고 시끄러운 소음마저 아름다운 음악으로 바꾸었습니다. 아무렇지 않게 햇볕이 쏟아지는 거리도 그네를 만나기 이전의 거리와는 전혀 다른 거리로 보였습니다. 가을의 남이섬처럼 여러 가지 색깔로 세상은 물들어 가고 있었어요. 이렇게 상투적으로밖에 표현하지 못하겠네요.

"와아. 수연아. 밖에 봐."

우리가 잠든 사이 강에서 피어난 물안개가 강물을 덮고 슬며시 창문을 넘어 방 안으로까지 스며들어왔습니다. 어둠이 물러간 아침 자리에 안개가 대신해서 찾아 왔습니다.

"안개가… 손에 잡히는 거 같아."

정태춘의 노래처럼 '강가에는 안개가, 안개가 가득 피어나'서 온 섬을 뒤덮었습니다. 짙은 안개 속으로 새벽 강은 흐르고 그 강물 속으로 또 강물이 흘러가겠지요. 그렇게 우리 마음속에는 또 우리가 부딪치고 어울리면서 흘러갈 거예요.

어제의 화려했던 색채가 아련한 무채색의 안개에 파묻혔습니다. 함께 손을 잡고 오솔길을 걷다가 그 포근한 안개 속에서 이끌리듯이 우리는 또 입맞춤을 나누었어요. 고요한 오솔길에 발밑에서 부서지는 노란 은행나무 낙엽만이 바스락거릴 뿐이었습니다. 북한강에는 안개가 가득 흘러갔습니다.

수연과 남이섬을 떠나 서울로 다시 돌아온 그 주말에 차기 총학생회장 선거가 있었습니다. 오후부터 하늘이 흐리더니 개표 시작 전부터 조금씩 비를 뿌리기 시작했어요. 부슬부슬 내리던 빗줄기는 밤이 깊어가자 더 굵어졌습니다. 빗물은 차갑고 싸늘했습니다.

설마 했던 일이 현실로 다가왔습니다. 이틀에 걸친 투표가 끝나고 그날 저녁부터 시작된 개표가 자정을 넘기자 결과가 나왔습니다. 개표할 표가 자꾸만 줄어가는데 NL 진영은 한번 벌어진 표차를 줄이지 못하고 계속 횡보하고 있었습니다. 결국 큰 표 차이는 아니었지만 염려했던 대로 NL 진영은 그 학생회장 선거에서 졌습니다.

총학 홍보부원으로 참여했던 86학번 후배 여학생이 개표 결과를 보고 눈물을 뚝뚝 흘리는 것을 바라보니 선거 패배의 현실이 실감나게 다가왔습니다. 마지막에 내가 공정성을 어기고 '까치집'에 술판을 만들어 놓았습니다. 임기를 마무리 지어야 할 현 집행부, 새로운 집행부를 준비했다가 선거 패배로 실현되지 못한 86학번들까지 모여들어 통음의 한 판이 벌어졌습니다. 모인 사람들을 항상 챙겨야 하는 총무의 직분을 잃고 그날은 나도 술을 계속 마셨습니다.

비를 맞아서일까요? 그날 나는 아마 감기에 걸렸던 것 같아요. 꼭 비 때문만은 아니었을 거예요. 이상스레 상심의 감정이 다가오면 몸이 먼저 반응했던 나는 어질한 기운을 느끼면서도 그런 몸 상태에서 과음했습니다. 마음이 아팠어요.

NL 입장에서 보자면, 기층이 조직적으로 흔들리는 것을 느꼈습니다. 86학번 밑으로 역시 많이 흔들렸습니다. 이런 선거 결과가 나온 것은 역시 내가 몸담았던 총학생회, 4학년 지도 라인을 형성했던 85학번의 책임이 없다고 말할 수는 없습니다. 한때 철옹성같이 여겨지던 NLPDR의 아성(牙城)인 고대에서 한 축이 그렇게 무너져 내렸습니다. 단순히 학생운동의 정파적 시각에서 보자면 말입니다. 하지만 내가 할 수 있는 일이 별로 없었어요. 위로의 술판을 한 번 열어주는 것 이외에는.

직책이 요구하는 중립의 의무와는 상관없이 과연 선거 자금을 지원하며 진영의 당파성을 견지하고 나서야 했을까요? 이제 결과는 나왔으니 이 자문에 대한 답변도 더는 의미 있는 일은 아닐 거예요. 내 판단과 논리를 내세우기 이전에 상심하는 86학번들을 보기가 점점 미안해지더군요.

어느 순간에 보니 내가 터덜터덜 월곡동 골목길을 혼자서 걷고 있더군요. 수연이가 오늘은 친구가 고향에 내려가서 혼자 있다며 날씨도 추워지는데 총학생회 사무실에서 눕지 말고 늦으면 자기 자취방으로 오라고 했거든요. 꼭 간다고 약속하지는 않았지만, 그 말에 이끌리듯이 그 골목길을 찾아갔습니다.

몇 개의 작은 방 창문이 연이어 붙어있는 골목길에 서서 수연의 방 창가에서 불빛이 새어 나오는 것을 보았습니다. 쓰렸던 마음이 일순 아늑해지는 느낌이었어요. 그 작은 창에 다가가서 그네를 불렀습니다.

"수연아, 수연아, 있니?"

"응, 민수니? 잠깐만."

그네는 평소 보아오던 청바지가 아니라 월남치마 같은 편한 옷을 입고 그 집 문을 열고 나왔습니다.

"어서 와. 들어와."

그네를 따라 철문 안으로 들어섰습니다. 다시 샤시 문을 열고 들어가 밖에다 신발을 벗고 그네의 방으로 들어서는 데까지 3개의 문을 지났습니다.

"어머. 비를 많이 맞았네. 우산도 없이."

"뭐… 그렇게 됐네."

건네주는 수건을 받아 안경을 벗고 얼굴과 머리를 툭툭 닦았습니다.

"선거는? 졌지?"

"응. 졌어."

그네가 내 얼굴을 잠시 살피더니 담담히 물었습니다.

"술 많이 먹었어?"

"응… 좀 먹었지."

"또, 밥도 안 먹고 술만 먹었지?"

그네의 그 물음에는 바로 대답하지 않고 말을 돌렸어요. 내 그런 일상조차 물어주는 그네가 있어 뿌듯해졌습니다.

"그냥… 수연아, 나 좀 피곤하네."

"그래 피곤해 보인다. 눈도 빨갛고. 그냥 자고 가. 오늘은 괜찮아."

"그래도 될까?"

"괜찮아. 아무도 없어. 오늘은 나 혼자야. 인제 추워. 학교에서는 그만 자."

그러더니 그네가 갑자기 내 이마에 손을 얹혔어요.

"어머. 몸이 불덩이야. 비까지 맞아가지고."

"응, 감기가 오나 봐. 좀 어지럽고."

"안 되겠다. 좀 누워있어. 이불 깔아줄게."

그네는 방 한쪽으로 작은 밥상을 밀치고 비키니 옷장의 지퍼를 열어 이불을 꺼내어 후다닥 깔아 주었습니다.

"잠깐 있어. 내가 약 사다 줄게."

"아니야, 괜찮은데…"

"뭘, 머리에도 열이 많고, 얼굴도 뜨겁고… 많이 아프네. 몸살기도 좀 있니?"

"응… 뭐… 좀… 미안해."

"피. 뭐가 미안해. 좀만 기다려. 금방 갔다 올게."

수연은 슬리퍼 소리를 내며 밖으로 나갔습니다. 그네가 나간 사이 툭 쓰러지듯이 누워 천장을 보니 한 번 윙하고 도는 것 같았어요. 눈을 감았다 뜨는 그 순간에 빛이 조금 늦게 감지되고 암전의 간격이 다소 길었습니다. 자꾸만 어지러워서 아예 눈을 감고 누워있었습니다.

"자, 그래도 이거 먹고 자는 게 낫겠어. 잠깐 일어나 봐."

잠시 후에 그네가 알약 몇 알과 먹기 편하게 커피잔에 쌍화탕을 부어 왔어요. 벽에 기대어 앉아 그걸 먹고 있으니 가련한 환자가 된 것 같았습니다.

"내가 봐도 이번 선거, 86들이 좀 어려웠어."

"그래. 우리 85 총학이 바보 같았어. 학우 대중들하고도 그렇지만 권 내부에서도 공감대 형성에 실패했어. 우리 잘못이야. 북한 바로 알기 운동을 친북 이데올로기라고 파고 들어왔어. 휴… 통일 운동 은 역시 어려운 건가?"

"아니야. 민수야. 너무 자책하지 마. 우리 세대 통일 운동, 이제 막 시작한 거야. 원래 학생운동이 서로 좀 엎치락뒤치락하잖아. 우리 2 학년 때는 자민투, 민민투로 얼마나 혼란스러웠니?"

"그래… 수연아. 그랬지."

"애들 커리큘럼에서도 좀 문제가 있었어. 철학이나 다른 나라 혁 명사나 사회구성체도 좋지만, 한국 근현대사 학습이 좀 더 강화됐 어야 했어. 우리 운동은 우리 역사 속에서 펼쳐진 거야. 우리 운동 사, 우리 혁명사의 전통을 잘 모르고… 어떻게 우리가 바른 관점을 가질 수 있겠어? 혁명사는 원래 우여곡절이 많다고 했는데."

창밖 골목에는 비가 계속 내리고 있었고 우리의 대화는 신열에 들 뜨는 나로 인해 끊어질 듯 끊어질 듯 이어져갔습니다. 사위가 고요 해지자 거리를 내딛는 빗소리가 더욱 크게 들려왔습니다.

나는 콜록콜록 기침하고 코를 훌쩍대고 끙끙 앓게 앓기 시작했습 니다. 그네가 다시 한 번 내 이마에 손을 짚었습니다.

"민수야. 열이 너무 많은 거 아니야?"

"내가 열이 좀 있나 봐. 약간 어질어질하다."

"안 되겠다. 잠깐만 기다려 봐."

이번에는 그네가 물수건을 만들어 와서 나를 눕히고는 내 이마 위에 얹혀주었어요. 그네는 방구석에 누워있는 나를 애처롭게 내려다보다가도 때때로 살며시 미소를 짓기도 했습니다.

"수연아, 정태춘 있던데… 틀어줄래."

"그래."

그네는 카세트테이프를 꼽고 카세트플레이어의 투박한 버튼을 눌렀습니다.

눈물이 옷자락에 젖어도 갈 길은 머나먼데
고요히 잡아주는 손 있어 서러움을 더해주나
저 사공이 나를 태우고 노 저어 떠나면
또 다른 나루에 내리면 나는 어디로 가야 하나.

맨 처음 정태춘의 〈서해에서〉가 흘러나왔습니다.

서해 먼 바다 위론 노을이 비단결처럼 고운데
나 떠나가는 배의 물결은 멀리 멀리 퍼져 간다
꿈을 꾸는 저녁 바다에 갈매기 날아가고
섬마을 아이들의 웃음소리 물결 따라 멀어져간다.

작은 방 한가득 노래가 흘러나오자 우리는 잠시 조용해졌지요.

"민수야, 나는 정태춘이 좋아. 특히 〈서해에서〉가 좋다."

"나도… 다른 것도 좋고. 〈북한강에서〉도 좋잖아."

"〈북한강에서〉도 좋지. 좀 있다 나올 거야."

방이 작아서 온 방에 노랫소리로 가득 차는 것 같았어요. 노래 한 곡이 끝나고 다음 곡으로 넘어가는 그사이에는 간주처럼 빗소리가 다시 방을 채웠습니다.

"민수야, 난 비 오는 날이 좋아."

"그래? 비 오는 날은 좀 불편하기도 한데…"

"그래도 이 비 오는 소리가 좋아. 멜랑꼬리하잖아."

"무슨 꼬리?"

"킥킥… 멜랑꼬리."

"아우… 나 졸린 가 봐."

"민수야. 그냥 자. 괜찮아. 푹 자고 나면 괜찮을 거야."

그렇게 여자의 방, 그녀의 청바지가 걸려있는 그 작은 자취방에서 밀려오는 잠 속으로 내가 빨려 들어갔습니다.

그리고 얼마나 잠에 취했고 시간이 흘렀을까요?

잠결에 무언가 느낌이 있어 살며시 의식이 돌아왔어요. 그 느낌은 익히 경험해본 적이 없는 너무 부드럽고 깊고 아늑한 감촉입니다. 하지만 아직 신열과 잠과 약 기운에 비몽사몽 지경이었어요.

"으음…"

그 감촉은 그녀가 나를 안아주는 감촉이었어요. 그녀가 자신의 몸으로 온몸이 뜨거운 열로 타 올라가던 앓는 나를 안아서 어루만져주고 있었습니다.

그녀가 옷을 벗고, 앙가슴을 드러내고 뜨거운 신열에 휩싸인 나를 서늘하고 부드러운 자신의 몸으로 애무해주고 있었습니다. 젖무덤이 내 얼굴을 어루만지고 내 가슴에 와 닿았습니다. 부드럽고 서늘한 감촉이 꿈같이 밀려오며 내 이마에 내 뺨에 그녀의 입술이 와 닿았습니다.

꿈이었을까요? 조그마한 비키니 옷장이 놓인 작은 방에 내려앉은 어둠은 칠흑같이 깜깜했어요. 내리는 비는 그때까지도 쉽사리 그치지 못하고 추적추적 소리를 이어갔어요.

"수연아…"

"민수야. 열이 너무 많아. 펄펄 끓는다. 괜찮아?"

"으응… 좋아."

"그래… 그냥 자."

"으응…"

무언가 용솟음친다기보다는 포근하게 가라앉는 아늑하고 서늘하고 상쾌한 느낌이었습니다. 그네는 정태춘이 너무 좋은지 계속 테이프를 돌리고 있었습니다. 정태춘의 〈서해에서〉는 어느덧 3절로 넘어가고 있었어요.

어두워지는 저녁 바다에 섬 그늘 길게 누워도
뱃길에 살랑대는 바람은 잠잘 줄을 모르네
저 사공은 노만 저을 뿐 한마디 말이 없고
뱃전에 부서지는 파도 소리에 육지 소식 전해오네

'수연아, 또 네가 좋아하는 〈서해에서〉가 나오네. 수연아, 그러다 테이프 늘어나겠다. 그리고 너무 고마워. 내일 아침이면 열도 내리고 비도 그치면 또다시 태양이 뜨겠지. 그리고 내가 깨어날 때 네가 내 옆에 있다면 난 아마 행복할 것 같아.

지금 너무 좋다. 이렇게 좋은 게 연애였구나. 이렇게 아득하고 부드럽고 상쾌하고 포근한 게 여자였구나. 왜 그동안은 몰랐을까? 아니, 그동안 몰랐던 건 이제 상관없어. 수연아, 너를 알기 위해서였겠

지. 너를 만나기 위해서였겠지.'

나는 그냥 잠이 들기도 싫었고 또 꿈과 같은 잠결에서 깨어나기도 싫었습니다. 비 오는 새벽녘, 그 작은방에 지상 위의 작은 천국이 펼쳐지더군요.

"민수야, 우리 책 읽고 세미나 안 할래?"

"세미나?"

"응, 그러니까… 뭐 세미나라기보다는 같이 책 읽고 얘기하는 거지 뭐."

그즈음 총학 집행부 임기를 마치고 홀가분하게 겨울 방학을 맞이했습니다. 그렇게 되니 내 조그마한 집무실도 사라지고 이제 그네가 나를 찾아올 공간도 그다지 없더라고요. 동아리방은 후배들의 차지라 눌러있을 수가 없었고 오랜만에 돌아간 집은 역시 편했지만 아무 일도 없는 곳이기에 마냥 집에만 있기도 갑갑해서 학교 도서관을 찾기도 했습니다. 도서관에서 책을 읽다가 약속한 커피숍에서 그네를 만났지요. 우리는 갑자기 한가해진 것 같은 그 시절을 보내기 위해 같이 책을 읽고 서로 감상을 얘기하기로 했습니다.

"무슨 책으로 할까?"

"응, 『한국전쟁의 기원』부터 하자."

"『한국전쟁의 기원』? 브루스 커밍스 꺼."

"응. 우리 한국 근현대사를 먼저 해보자."

"되게 두껍던 데… 그래, 그러지 뭐."

우린 아직 대학생이잖아요. 도서관에서 책을 읽고 학교 근처 커피숍에서 세미나를 했습니다. 연인의 모습을 가진 우리는 특별히 발제하고 논제를 정하는 세미나 방식이라기보다는 커피숍에 앉아서 읽은 책의 소감을 나누는 일종의 독서 데이트를 즐겼습니다.

　우리는 대표적인 수정론자(修正論者)라고 할 수 있는 브루스 커밍스의 그 두꺼운 『한국전쟁의 기원』을 상, 하권으로 다 읽었고 계속해서 독서 데이트를 이어나갔습니다. 주로 한국근현대사 관련 책을 위주로 구성했지요. 그런 중에 그네가 앞서 내게 선물했던 신영복 선생의 『감옥으로부터의 사색』에 대한 소회도 나누었습니다.

　"그럼 수연아, '사색' 다 읽어봤는데… 그 어떤 책보다 좋았어. 대단해. 뭐랄까 어떤 외침이라기보다는 어떤 울림 같은 건데."

　"그래. 나도 정말 좋더라. 사회과학 책하고는 다른 느낌이 들더라고"

　"이렇게 말해도 될까? 우리나라 최고의 수필문학이라는 생각이 들어."

　"수필 문학?"

　『감옥으로부터의 사색』은 1968년 통혁당 사건으로 무기징역을 받은 저자가 20년 20일이라는 긴 수형 생활을 하면서 제수, 형수, 부모님에게 보낸 서간을 엮은 책입니다. 그 편지글은 사회적 문제와 정치적 역사적 쟁점에 대한 직접적인 의견이나 표현보다는 감옥 안에서 만나고 겪게 되는 크고 작은 일상에 대한 단상과 작은 것에 대한 관찰이 주로 놓여 있었습니다. 어떤 사정에서도 인간에 대한 배려와 공감을 놓지 않고 담백하고도 끈질긴 자기 내면에 대한 성찰이 정감 어린 필치로 고풍스럽게 그려져 있었습니다.

　"그럼. 서간체야말로 기행문과 마찬가지로 수필 문학의 중요한 형식 중에 하나라고 생각하는데… 인생이란 마치 여행과도 같고, 글이란 그 여행길에서 누군가에게 띄우는 편지와도 같은 거잖아.

　형식을 떠나서 그 내용과 뜻, 사색의 무게감이… 하여튼 신영복 선생님 대단하셔. 난 굉장히 깊이 있게 느꼈어. 장황한 이론서보다는 이 책을, 이 깊은 울림과 같은, 이 깊은 사색의 수필을 사람들에게 권하고 싶어. 선생님은 오랫동안 갇혀 있었지만 누구도, 그 어떤 억압이나 고난도, 그분의 사색과 생각, 따뜻한 관찰, 그리고 사람에 대한 존중이랄까, 이런 걸 가둘 수는 없었어.

생각해보면 운동이란, 어떤 변혁이란, 결국 사람에 대한 존중, 사람에 대한 배려, 그런 공감에서 출발해야 하는 것이 아닐까 그런 생각이 들어. 하여튼 그분은 갇혀서 이십 년을 보냈다지만 결국 어떤 것도 그분을 한 치도 가둘 수는 없었던 것 같다, 뭐 그런 생각이 드네."

내 사설을 듣는 그네의 샛별처럼 반짝이는 검은 눈동자를 바라보았어요. 그네의 눈 속에 내 눈부처가 보였기에 내 눈 속에도 그네가 부처로 앉아있었을 겁니다.

"우리 애인, 말도 참 멋있게 한다. 책 선물한 보람이 있어요. 호호."

내게 매료된 그네의 잔잔한 미소도 또 반대로 충분히 나를 매료시키기에 부족함이 없었습니다.

사귀면서 알게 된 사실이지만 수연은 상당한 독서가였습니다. 그네는 장황하고 거창한 독서가라기보다는 꼼꼼하고 소박한 책쟁이였어요. 어떤 커리큘럼을 맞추기 위해서라기보다는 그네는 생활 자체에서 항상 책을 읽고 있었어요. 그 후로도 오랫동안 나는 그네가 일상 속에서 책을 잡고 있는 모습을 많이 보게 되었습니다. 식탁에 앉아 식어가는 커피잔에 아랑곳없이 기울어진 머릿결도 그냥 둔 채 고즈넉이 책을 읽던 그네의 모습을 나는 기억하고 있습니다.

그때 수연도 건대 사건과 학생운동으로 인해 졸업 학점이 모자랐습니다. 그네는 여학생이고 사범대였지만 교직에는 별 관심이 없어 보였고, 그 시절 나와 함께하는 독서 클럽 아닌 독서 클럽에 마음이 팔려서 단정한 단발머리를 차가운 겨울바람에 휘날리며 씩씩하게 걸어왔지요.

우리는 겨우내 접어든 쓸쓸한 캠퍼스 벤치에 앉아 손을 잡기도 하고 때때로 아무도 없는 4.18 기념비 뒤 어둠 속 벤치에서 살짝 입을 맞추기도 했습니다. 머리에 내린 첫눈을 서로 털어주며 갑자기 한가해지고 조용해진 그 세월을 우리는 서로 의지하며 보냈는지도 모릅니다.

"애국적 사회진출?"

그 시절 어느 때 즈음 졸업을 앞둔 동기들이 이른바 '애국적 사회진출'에 대한 모임을 꾸렸다면서 한번 참석하기를 권했습니다. 대학가 운동권에는 노학연대를 통한 위장 취업과 노동 현장 투신의 바람이 한번 지나갔고, 좀 더 다양한 사회 진출에 대한 욕구가 배어나와도 될 만큼 풍성한 사회진출 논의가 일어났습니다. 그건 87년 6월 항쟁과 그 해 일어난 7, 8월 노동자 대투쟁을 거친 결과로 일종의 정세적 여유라고도 보였는데요.

물론 우리 동기생들의 개인적 사정과 각자 앞에 놓인 인생과 인연은 서로 다른 것이기에 늦은 입대자도 있었고 한 무리는 교육운동, 청년운동 단체로 가기도 하고 어떤 개인은 정당을 통해 직업적 정치세계에 신입사원처럼 들어가기도 했습니다. 또 이른바 '언론고시반'이라는 언론계 진출을 위한 스터디 모임도 만들어지고 이를 지향하는 이들은 도서관으로 향하기도 했어요. 한 마디로 규정하기 어려운 다양한 사회 진출, 직업 세계에 대한 탐구가 늦게나마 일어났습니다. 그러면서도 아직은 운동에 대한 어떤 지향의 끈을 놓지 않으려고는 했어요.

복잡해지는 현대 사회에 있어 이를 일컬어 '흩어져서 싸운다'는 뜻으로 '산개전(散開戰)'이라고 명명하기도 했습니다. 이른바 '운동권'이라고 해서 변화하는 세계와 사회 속에서 언제나 독야청청(獨也靑靑)할 수는 없었겠지요. '산개전'이라는 개념이 그람시의 '진지전'에서 나왔는지 아니면 어떤 조직 노선의 한 표현인지, 아니면 흩어지는 서로에 대한 위로인지는 모르겠지만 '산개전'이란 자칫 그냥 '산개(散開)'가 될 수도 있었겠지요.

그때 정종욱은 혹시 하는 마음에 참여해 보겠다고 하였고 나도 한 번 정도 그런 모임에 갔던 것 같아요. 하지만 나는 더 이상 참여하지는 않았습니다. 내 사정이 애국적이든 아니든 사회로 진출할 수 있는 준비가 안 됐었습니다. 당시 나는 일단 졸업을 하기에도 2학기에서 3학기 정도의 학점이 미달되었고 아직 군대도 갔다 와야 했습니다.

나와 비슷한 처지의 친구들은 학번제의 시스템에 밀리면서도 그냥 학교에 남기도 했는데요. 왜냐면 학점 취득이 안 되어 졸업하기 위해서는 적어도 1년이나 1년 반은 더 학교에 다녀야 했기에 어쩔 수 없는 경우였어요. 그렇게 현실은 준비되지 않은 사회초년생들을 학교 밖으로 밀어내기도 하고, 5학년 6학년을 다녀야 하는 늙은 학생으로 남게도 했습니다. 어쨌든 우리는 학번제 시스템으로 인해 너무나 강고한 조직의 끈에 묶여있다가 또 어느 날 갑자기 자신의 길을 혼자서 찾아가야 하는 그런 지경에 놓이게 되었습니다.

하지만 나는 늦었다면 늦었고 그렇지 않다면 그렇지 않을 첫사랑과의 연애에 빠져서 '애국적 사회진출'도 운동적 투신도 개인적 전망도 별로 없이 그 겨울, 눈이 소복이 쌓인 석탑과 운동장, 12월의 캘린더 그림 같은 학교의 그 한적한 오솔길을 타박타박 걸어가는 그네의 곁을 따라다녔습니다. 한국 전쟁의 본질과 현대사의 쟁점, 운동

사적 고찰과 의미, 한국 사회구성체에 대한 얘기도 서로 나누었겠지만 그런 얘기만 하기에는 우리는 너무 젊었고 또 서로에 대한 관심이 높았어요.

나는 이 시절의 수연을 단정하면서도 젊음의 쾌활함이 배어 나오는 꿈이 많은 스물네 살의 아가씨로 기억하고 있습니다. 그네는 화장도 하지 않고 귀걸이와 같은 액세서리도 치마도 잘 입지 않았지만 '나'라는 남자를 만나면서 자신이 가진 내면의 여성성을 문득문득 드러내기도 했습니다. 꼭 다문 입술이 더 많은 얘기를 간직한듯한 나와 동갑인 이 아가씨는 그 젊은 자체만으로도 청량하고 상쾌한 그 겨울의 바람처럼 다가왔습니다.

우리는 서로 한 권의 책을 정해서 읽고 소감과 대화를 나누는 데이트를 계속했습니다. 그때쯤 그네와 나는 자신이 느끼는 모든 감정과 감성, 일상을 공유하기 위해서 솔직하고 담백한 대화를 계속 이어갔습니다. 그리고 우리는 각자의 오늘과 미래를 생각함에 있어 서로의 존재와 관계를 먼저 배려하게 되는 그런 무언(無言)의 약속을 가진 이른바 '연인'이 되었습니다.

"명일동으로 오면 안 돼?"

방학이 되면서 그네의 친구가 낙향하고 혼자 남은 그네의 월곡동 자취방은 정리되었습니다. 그네는 전주(全州)에서 여고를 졸업한 이른바 '지방 학생'이었기에 서울에서 유학하기 위해서는 자취나 하숙을 하거나 혹 있을 서울 친척댁에 의탁해야 하는 정도였어요. 여학생이 혼자서 자취를 하기는 세태나 조건상 쉽지 않았고 실은 그네는 1학년 시절부터 당시 명일동에 사시던 이모네에 의지하여 왔더군요. 함께 있던 친구가 고향으로 내려가면서 그렇게 다시 그네는 거처를 명일동의 이모네로 옮겼습니다. 그래서 그때까지는 몰랐던 명일동이라는 동네를 처음 알게 되었어요. 그 동네는 우리 학교에서도 멀어서 한참 버스를 타고 찾아갔던 기억이 있습니다.

그렇게 찾아간 그네의 이모네는 한 마디로 단란한 가정이었습니다. 특히 그 집의 가장이신 이모부님은 좋으신 분이셨어요. 그분은 그때 주택은행에 다니셨는데 노조에도 가입했다고 하며 성실한 직장인이면서 온화하고 가정적인 가장(家長)이었습니다. 또 그분은 독실한 천주교인으로 일요일이면 외아들을 데리고 아내와 함께 세 식구 온 가족이 성당에 다녔습니다. 또한 당시 '정의구현사제단'의 사제들을 깊이 지지하고 존경하던 분이었습니다.

그분은 대학을 나오지는 않았지만 민주적인 교양인이었습니다. 그 집의 작은 방 책장 가득히 『사상계』 전집이나 황석영의 『장길산』, 조정래의 『태백산맥』 전질(全帙), 『창작과 비평』, 『철학 에세이』와 같은 책과 함께 분명 수연이 보았음직한 여러 교양서적이 정갈하게 나른히 꽂혀 있었습니다. 지난 6월 항쟁 때에도 이른바 '넥타이 부대'로 먼발치에서나마 참여해주셨기에 87년 명동에 대한 공통의 기억이 있었습니다. 또 수연이 '농촌활동'을 갈 때나, 방학 중에도 학교에 남아 활동을 계속해야 할 때에도 그네의 입장을 원호해 주셨던 분입니다. 특히 '건국대 사건' 때도 집안에서 곤란해진 그네를 변호해 주신 분이기도 했어요. 그러니까 그분은 당시 우리 대학생들의 고민을 이해해주시고 지지해주신 어른이셨습니다. 그 외에도 소박하시고 다정하신 모습 등으로 여러 가지 점에서 그분은 참 좋은 분으로 기억과 인상에 남습니다.

온화하고 성실한 가장의 모습과 삶이 온 가족을 얼마나 따뜻하게 하는지 처음으로 느껴볼 정도였어요. 가정적인 가장은 마치 꿋꿋하게 집안을 데우는 벽난로와 같아서 곁불을 쬐는 군식구인 나마저도 몸이 따뜻해지는 듯했습니다.

또 그분은 진심으로 처조카로서 그네를 너무 예뻐하셨어요.

"장가간다고 전주에 인사 갔을 때… 정말 눈이 초롱초롱한 여고생이 있더라고. 공부도 참 잘한다고 하고. 얼마나 예쁘고 똑똑하던지. 우리 오수연이 최고야."

그분은 첫인상부터 처조카가 될 그네가 너무 인상적이고 예쁜 여학생이었다고 추억했습니다. 그래서 마침내 그분은 식탁에서 맥주를 한 잔 같이 나누다 내 조카는 최고의 여학생이라는 그런 찬사를 내게 널어놓으셨습니다. 듣고 있던 그네가 겸연쩍어서 '이모부, 그만하세요.'라고 말리는 지경에 이르렀습니다만 자리의 나까지 한 몫 거들며 동조하니 금세 왁자지껄하게 술잔이 돌았습니다.

서울로 유학 온 그네에게 그런 이모부님이 계셔서 그 댁에 의탁할 수 있었던 것은 참으로 다행이었습니다. 계속 들어보니 수연의 사범대 친구들도 가끔은 그 명일동 댁에 놀러 와서 같이 식사도 하고 술도 마시고 하였다는데요. 문제는 그런 수더분한 친구들과는 달리 그네가 어느 순간에 나를 '자기 애인'이라고 언질을 준 이후부터였을까요? 내가 단순한 친구와는 의미가 다른 사람이라고 전달된 뒤부터 그 댁에서 나를 보는 시선과 태도도 본질적으로 좀 다른 것이 되었습니다.

가족이나 친척들이 볼 때 '친구'와 '애인'은 다른 것인가 봐요. 나를 보는 시선이 뭐랄까 좀 더 냉정해졌다고나 할까요. 인척인 그네와 달리 손님인 나는 그런 시선이 와 닿으면서 따뜻한 분위기라 할지라도 그 댁이 다소 무겁게 느껴졌습니다.

한편, 그건 그네의 잘못도 있는 것 같아요. 이모부님의 입장에서 볼 때는 그 전에 어떤 선배를 특별한 관계인 것처럼 그 집에 소개하고는 그가 입대하고 시간이 흐른 뒤 또 어느 날 갑자기 내가 그런 관계의 모습으로 나타난 꼴로 만들었거든요. 그네가 자신의 감정에 충실한 것은 좋으나 어쨌든 그건 사전 설득이 부족한 자기중심적인 행동이었어요. 덕분에 이모부님과 나는 조금씩 불편해졌지만, 그네는 그냥 밀어붙였습니다. 이모부와 나. 문제는 자신이 좋아하는 사람들과 함께 보내는 시간이 좋아서 계속 나를 명일동으로 오라고 불렀던 그네의 대책 없는 낙관에 있었는지도 모릅니다.

어느 날, 또 명일동에서 저녁을 같이하는 자리에서 불쑥 이모부께서 이런 말씀을 하시더라고요.

"수연아, 화천에서 편지 왔더라. 요새 너 답장은 하니? 면회 간 지도 오래됐잖아? 면회도 한번 가야지?"

그 얘기에 그네는 그 자리에서 아무 대구도 하지 못하고 '아예' 하면서 얼굴마저 빨개질 정도였습니다. 바보가 아닌 다음에야 불쑥 던지는 그 말의 언중유골을 알 수 있었습니다. 그건 그네에게도 하는 말이지만 나에게도 어떤 메시지를 던지는 말이었습니다.

이런 뻔한 이야기입니다. 옛날부터 있었고 지금도 흔히 있는 일이에요.

어느 날 남자가 군대에 가고 그의 애인이라 할 수 있는 여자가 혼자 도시에 남았다고 합시다. 징병제인 우리나라에서는 비일비재하기 벌어지는 일이겠지요. 그래요, 그래서 훈련을 마친 남자가 배치받은 곳이 강원도 화천이나 양구쯤 어느 산골의 교육 사단이나 GOP 대기 대대나 이름 모를 보병부대 정도라고 합시다. 그 군인 아저씨가 휴가를 나와 그녀를 찾아오기 전이라면 먼저 그의 편지가 도착할 것이고 그래서 어느 토요일 새벽같이 여자가 애틋한 애인을 면회하기 위해 집을 나설 것입니다.

그 시절 상봉 터미널쯤에서 버스를 타고 산맥들이 넘나드는 이름 모를 고개를 넘어 그녀는 양지바른 어느 시골 정류장에 내릴 것입니다. 흙먼지를 뒤집어쓰고 쓸쓸한 정류장에서 내린 젊은 여자는 생판 처음 와 본 어느 면 소재지 근처나 생경한 마을에서부터 길을 물어물어 위장막이 둘러쳐진 어느 군부대 위병소 앞에 서겠지요. 그렇게 면회를 신청하고 PX일 수도 있고 면회소이거나 사병식당일 수도 있는 곳에서 기다란 테이블을 앞에 놓고 기다렸겠지요.

그렇게 한참을 기다리다 보면 처음 보는 사람은 아니지만, 전혀 익숙하다고 할 수 없는 이등병 계급장을 단 어떤 군인 아저씨가 걸어 나오겠지요. 새까매진 얼굴에 주눅 든 표정, 찬바람이 부는 계절이라면 손이며 입술까지 터서 도시 생활의 팽팽하던 그 남자는 어디로 가고 땟국물이 흐르는 쑥색 군복을 입은 초라한 한 군바리가 쓸쓸한 웃음을 지으며 나올 것입니다. 예상했다 하더라도 눈앞에 보이는 대상의 변해버린 모습에 일순 당황도 하겠지만, 생각해보면 그가 무엇을 잘못한 것도 아니고 오로지 국가의 부름을 받아 나라를 지키고 젊음의 의무를 다하는 데에 어찌 측은지심이 생기지 않으리오.

먹을거리를 준비했다면 그걸 풀어 놓고 이런저런 얘기를 나누겠지만 그 면회소에서 쌓인 사연을 다 풀 수는 없었을 겁니다. 일반 부대에서는 보통의 경우 젊은 여자가 면회를 오면 진실로 모두 애인으로 보고 위수지역을 벗어나지 않는 범위에서 주말 외박을 내주기도 합니다. 그래서 그 연인들은 겨우 그 군부대를 벗어나 오랜만에 둘만의 시간을 가지게 됩니다. 그렇게 면 소재지나 읍내로 나온다 하더라도 흔한 영화관조차 찾을 수 없는 곳에서 다방이 커피숍을 대신하는 그 시절, 선술집과 같은 썰렁한 식당 등지에서 그들은 걷거나 먹거나 마시거나 하며 그 저녁을 보내다 보면 금방 해가 지고 말 겁니다.

밤이 되어 서울로 돌아갈 버스도 없고 돌아갈 길도 없고 불쌍한 군바리를 혼자 두고 돌아갈 수도 없는 그 상황에 이르러 둘은 어느 허름한 여관이나 여인숙을 찾아 들어갈 밖에요. 그렇게 끌려온 자유인, 묶인 젊음의 그 남자를, 상처받은 수컷의 고독의 냄새가 풀풀 나는 그를, 여자는 그 밤 또 가슴으로 받아줬을 수도 있을 겁니다. 3년이라는 세월 동안 '군 복무'라는 깊은 강을 건너야 하는 남자들도 인내했겠지만, 그들에게 그런 친절한 누이들이 있어 그런 시절을 건너왔는지도 모릅니다.

다음 날이면 다시 그녀는 혼자서 그 길을 되밟아 돌아와야겠지요. 시련은 혼자서 돌아오는 그 길에 있었는지도 모릅니다. 흔들리는 시외버스 속에서 그녀는 찬찬히 자신과 자신의 내면과 자신의 관계를 돌아보겠지요. 그런 계기로 그녀는 그와 더 가까워졌거나 아니면 흐르는 시간 속에서 더 멀어지거나 둘 중 하나였을 겁니다.

나도 그때쯤 알게 된 것이지만, 그네도 그런 면회를 갔었더군요. 그래서 그 시절 어떤 인연으로 해서 강원도 어느 읍내 낡은 여인숙에서 몸을 누였는지도 모르지요. 그네는 그런 걸 꼭 감추지도 드러내지도 않았습니다. 물론 나도 그건 그네의 과거일 뿐, 나 때문에 어떤 부담을 그네가 가지기를 원하지는 않았습니다. 군에 사람이 있다면 그래도 면회 정도는 가줬어야 한다고 그것도 일종의 도리가 아니겠냐고 동의한답니다.

문제는 과거가 아니라 나의 등장 이후에 있었습니다. 이전의 관계, 무언가 혼란스러운 마음의 인연을 정리한다는 것은 수연으로서는 어려운 일이었겠지요. 자신을 애인으로 생각하고 있는 어떤 남자에게 '나는 이제 당신의 애인이 아니며 지금 새로운 사랑을 하고 있다'고 말하기가요.

　그 얘기를 전달하기 위해 군 면회라는 그 먼 길을 찾아가기란 더 어려웠을 겁니다. 초라한 군인을 앞에 놓고 '나는 당신에게 절교하러 왔으니, 이제 외박이나 동침은 받아들일 수 없어요.' 그렇게 말한다는 것이요. 다소 약자의 위치에 서 있는 상대에게 어떤 이별의 통지를 한다는 것은 그 자체로 미안하고 부담스럽고 괴롭기까지 한 일일 수 있습니다.

　"면회는 못 갈 것 같고… 편지를 해야지."

　그네는 내가 묻지도 않았는데 어느 때 내게 이런 얘기를 하기도 했습니다.

　하지만 그런 편지도 어떻게 시작하든지 결국에는 '이 편지를 마지막으로 우리는 끝이에요, 그러니 이만 총총총.' 이렇게 매듭을 지을 수밖에요. 이별 통보는 글로 표현하기가 가장 냉정한 글 작업의 하나랍니다. 금방 편지를 보내는 것도 쉬운 일은 아니었습니다.

　그래서 아마 그네는 그 선배가 휴가를 나오기를 기다리고 있는 것 같았어요. 그래도 그런 문제는 직접 얼굴을 대하고 진지하고도 가능한 한 정중하면서도 예의 있게, 하지만 분명하게 말하는 것이 좋을 것입니다. 그런 좋은 기회는 상대가 자신을 찾아오기를 기다릴 수밖에 없었습니다.

　지금 돌이켜 생각해보면 내게도 청춘의 막막한 고민이 있었던 것 같아요. 여자가 생긴 남자의 처지와 고민도 있었던 것 같습니다. 언제 졸업을 하고 언제 군대를 다녀와서 언제 사회에 진출할는지. 그네라는 여자가 생기자 갑자기 내 생이 너무 준비되어 있지 않고 처리해야 할 일이 너무 많아진 것 같아서 막막한 생각이 들었습니다. 친구와 달리 사랑은 현재만이 아니라 미래의 사정과 관계를 생각하게 했습니다. 사랑은 서로의 삶과 고민이 삼투압 되는 과정이었습니다.

그런 고민 자체가 사람을 좀 비겁하게 만드는 것은 사실입니다. 그때쯤 나는 대학원을 가는 것이 좋지 않을까 하는 그런 생각을 많이 했습니다. 뭘 연구하고 뭘 배워야겠다는 정확한 계획보다는 '학교'라는 이 큰 보호막과 테두리가 계속 필요했는지도 모릅니다. 그리고 그네와의 즐겁고 행복한 만남이 안정된 공간과 시간 속에서 계속되기를 바랐습니다.

내가 그네와의 관계 그리고 나의 존재를 좀 더 깊이 생각해보고 또 우리가 더 심각하게 서로의 감정을 추스른 계기는 내가 받은 어떤 불편한 대접에서 촉발되기도 했습니다.

그 날은 저녁까지 집에 그냥 있었는데 그네로부터 전화가 왔어요. 지금 명일동으로 오라고 했습니다. 나는 '내일 학교에서 볼까.' 하는 식이었는데 그네는 '지금 당장 보고 싶다.' 뭐 그런 식이었어요. 닦달인지 애원인지 그네의 요청이 강했거든요. 그래요, 뭐 애원까지는 아니라도 '바로 지금 우리 만나자.' 하는데 '우리가 그러지 못할 이유가 뭐에 있어.' 하는 심정으로 집을 나섰습니다. 며칠 전에 내린 눈이 아직 다 녹지도 않은 그런 날이었을 거예요.

그네의 이모부 댁인 명일동 주공 아파트 계단을 올라 그 집 문 앞에 섰는데 문 안에서 소리가 나고 무언가 말다툼의 소리가 들렸습니다. 나는 잠시 망설이다 벨을 눌렀습니다.

벨 소리에도 금방 문이 열리지 않다가 조금 뒤에야 그네가 현관에 바로 서서 말했습니다.

"민수야, 왔어? 저기 미안한데… 그냥 밖으로 나가자. 오늘은 밖에서 얘기하자."

"무슨 일 있어?"

집으로 오라고 해서 찾아왔는데 그네가 다시 나가려고 해서 난 무심결에 말했습니다.

"수연아! 나가지 마!"

그때 이모부님이 따라 나오시며 그네를 불렀습니다. 아니 그냥 부른다기보다는 깜짝 소리를 질렀습니다.

"이모부. 민수가 내 애인이에요. 왜요? 왜 안돼요? 칫… 봐요, 이렇게 왔잖아요."

"수연아! 나가지 말라니까. 민수는 왜 불렀어?"

"제가 보고 싶어서 불렀어요! 왜요?"

그네와 이모부님의 목소리가 커졌습니다. 대화라기보다는 서로 소리를 높여가는 과정이었습니다. 내가 오기 전까지 어떤 사연이 있었는지 몰랐기에 나는 그네를 말렸습니다.

"수연아… 왜 그래? 꼭 오늘 아니라도…."

내 말이 끝나기도 전에 이모부님이 말했습니다.

"자네는 그만 돌아가 주게. 수연아! 너는 그만 들어 와!"

"싫어요. 민수랑 만나기로 했단 말이에요."

이모부의 목소리는 단호했고 그네는 좀 앙칼졌습니다. 나는 당혹스러웠고요. 이모부님이 그네를 잡았고 그네는 이모부님을 뿌리치려고 했어요. 서로의 그런 실랑이가 점차 완강해져서 무심결에 나는 두 사람을 말리려고 했거든요. 그러다 모두가 좀 엉키게 되었습니다.

엉킨 와중에 나는 그네에게서도 그분에게서도 약간의 술 냄새를 맡을 수 있었습니다. 짐작되는 바가 있었지만 나 이전에는 그토록 다정했던 조카와 이모부의 그 갈등을 그냥 지나칠 수가 없었어요.

그러다 그네의 이모부는 내 멱살을 잡으시더니 계단을 내려서 1층 밖에까지 나를 끌고 가셨습니다. 이제 그네가 반대로 그러지 말라고 이모부를 말렸지만 아무 힘없는 나는 그냥 끌려 내려갔습니다. 어쩌겠습니까? 어른이 그러시는데.

내가 미운 것도 있고 어떤 답답함도 계셨겠지요. 생각해보면 그것도 이모부로서 조카인 그네를 누구보다 아끼고 사랑스럽게 생각했기에 일어난 일일 수도 있습니다. 그분은 수연과 수연의 전 애인과의 관계, 그러니까 그네의 애정전선에 내가 어떤 훼방꾼이라고 생각을 하셨던 거예요. 나는 그분이 어느 순간부터 그렇게 생각하신다는 것을 짐작하고 있었고요.

계단을 내려오자 순간 나는 주먹으로 한 대 맞았습니다. 그리고 다시 한 대 더, 또 한 대 더. 처음 맞을 때 충격으로 놀랬을 뿐 실은 별로 아프지도 않은 타격이었습니다. 그쯤에서 그네가 '악' 하며 먼저 새된 소리를 질렀습니다. 격렬하게 그분을 말렸어요.

"이모부! 이모부! 왜 이래!"

그네는 내가 그때까지 그네한테서 들어본 중 가장 큰 소리를 냈습니다. 그네의 비명과도 같은 소리에 때리던 이모부님도 맞던 나도 순간 깜짝 놀랄 정도였어요. 덕분에 이모부님도 행위를 멈추었고 1층 아파트 이웃들의 웅성대는 인기척이 들릴 정도였습니다.

그네는 안타깝고 분해서 눈물마저 뚝 흘렸어요. 그네가 눈물을 보이자 이모부도 더는 어쩌지 못했습니다. 그네는 소리를 지르며 이모부의 등을 밀어 안쪽으로 밀어붙이며 내게서 떼어 놓았습니다.

"민수야, 미안해. 돌아가. 연락할게."

그네는 이모부를 붙잡고 다시 집으로 들어가며 울음 섞인 말로 나를 위로하려고 했습니다.

"그럼 전 이만 가겠습니다. 안녕히 계세요."

그네에게 밀려가는 이모부의 뒤통수에 대고 이렇게 인사를 했습니다.

내가 단란했던 그네와 이모부 사이에 분란을 일으키는 요인이 된 것 같아 어깨를 늘어뜨리고 힘없이 돌아섰습니다. 조용한 아파트 단지에서 밤중의 소란으로 다른 집들이 문을 열어 보며 관심의 기미마저 보여 나는 재빨리 어둠 속으로 사라져 그곳을 벗어났습니다. 그러다 정신이 멍해서 이내 발걸음을 천천히 내디뎠어요.

그린벨트와 인접한 동네라 작은 동산의 산길같이 펼쳐진 아파트 옆길을 따라 내려오는데 며칠 전 내린 눈이 군데군데 쌓여있었습니다. 입김이 가득 불어나는 추운 날씨니 당연히 빨리 집으로 돌아가야겠지만 그날 나는 집으로 금방 돌아가지 않았습니다. 아직까지도 그네에게 얘기한 적이 없어서 그네도 모르는 얘기지만 그날 밤에 나는 집으로 가지 않았어요.

버스 종점 정류장 근처로 걸어가다 어떤 포장마차를 발견하고 거기로 들어갔습니다. 그렇게 혼자서 소주를 마셨어요. 특별히 울분에 차지도 특별히 감회에 젖지도 않고 나는 차분하게 소주를 비워나갔습니다. 혼자 마시는 술에 혼자의 생각에 젖어 짧지도 길지도 않은 시간이 흘렀습니다. 취기가 오르자 계절에 대한 감각도 무뎌지고 추위를 이기는 힘이 생겨 거리의 눈마저 포근하게 느껴졌어요. 한참 뒤에 그 포장마차를 나와 나는 다시 그 산길 같은 길을 따라 그네의 명일동 주공 아파트 단지 앞으로 갔습니다.

'저어 청한 하늘 저어 흰 구름 왜에 나아를 울리나…' 하는 노래도 작게 읊조리면서 터벅터벅 걸어 어느새 그 주공 아파트 단지 앞 계단에 앉았습니다. 나는 어떤 소란도 떨지 않고 그냥 처연히 앉아 입김을 불었습니다. 그네의 방은 이미 불이 꺼져 있었고 아파트 전체가 무겁고 조용히 내려앉은 듯했습니다. 마치 아무도 살지 않는 듯 어떤 소음도 밖으로 새어 나오지 않았습니다.

핸드폰은커녕 '삐삐'조차 없던 그 시절. 겨우 공중전화와 집 전화, 서로가 일상으로 만날 수 있는 학교라는 공간 어딘가에서 여기쯤에 서로가 있을 것이란 추측과 믿음으로 만날 수 있었던 그 시절. 그 순간 내가 그네의 집 앞에 다시 와 있다는 사실을 알리고 싶은 생각도 없었습니다. 나는 젊었기에 두툼하게 입은 파카와 술기운에 온기를 빌어 그 주공 아파트 단지 눈이 쌓인 곳으로 자리를 옮겨 아예 누워 버렸습니다. 후드를 뒤집어쓰고 눈 덩어리를 베게 삼아 말입니다.

누운 순간 '와아' 하고 함성이 터져 나올 뻔했어요. 믿기지 않을 정도로 많은 별이 눈앞에 쏟아졌거든요. 서울인데도 고적한 그 동네에는 차갑고 맑은 밤공기 위로 꽤 볼만하게 별 밭이 펼쳐져 있었습니다. 캄캄한 하늘 아래 나만 있는 줄 알았는데 별들이 저렇게 반짝이니 따뜻한 위로가 되었습니다.

'우리 그냥 사랑하게 해주세요.'

비감(悲感)에 젖어 별을 보며 마음속으로 소리를 질렀습니다.

우리가 뭐 그리 대단한 비련(悲戀)의 주인공들도 아닌데….

또 이런 어설픈 사건으로 그네와 나의 열정을 시험하여 오히려 더 불태우려고 하는지 알 수 없는 일이라고 생각했어요.

물론 선택한 '사랑'의 그 모든 후과(後果)와 자결(自決)한 '인생'의 뒷길은 본인들이 책임지고 스스로 걸어가야 합니다. 내가 한겨울 눈

쌓인 야외에 누워 몸이 얼어간다 해도 할 수 없는 일입니다.

나는 생각합니다. 사랑의 문제에서 타인(他人)은 구경꾼이 될 수밖에 없는 존재라고요. 사랑의 실패도 성공도 아쉬움도 시련도 모두 그 당사자가 책임지고 짊어지고 갈 밖에요.

사랑은요, 그래요. 당사자들은 언제나 진지하고 심각하지만 남들이 볼 때는 역시 좀 신파랍니다. 어쩔 수 없는 일이에요.

그 날 밤 나는 불편하고 아픈 대접을 받았지만 명일동의 그 새벽별을 바라보니 모두 사라지고 스스로 대견하고 마음이 더 단단해지는 것 같았습니다. 사랑하는 어떤 이를 생각하며 그네의 집 앞에서, 그네가 잠든 아파트 아래 눈밭에 누워서 별을 보는 경험을 갖는 것도 남자의 인생에서 그렇게 나쁜 경험은 아닙니다.

분명히 하나의 추억이 되는 거지요. 내가 가진 에너지와 내가 가진 감성의 힘을 한번 느껴보는 겁니다. 감기 같은 자잘한 걱정도 괜찮습니다. 만약 그러다 감기나 몸살에 걸린다면 내게는 수연이라는 부드럽고 뭉클한 약이 있으니까요.

별과 눈이 함께했지만 춥기도 했던 그 날 밤 나는 두 가지 이유로 뿌듯했습니다.

첫째, 수연이 말렸다는 것. 그네가 참으로 의지했고 좋아했던 이모부님 앞에서도 다소 거칠게 대들고 말리면서 나를 변호해 주었던 것. 나는 몇 대 맞은 아픔보다 그네가 내 편을 들어 준 기쁨이 절절했습니다.

두 번째는 아무도 몰랐지만 내가 명일동의 새벽별을 바라보았다는 그 자체입니다. 물론 쓸데없는 짓일 수도 있습니다. 하지만 남자의 인생을 살면서 그 여자의 집 앞에서 한 번 정도는 난장(亂場)을 펼쳐보아야 하지 않겠어요? 그런 추억이라도 있어야 사랑이 시작하는 그 젊은 시절 어떤 열정의 장면이 생기지 않겠어요? 나는 미소가 배어날 만큼 흐뭇했답니다. 나는 좀 낭만주의자인가 봐요.

혹시 수연이가 나오다가 나를 보면 놀래겠다. 아니 그 전에 이모부님이 먼저 나오실 수도 있고… 미친놈 되겠다.

동이 틀 때쯤 감회를 그만 조용히 접자 하며 정신이 좀 들었습니다. 나는 먼동이 막 떠오르는 그때쯤 명일동의 버스 종점에서 첫차로 배정받아 시동을 거는 버스에 올라탔습니다.

역시 때린 사람보다는 맞은 사람이 마음은 편한 것일까요? 나는 집으로 돌아와 꽁꽁 언 몸을 녹이면서 깊은 잠에 빠져들었습니다. 잠이 막 드는 순간에 드는 생각이 아침이면 그네가 나를 애타게 찾을 것이라는 데에 이르자 갑자기 너무 행복한 남자가 된 것 같았어요.

'수연아! 내가 보고 싶으면 내 꿈에 찾아오면 되잖아. 나는 언제나 너를 찾아가고, 네가 부르면 달려갈 거야. 사랑해 수연아.'

어른들은 몰랐어요. 그리고 세상은 몰랐습니다. 서로에게 매료된 두 남녀가 얼마나 강렬한 에너지로 불타오르는지를.

얄팍한 도덕도, 치밀한 계산도, 정교한 처세술도, 현실적인 조건도 진실한 호감과 개성적인 매력, 진지한 젊음의 감정 앞에 그리고 사랑 앞에는 아마 무릎을 꿇어야 할 겁니다.

시대가 변하고 세상이 바뀌면서 사랑의 겉모습과 스타일도 바뀌겠지만, 그래서 조금은 가벼워지고 조금은 계산적이고 조금은 자기중심적으로 되었다고 말들 하지만, 나는 알아요, 사랑이 가진 진실한 열정과 그 우직함은 질기게도 쉽게 바뀌지 않는다는 것을.

그건 일종의 '눈 멂'과 비슷한 것이니까요.

그녀를 위하여

"나, 방 얻었어."

"방을 얻었다고? 그럼 명일동에서 나온 거야?"

"응. 명일동에서 나올 거야. 그래서 자취방 얻었어. 미아삼거리 근처에. 낼 이모랑 같이 이사하고… 엄마 다녀가신 다음에. 놀러 와."

내가 명일동의 새벽 별을 우아하게 감상하고 난 뒤 2월이 되었고 새 학기가 다가오자 그네는 고향에 다녀왔어요. 그래서 우리는 만난지 처음으로 3주 정도 서로 보지도 듣지도 못하고 떨어져 있었습니다. 요즈음은 그럴까 싶겠지만, 지금과 같은 통신수단이 별로 없던 그 시절, 우리는 그 길다면 길고 짧다면 짧은 헤어짐을, 연락 두절을 담담히 받아들였습니다.

그네가 가방 두 개를 들고 고향 전주(全州)로 내려갈 땐 그래도 내가 용산역까지 배웅을 나갔지만 돌아올 땐 그네는 불현듯 툭 나타났습니다. 그네를 전주로 내려보내고 혼자 생각으로 짐작건대 그네의 전주 고향 집에도 나의 존재가 전해졌을 것이라 생각했습니다. 명일동에서 어떤 식으로든 전했거나 아니면 이번 기회에 그네가 말을 했거나 했을 것이라고요. 하지만 나중에 안 일이지만 어느 쪽도 그런 말을 전하지는 않았던 것 같아요.

하여튼 고향을 다녀온 그네는 힘들어하는 것 같으면서도 조금 차분해졌다고 할까요. 그네는 입술을 살짝 깨물고 이 사태를 어떻게 해결할까 아주 냉정하게 생각하는 것 같았어요. 우리가 만날 때 처음부터 일어난 친구들의 약간의 방해, 명일동에서의 사건, 자신의 이전 관계에서 빚어진 문제로 환영받지 못하는 문제를 자신이 앞장서서 해결 짓지 못하는 상황에 오기가 생겼는지도 모릅니다.

그네의 행동과 판단은 그리 냉정하지는 않았습니다. 그네는 마침내 명일동 이모네를 나와서 학교에서 북쪽으로 조금 떨어진 미아동에 아주 조그마한 방을 하나 얻어 버린 겁니다. 그리고 나를 불렀습니다. 나는 사실 그네의 그런 결정을 처음에는 찬성하지 않았지만, 막상 그네가 자신의 작은 방으로 초대할 때는 바람처럼 달려갔어요.

미아삼거리역 버스정류장에서 내려 번잡한 시장골목을 지나 도착한 그곳은 아주 작은 방이었습니다. 그전 월곡동보다 더 작은 방이었어요. 작고 초라한 점포들이 줄지어 서 있는 삼 층 정도의 낡은 연립 건물의 어느 중간에 통로 계단이 있었어요. 그 깨어진 시멘트 계단을 올라 다시 계단을 내려가면 낡은 건물 뒤편에 조그마한 수도꼭지가 놓인 공간이 있었습니다. 점포들의 뒷문으로 통하는 조그마한 공간 한쪽에 가냘픈 간유리 새시 문을 당기면 작은 방에 딸린 조그마한 부엌 겸 세면장이 바로 나왔습니다. 그리고 간유리가 반인 미닫이문을 열면 노란 베니어합판의 책장이 세워져 있고 예의 비키니 옷장이 구석에 놓인 조그마한 방이 나타났습니다. 작은 문갑 위에 그래도 탁상 거울이 있고 로션 스킨이 올망졸망하게 놓였고 정태춘이 흘러나왔던 카세트 플레이어도 보였기에 그네의 방임을 알았습니다. 작은 창문에는 또 그만큼 작은 커튼도 달아 놓았더군요.

처음으로 간 날 새시 문의 경첩이 풀려 끄덕거리기에 내가 작은 못을 박아 문을 바르게 고쳤습니다. 그런 당연한 행동에도 여자는 너무 뿌듯한 표정으로 바라보더군요. 그런 사이 부탄가스 버너 위에 작은 주전자를 올리고 물을 끓여 그네가 커피를 준비했습니다. 그 커피를 작은 밥상에 올려놓고 우리는 마주 앉았습니다. 손을 뻗으면 닿을 수도 있는 거리에 커피잔을 들고 그네가 벽에 기대어 살며시 웃고 있었어요. 말하자면, 그렇게 우리는 아주 작지만 마침내 우리만의 공간을 얻은 겁니다.

도덕적인 친구들이 보여준 방해와 그네를 둘러싼 사랑의 의혹, 어른들의 염려, 이런 것들은 사실 우리의 사랑을 더욱 불타게 하는 연료적(燃料的) 역경(逆境)에 불과했습니다. 그 조그마한 방에서 우리는 대낮부터 옷을 벗을 만큼 더욱 대담해졌으니까요.

"민수 형, 어떻게 생각해?"

"그러니까 정식 이름이 뭐라고…?"

"응. '반대 노태우 군부정권 투쟁 본부'라고…"

"그래? 음. 왜 '노태우 군부정권 퇴진 투쟁 위원회'라고 짓지 않았어?"

"'퇴진'보다는 일단 '반대'… 대안 없는 퇴진보다는 정치적 반대가 튀지 않고 더 대중적이고. 위원회는 그동안 너무 많이 쓴 이름에다가… 위원회가 위원 중심이라면 본부는 조직적이고 함께 참여하고 실천한다는 의미에서. 또 줄여서 '반노투본(反盧鬪本)', 짧고 좋잖아. 질질 끄는 것 보다… 선전물 만들 때도 짧은 게 얼마나 편하다고."

내 후배지만 똑똑하기가 이루 말할 데 없는 정세진은 명쾌하게 의미를 바로 설명해주었습니다. '반대'나 '퇴진'이나 실은 오십보백보의 문제이며, 이름이 뭐 그리 중요할까마는 제안을 하는 한 학번 여자 후배 정세진은 또박또박 진지했습니다.

그녀는 나에게 새롭게 조직하는 그 '반노투본'의 중앙위원으로 함께 하자고 제안을 했습니다. 그래도 학번제 시스템에서는 '86학번이 지도부를 형성해야 하지 않겠냐?'고 내가 말하니, '형은 선전부 영역에서 제한적으로 참여해서 조력해달라'고 잘 정리해 주었습니다. 언제나 그녀의 문제의식과 답변이 참으로 마음에 들었어요.

"새로 당선된 총학생회장을 만나봤는데… 학번은 84 선배고, 사람은 괜찮아. 정파적으로 꽉 막힌 건 아니더라고… 근데 학내 투쟁을 좀 계획하고 있다면서. 정치 투쟁은 NL 쪽에서 계속하는 것도 괜찮다는 입장이야."

새롭게 출범하는 총학생회는 범 PD 연합이었고 단과대나 기층의 운동 조직력은 NL이 아직 장악하다시피 하니 상층과 기층의 새로운 관계 설정이 필요했나 봅니다. 세진은 새로 선출된 총학생회장 당선자와의 만남에 대한 얘기도 전달해 주었습니다.

그해 2월 말 나는 NL 대오(隊伍)를 책임지겠다고 결의한 세진의 제안을 받아들였습니다. 이른바 '5학년 학생운동'이 시작되었어요. 그 시절 나는 선배 또는 전기(前期) 총학생회 간부로서 선거에 진 86학번 후배들에 대한 미안함이 남아있었습니다. 내가 '반노투본'에 함께 하겠다는 결정을 내리는 데에는 그 미안함이 가장 큰 동기를 주었습니다. '미안함'이 그런 결정을 내리는 데 무슨 이유가 될까 할 수도 있겠지만 오히려 다른 잡다한 논리나 자기중심적 단견(短見)보다는 그런 감정이 더 큰 동기 부여가 되었어요. 단지 '미안해서' 그럴 수도 있더라고요.

동아리연합회를 포함해서 9개 단과대에서 이른바 '반노투본'이 결성되고 첫 중앙 회의를 열었을 때의 열기와 참여 정도, 인물들의 면면을 볼 때 선거에서 패배한 NL 진영이 특유의 낙관성(樂觀性)으로 새로운 활로를 개척한 모습이 느껴질 정도였습니다. NL 대오의 강렬한 실천력과 동원력으로 볼 때 앞으로의 활동은 잘 되리라 생각이 들었습니다.

또한 그것은 일종의 이중권력(二重權力)이기도 했습니다. 총학생회 주최 집회보다 투쟁본부 주최 집회의 참여 인원이 두 배 이상 많았으니 'PD 총학생회와 NL 투쟁본부'라는 연정(聯政)의 형태이기도 했고요.

단지 내가 이 건(件)으로 수연을 만나 상의를 할 때 그녀는 마치 이미 알고 있는 사항이라는 듯 후배들을 도와주고 남은 학교생활도 내가 진지하고 전투적으로 임하기를 바란다고 했습니다. 그리고 그녀는 이른바 '공활(工活)'에 참여하게 되었다면서 성수동 공단에 단순 작업공으로 잠시 위장 취업을 했습니다. 물론 공장 분위기를 익히기 위한 워밍업과 같은 것으로 본격적인 투신(投身)은 아니었고 제한적인 '공장 활동'에 임했습니다. 그래서 그녀는 아침 일찍 출근하게 되었다며 그 집을 나섰고, 월급을 받으면 맛있는 걸 사주겠다면서 나를 마치 아이처럼 취급하며 어루만졌어요.

그때 나와 비슷한 경우로 '반노투본'에 함께 하게 된 같은 학번의 경영대 친구 하태식을 만났습니다. 그는 경영대 사회부장 출신으로 수연과도 잘 알던 사이였습니다. 나 역시 그 친구를 알고는 있었지만, 오다가다 안면만 튼 사이에서 그렇게 같이 활동하게 되면서 그때에 우리는 친구가 될 정도로 친해졌습니다.

투쟁본부를 구성하면서 86학번들이 전면을 맡고 태식과 나는 선전물이나 정치 신문을 발간하는 일을 주로 맡았습니다. 학생운동의 언더(under) 경험이 별로 없었던 나였지만 총학생회 활동을 통해 학교 전체를 보는 관점과 뛰어난 실무능력이 있어 예의 그 전동 타자기를 드르륵대며 타이핑을 잘 쳐댔습니다. 학교 당국과의 소통 통로 역할에도 어느 정도 도움을 주면서요.

"이렇게 표현하는 건 어떨까? 어때…?"

"형, 성명서에… 너무 표현이… 너무 뭐랄까?"

"왜 이상해? 세진아."

"아니. 보통 성명서에 잘 안 쓰는 표현이라. 이거 너무 문학적인 거 아니야?"

"야, 문학이 별거냐? 성명서도 넓게 보면 글이고 문학이야. 읽고 듣는 사람이 이해하고 공감하고… 그래서 그 뭐냐. 그래 어떤 생각에 영향을 미치면 되는 거지. 나아가 행동에 영향을 미친다면 거의 최고 수준이고."

"형, 그래도 성명서는… 정확하게 표현해야 되는 거 아니야?"

"물론 성명서는 정확해야지. 하지만 정확한 거 하고 메마르거나 상투적인 건 다른 게 아닐까. 맨날 '정세는 엄혹하다.' 이렇게 시작하면 나중에 무뎌져서 진짜 엄혹해야 될 때도, 하나도 안 엄혹하게 느껴진다니까. 그리고 항상 글은 좀 희망차게 적는 게 좋아."

정치 신문에 실릴 성명서를 놓고 초안자인 나와 데스크라고 할 수 있는 세진이와 이런 승강이를 가끔 벌였습니다. 물론 성명서와 『감옥으로부터의 사색』은 다른 것이지만, 내가 당시 그 책에 경도된 측면도 있고 반대로 그 시절의 성명서나 글들이 상투적이었던 측면도 있었습니다. 그러면 세진은 수긍하면서도 또 다른 검열자를 붙였어요.

"에고, 알았어. 고집은 참. 그래 이 부분은 살려놓고… 이따 수연이 언니 오면 한번 보여줘야지. 그래도 형이 수연이 언니 말은 잘 들잖아."

"야. 내가 뭘 수연이 말을 듣는다고 그래?"

"알았어. 이따 그냥 보자고. 형 고집 설득할 사람은 수연이 언니밖에 없다는 거 다 아는데 뭐. 됐어. 일단 그냥 넘어가자구."

세진은 치사하게 내가 무시하지 못할 의견자라 할 수 있는 그네를 검열자로 끌고 들어왔습니다. 어쨌든 정치신문에 대한 반응은 좋았어요. 전면적인 책임은 투쟁본부의 86학번 지도부들이 맡기로 하고, 태식과 나는 밤늦도록 초안을 잡았습니다. 수연도 자주 나타나서 그 일을 도와주었습니다.

정치 신문의 창간호가 단과대 학생회 사무실에 뿌려질 때쯤 마침내 캠퍼스에 봄이 왔고 목련이 피고 그 꽃잎이 떨어지면서 개나리, 진달래, 철쭉이 제 세상을 만난듯했습니다. 이제 영수증에 대한 고민도 없어지고 좀은 갑갑했던 회의도 없어지고 학생운동의 본질과 정치적 투쟁 방향에 대한 명징한 고민이 파릇하게 돋아났습니다.

"뭣들 하시옵니까? 바쁜가 봐?"

"야. 수연이 왔네."

학생회관 한구석 창문도 없는 '반노투본'의 작은 칸막이 방 사무실에 그네가 나타나면 어떨 때는 나보다도 태식이가 먼저 일어나서 그네를 반겨주었습니다. 그래서 가끔은 그네와 나 사이에 투쟁본부 활동과 자취 생활에 까칠한 태식이도 함께 끼어 우리는 학교 앞 식당이나 막걸리 집에서 즐겁게 더블데이트를 즐기기도 했습니다. 그네는 공장에서 받은 월급으로 내게도 태식에게도 같이 푸짐한 먹을거리를 사주었습니다. 물론 그네는 항상 남몰래 내 손을 꼭 잡았지만요.

그네와 나는 조금이라도 돈이 생기면 주로 책을 사거나 아니면 먹을거리를 샀을 거예요. 우리는 점점 술집이나 커피숍의 완성된 음식 값이 아까워 아예 음식 재료를 사기 시작했습니다. 이제 우리는 시장에서 찬거리를 사고 쌀을 사서 미아동의 그 작은 방에서 밥을 해서 같이 먹었어요. 달걀을 한 판 사니 질리도록 달걀 후라이를 먹을 수 있었고 참치캔이나 김과 같은 부식을 사니 밥상은 금세 푸짐해졌습니다. 매일은 그럴 수 없지만 때때로 같이 준비한 저녁상을 물리고 작은 방의 바람벽에 기대어 앉아 커피를 마시며 우리는 책을 읽거나 라디오를 들었습니다.

그 시절 먹을 수 없는 것으로 책 말고 그네가 내게 준 것으로 기억나는 것이 하나 있습니다. 그건 정사각형 모양의 작은 오르골입니다. 꽃잎 모양의 디자인이 그려진 도자기 타일의 그 오르골 뚜껑을 열면 자동으로 태엽이 돌아가면서 '쇼팽의 녹턴 2번'이 흘러나왔어요. '녹턴'은 고요한 밤의 정취를 노래하는 야상곡(夜想曲)인데 그중에서도 제2번은 특히나 여성적이고 부드러운 서정곡입니다.

그 오르골을 열 때면 단조로운 태엽 음이지만 감상적이고 기품 있는 선율에 친숙한 두 도막 형식의 녹턴이 조용히 깔렸습니다. 오르골 뚜껑 안 왼쪽에는 조그마한 사진을 꽂을 수 있는 공간이 있어 거기에 그네의 흑백사진이 한 장 꽂혀 있었어요. 마치 증명사진과 같은 그 사진 속에 그네는 살짝 웃고 있는 듯하면서도 처연한 표정으로 앞을 응시하고 있었습니다.

나는 그 오르골의 디자인도 마음에 들었고 거기에 꽂힌 그네의 흑백사진 표정에서 모나리자보다 더 풍부한 해석이 느껴져서 그걸 만날 주머니에 넣고 다녔습니다. 그건 그네가 내게 준 애정의 징표와 같은 것이니까요. 계절이 바뀌고 옷이 가벼워지면서 혹시 잃어버릴까 봐 어느 날부터는 가방에 넣어 다니곤 했습니다.

"세진아, 사실 태식이 전대협 결사대 대기자지?"

"결사대?"

"그래. 태식이 걔 정리하려고 준비 중인 거 아니야?"

진달래, 철쭉이 만개하고 쓰러져 가는 그해 4월, 눈 부신 햇살이
가득한 운동장으로 4월의 마라톤 행렬이 하나둘 돌아오는 것을 바
라보면서 옆에 있던 세진에게 내가 말을 던졌습니다.

그녀 역시 나를 한번 돌아보고는 말을 받았습니다.

"응. 그것 자체가 보안 사항이긴 하지만… 형도 대충 알고 있는 건
데 상관없지 뭐. 그래 형. 실은 그래. 태식이 형, 전대협 투쟁국 라
인으로 연결돼 있고 치고 나갈 거야. 현재 태식이 형이 우리 케이(K)
하고 전대협 결사대 대장이야."

'치고 나간다'라는 말은 곧 구속을 각오한다는 뜻이었습니다. 그
시절 '결사대(決死隊)'란, 사실 뭐 죽음을 각오했다기보다는 학생운동
에서 구속(拘束)을 각오했다는 정도인데, 구속을 각오한 투쟁 방식이
란 주로 점거 투쟁이나 시위의 주동자로 나서는 것이었습니다.

특히 '점거 투쟁'이란 구속을 각오한 적은 인원으로 큰 정치적 반
향이나 높은 내용의 이슈를 끌고 가기에 적합한 투쟁 방식이지만,
임하는 사람들의 후과(後果)도 역시 크다고 할 수 있습니다.

언젠가부터 나는 하태식이 투쟁본부의 선전부 일과는 별도로 전
대협 투쟁국과 어떤 라인을 갖고 있으며 그것이 이른바 '결사대' 투
쟁준비라는 것을 눈치챘습니다. 그는 '케이(K)'라는 이니셜로 불리기
도 했던 우리 학교의 결사대 담당자이며 그 시절 전대협 투쟁국의
'결사대' 담당자이기도 했습니다.

160

"세진아, 나도 결사대 지원을 할까 하는데… 너 생각은 어때?"

나는 운동장 스탠드 바닥에 날려 온 진달래 꽃잎을 주워 입에 물며 속에 있는 얘기를 꺼냈습니다.

"형이…? 내 생각? 내 생각보다는 수연이 언니 생각을 물어봐야 하는 거 아냐? 그래도 애인인데… 그래. 형도 군 문제가 있지?"

"그래 군 문제도 있고… 꼭 그런 것보다도 태식이가 대장이라면 함께 해서 학운도 한번 정리를 할까 하는데."

"형, 하지만… 요즘 결사대 투쟁이 좀 적긴 한데."

"기다리면 되지 뭐. 이번 학기 안에 있겠지. 태식이한테는 나도 직접 얘기할게."

당시에는 학생운동으로 구속이 되면 주로 군 입대 부적격자가 되어 이른바 '수형에 의한 군 면제'가 많았습니다. 나도 언젠가부터 구속을 각오한 치고 나가는 투쟁, 그리고 이를 통한 군 면제, 그 이후 더욱 고차원적이고 온전한 투신 과정을 생각했는데 아마 그렇게 의식화되어왔기 때문인지 모릅니다.

세진은 수연의 생각이 중요하다는 점을 각인시켰지만 나는 그네에게 세진에게처럼 어떻게 할까 물어보지는 않았습니다. 일방적인 통보를 한 건 아니지만 우물쭈물 물어보지도 않았어요.

"수연아. 실은 나 전대협 결사대에 지원하려고 해."

"결사대에…? 혹시 그럼 태식이 하고 같이 하는 거야?"

"응. 태식이랑 같이하는 거지. 태식이가 우리 케이 결사대장이었던 거 알고 있었구나? 너도."

"응, 태식이가 그런 건 알고 있었어. 근데 민수야, 너도 하려고."

"수연아, 알지? 내가 뭘 하려고 하는 건지?"

"음…."

"실은 군 문제도 해결해야 하고… 아니, 아니. 그래 물론 투쟁에서 군 문제 해결책이 전부라고 생각하지는 않아. 나도 잘 모르겠다. 너랑 헤어지고 싶지는 않은데… 만약 시간이 좀 절약된다면 좋겠다는 생각이 들었어. 솔직히."

자기주장이 없는 사람이 결코 아닌 그네가 이 부분에서는 별로 말이 없이 내 얘기를 담담히 들어주었습니다.

"난, 그냥… 내가 만약 군대에 가고, 니가 군에 있는 나를 면회 오는 게 괜히 싫게 느껴져. 차라리 빵이 낫겠어."

"민수야, 나는 괜찮아. 아무래도 괜찮아. 왜 그런 생각을 해?"

그 시절 내가 왜 그런 말을, 그런 이상한 이유를 대었는지 그 논리적 개연성을 스스로 설명하지는 못할 것 같아요. 미세하게 흔들렸던 감정의 어떤 실타래 때문이었는지 모를 일입니다.

이른바 '치고 나간다' 하더라도 일정 기간 그네와의 이별을 각오해야 하겠지만 '수형(受刑)에 의한 군 면제'를 통해 현실적으로 그 기간을 줄이고 그런 과정을 통해 길게 이어진 학생운동의 대미(大尾)를 종결짓는 것도 괜찮을 것이라 생각했습니다.

"태식아, 나도 전대협 결사대에 지원하고 싶은데…."

드디어 나는 학번 동기이며 친구였던 하태식에게 내 결의를 밝혔습니다. 그도 세진을 통해 미리 언질을 받은 상황이라 구구절절한 얘기는 많이 절약되었습니다.

"그래. 한데 그게 뭘 말하는 건지 너도 알지?"

그는 덧붙이는 말로 '야, 요새 날씨 참 좋지.' 하는 뜬금없는 감상을 늘어놓으며 막걸리 한 잔을 깔끔하게 비워냈습니다. 그리곤 내 말이 순간적인 감상(感想)인지 아니면 명확한 발심(發心)인지를 파악하려는 듯 전과 다르게 내 눈을 가만히 쳐다보았습니다. 나는 잠시 침묵을 지켰고 그도 살짝 미소 띤 침묵으로 이었습니다. 수염이 까칠하고 메마른 피부지만 눈빛만은 살아있는 그의 몰골이 투사(鬪士)의 그것처럼 빛난다고 느껴졌습니다.

시간이 흐른 뒤 그가 무겁게 연 첫 마디가 이상스레 세진과 비슷한 논조였습니다.

"민수야, 솔직히 니가 수연이하고 상의했으면 해."

"수연이 하고 꼭 상의해야 되는 거야?"

이것들이 뭘 짜고 이러나 하는 생각이 들다가도 모두들 나와 그네와의 관계를 이제는 그렇게 무겁게 인정해주는 것이라 여겨지자 괜스레 뿌듯해지기도 했습니다.

"그럼. 이런 일을 수연이 몰래 할 수도 없는 거고… 그리고 참, 상의 못 할 것도 없잖아?"

"벌써 했지. 우리가 서로 그런 얘기도 안 했겠냐? 참."

나 역시 막걸리 한 잔을 비워내며 여유를 찾은 듯이 받았습니다.

"수연이도 찬성했어?"

"그렇다니까."

"음… 그래."

태식은 천천히 머리를 끄덕이며 내 빈 잔에 막걸리를 부었습니다.

그해 봄 나는 이른바 '결사대' 투쟁 대기 성원으로 이름을 올렸습니다. 속되게 말해서 '치고 나갈 수 있는 순번을 받았다'고나 할까요?

거리 곳곳에도 어느 뒷동산에도 벚꽃이 젊음처럼 환하게 흐드러진 계절이었습니다. 그의 말대로 먼 길을 가도 좋을 만큼 날씨는 우라지게 좋은 날들로 가득 찼습니다.

"형! 형! 문제가 좀 생겼어."

그렇게 한 달쯤 지난 어느 날 세진이 다소 호들갑스럽게 '투쟁본부' 사무실로 뛰어 들어왔어요.

"민수 형, 법이 바뀐 것 같아. 2년은 살아야 면제된대… 아니 세상에, 1년 받으면 1년 살고 나와서 다시 군대도 그대로 간다는 거야. 황당하네. 그럼 국보 별 달고 군에도 입대하는 거야. 이거… 황당한 게 1년 6개월 살고 나와도 가야 된다는 거야. 이게 제2의 '녹화사업'이 안 된다고 장담할 수도 없다니까. 또, 그런 경우로 군대 갔다 오면 서른 살쯤 되겠다."

그 내용을 전하는 그녀는 책상을 딱딱 손톱으로 두드리며 답답해했습니다. 표정에는 불길한 소식을 전해야 하는 곤란함이 묻어있었고요.

그해 봄, 내 운명이나 우리 결사대의 앞길에 중대한 변화를 가져올 시행 세칙 개정이 하나 이루어졌습니다. 그 개정의 내용이 어떤 사회적인 반향이나 문제가 있었던 것이 아니라서 별 이슈 없이 지나갔고 내용도 비교적 간단하고 명료한 것이었습니다.

'수형에 의한 군 면제' 요건이 수형 기간이 2년 이상인 경우에만 해당하는 것으로 바뀐 것입니다. 이전에 집시법 위반이나 국가보안법 위반으로 구속되거나 기소되는 것만으로도 군 부적격으로 면제가 되던 것에서 수형 기간을 '금고(禁錮) 2년 이상'으로 명확히 규정한 겁니다.

그러니까 군 복무 기간 24개월과 수형 기간이 같아야 했기에 이제 이런저런 점거 투쟁이나 구속으로 군 면제가 이루어져 혹시 시간을 벌 수 있을까 하는 바람은 원천 봉쇄되었습니다. 때에 따라서는 감옥도 갔다 오고 군대도 가야 하는 경우도 생기게 되었습니다.

이 개정은 이후 '수형에 의한 군 면제'가 급격히 감소하게 되는 계기가 됩니다. 그 해 준비되었던 전대협 결사대의 구성도 재점검하게 되었고 결과는 대폭 지원자의 숫자가 줄어드는 것으로 나타났어요. 결사대 지원자는 야금야금 줄어 애초의 성원에서 절반 이상이나 빠져나갔습니다. 정보에 의하면 이 개정은 당시 '안기부(安企部)'의 아이디어로 발안 되어 채택되었다는데 전문 담당 기관으로서 그들은 어쩌면 우리의 약한 고리를 알고 있었는지도 모릅니다.

아아, 그러나 나는 '결사대'라는 이름에 걸맞지 않게 나약하게 흔들렸던 그때의 청년들을 탓하고 싶지는 않아요.

20대란 길지 않은 시간입니다. 세찬 눈보라 속에서도 꾸역꾸역 앞으로 나아가야 하지만 자꾸만 미끄러지는 얼음판 위의 발걸음과도 같은 시간이에요. 돌이켜보면 지금도 손에 잡힐 듯 아름다운 날들이었지만, 결국에는 손에 쥐지 못하고 빠져나간 모래와 같은 시절입니다.

무엇이든지 온몸으로 부딪쳐서 한번 붙어볼 만한 나이이기도 하지만 망망한 미래를 생각한다면 보석 같은 젊음이 깨어지지 않게 조심스럽게 준비해야 할 연대(年代)이기도 합니다. 생각해보세요, 20대는 인생에 있어 봄날처럼 환하게 피고 쓰러져간 꽃의 연대와 같은 아련한 청춘이기도 하잖아요.

준비하고 대기하다 일 년, 징역 일 년, 군대 삼 년,

이런 경우 이십 대의 절반에 해당하는 오 년이라는 세월을 콩밥 먹다 쌀밥 먹다 짬밥 먹다 보낼 수 있는 시간입니다. 그 시절 그들의 행동은 일분일초가 아까운 지금의 젊은이들이 생각할 때 도대체 이해할 수 없는 불나방과 같은 자해행위로 보일 수도 있습니다.

학생운동은 그렇다 쳐도 왜 스스로 구속을 각오하면서까지 나서

야 했는지, 더구나 그 엄혹한 시절에 무시무시한 법률 위반으로 떡하니 별까지 하나 달고서 이후의 일상적 삶을 어떻게 풀어나갈지 그 젊은이들은 어떤 발심을 가졌던 것일까요?

그러나 분명히 할 점은 모든 것이 어떤 강요나 회유가 아니라 명징(明澄)한 자기 결심과 결단이었다는 것입니다.

그때 하태식은 결사대장으로서 자신의 역할에 어떤 흔들림도 없이 결사대를 전체적으로 재점검하고 있었습니다.

꽃들이 모두 진 늦은 어느 봄밤, 태식과 나, 학내에서 우리를 지원하는 세진, 이렇게 세 사람이 이 문제로 대화를 나누었습니다.

"민수야, 너 생각은 어때?"

먼저 태식이 물었어요.

"나는 그래도 하겠어."

"형, 결국 군 문제 해결 안 될 수도 있어."

옆에 세진이 한 번 더 안타까운 듯 덧붙였습니다.

"군 문제? 그래, 해결 안 되도 할 수 없지 뭐. 애초에 자원했는데… 지금 사정이 개정됐다고 그냥 물러나면 너무 속 보이잖아. 결국 군 문제를 해결하기 위해 결사대 지원했다는 얘기밖에 안 되잖아. 군 문제 해결은 결과에 따른 하나의 보상으로 받으려고 했는데… 저들이 주지 않겠다면 할 수 없는 거지. 구걸할 수는 없는 거고."

결사대장으로서 태식은 애당초 흔들림이 없었고 나 역시 어떤 투쟁이 아무 의미 없이 군 면제만을 위한 것이 돼서는 안 된다고 생각했습니다. 만약 '수형에 의한 군 면제'의 조건이 바뀌었다고 스스로 결사대 자원(自願)을 취소한다면 그건 반대로 군 면제만을 위해서 그렇게 결의했다는 반증(反證)이기도 합니다. 나는 최종적으로 그 반증을 받아들일 수가 없었어요.

'표리부동(表裏不同)하지 말자. 조변석개(朝變夕改)하지 말자.'

그 시절 나는 꼿꼿한 '운동권 학생'이었고 정치 투쟁보다는 사상 투쟁이 더 중요한 것이 아닐까 또는 고매한 어떤 사상보다 중요한 것은 일관된 자세가 아닐까 생각하는 이른바 '품성론(品性論)' 추종자였는지도 모릅니다.

수연에게도 이런 내 생각을 말했어요. 그네는 이 부분에서는 어떤 첨언(添言)이나 자기주장 없이 마치 처분을 기다리는 새색시처럼 다소곳했습니다. 그러나 흔들림 없는 그네의 눈동자를 보면서 나는 그네가 사랑도 이별도 나아가 어떤 시련도 처연하게 받아들일 준비가 되었음을 알았습니다. 그건 그네가 냉정하다기보다는 내면적으로 강하게 단련 받아 왔으며 또 그 시절의 우리는 그런 시련쯤은 능히 견뎌야 한다는 의식화를 받았기 때문일 수도 있습니다.

예전에 나와 비슷한 결심과 사정으로 앞서 먼 길을 떠나는 선배를 보내며 막걸리잔을 기울이고 노래를 부르고 눈물 한 방울 정도는 흘렸던 경험을 우리는 가지고 있었거든요. 어울려 지내던 가까운 선배를 내일이면 멀리 떠나보내는 그런 눈물 어린 이별의 자리. 그이가 구속을 각오한 거리 투쟁을 벌이는 모습을 멀리서 바라보았던 우리의 아련한 목격담. 수십 권의 책이나 생경한 문건(文件) 따위보다는 그런 경험이 우리에게 더 큰 감정적 의식화를 가져다주었을 겁니다.

그러나 당위는 당위이되 고통은 역시 또 고통입니다. 의식화를 통해 당위에 대한 인식이 있다 하더라도 그 시절 젊은 날의 그 막막함 앞에서 그네와 나는 예정된 이별을 아프게 받아들여야 했으니까요.

"지금 빠져도 돼. 아무래도 상황이 달라졌으니까."

"아니야. 나는 계속하겠어. 사람도 너무 없다며. 지원 대기자로 계속해줘."

태식은 재촉하지 않고 이윽고 한 번 더 물었습니다.

"민수야, 정확하게 해줘야 돼. 최종적으로 성원 파악을 해야 하니… 최종 결정을 해줘."

봄날, 이미 꽃은 지고 밤비가 내려 천지가 뿌옇게 어렸습니다. 그 안개비가 흩날리는 뿌연 밤길에도 친구가 있어 함께 길을 나설 수 있을 것 같았습니다.

"나도 한다니까. 이상 끝."

그러나 전대협 투쟁국의 계획은 금방 나오지 않았고 그렇게 우린 약 두어 달의 시간을 더 보냈습니다. 대낮에는 햇볕이 뜨거워져서 땀이 스멀스멀 배어 나오는 6월이 될 때까지 결사대 투쟁에 대한 구체적인 계획은 잡히지 않았습니다.

87년 6월 항쟁과 88년을 지나 그해 전대협을 중심으로 한 학생운동의 조직력과 동원력(動員力)은 절정에 달했습니다. 그 해, 평양에서 개최하기로 예정된 '세계청년학생축전' 참가 투쟁을 계기로 통일 투쟁의 열기가 높아졌고 당시 '연합집회'라는 대규모 집회가 학교를 돌아가며 휩쓸었습니다. '연합집회'는 개별 학교 단위의 집회가 아니라 전체 대학생들의 집회로 한번 모이면 수만 명이 모여 금방 흩어지지도 않고 거의 몇 날 밤을 지새우며 갖가지 문화 행사와 농성, 정치 결의로 이어갔습니다.

"아니, '축전의 노래'만 줄기차게 부르고… 연합집회에 지친다. 요새 집회는 왜 이렇게 올나이트가 점점 많아지냐? 졸려서 못 버티겠어."

태식은 길고 긴 집회에 지쳤다는 듯이 내게는 편하게 얘기했습니다.

"그래도 공짜로 김밥도 주잖아."

"이제 노래 따라 부르다 목이 다 쉬었어. 어디 가서 좀 쉬자. 눈 좀 붙이자."

"왜 지루해?"

"지루하긴… 애들이 너무 재미있게 춤추고 노래해서 볼거리는 많은데… 하튼 요새 애들은 집회하면서 어떻게 밤을 꼴딱 새우냐? 우리는 인제 노인네라 이 짓도 못 하것다. 빨리 교문 박치기하고 끝내야지. 폭투 지양(暴鬪 止場)이 이렇게 길고 긴 올나이트 집회라니. 아함…"

태식은 말끝에 하품을 길게 했습니다. 연세대 노천극장 무대에는 아직도 조명이 환하고 마이크를 잡은 연사들은 지칠 줄을 몰랐습니다.

"그러게. 춤추는 것 말고… 전대협도 할 일이 없나 봐?"

하지만 전대협은 세상을 깜짝 놀라게 할 활동을 준비하고 있었습니다.

그해 6월 30일 평양 순안 비행장에는 한 사람을 환영하기 위해 나온 수많은 군중으로 꽉 차 있었습니다. 이윽고 또랑또랑하게 울려 퍼지는 앳된 여학생의 목소리에 북녘의 동포들은 열렬히 환호하였고 국내외의 뉴스는 긴급한 소식을 타전했습니다.

"저는 전국대학생대표자협의회 축전 참가 대표로 온 한국외대 불어과 4학년 임수경입니다. 자동차로 불과 네 시간이면 올 거리를 열흘이 걸려 왔습니다. 전대협은 드디어 평양에 도착했습니다. …… 조국은 하나다! 자랑스러운 조국통일투쟁 만세!"

1989년은 과연 또 어떤 해였을까요? 1980년대가 저물어 가는 그 마지막 해. 그 해와 더불어 이른바 80년대는 역사의 저편으로 물러나겠지만, 무섭고도 어려운 길을 스스로 걸어 들어간 사람들이 있었습니다. 연초부터 일어난 황석영 선생의 방북과 문익환 목사의 방북에 이어 이후에 '통일의 꽃'이라 불리기도 했지만, 그때까지는 평범한 대학생이라 할 임수경마저 평양 순안공항에 모습을 드러내었습니다.

정부 당국의 평양축전 참가 불허 방침이 6월 초에 공식적으로 발표된 가운데 그녀는 전대협의 특별 대표 자격으로 홀로 일본으로 출국했습니다. 그녀는 일본에서 일주일을 보낸 뒤 6월 28일 서베를린행 비행기에 몸을 실었고 동베를린을 거쳐 6월 30일에 마침내 평양에 도착했습니다.

'조국은 하나다!'

'통일의 꽃' 임수경의 방북은 그 의외성과 더불어 배후에 '전대협'이라는 분명한 학생조직이 존재함으로써 더욱 주목받았습니다. 마중 나온 북녘 동포들의 너무나 열렬한 환호 모습이 그대로 TV 방영되면서 더욱 충격적으로 와 닿았습니다.

임수경이 참가한 이른바 '세계청년학생축전(世界靑年學生祝典)'은 범사회주의 국가들의 청년과 학생들이 주축으로 참가하는 국제적 정치 문화 행사로 그해에는 평양에서 개최되었습니다. 평양 제13차 '세계청년학생축전'은 1989년 7월 1일부터 8일까지 계속되었는데 개막식장에서의 절정은 단연 전대협 깃발을 흔들며 '5·1 경기장'으로 임수경이 입장하는 순간이었습니다. 참석한 15만 관중은 우레와 같은 함성으로 남측 학생 대표인 그녀를 환영했고 전광판에는 또렷이 '전대협'이라는 글자가 새겨졌습니다.

축전의 다양한 행사에 참여한 임수경의 발언과 행보는 북한 주민들과 전 세계 취재진의 이목을 집중시켰고 그녀는 곳곳에서 자유분방한 화법(話法)으로 '하나 된 조국'과 '평화'를 외쳤습니다. 전대협의 대표로서 그녀는 품위를 잃지 않았고 또 북한 측에 일방적으로 끌려다니지도 않았습니다. 오히려 그쪽 세계가 보기에는 매우 자유분방하고 자주적으로 행동함으로써 반대로 북한 사회와 인민들에게 어떤 충격을 던져 주기도 했다고 합니다.

축전이 막을 내린 뒤에 그녀는 7월 20일부터 외국의 평화운동가 300여 명과 함께 '평화와 통일을 위한 국제평화대행진'의 장정에 올랐습니다. '우리의 소원은 통일'이라고 크게 쓰고 참가자 전원의 서명을 받은 대형 플래카드를 앞세우고 대행진을 시작했습니다. 그녀는 계속 남으로 남으로 내려왔고 "Korea is One!", "조국은 하나다!"라는 구호 소리와 함께 행진대는 판문점에 다다랐습니다.

임수경은 한국 전쟁 정전 기념일인 7월 27일에 판문점을 통해 남으로 귀환을 시도했으나 유엔군 사령부의 반대로 실패했습니다. 판문점 귀환 실패 이후 그녀는 곧 단식농성에 들어갔고 북한 학생과 외국 청년 1백여 명도 이 단식에 동참했습니다. 유엔군은 판문점의 긴장을 고조시키는 행동이라며 '정전 협정'을 이유로 통과 불허 방침을 고수했습니다. 북한 측도 '목숨을 보장할 수 없다'면서 오히려 임수경에게 외국을 경유한 귀국을 권유했습니다. 그러나 그녀는 단호하게 분단체제와 우리 민족의 고통의 상징인 판문점을 가로질러 귀국함으로써 한반도의 현실을 세계에 알리고 분단의 장벽을 극복하려는 청년의 용기를 보이고자 벼뤘습니다.

한편 남쪽에서도 그녀의 방북에 대해 처음에는 놀라고 경악했던 여론이 차츰 우려와 옹호의 분위기로 나뉘었고 천주교 '정의구현사제단'은 그녀의 안전한 귀환을 돕고자 사제를 파북(派北)하기에 이르렀습니다. 한 명의 어린 양을 데려오기 위해 사선(死線)을 넘어가듯이 뒤이어 방북한 사제 문규현 신부는 굳건하게 그녀의 손을 꼭 잡앞습니다. 무서운 분단의 길 위에 위태롭게 서 있는 젊은 한 여학생과 그 어린 양을 지키려 함께 한 로만칼라(Roman Collar)의 사제가 판문점 앞에서 손을 굳게 잡은 흑백 사진이 한 장 남겨지는 장면이었습니다.

임수경의 방북을 주도한 전대협 역시 의장을 비롯한 많은 간부 학생들이 수배되어 체포령이 떨어졌고 이후 '연합집회'에 대한 경찰의 진압도 상당히 공세적으로 취해졌습니다. 임수경은 그해 8월 15일 다시 판문점을 통한 2차 귀환 시도를 선언하며 계속해서 버텼습니다.

"임수경 지원 투쟁이라고…. 끝내주는데… 대찬성이야."

하태식을 대장으로 하는 우리 전대협 결사대에게 구체적인 투쟁 계획이 전달되었는데 이름하여 '임수경 지원 투쟁'이었습니다. 우리는 '통일의 꽃' 임수경 동지의 정당성과 무사 귀환을 외칠 것입니다.

기왕 구속을 각오한 정리 투쟁에서 그 투쟁의 상황과 내용이 마음에 들었습니다. 여러 가지 주장을 하겠지만 '임수경 지원 투쟁'이라고 대제목이 부쳐질 그 결사 투쟁이 내심 자랑스러웠습니다. 가까이서 그녀의 손을 잡아주지는 못하겠지만 멀리서나마 조직적이고 정치적으로 함께 한다는 것에 뿌듯한 마음이었어요.

임수경. 그때까지 그녀가 누구인지도 몰랐고 한 번도 만나본 적은 없었지만, 주위의 마냥 평범한 우리 여학우들과 같다는 것에 더 친근감이 있었습니다. 또 그런 평범한 여학생이 결의하여 분단의 무섭고 먼 길을 나선 때에 우리 결사대도 함께해서 나선다는 것이 낭만적이면서도 의리에 가득 찬 것 같아서 좋았습니다.

구체적인 행동 날짜가 잡히자 우리 '임수경 지원 투쟁 결사대'는 거사(擧事)를 앞두고 국민대에서 모여 북한산 단합 산행을 하기로 했습니다. 결사대장인 하태식을 중심으로 결사대원의 인원을 확인하고 처음으로 서로의 안면을 익히는 자리였지만 서로에 대해서는 개인적으로 크게 신원(身元)을 파악하지 않기로 했습니다. 모두 대장인 하태식을 중심으로 알리바이와 연결선을 맞추고 나머지는 보안을 위해 서로 초면의 관계로 설정했습니다.

모인 숫자는 예상보다도 적었습니다. 사실 열 명이 채 되지 않았어요. 처음 보는 얼굴이 대부분이었지만 그 적은 숫자의 사람들이 오히려 서로에게는 너무나 반가운 면면(面面)들이었습니다.

애초부터 북한산 봉우리에 올라가려는 산행이 아니었기에 우리는 적당히 산길을 오르다 어느 호젓한 골짜기에 자리를 잡고 둘러앉았습니다. 평일이라 사람들이 별로 없는 데다가 옅은 빗방울마저 내리는 날씨라 등산로를 비켜난 골짜기 바위 밑에는 우리만이 아늑하게 자리했습니다. 사방은 조용했습니다.

지금은 당연히 국립공원에서 그런 행위를 해서는 안 되겠지만, 당시는 그런 개념이 없던 시절이라 우리는 버너를 피우고 넓적한 돌을 주워 계곡물에 씻은 다음 불 위에 올려놓고 달구기 시작했습니다. 검은 비닐봉지에서 준비한 삼겹살을 꺼내어 그 돌판 위에서 천천히 구웠고 종이컵에 소주도 한 잔씩 가득 부었습니다.

"캬. 소주 죽인다. 비도 오고… 고기는 입에서 녹는구나."

북한산의 청정한 산 기운 아래 소주가 냉수처럼 달게 넘어갔습니다. 그중에 안 그래도 빼빼 마른 한 친구는 자신은 채식주의자라면서 끝내 고기 한 점 집지 않고 고기 기름에 젖은 구운 김치도 먹지 않으며 오로지 생김치만 안주로 집었습니다. 그의 모습을 보니 폭력 투쟁을 이행할 결사대원이라기보다는 마치 어떤 수행자(修行者)에 가까웠는데 우묵한 볼에 결연한 안광(眼光)만이 빛나는 용모(容貌)였습니다.

"여러분! 한 잔씩 하시면서 이걸 회람해주시기 바랍니다."

대장인 태식은 작은 배낭에서 유인물(油印物)을 꺼내어 모두에게 회람(回覽)을 시켰습니다. 어느새 소주잔에도 빗물이 떨어질 만큼 빗방울이 점점 굵어져 머릿속에서 흘러내린 빗물이 가끔 뺨을 타고 내렸지만, 그 큰 북한산에 하도 인적이 고요하고 호젓해서 우리는 쉽게 자리를 거두지 못했습니다.

유인물의 초안을 돌려가며 읽으면서 우리는 빗물에 섞인 소주를 결연하고 호기롭게 마셨습니다. 우리의 의지는 그 유인물의 문장으로 대신하기로 하고 이 소주 몇 잔을 끝으로 이제 오랫동안 술 한 잔 마시지 못할 처지로 걸어 들어가야 하니 우리는 건사한 건배를 하기로 했어요. 건배사는 결사대장인 하태식이 하기로 했습니다.

"자랑스러운 전대협 결사대 동지 여러분, 볼수록 믿음직스럽고 반가운 학우 동지 여러분! 여러분의 건강과 행운을 빌며… 그리고 통일의 꽃, 임수경, 그녀를 위하여!"

"그녀를 위하여!"

"그녀를 위하여!"

"위하여!"

우리의 건배사는 밖으로 내지르지 않고 묵직한 저음이되 단호하게 뱉어내었습니다. 북한산의 이름 모를 꽃잎과 나뭇잎 위로 빗방울이 구르고 있었습니다. 이 비 그치면 신록은 더욱 짙게 푸르러가는 계절이었습니다.

약속의 날이 다가왔습니다. 나는 먼저 가택수색에 대비하기 위해 집을 깨끗이 치우고 책 몇 권은 수연의 방으로 옮겨 놓았습니다. 그리고 여동생인 민희에게 내 계획을 넌지시 알려주었습니다. 이러저러한 이유로 동생 민희도 내 애인으로서 수연의 존재를 알고 있었고 당시 숙명여대를 다녔던 민희는 같은 대학생으로서 나의 행동을 이해해 주었거든요.

살면서 생각해보면 나에게 동생 민희가 있었다는 것이 얼마나 다행스러운 일이었던가 생각이 들 때가 많습니다. 그렇게 어머니께서 받을 충격을 완화시킬 준비를 하고 거사 전날 수연의 그 미아동 자취방으로 찾아갔습니다. 그해 여름 어느 날, 목욕재계하듯이 속옷까지 모두 깨끗하게 갈아입고 길을 나섰습니다.

어떤 이별을 앞에 둔 그 날을 그네와 함께 보내겠다고 나는 당연히 생각했고 우리는 특별히 요란스럽지 않게 서로 대화하며 다가온 이별을 맞이했습니다. 우리는 그날 일찍 잠자리에 들어 마지막 밤을 나누고 새벽 동이 트기도 전에 깼습니다. 그네가 어찌 얼음을 구했는지 냉커피를 한잔 만들었습니다.

"야, 냉커피 맛있다."

커피는 시원하고 달달했지만 그걸 마시고 우리는 예정된 이별을 받아들여야 했습니다.

"언제 돌아올지는 모르겠지만. 반드시 돌아올 거야."

"그럼. 알아. 그래도 몸조심하고. 기다릴게."

나는 그네의 얼굴을 쓰다듬었습니다. 그네는 마치 오르골에 있는 흑백사진의 표정처럼 옅은 미소를 띠었습니다. 고개를 약간 기울이고 그네가 자신의 얼굴을 만지는 내 손을 만졌습니다. 얼마나 떨어져 있어야 할지는 모르겠지만 그 별리(別離) 동안에도 우리의 사랑은 더욱 굳건하리라 비장(悲壯)한 마음을 먹었습니다.

그렇게 그네의 방에서 같이 잠을 자고 거사 당일 새벽녘에 약속 장소로 가기 위해 나섰습니다. 날은 훤히 밝아 오고 있었지만 아직 시장통의 가게도 문을 열지 않은 그 시각에 미아동 버스 정류장까지 씩씩하게 걸어나갔습니다. 내 뒤로 마치 출근하는 남편을 배웅하는 새댁처럼 수연은 서 있었습니다. 나는 그 길 어디에서 그네와 작별 인사를 하고 더는 따라오지 말라고 했습니다. 그래서 그네는 그 자리에 서서 나를 보내주었습니다.

"수연아. 나, 갔다 올게."

떠나는 내 말은 이토록 싱거운 것이었습니다.

다시 이 길을 지나 그네의 곁으로 돌아오기까지 얼마나 시간이 걸릴까? 나는 또 누구를 만나고 어떤 일을 겪고 또 얼마나 성장해서 그네 앞에 설 수 있을까? 뒤를 잠깐 돌아볼까? 아니면 의연하게 계속 앞으로 걸어갈까?

짧게나마 만감이 얽혀서 힘차게 내딛던 발걸음은 어느새 점차 느려져 갔습니다. 헤어지는 어느 길목에서 그네를 멈추게 하고 홀로 의연하게 앞으로 나아가는 발길에 감정은 자잘하게 여러 갈래로 요동쳤지만 나는 결코 뒤를 돌아보지 않았습니다.

하지만 나는 알았어요. 그때 멀어져가는 나를 그네가 오랫동안 그 자리에 서서 지켜보았다는 것을.

그 후로도 오랫동안 나는 한 자리에 서서 멀어져 가는 나를 바라보던 그네의 모습을 쉬이 잊지 못했습니다. 마치 한 장의 그림처럼 빛바랬지만 그 날의 그 장면이 어떤 무의식의 한 장면으로 자리 잡았던 것 같습니다. 살아가면서 아마 그런 비슷한 장면의 꿈을 몇 번 꾼 듯도 합니다.

나는 앞으로 계속 걸어가고 그렇게 그네에게서 멀어지고, 그네는 우두커니 서서 나를 바라보는 꿈 말입니다. 몇 번의 꿈속에서 오랫동안 나를 바라보는 여자는 두 번은 분명히 수연이었고 그 외에는 그네가 아닌 어머니인 적도 있고 아니면 나도 정확히 인지하지 못하는 어떤 이미지로서의 여자인 적도 있습니다. 어떤 때는 이게 꿈이라는 자각몽(自覺夢)이 일어나면서도 나는 멀어져가던 걸음을 멈추지 못했고 뒤를 돌아보지도 못했습니다. 꿈속에서도 그날과 비슷한 행동을 반복하게 되더라고요.

그 날 그네가 멀어져 가는 나를 오랫동안 바라보았습니다. 사랑도 이별도 한 다발로 묶인 안개꽃 같은 나날이었습니다.

거사 당일 아침 6시, 지하철 동대문운동장역이 우리의 약속 장소였습니다. 태식과 나는 조금 일찍 만나기로 했는데 내가 그곳에 도착했을 때 태식이 이미 먼저 와있었습니다.

"잠깐 여기 맡겨 놓은 물건부터 찾자."

태식은 지하철 보관함 앞에 섰습니다. 그는 목욕탕 키와 같은 작은 키를 돌려 그중에 하나를 열었습니다. 거기서 두 개의 륙색을 꺼냈습니다.

"하나는 꽃병이고, 하나는 피(Paper)."

화염병이 든 륙색은 태식이 메었고 유인물이 든 륙색은 내가 메었습니다.

역내 약속한 장소로 한 사람씩 결사대원들이 나타났습니다. 모두 작은 가방을 하나씩 등에 메었습니다.

"여기 오늘 관악산 등반가는 분들이죠?"

"예. 어디까지 가실 건가요?"

"예. 저는 연주암까지 갈 겁니다."

"반갑습니다. 제가 이번 산행 대장입니다."

말은 그렇게 나누었지만 우리는 그날 관악산 근처에도 가지 않을 것입니다. '관악산'과 '연주암'은 일종의 암호였습니다. 서로 초면은 아니었지만 '관악산' 등반과 '연주암'이라는 단어를 마지막 인식 암호로 설정해놓았습니다.

"저 친구는 연주암까지 가는 건 아니고. 밑에서 우리 상황을 지켜봐 줄 거야. 베이스캠프하고 계속 연락을 해주는 친구야. 그래야 곧바로 학교에 대자보라도 붙일 수 있지."

전대협 투쟁국에서 나온 한 친구는 우리 결사대의 상황을 지켜보아 주는 연락망의 역할을 맡은 이였습니다. 그는 가방을 메지 않았고 신문 한 부를 손에 말아 쥐고 있었습니다. 그는 이번 일에 전혀 존재하지 않는 사람으로 설정했습니다. 그로써 등반대원은 겨우 일곱 명에 불과했습니다.

"수연이 하고 인사는 했어?"

"안 그래도, 오늘 새벽에 미아동에서 출발했다."

동대문운동장역에서 올라탄 지하철은 그리 붐비지 않았습니다. 오늘 대장을 맡은 하태식은 빈자리에 앉지 않고 그렇게 물었습니다.

"오늘은 날씨도 서늘하네. 굉장히 날씨가 좋다. 웬일로 별로 덥지도 않고… 하늘도 가을처럼 높고 푸르네."

"그래. 진짜 산에 가기 딱 좋은 날이네."

역시 날씨는 옥상 점거 농성 투쟁을 벌이기보다는 관악산 등반이 훨씬 좋은 그런 날이었습니다.

"어디 소속이에요? 학교는 어디에요?"

건너편 옥상에서 기자라고 신분을 밝힌 이가 소리쳤습니다.

"우리는 전대협 결사대입니다. 서총련 투쟁국에서 왔습니다. 학교
는 여러 군데고요."

소리치면서 시작된 옥상 인터뷰를 마치고 난 뒤 진압 준비를 끝낸
경찰은 최후통첩을 해 왔습니다. 그래도 '임수경 지원 투쟁 결사대'
는 그날 저녁 뉴스의 한 꼭지를 장식했습니다. 미디어를 통해 멀리
위태롭게 서 있는 전대협 파견 방북 특사인 '그녀를 위하여' 전대협
은 조직적인 지원 메시지를 던질 수 있었습니다. 그것이 실질적인 것
이기보다는 마음에 불과한 메시지라 할지라도.

사과탄 연기 속에서 제압당한 우리는 끌려 내려오면서 무수한 구
타를 당했습니다. 그 폭력적인 진압과 연행 과정에서 결사대 동지들
이 하나둘 널브러졌고 태식은 계단에서 굴러떨어져 쓰려졌습니다.

"저 학생… 웬 피가… 얼마나 때린 거야?"

"뭐야… 한 사람… 쓰러져 있는데… 죽은 거야?"

기자들의 웅성대는 소리가 들렸습니다. 점점 몰려드는 기자들의
플래시가 정신없이 번쩍거려서 상황이 긴박해지고 무슨 촬영 현장
처럼 카메라 조명이 비춰졌습니다. 경찰들의 무전기 소리에서 서로
명령을 내리는 그들의 목소리도 흥분되어갔습니다.

"사람 죽었어요?"

기자들의 취재 행위가 도저히 통제되지 않는데 길 건너편에 있던
거리의 시민들마저 웅성대면서 폴리스라인 근처로 다가왔습니다. 그
시민들 속에 우리 상황을 지켜보는 전대협 투쟁국 동지도 숨어있었
을 것입니다.

쓰러진 태식의 곁으로 경찰 간부인 듯한 사람이 뛰어 왔는데 그
의 당황한 모습에 기자들이 몰려들었습니다. 순식간에 카메라 기자
들의 플래시가 터졌습니다.

"야, 뭐 하는 거야! 지금, 기자들 안 보여!"

"전부 몇 명이야?"

"몇 명인지는 확실하지 않고 옥상에서 다 연행했습니다."

"에이씨, 몇 명인지도 모른단 말이야? 야, 빨리 형사들이 한 명씩 붙어! 기동대들은 그만 상황 정리에 집중하고."

경찰 간부는 소리를 지르며 빨리 그 자리를 떠나려고 했습니다.

"아무 차에나 실어. 순찰차라도 빨리 갖다 대! 야, 빨리 사람들 막아, 빨리빨리 태워!"

우리를 전경 버스에 차례대로 태우려던 경찰의 계획은 변경되어 그 자리에서 형사대 봉고차나 교통 순찰차에 되는대로 우리를 나누어 태우려고 했습니다. 태식이 제일 먼저 앰뷸런스에 실려갔습니다. 앰뷸런스가 그 자리를 떠나자 기자들의 차량으로 보이는 차들이 뒤를 따라붙었습니다. 높고 날카로운 앰뷸런스 소리가 점차 멀어졌습니다.

나는 경찰들에게 사지가 들려 교통 순찰차 뒷좌석에 실렸습니다. 나를 실은 순찰차도 곧바로 거리를 내달렸습니다. 바람이 일자 경찰이 미처 거둬들이지 못한 우리의 유인물이 거리에서 휘날렸습니다.

우리는 완전히 널브러졌지만 그래도 대략 7 대 100으로 싸웠으니 그리 못 싸운 건 아닙니다.

"하태식인가? 대장이라며? 하태식은 일단 병원으로 이송했고 거기서 치료 후에 조사하기로 했으니까… 이제 그만 진술 시작하지."

우리는 남대문경찰서로 끌려와서 형사계 유치장에 한참 놓여있다 조사 담당 형사가 한 명씩 정해졌습니다. 하지만 우리는 그 유치장 내에서 태식의 병원행과 치료를 요구하며 묵비권을 행사하기로 했습니다.

어떻게 소식을 아셨는지 민가협의 어머님 몇 분이 우리가 있는 남대문서를 방문하여 폭력적인 진압에 대해 항의하였고 기자들까지 태식의 상태를 물어보기 시작하자 경찰은 공식적인 브리핑을 통해 태식의 상태를 설명했습니다. 그가 외부 충격으로 일시적으로 의식을 잃었는데 이제 의식을 찾았고 생명에는 지장이 없으며 큰 골절도 없고 다만 요추에 충격이 있어 병원에서 안정을 취하며 그곳에서 의사의 진료 아래 조사를 하기로 했다는 내용이었습니다.

그리하여 타협된 대로 우리는 묵비권을 풀고 진술을 시작했습니다. 그 날 시경 대공과(對共科)의 지휘 아래 남대문서 대공과 형사 전체가 특근을 나왔고 각자 한 사람씩 맡아 조서를 꾸미기 시작했습니다. 자술이 시작되자 경찰 조사는 거의 일사천리로 진행되었어요.

'결사대'는 준비된 투쟁이므로 가택 수색에 대비한 정리도 미리 하였고 어차피 우리는 구속을 각오했으니 숨길 것도 별로 없었습니다. 특히 중요한 조직 라인에 대한 질문은 모두 대장인 하태식이 맡기로 했는데 그는 지금 병원에 누워있는 신세다 보니 남대문서 대공과가 우리에게 원하는 것도 별로 없었습니다. 그들은 대단히 사무적이었고 빨리 사건의 요지와 사연을 엮어 한 건의 조서(調書)를 만드는 것에 주력했습니다. 형사들의 불만은 오히려 시간을 재촉하는 시경(市警)이거나 밤늦도록 특근을 해야 하는 상황 그 자체였습니다.

형사와 피의자인 우리가 아무리 손발이 잘 맞는다 하더라도 다음날 동이 터 올 때까지 조서 꾸미기는 계속되었습니다. 형사의 타이핑 실력과 조서 작성 능력이 별로라서 두 장에 한 장꼴로 찢어버리고 다시 쓰곤 했습니다. 질문과 대답보다는 그 형사가 독수리 타법으로 겨우겨우 치는 타이핑 실력 때문에 시간이 더 걸렸을 겁니다.

새벽녘에는 서로 졸린 데다가 조서에 하도 수정액을 자주 발라서 내가 도와주고 싶은 마음이 들 정도였습니다.

그 날은 길고 긴 하루였습니다. 살다 보면 왜 아주 길고 긴 하루가 있잖아요. 묻혔던 모순과 긴장이 폭발한 것 같은 그런 날 말입니다.

그 날 새벽 그네의 집을 나서서 하루를 다 보내고 그다음 날 동이 틀 무렵까지 나는 한 번도 눈을 붙이지 못하고 이별과 점거와 진압과 체포와 항의와 진술을 하거나 당하면서 차례대로 겪었습니다. 나도 끌려 내려오면서 여기저기 맞았지만 긴장된 몸이라 그때는 어느 한 곳 쑤시지도 않았습니다.

마지막으로 조서에 지장을 찍고 휴지로 엄지에 묻은 인주를 닦아낼 때, 긴장마저 풀어져서 그때서야 눈꺼풀이 무거워졌습니다. 나만 그런 것이 아니라 담당 형사도 거의 지친 상태였습니다.

"이것만 좀 채우고… 우리 좀 쉬자."

풀어 놓았던 수갑을 형사가 다시 채웠습니다. 그는 양손에 수갑을 채우지 않고 한 손에만 채우고 다른 쪽은 의자 팔걸이에 채워놓았습니다. 그렇게 피의자의 구금을 확보했다고 생각한 형사는 아예 책상에 엎드려 자기 시작했고 나 역시 의자에 묶인 한 손을 늘어뜨리고 책상에 엎드렸습니다. 그러다 어느 순간에 나는 의자에서 내려와서 경찰서 도끼다시바닥에 아예 대자(大字)로 뻗었습니다. 한 손이 수갑에 묶였지만 등짝을 바닥에 누이니 온몸의 뼈마디가 나른해지면서 금방 깊은 잠이 들었습니다.

그렇게 서로의 바닥난 체력을 내보이고 잠을 자고 일어나자 남대문서 대공과는 더는 우리를 조사할 내용도 의지도 보이지 않았습니다. 구속 요건에 해당하는 사실은 조서에 다 포함되었고 우리가 뿌린 유인물을 분석하여 국가보안법 위반에 대한 의견 개진만 시경 대공연구소에서 들어오면 첨부해서 송치(送致)시켜도 될 정도에 이르렀습니다.

다음날 우리는 절차대로 구속영장이 청구되었고 지하 유치장에 유치되었습니다. 우리는 그곳에서 검찰로 갈 때까지 한 일주일 정도 하릴없이 보관되어 있었습니다.

중앙에 감시탑을 두고 부채꼴로 펼쳐진 사다리꼴의 방이 둘러가면서 있는 곳, 경찰서 유치장. 파놉티콘(panopticon)의 구조를 가진 그곳은 완벽한 지하 시설이라 햇볕 한 줌 들지 않았습니다. 다만 그 여름 척박한 도시의 어느 가로수에서도 맹렬히 살아가는 매미의 울음소리만은 그곳까지 들려왔습니다.

그곳 화장실은 허리쯤 가리는 회벽으로 만들어져 있습니다. 그래서 화장실에 앉아도 얼굴은 다 보여서 익숙한 곳이 아니면 대변을 잘 보지 못하는 성질의 나는 사흘 나흘은 전혀 일을 보지 못했습니다.

"그래도 이만하길… 다행이야."

유치장에 들어간 다음 날 복대를 하고 태식도 천천히 유치장으로 들어왔습니다. '이만하길 다행이야'라고 말했지만 그는 이미 허리 부상을 입은 상태였습니다. 병원 약을 반입 받아 장기간 복용해야 했습니다. 그래도 그가 씨익하고 한번 웃어주어서 우리의 마음은 조금 무거움을 덜었습니다.

유치장 식사는 양은 도시락에 꽁보리밥이 가득했으나 반찬으로는 달랑 단무지 하나가 나와서 물에 말아 대충 먹었습니다. 경찰서 매점에 당시 돈으로 오백 원이면 사식(私食)이란 걸 시킬 수 있었어요. 사식을 시키면 계란 후라이 하나에 볶음 김치 정도가 나오는 것 같았는데 스스로 고난의 길을 가기로 한 고행승처럼 우리는 묵묵히 물을 말아 단무지 하나로 불면 날아갈 듯한 그 시커먼 보리밥 먹기를 열 끼 넘게 하고 있었습니다. 약을 먹어야 하는 태식의 식사가 걱정되어 그만이라도 사식을 먹기를 바랐지만, 그 역시 채식주의자처럼 계란 후라이 하나 정도도 거부하고 우리와 함께 그 관식(官食)을 꼬박꼬박 먹었습니다.

"여러분 안녕하세요? 저희는 서울역 인근에 있는 베다니교회 장애인 선교회입니다. 잠시의 실수로 죄를 짓고 이곳에 와 있는 여러분도 모두 귀한 주님의 자녀들이며 예수님은 여러분 모두를 사랑하십니다. 우리는 모두 하나님 앞에 같은 죄인일 뿐입니다. 하나님은 죄인인 우리를 위하여 독생자 예수 그리스도를 보내주셨고 예수님은 죄인인 우리를 위해 보혈을 흘리셨습니다. 언제나 죄인인 우리를 긍휼히 여기시고 사랑하시는 우리 주 예수 그리스도의 이름으로 함께 기도하겠습니다."

그러던 어느 날 유치장에 있는 수인들을 위로하는 인근 교회 선교단의 방문이 있었습니다. 신심(信心)에 찬 전도사의 입바른 기도가 시작되었습니다. 오후의 나른한 평화를 깨뜨린 그들이 그래도 사람들로부터 환영받았던 것은 단팥빵 하나에 작은 야쿠르트 한 병을 유치장 사람들에게 미리 돌렸다는 겁니다.

'죄인'을 들먹이며 신성한 결사대를 마치 파렴치범 취급하는 그 예수쟁이들의 태도가 하도 같잖아서 나는 빵도 야쿠르트도 먹지 않고 옆에 있던 어떤 청년에게 양보하고 벽에 기대어 앉아 책장만 넘기고 있었습니다. 그들은 기도를 끝내고 찬송가 한 곡을 불렀는데 덕분에 고요한 유치장이 시끌시끌해졌습니다.

문제는 그들의 찬송이 개판 오 분 전이었습니다. 전도사 혼자서 기도할 때는 못 느꼈지만 그들이 함께 찬송가를 부를 때 그들이 장애인들이라는 것을 실감했습니다. 그들은 보통의 장애를 넘는 뇌성마비를 가진 중증 장애인인데 대부분이 아동들이거나 청소년들이었어요.

세상에서 방황할 때 나 주님을 몰랐네
내 맘대로 고집하며 온갖 죄를 저질렀네
예수여 이 죄인도 용서받을 수 있나요
벌레만도 못한 내가 용서받을 수 있나요

나는 이 찬송을 알기에 그들이 부르는 노래가 무엇인지 알았지만 보통의 귀로는 도저히 알아들을 수 없는 발음과 음정으로 그들은 이 처량한 찬송을 이어갔습니다. 아이러니했어요. 장애라는 천형(天刑)을 뒤집어쓴 그들이 오히려 뺀질뺀질한 유치장의 군상(群像)들을 불쌍히 여겨 위문왔다는 것이.

그 장애인 선교회는 도저히 누군가를 위로하고 위문할 처지라기보다는 자신들이 먼저 보살핌을 받아야 할 운명들이었습니다. 물론 나도 당시 유치장에 앉아 있었지만 뇌성마비의 중증 장애인들로부터 위로를 받아야 할 만큼 불쌍한 청춘은 아니었고요.

많은 사람 찾아와서 나의 친구가 되어도
병든 몸과 상한 마음 위로받지 못했다오
예수여 이 죄인을 불쌍히 여겨 주옵소서
의지할 곳 없는 이 몸 위로받기 원합니다

그러나 어느 순간에 나는 그 알아들을 수 없는 장애아들의 찬송에 귀를 기울이기 시작했습니다. 도무지 찬송이라 할 수 없는 그 웅얼거림이 조금씩 가슴을 울리기 시작했습니다. 무너지는 안면(顔面)

과 비틀리는 사지(四肢)를 끌고 이 구석진 곳을 찾아온 그들의 진심을 비웃을 수는 없었어요.

"예에수니믄 여어러부늘 사아랑하세요오…"

'예수님은 여러분을 사랑하세요.' 그 말조차 분명히 발음할 수 없는 어떤 아이가 철창을 부여잡고 나를 위로하려 들었습니다. 내가 그 아이를 외면할 자격이 없는 것 같아서 철창으로 다가갔습니다. 위로를 왔다는 그 아이는 이 봉사 나들이가 힘이 드는지 오히려 다리를 후들거리며 비틀거렸습니다.

고단한 내 젊은 날의 어느 순간에 감정의 격랑이 몰려와서 목이 좀 메어왔습니다. 내가 그런 장애아의 위로를 받을 만큼 처량해졌다는 나쁜 자괴감으로 그런 건 결코 아닙니다. 조금 전 아이의 기도를 외면했던 것이 미안하더군요. 그도 저도 저마다의 삶의 장벽을 맞이하고 있지만, 내가 이제 겪을 일에 비해서 그 아이가 짊어진 장애는 비교할 수 없는 천형(天刑)이었습니다.

내가 앉은 유치장 앞까지 와서 철창을 잡고 매달리다시피 서 있는 그 아이를 외면하지 말아야겠다는 마음으로 자리를 털고 철창 앞으로 나와 그 아이의 손을 꼭 잡았습니다. 그러자 그 아이의 표정이 단번에 밝아지는 것이 보였습니다. 나는 진심으로 유치장의 죄인들을 위로하겠다는 그 장애인 선교회의 위무를 받아들이기로 했습니다.

그렇게 나와 그 아이는 손을 잡았습니다. 나는 그 아이의 처지를, 그 아이는 나의 불행을 서로 위로했습니다. 그럴 적에 인솔해 온 전도사가 다가왔는데 알고 보니 그 전도사도 다리가 불편한 장애인이었습니다.

"전도사님. 저를 위해, 제 친구를 위해, 우리를 위해 기도해 주세요."

전도사는 밝은 표정으로 내 요청에 응했습니다. 고등학교 이후로

교회를 다니지 않았지만 나는 그날 착한 신앙인들의 기도를 듣기로 했습니다.

"주님, 여기 음침한 죄악의 골짜기에서 방황하는 어린 형제가 있습니다. 또 질병과 고통의 골짜기에서 신음하는 어린 양들도 있습니다. 주님, 우리가 어디에서 마음의 위로와 참 평안을 얻을 수 있겠습니까? 오직 우리를 사랑하시는 우리 주 예수 그리스도의 품 안에서 우리가 머물기를 간절히 원하옵니다. 시편 23편에 말씀하시기를 '내가 사망의 음침한 골짜기로 다닐지라도 해(害)를 두려워하지 않을 것은 주께서 나와 함께 하심이라 주의 지팡이와 막대기가 나를 안위하시나이다.' 하셨습니다. 여기 끌끌한 유치장에 갇힌 형제가 있습니다. 그의 자리에 그의 앞길에 주께서 함께하셔서 그 말씀처럼 우리에게 큰 위로와 평안을 주는 귀한 진리의 길로 우리를 이끌어 주시고… … 우리 주 예수 그리스도의 이름으로 간절히 바라옵니다."

"아멘"

기도가 끝나고 눈을 떴습니다. 그 순간에 그 전도사의 셔츠 윗주머니에 꽂힌 볼펜 한 자루가 보였습니다. 유치장에 갇힌 수인은 절대 가질 수 없지만 선교활동을 온 전도사의 몸을 경찰에서 수색하지는 않았겠지요.

"전도사님. 혹시 볼펜 있어요?"

나는 갑자기 생각난 듯 볼펜을 찾았습니다.

"볼펜요? 예, 여기…"

전도사는 무심코 자기 셔츠 주머니에 꽂힌 볼펜을 꺼내 내밀었습니다. 그는 유치장에서 그런 물품을 수인들에게 반입해서는 안 된다는 규정을 잘 몰랐고 내 요청에 대한 친절로 그걸 나에게 건넸습니다. 나는 얼른 그가 내미는 볼펜을 뺏다시피 잡아 주머니 속으로 집어넣었습니다.

"아! 감사합니다. 이거 저 좀 주시면 안 돼요? 제가 좀 필요해서요."

그 전도사는 대수롭지 않게 생각하고 볼펜을 넘겼습니다. 그렇게 장애인 선교회의 방문이 있고 난 뒤 몰래 볼펜 한 자루가 생겼습니다.

그 볼펜 한 자루 때문에 남은 유치장 생활에 잠시나마 어떤 활력을 얻었습니다. 옆에, 옆에 방에 있는 태식에게 책을 전달해주면서 그 책 앞 장의 빈 페이지에 '태식아. 허리는 좀 어떠니? 힘내자. 우리.' 그런 내용을 적어 줄 수 있었고 약간 낙서나 잡설도 끄적일 수도 있었습니다. 나중에는 옆방에 있던 채식주의자 동지에게 빌려주기도 했습니다. 물론 유치장을 지키는 의경이 눈치채지 못하게 살며시 숨겨서 그 필기구를 사용했습니다.

수연이는 잘 있겠지. 지금은 어떻게 지내고 있을까?

따져보면 헤어진 지 아직 일주일도 되지 않았지만 그녀가 궁금해지고 보고 싶은 마음이 들었습니다.

"나가면 이 번호로 전화 좀 해줄래요. 내 이름은 박민수이고… 잘 지내고 있다고 송치일은 아마 이번 주 금요일이 된다니… 서울구치소로 간다고."

그 볼펜으로 책 종이의 한 칸을 찢어 수연의 전화번호를 적어 넣은 쪽지를 내밀며 3일 구류를 살고 나가는 어떤 젊은이에게 이런 부탁을 했습니다. 그러나 그때 과연 그가 내 부탁을 들어줄지 아니면 그냥 흘려버릴지 알 수는 없었습니다.

8월 휴가가 한창일 시기의 유치장은 지루하고 더웠습니다. 유치장 마룻바닥을 내디딜 때마다 발바닥의 땀이 흥건히 배어 나왔습니다.

바깥은 땡볕이 이글거리는 계절이지만 한여름의 열기만 벽을 넘어들어올 뿐 그곳 유치장에는 햇볕 한 줌 들어오지 않았습니다.

매암 매암 맴엠…. 찌르르… 찌르르… 맴맴 매암…

다만 여름의 절정을 알리는 용맹한 매미 울음소리만은 그 깊은 곳까지 들려왔습니다. 어떨 때는 그 소리가 어찌나 크게 들리는지 마치 손에 잡힐 듯 옆에 있는 듯도 했습니다. 그네가 선물해서 읽은 『감옥으로부터의 사색』에 '매미'에 대한 이런 구절이 있습니다.

'우리나라에 가장 많은 유지매미와 참매미는 수명이 6년이라고 합니다. 그러나 그의 일생인 6년 가운데 5년 11개월을 고스란히 땅속에서 애벌레로 살아야 합니다.

땅속에서 나무뿌리 즙을 먹으며 네 번 껍질을 벗은 뒤 정확히 6년째 되는 여름, 가장 날씨 좋은 날을 택하여 땅 위로 올라옵니다. 땅을 뚫고 올라오는 힘은 엄청나서 곤충학계에는 아스팔트를 뚫고 올라왔다는 기록도 보고되어 있을 정도라 합니다.

땅을 뚫고 나온 애벌레는 나뭇등걸을 타고 올라가 거기서 다섯 번째이며 마지막인 껍질 벗음을 합니다. 이 순간 애벌레는 비로소 한 마리의 날개 달린 매미로 탈바꿈하는 것입니다. 그러나 매미는 화려하지만 지극히 짧은 생애를 끝마치도록 운명 지어져 있습니다. 불과 4주일 후에는 생명이 끝나기 때문입니다.

매미 중에는 이 짧은 생애를 위하여 무려 17년이나 땅속에서 사는 종류도 있다고 합니다. 긴 인고의 세월에 비하여 너무나 짧은 생애가 아닐 수 없습니다.'

생물학적으로 본다면 매미의 그 힘찬 울음은 짝짓기를 염원하는 수컷이 부르는 구애(求愛)의 노래입니다. 6년이라는 길고 긴 유충의 기다림, 한 달이라는 짧은 성충의 생애라는 모순된 한살이를 가지고 그 가운데에서도 새나 천적의 위험으로부터 자신을 노출하는 그 울음을 한여름 내내 울어대는 것은 종(種)의 영속을 위한 개체의 신성한 의무이기 때문일 것입니다. 그렇게 무모한 구애의 울음을 울어대면서도, 그 매미라는 곤충은 그런 한 살이 방식으로도 우리 인간종(人間種)보다 훨씬 오래전부터 이 지구상에 출현하여 종의 역사를 이어왔습니다.

그때쯤 나는 '매미'의 생애로 서술된 중의적 표현을 눈치챘다고 할까요?

그건 양질전화의 변이를 위해 땅속이나 어둠 속에서 길고 지루하게 기다리며 성장해야 하는 오랜 준비 시간을 견뎌야 한다는 것입니다. 또 어떤 결정적 시기에는 아스팔트를 뚫고 나올 정도의 힘과 집중력을 발휘하여 세상에 모습을 드러내어야 하며 그 이후 자신을 버리고 전체를 위해 용맹한 외침을 질러야 한다는 것입니다. 바로 혁명이란 것이요.

그 여름 내내 귓전에 울렸던 매미 울음소리는 인내의 세월을 견디고 어떤 결정적 시기에 자신을 드러내며 세상을 향해 외치는 혁명과 사랑의 고고성(呱呱聲)을 상징하는 것일 수도 있었습니다.

제2부

내 안에 있는 이여.
내 안에서 나를 흔드는 이여.
물처럼 하늘처럼 내 깊은 곳 흘러서
은밀한 내 꿈과 만나는 이여.
그대가 곁에 있어도
나는 그대가 그립다 _

철창에 찢긴 하늘

"앉아! 일어서! 앉아! 일어서!"

검찰청 검치장으로 올라가는 계단 밑에서부터 검찰계장이 군기를 잡기 시작했습니다.

"앉아! 그대로 손 뒤로 돌려서 뒤통수에 붙인다! 실시!"

그날 송치되어 온 피의자들이 각양각색의 옷차림을 하고 수갑을 찬 채 머리 뒤로 손을 올렸습니다.

"지금부터 검치장 앞까지 각자 자기 죄명을 복창하면서 오리걸음 으로 올라간다! 실시!"

'앉아', '일어서'까지는 따라서 했지만, 죄명 복창에 오리걸음까지는 할 수가 없었어요. 벨기에제 수정을 찬 우리는 머리 뒤로 손을 올리 지 않았습니다. 제일 먼저 태식이 일어났습니다. 그와 동시에 우리 모두는 같이 그 자리에서 일어났습니다.

"너네! 야! 뭐야?"

검찰계장이 소리를 지르며 다가왔습니다. 태식은 오히려 조용히 얘기했습니다.

"우린 전대협인데요. 우리가 국보(國保), 국보하면서 갈 수는 없어요."

"국가보안법이야? 너네 다 공범(共犯)이야?"

"예."

계장은 눈으로 대충 우리를 훑어보고는 더는 무리하지 않았습니다.

"국보는… 일단 열외 해."

우리의 그런 타협 때문에 다른 피의자들이 오리걸음을 출발하지 못하고 잠시 그런 모습을 쳐다보았지만 곧 계장의 고함이 터져 나왔습니다.

"뭘 봐 새끼들아! 빨리 올라가!"

절도, 절도, 절도, 폭력, 폭력, 폭력, 사기, 사기, 사기 그 왈왈대는 잡범들의 죄명 속에 교통, 교통 하는 교통사고를 낸 운전사의 낮은 목소리가 깔렸습니다. 오리걸음으로 계단을 올라가는 그 무리를 바라보니 가관이었어요. 여름철이라 슬리퍼를 신은 사람도 있었고, 운동화를 신은 사람도 있었습니다. 구두에 셔츠에 양복까지 입은 사람도 있고 그냥 반바지만 입은 사람도 있는 데 런닝 옆 어깨 위로 문신이 삐져나온 사람에 이르기까지 모두 계단을 오리걸음으로 우르르 올라가고 있었어요. 그 와중에 강간, 강간 하는 작은 목소리가 튀어나와 계장의 귀에 들어갔나 봅니다.

"야, 강간! 강간 새끼. 일어나!"

키가 작은 사내 하나가 잔뜩 움츠린 모습으로 일어났습니다.

"하, 요 물총 새끼. 어디서 물총 질이야. 앞으로 취침, 뒤로 취침, 좌로 굴려 우로 굴려. 일어나! 너는 앞으로 물총, 물총 하면서 계속 간다. 실시!"

그 강간범은 수갑을 차고 바닥을 뒹굴었습니다. 혼쭐이 난 그는 이제 '물총', '물총' 하며 계단을 오리걸음으로 올라갔습니다. 그 소리에 같은 처지이면서도 몇몇은 키득키득 대고 웃었고 몇몇은 혐오의 눈초리로 쳐다보았습니다.

그 오리걸음 행렬이 다 지나간 다음 우리는 천천히 걸어서 검치장으로 들어갔지만 지루한 기다림은 피할 길이 없었습니다. 오후쯤부터 검찰에서 다시 지루한 심문이 이어졌습니다. 그러나 복잡한 사건이 아니었기 때문에 특별한 수사 내용은 없었습니다.

"투쟁국장은 하태식이 혼자 만났고… 나머지는 하태식이 대장이라 모두 그의 지시를 따랐다 이거야?"

우리는 다 잡았으니 전대협 투쟁국장의 신원을 파악하는 것이 가장 중요한 물음이었습니다. 그 사람에 대한 알리바이는 대장인 태식이가 책임지고 진술하는 것으로 준비되었기에 조사하는 쪽이나 받는 쪽이나 손발이 딱 맞는 형국이었습니다. 태식이가 투쟁국장의 이름을 말해봐야 어차피 가명. 그가 누군지 알 수도 없겠지만 검찰도 별 불만이 없는 듯했어요.

검사는 뒤쪽에서 무슨 사무를 혼자서 보고 우리를 상대한 사람은 그 방의 수사관이었어요. 하도 느릿하게 조사를 해서 구치소행 호송버스를 탔을 때는 여름날인데도 해가 지고 캄캄했습니다.

우리에겐 또 별도로 벨기에제 수정을 채우고 굴비처럼 엮지 않고 각자 주황색 포승줄로 묶어 제일 뒷자리에 태웠습니다. 서초동을 떠나는 버스 안에서 차창 철망 사이로 보이는 거리는 평온했습니다. 나는 속으로 '서울의 이 거리여 안녕, 다시 만날 날까지' 하며 혼자서 손까지 흔들었습니다. 그런데 문제는 거리에 서 있는 모르는 여자를 스쳐볼 때마다 수연이 생각이 났어요. 이런 벌써부터 그네가 보고 싶어졌네요.

구치소로 향하던 그 날 밤, 어김없이 비가 내렸습니다. 호송버스가 양재동에도 미치지 못하여 후두두 빗방울이 차창을 때렸어요.

과천쯤 지났을까요? 비가 더욱 굵고 강하게 내리기 시작했습니다. 우르릉 쾅쾅하는 천둥소리가 들리고 멀리 번개 불빛이 번쩍거렸습니다. 쏟아지는 여름비는 금세 한낮의 열기를 식혔습니다. 이른 새벽 경찰서에서 출발하여 검찰을 거쳐 밤늦게 입소하는 서울구치소 담벼락을 결국 빗줄기가 사정없이 내려치더군요.

사파리에 입장하는 것처럼 첫 번째 철문이 열리고 들어선 다음 버스는 잠시 두 번째 철문이 열리기를 기다리고 있었습니다. 그때 천둥소리가 겹쳐 들리더니 순간적으로 번쩍하는 번개 불빛 아래 서울구치소는 처음으로 그 실루엣을 드러냈습니다. 그 모습이 단단하고 강고한 신비로운 성(城)처럼 여겨졌습니다.

내 옆에 누워서 정태춘의 〈서해에서〉를 들으면서 비 오는 밤이 좋다고 말하는 그네. 사랑하는 수연을 두고 나는 그날 밤 혼자서 외롭게 서울구치소 '9중9' 방구석에서 비 오는 소리를 들었습니다. 그 빗소리 때문에 사랑하는 수연을 두고 구속이 되어 버렸다는 것이 더 실감 났습니다.

서울 구치소. 이름은 그렇지만 서울에 있지 않고 경기도 의왕시 청계산 어느 자락에 자리 잡은 이 구금 시설은 유서 깊은 서대문형무소의 후신입니다. 몇 해 전 서대문을 떠나 그곳으로 옮겨 새롭게 지어진 것으로 알 수 없는 지하층과 지상 3개 층으로 아주 길고 복잡하게 이어진 구조의 건물입니다. 지상 3개 층을 '상중하(上中下)'로 나누어 부르는데 내가 처음 들어간 방이 9동에 있는 중층의 9호방이었습니다. 그래서 거기서 부르는 호수가 '9중9' 방입니다.

"야, 오랜만에 보는 베트콩 출신이네."

모두 잠든 밤중에야 슬며시 배정받은 그 방에 들어와 화장실 입구 구석에서 겨우 자고 일어났더니 그 방의 좌장 노릇을 하고 있던 빵잽이 한 명이 그렇게 출신 성분을 붙여줍디다. 월남전의 '베트콩' 처럼 다들 잠든 심야를 틈타 슬며시 내가 그 방에 나타났다는 농담입니다.

"베트콩 출신들이… 원래 좀 세지. 봐봐, 빨간 명찰이네. 학생이지?"

다른 입소자들이 알몸 수색을 다 받고 서류 작성을 하고 방 배성을 받은 뒤에야 공안사범(公安事犯)인 우리가 따로 그 절차를 밟는 바람에 한밤중에야 폐방(閉房)된 방문을 열어젖혔습니다.

내 수번은 101번. 번호도 보통 수인이 가진 네 자리가 아니라 세 자리인데다 명찰마저 그 방의 어느 누구와도 다른 빨간색 번호찰(番號札). 말 그대로 공안사범이라는 표식입니다. 우리는 시국사범으로 그 자체로 '요시찰 대상'이었습니다. 빨간 번호찰은 바로 요시찰(要視察)을 표시하는 것이었고요.

내가 처음 들어간 그 방은 일명 '절도(竊盜)'방이었는데 주로 절도죄 피의자(被疑者)들의 방이었어요. 상습 절도범이며 장물(臟物)까지 취급하고 서대문 시절을 포함하여 세 번째로 들어왔다는 좌장(座長)은 몇 건의 절도 성과로 영치금이 꽤 있어 속칭 그 방을 먹여 살리고 있었지만 동일 전과(前科) 가중처벌을 유의해야 했습니다.

"예, 저는 학생이고… 집시법, 국가보안법, 현주 건조물 침입 뭐 그런 걸로 들어왔습니다."

"학교는 어딘데?"

"고려대요."

"애인은 있어?"

"애인요? 예, 있는데요."

"애인이랑 연애는 해 봤어?"

"연애? 그럼, 애인이랑 연애하지 누구랑 합니까?"

"아니 그러니까 애인이랑 자 봤냐고? 몇 번이나 잤어?"

"그런 것도 얘기해야 합니까? 피의 사실도 아닌데…"

"여기… 절도빵 심리 법정은 국보에는 별 관심 없고, 잘 알지도 못하고… 뭐 다 도둑놈들이니까. 차라리 우리 작업에 대한 신기술이 있으면 듣고 싶은 데. 민수 학생이야, 대학생이니까, 그런 건 모를 거고. 그래서 여대생 훔치는 얘기나 들어보자는 거지. 우린 뭐든지 훔치는 데 관심이 많거든. 여대생이 좀 비싸?"

다음 날 아침, 날씨는 개고 제법 시원한 바람마저 불어오는 그 방 구석에 내가 앉고 모두 나를 마주 보고 앉아서 입방 신고식을 했습니다. 간단한 피의 사실을 말하고 청문회 비슷한 질의응답 시간이 있었는데 이런 시시껄렁한 이바구를 주고받고 있었습니다.

그때 여드름 자국이 아직 그대로 있는 어린 소지가 내 번호를 불렀습니다.

"101번! 101번! 개방이요!"

덕분에 도둑놈들의 짓궂은 잡담에서 벗어났습니다.

"예. 여기요."

"101번님, 나오시랍니다. 개방하겠습니다."

그러자 좌장이 나보다 어려보이는 친구를 시켜 얼른 고무신 하나를 내주라고 시켰습니다. 내가 관(官)에서 지급받은 고무신은 도저히 치수가 맞지 않아 구겨 신고서 끌고 왔는데 발에도 맞고 훨씬 깨끗한 새 고무신을 그 젊은 친구가 무릎까지 꿇고 단정하게 내 발밑에 놓아 주었습니다. 어리둥절한 내게 좌장이 의미 있게 권유했습니다.

"101번 학생, 여기 일단 이 고무신 신고 갔다 와. 방에서 처음 나갈 때 이렇게 누가 시다바리를 들어줘야 앞으로 잘 나가고 징역 운이 풀려. 민수 학생, 가서 목욕이라도 한번 해야지. 기념사진도 한 방 박고…."

밖으로 나가니 그의 말대로 우리 결사대는 남은 입소 절차를 밟기 위해 간단한 건강 체크를 하고 다시 한번 신원 점검을 했습니다. 어젯밤 입소자들은 모두 알몸으로 줄지어 서서 차렷, 열중쉬어를 몇 번씩 하고 한 명씩 뒤로 돌아 엉덩이를 내밀고 교도관 앞에 항문을 벌려 검사를 맡았습니다.

우리는 요시찰이라 다른 입소자들이 모두 그런 굴욕의 통과의례를 치룬 뒤에야 따로 남아서 항문 검사를 했기에 입소 기념 목욕 시간을 갖지 못했습니다. 그래서 사진 촬영 전에 목욕탕부터 보내주었습니다.

구치소 내 공용 목욕탕에서 우리 국보법 공범들은 자연스럽게 모이게 되었습니다.

"아이고 시원해라. 이게 얼마 만에 씻는 거냐?"

"근데, 원래 우리 독방 아니야?"

"공안사범은 원래 독방인데… 이 정국 하에 독방이 꽉 찼대. 아마 독방이 비는 대로 그쪽으로 전방(轉房) 보낸대."

"우리 방은 '경제방'이라는데…."

"'경제방'은 뭐냐?"

"'경제범'인데 그건 고상한 말이고 주로 사기라는 얘기지."

"하여튼 잘 지내고. 검치 있을 때나 보자. 서로 방들이 너무 멀리 찢어졌다. 어디가나 양심수들이 다 있지만."

"그래. 잘 지내고… 식사 많이 하고."

"먹을 거 하나도 없더만… 뭘 많이 먹어. 벌써 이쪽 식으로 인사하냐?"

비 개인 햇살이 너무 맑아서 마치 먼 여행길에 각자의 방을 얻게 된 사람처럼 우리는 유쾌해졌습니다. 격랑의 폭풍이 지나고 그나마 약간의 쉼터를 찾은 그런 느낌마저 들었어요. 목욕재계한 뒤에 우리는 흑판으로 만든 조그마한 푯말에 각자 이름을 적고 차례로 사진을 찍었습니다. 아니, 찍힌 거죠.

조그마한 흑판에 '박민수'라는 내 이름을 쓰고 내가 그걸 직접 들고 있으면 보안과 행정 증명사진을 촬영하는 겁니다. 정면을 찍고 왼쪽으로 돌아 옆모습을 한 번 찍고 다시 오른쪽으로 돌아 찍는데 그 과정에서 자신의 이름이 적힌 그 흑판을 계속 들고 있어야 합니다. 나 다음으로 태식이 그 흑판을 지운 다음 자기 이름을 써서 들고서 나와 같은 행동을 똑같이 했습니다. 맑은 날이라 구치소 담벼락을 배경삼아 찍은 그 사진은 아마 잘 나왔을 겁니다.

"불 끄고 자자."

"스위치가 잘 안 보이네요. 어디 있지?"

"잘 찾아 봐. 그 화장실 구석에 있는데."

입방할 때 문지방을 밟지 말아야 하는 터부taboo를 가진 이곳은 별스레 잡스런 금기(禁忌)나 미신(迷信)이 많았어요. 자신의 죗값에 대한 반성 이전에 자신의 운명을 판사와 판결이라는 법적 권위 앞에 맡긴 터라 특히 더 그랬을 겁니다. 징역은 태반이 운(運)이라고 생각하며, 재판을 통해 자신의 운명을 법자(法者)들에게 맡긴 곳이라 반성(反省) 이전에 운세부터 따지는 미신이 힘을 발휘하는 곳이었습니다.

모두들 일찌감치 삼단 매트리스 위에 '법(法)'자가 새겨진 담요를 깔고 누웠는데 제일 늦게 들어 온 사람이 소등(消燈)을 담당해야 한다고 해서 내가 이리저리 스위치를 찾았습니다. 그러나 스위치는 없었어요.

"키키킥… 하하하."

어리둥절한 나로 인해 모두들 한바탕 웃음이 일었습니다. 그곳은 24시간 소등을 할 수 없는 곳이며 잘 때도 환하게 불이 켜져 있는 곳입니다. 애초에 스위치 아니라 어떤 전기 장치도 수인들의 손에 닿는 곳에 둘 수도 없는 곳입니다.

아직 사회의 일상에서 벗어나지 못한 신입에게 그런 식으로 장난을 치며 작은 웃음을 찾고자 하는 그들에게 나는 적당한 대상이었습니다. 뭐 그리 기분 나쁠 일은 아니었어요.

크고 복잡한 3층의 연립주택 또는 주공 아파트와 비슷하다지만 그곳은 결코 일반적인 주거 시설은 아니겠지요. 길고 긴 복도와 그 복도마다 철문이 있어서 이곳 방까지 도대체 몇 개의 철문을 거쳐야 하는지 알 수 없어 그걸 놓고 '심리(審理)'가 붙기까지 했습니다. 열 개다 열두 개다 하면서요. 하지만 '구치(拘致)'라는 법률적 용어 이전에 이곳도 사람이 먹고 자고 살아야 하는 곳입니다. 그런 점에서 감옥이란 갇힌 사람들의 집일 수도 있어요. 하지만 보통의 가정집과는 달라야겠지요.

가정집과 달리 그곳에는 일단 유리로 만든 일체의 소품이 없습니다. 투명해 보이는 것은 사실 모두 아크릴입니다. 도자기 성분과 금속 재질 또한 없습니다. 수저 또한 모두 플라스틱이며 밥그릇 국그릇 모두 플라스틱이거나 멜라닌 소재입니다. 국그릇은 관에서 지급하는 그릇이 작아 아예 목욕탕에서나 쓰는 작은 세면대야를 차입(差入)해서 대신 쓰고 있는 사정이었습니다. 갈거나 깨어져서 날카로운 흉기가 될 수 있는 가능성을 가진 일체의 물질은 있을 수가 없어요.

위험하기 때문입니다.

또한 갇힌 자들의 살림집과 같은 곳이지만 가사(稼事)에서 가장 중요한 불과 전기도 아예 없습니다. 그런 살림 에너지도 언제든지 엄청난 무기로 돌변할 수 있기 때문입니다. 하긴 자칫 반(半)쯤 정신이 나가버릴 수도 있는 이곳에 불이나 전기가 있다면 상호간에 위험할 수도 있습니다. 날마다 누군가에 의해 방화가 일어날 수 있으니까요.

살림살이에서 불과 전기보다 중요한 것이 물인데 새로 지어진 서울구치소의 최대의 자랑이 바로 이 물 사정이 획기적으로 나아졌다는 겁니다. 그곳 '빵살이'의 선배들이 말하기를 서대문 시절과 달리 새로 지어진 이 서울구치소가 명실공히 '청계산 국립호텔'이 된 결정적인 사유는 바로 이 물 사정입니다.

"서대문에 비하면 여기는 호텔이야. 영대 저놈은 지 살던 데보다 낫다고 하니까… 야, 4787번 너도 난장 까는 거보다는 여기가 낫지."

화장실이 수세식이었고 비록 제한 급수가 있긴 했지만 고무 대야에 물을 가득 받아놓고 한여름에 더위를 식히는 등목을 할 수도 있었습니다. 그러고 나서 책을 펼치면 가끔은 어느 선방(禪房)에 들어온 듯한 청정함이 찾아오기도 합니다. 나중에는 냉수마찰까지 배워서 우리는 바깥에서 생각하는 이상으로 위생적인 사람들이 되었답니다.

구치소로 온 다음 날은 휴일이라 그다음 주 월요일 나는 바로 접견이 신청되어 수연을 만나고 왔어요. 갈수록 눈이 초롱초롱한 그네는 당황하지 않고 차분하게 그리움과 아쉬움의 한 다발 꽃다지를 풀어놓듯이 그렇게 아름답게 나를 찾아왔습니다.

바로 접견을 다녀오자, 면회자가 별로 없어 항상 고즈넉하던 '절도방'에서는 나를 인정해주자는 분위기였습니다.

"야, 101번 잘 나가네. 범털이야? 개털이야?"

"뭘 털요?"

"아니, 영치금은 얼마나 있어?"

"한 십만 원 있는데요."

"야… 그 정도라면 범털이다."

유치장에서부터 어머니께서 영치금을 넣어주고 수연도 얼마를 넣어 그 방에서 나는 단박에 범털이 되었습니다. 입소 기념으로 먹을거리를 사서 돌렸습니다. 오갈 데 없는 전형적인 '개털 방'이라 할 수 있는 절도 방은 비누 한 장, 휴지 한 통이 모자라서 아껴 쓰자 하는 지경이었습니다.

"영대 쟤는 들어온 지 삼 개월이 넘었는데… 접견 오는 사람이 한 번도 없어."

대도(大盜)라기보다는 좀도둑 피의자들로 모인 절도 방 자체가 다른 방에 비해서 가난하기가 첫째이지만 특히 '영대'라는 아이같이 막 소년원을 벗어나 성인들의 구금시설인 구치소를 처음 찾은 경우는 더했습니다. 관급(官給)으로 한 달에 한 개 지급되는 비누와 두루마리 휴지 한 통만으로는 징역살이가 어려웠어요. 부모는 기억이 가물하고 할머니와 살았다는 영대는 나이로도 그 방의 막내이며 영치금은 전혀 없어 그냥 맨몸으로 징역살이를 부딪치고 있는 꼴이었어요.

할 수 없이 내가 속옷을 구매하다 그를 위해서 런닝과 팬티를 두 벌 차입해서 주고 휴지, 세탁비누 등을 선물했더니 바로 그는 아예 내 동생하기를 자처했지요.

"영대야. 그래도 형이 들어오니까 니가 징역 핀다 야. 공부하는 형님한테 잘 해드려. 그 형님은 그래도 도둑놈들하고는 질적으로 다르니까… 니가 대학생 형을 어디서 만나겠냐?"

빵잡이 좌장이 영대와 나를 그렇게 형 동생으로 엮어주었습니다. 먹고 살아야 하는 생존적 쟁투와 물질적 욕망으로 가득 찬 바깥세상과 달리 이곳에서는 더 이상 훔칠 것도 없고 세끼 밥은 가져다주니 대학 신입생의 나이에 불과한 그 아이의 맑은 눈이 오히려 살아나고 있었어요. 좀도둑 영대도 본질은 맑은 눈빛의 청년이었습니다.

어느 날은 내가 보는 책을 그가 하도 기웃대기에,

"영대야, 이거 한번 볼래? 재미있어."

"헤… 내가… 책을… 난 책 읽어본 적이 없어."

"야, 그렇다고 한글도 못 읽냐? 모르는 단어는 나한테 물어보고 이건 그냥 소설책이니까. 빠져들면 재미있다고. 징역도 잘 깨지고."

책을 읽어본 적이 없다면서도 그는 사양하지 않고 내가 내민 책을 슬쩍 받아서 구석으로 갔습니다.

"야, 막내가 인제 형 따라 공부까지 하네. 책을 다 읽고."

방 안의 그런 잡설은 뭉개버리고 불감청고소원이라는 듯 영대는 책을 바로 읽어나가기 시작했습니다. 그렇게 그는 나를 따라 조정래 선생의 『태백산맥』을 완독했습니다.

"형, 책도 재밌네요."

나는 특별히 그에게 감상을 묻지는 않았습니다. 하지만 그의 독서가 정독이었고 진지한 독서였음을 인정합니다. 어느 저녁 무렵에 보니 그가 『태백산맥』의 어느 부분을 읽으며 너무도 진지하게 책을 손에서 놓지 못하며 손 등으로 조금씩 삐져나오는 눈물을 훔치고 있더라고요.

복잡할 것이 없는 시시한 시국사건인데도 가끔 나는 '검찰 취조'에 불려다녔습니다. 어느 날 검찰에 불려갔다가 아주 밤늦게 구치소로 돌아오는 바람에 저녁을 놓치고 말았습니다. 모두들 수건으로 눈을 가리고 누운 그 방에 내가 들어서자 영대가 후다닥 일어났어요. 그러자 방장도 수건을 살짝 내리고 나의 늦은 귀가에 인사를 던졌습니다.

"야, 101번. 그래도 집이라고 돌아왔네. 나간 줄 알았는데… 늦게 와도 집인데 끼니는 남겨놔야지. 영대야, 니가 준비한 그 징역표 국수나 드려라."

하고는 이내 돌아누워 쿨쿨 잠을 청하더군요.

뽀송한 솜털에 내 동아리 1학년 후배 같은 절도범 영대는 구석에서 보시기처럼 마주 덮어 놓은 탐바구를 열어 가만히 무언가를 꺼내었습니다.

"형, 잠깐만 기다려요. 찬물에 다시 한번 헹궈가지고…"

영대는 마치 늦게 귀가한 가장에게 야참을 차려주듯이 사발면으로 만든 비빔국수를 꺼내었어요. 그 징역표 비빔국수는 물을 빼놓았기에 면발이 전혀 불지 않은 데다 깔깔한 검찰 조사로 여름날 입맛을 잃은 나에게 새큼한 맛을 안겨주었습니다.

뜨거운 물도 없는 징역에서 컵라면으로 어떻게 비빔국수를 만드느냐 하면은 그건 일단 정성입니다. 먼저 사발면에 찬물을 붓고 어느 정도 불린 다음 또 물을 빼고 다시 찬물을 붓고 오래 기다려서 면을 조금씩 불리면서 퍼지지 않게 탱탱한 상태를 유지해야 합니다. 거기다 끌끌한 라면스프 대신 차입한 고추장과 참기름을 적당히 버무려서 양념을 만들고 햇볕에 내어놓은 신 김치국물을 약간 부어 완성합니다. 그런 구치소식 비빔국수는 맛있어요. 별식(別食)을 먹는다는 상큼한 맛도 있습니다.

가진 거라곤 깨어야 할 징역 시간밖에 없는 영대가 오후 내내 찬물에 불리면서 관리한 면발에 준비한 양념으로 만든 솜씨가 제법이었습니다. 게다가 수박을 먹고 난 뒤 수박 속껍질을 그냥 버리지 않고 그 속살을 페트병 뚜껑으로 잘게 갈아내어 식초와 설탕 뭐 그런 걸로 수박 채 무침을 만들어서 비빔국수의 찬으로 내놓았는데 맞춤이었습니다.

영대는 막내라서 그 방에서 설거지 같은 일을 많이 하기도 했지만 그는 진심으로 음식 만드는 일을 좋아했습니다. 맛없는 관급 김치를 잘 익혀서 묵은 김치, 신김치 등으로 새롭게 재창조하고 보리밥으로 파묻힌 관식에서 쌀밥을 하나씩 골라내어 무슨 죽 같은 걸 만들기도 했습니다.

"야 이거 맛있다. 이거 어떻게 한 거야? 이거 별민데."

내 말에 영대는 표정이 밝아지고 스스로 자랑스러워져서 어릴 때부터 혼자 밥을 잘 챙겨 먹었다는 말을 했습니다.

"중국집 주방에서 일했던 적도 있어. 주로 양파 까고 배달도 하고 쓰레기 버리고 그랬지만… 나중에는 재료도 썰고 장도 좀 볶았지."

"영대야, 음식도 기술인데. 나가면 너 이런 거 하면 좋잖아. 기술이 있어야 잘 살 수 있어."

"그래, 그래야지. 전혀 관심이 없는 것도 아니거든. 근데, 형, 진짜 맛있어?"

"그래, 임마. 이거 밖에서 팔아도 되겠다."

늦은 야식을 하는 가장을 바라보는 새댁처럼 흐뭇하게 그는 면발을 물고 있는 나를 바라보았습니다.

"난 대학생 형이 이런 데 올 줄은 몰랐어."

"하하… 너무 우아하게 쳐다보지는 마."

"그래도 여기가 소년원보다는 재미있다. 형 만난 것도 재미있고."

"재미있다고? 징역이 재미있으면 되겠냐? 너 큰일 나겠다."

"아니, 그러니까 좋다고 그냥… 형, 사실 나 생각한 건데. 나가면 일식(日食) 기술 배우고 싶어. 잠깐 어깨너머로 본 적 있거든 그래서 기결(旣決) 떨어지면 소지보다는 취사(炊事)로 지원하려고…."

"그래. 이거 먹어보니까… 넌 잘할 거야."

어느새 그 새콤한 징역표 비빔국수가 몇 가닥 남지 않아 나는 젓가락을 쪽쪽 빨며 아쉽기까지 했습니다.

그렇게 자고 일어나 아침이면 우리는 모두 주르륵 앉아서 아침 점호를 받을 것입니다. 별다른 보고 없이 그냥 그 자리에 앉아서 인간의 머릿수가 몇 개인지만 확인받으면 그뿐입니다. 그러면 바삐 지나가는 교도관들이 재빠르게 지난밤 우리의 삶과 죽음을 살펴줄 것입니다.

사방에 잡물(雜物)이 별로 없어 작은 소리도 울리듯 잘 들려오는 그곳의 복도는 길고 아련한 울림통과 같았습니다. 덜커덩하는 소리가 먼 복도에서부터 울려오며 부산스런 소리가 들리면 구수한 밥 냄새가 먼저 코에 닿습니다. 그때쯤 '배식'하는 소지의 즐거운 알림이 들려오면 벽 밑에 있는 조그마한 식구(食口)통을 열고 그 앞에 마른 수건을 한 장 깔아놓습니다. 그렇게 아침, 점심, 저녁이 있다는 것은 끼니때를 말하는 것이기도 하지만 그 자체로 하루의 징역을 접어주는 표시와 같은 것입니다.

주로 금요일 저녁, 돼지고기 삶은 게 나올 때는 그 육식(肉食)을 조금이라도 더 먹으려는 재소자들의 염원이 간절합니다. 고기가 적다며 식구통을 닫지 않고 실랑이를 하는 방도 있고, 이네 우리는 가난한 방이라 아쉽지만 그만 단념하는 방도 있습니다. 그 고기를 조금 더 받으려면 미리 소지들에게 우황청심환 한두 개쯤은 선물하는 것이 좋을 겁니다. 사회에서 보면 뭐 그리 탐낼만한 먹을거리도 아니었지만, 육식이라는 희소성으로 인해 그 기름 낀 고깃덩어리가 목구멍으로 매끈하게 넘어갔어요.

각 동에는 2명의 담당 교도관이 있는데 주로 24시간씩 돌아가면서 근무에 들어왔습니다. 우리 동에도 두 사람의 교도관이 담당이었는데 교도관 한 사람은 몇 푼 받을 일이 있을까 해서 이른바 '경제방'에 빌붙는 아부꾼이었지만 또 한 사람은 나름 지적(知的)인 사람이었습니다.

사실 나중에 더 알고 보니 그 교도관은 거의 우리 편이었다고나 할까요? 그가 보는 책은 사실 우리와 거의 다를 바도 없었습니다. 그는 독방에 있던 시국사범들과 아예 책을 돌려보기도 했습니다.

"101번 나와요. 접견요."

또 그는 재소자들에게 가볍게 존대를 씁니다.

"아침 일찍 접견인데… 애인 있나 봐요?"

"어머니일 수도 있죠."

"지내기 많이 힘들죠?"

"괜찮습니다. 교도관님은 책을 많이 보시더라고요."

"하하… 우리도 사실 반(半)징역 사는 거 아닙니까? 같이 책이라도 읽어야지요."

어느 날 접견 가는 그 긴 복도를 거닐 때 한 번쯤 그 교도관과 함께 걸었던 적이 있었습니다.

나중에 들은 얘기지만 그 교도관은 문익환 목사님을 존경해서 그분이 오래전 안양교도소에서 계실 때 물심양면으로 조력했던 이력(履歷)이 있는 사람이라고 들었습니다. 교도관으로 근무한 지 얼마 되지 않아 당시 어떤 재야인사 한 사람이 너무 꼿꼿하게 독방생활을 하는 것을 보고 책을 한 권 빌려 본 것이 그가 우리 편이 된 인연의 시작이었다고 합니다.

그는 캄캄한 밤과 겨울 찬바람이 부는 새벽에 벽에 기대어 앉은 우리 운동의 여러 유명 인사를 가장 가까이서 직접 만나본 경험을 가진 사람이었어요. 감옥이라는 절박한 환경, 그곳을 직장으로 가졌던 그는 결국 민변과 민가협과 인권 단체에게 실제 옥중 사정을 알려주는 사람이 되었습니다. 그는 당시 우리 양심수를 위해 중요한 역할을 해 주었습니다. 그렇게 사람의 인연이란 제도와 책무만으로 이루어지지 않고 전혀 다른 방향으로 펼쳐질 수도 있습니다.

"내일 점심 먹고 옥투위 8·15 기념식 있을 거야."

"알았어요. 형."

"2방 비면 아마 101번도 독방으로 넘어갈 수도 있어. 이 새끼들이 요시찰은 계속 전방(轉房)을 시키는 방법으로 돌리더라고. 우리가 너무 많으니까 힘도 들겠지. 그래, 절도방에서 지내기는 괜찮아?"

"괜찮아요. 윷놀이한다고 하도 시끄러워서… 책읽기가 좀 그렇죠."

"그래. 어차피 독방 갈 가능성이 커. 책은 그때 많이 읽고. 그래도 합방이 시간도 잘 깨지지. 독방은 좀 갑갑할 때가 있어. 그래서 벽 보고 얘기해야 한다니까. 운동 없는 비 오는 날이나 연휴 때는 거의 죽음이야. 아침이나 밤은 그래도 좋아. 난 점심 먹고 저녁때까지 오후가 아주 안 깨진다니까. 미치지."

우리는 하루에 한 번 30분 정도의 허락된 시간에만 철창에 찢긴 하늘이 아니라 마냥 푸르게 비어 있는 빈 하늘 아래에 서서 운동을 할 수 있었습니다. 잘라진 케익 같은 모양의 파놉티콘 구조의 시멘트벽 공간이 우리의 운동장입니다. 원뿔형이지요. 중앙탑에서 경비

교도대와 교도관들이 지켜보고 수인들은 원뿔형의 그 공간을 맴돌거나 벽에 기대어 해바라기를 하거나 하며 기다렸던 귀중한 운동 시간을 보냈습니다.

태식을 비롯한 결사대 동지들은 공범이라 서로 멀리 떨어져서 만나지 못하지만 그 공간에서 나는 다른 방, 다른 동의 여러 사람들을 만났습니다. 노동운동이나 농민운동에 투신한 학생운동권의 얼굴 몰랐던 선배를 알게 되고 만나기도 했습니다. 서로의 가슴에 붙은 수번이 서로에 대한 분별을 쉽게 할 수 있게 도와주었습니다.

그해 8월 15일, 광복절이며 법정공휴일인 그 날, 그래서 운동 시간도 접견도, 편지도, 차입도 없기에 하루 종일 방 안에 앉아 있어야 하는 날이었습니다. 하지만 우리는 '서울구치소 옥중투쟁위원회'의 결정에 따라 집단 샤우팅이나마 8. 15 그 날을 기념하기로 했습니다. 나는 점심을 먹고 약속된 시간이 다가오자 방 안에 미리 양해를 구하고 화장실로 들어갔습니다. 화장실 철창은 복도가 아닌 건물 밖으로 향해 있는데 우리는 그 철창을 잡고 기념식의 시작을 기다렸습니다.

"서울구치소 재소자 여러분! 애국 동지 여러분! 그리고 경비교도대 및 오늘도 고생하시는 교도관 여러분! 안녕하십니까? 여기는 서울구치소 민족민주 옥중투쟁위원회입니다. 동지 여러분!"

멀리서 가늘게 들리지만 너무나 분명하게 길게 퍼지는 그 소리를 신호로 우리는 멜라닌 식기로 쇠창살을 사정없이 때렸습니다. 그 순간 점심 이후 따가운 햇볕에 꾸벅꾸벅 졸고 있던 구치소 전체에 벼락같은 소리가 울렸습니다.

"재소자 여러분, 양심수 동지 여러분 안녕하십니까? 오늘 사회를

맡은 저는 12상2에 있는 민중미술사건의 이상호입니다. 마이크가 없
는 관계로… 지금부터 제 말과 연사들의 말을 따라 복창해주시기
바랍니다. 아시겠습니까?"

"예…에…"

"서울 구치소 옥중 투쟁위원회 동지 여러분! 안녕하십니까?"

"서울 구치소 옥중 투쟁위원회 동지 여러분! 안녕하십니까?"

우리는 사회자의 이 인사말부터 같이 복창을 하기 시작했습니다.

"일제에서 민족이 해방된 지 44년, 그러나 조국이 분단된 지 44
년, 오늘 8·15 민족해방절을 맞아 지금부터 서울구치소 옥중투쟁위
원회의 '민족해방일 기념식'이 있겠습니다. 힘찬 박수로 맞이해 주십
시오."

박수 대신 우리는 또 식기로 철창을 두드렸어요. 타격의 울림이
구치소 전체를 진동시켰습니다.

"먼저, 조국의 해방과 민주화를 염원하며 먼저 가신 민족민주열사
와 애국선열에 대한 묵념이 있겠습니다. 일동 묵념!"

묵념과 함께 소 내는 찌르륵 매미 소리가 낭랑하게 들릴 만큼 깊
은 침묵에 들어갔습니다. 그때쯤 우리의 기습적인 소란과 소리에
놀라서 복도를 서성이는 보안과 교도들의 발자국 소리가 들렸습니
다. 하지만 그들도 오늘의 이 기념식을 이미 알고 있었기에 적당히
경계하려는 움직임으로 그리 소란스럽게 놀라거나 종종대지는 않
았습니다.

"〈민족해방가〉를 힘차게 불러 보겠습니다. 압박과 설움에서 해방
된 민족. 힘차게 시작!"

압박과 설움에서 해방된 민족,

싸우고 또 싸워서 찾은 이 나라.

쪽발이 양키 놈이 남북을 갈라
매판파쇼 앞세우는 수탈의 나라
이 땅의 민중들은 피를 흘린다.
동포여 일어나라 해방을 위해
손잡고 광화문에 해방기 휘날리자.

그 부르기 쉽고 경쾌하다 할 수도 있는 4박자의 노래가 서로 먼 거리에서 시창되고 철창을 부여잡고 부르다 보니 어느새 자연스럽게 돌림노래가 되고 말았지요. 중도에 음을 잃고 헤매는 몇 사람의 소리도 들렸지만 우리는 개의치 않고 꿋꿋하게 그 노래를 끝까지 불렀습니다.

〈민족해방가〉, 대학 1학년 때 오리엔테이션을 왔다가 처음 배운 그 노래는 가슴과 가슴, 다리와 다리, 엉덩이와 엉덩이가 부딪치며 팔짱을 끼는 군무가 곁들여진 춤곡이었습니다. 이 노래는 역시 음정, 박자는 무시하더라도 흙먼지 흠뻑 마시며 어깨와 가슴, 엉덩이를 옆 사람과 부딪치며 불러야 제맛인데 갇힌 우리는 할 수 없이 철창에 매달려 그 노래를 불렀습니다.

"다음으로 8·15 민족 해방절에 대한 기념사가 있겠습니다. 반미민족운동연구소 사건의 오창열 선생님께서 기념사를 해주시겠습니다. 박수로 맞이해 주시기 바랍니다."

우리는 또 박수 대신 식기로 깨어질 듯 철창을 두드렸습니다.

"동지 여러분, 안녕하십니까? 저는 민족운동연구소사건의 오창열입니다. 반갑습니다.

민족해방 44년 서울구치소 옥중투쟁위원회 8.15 민족해방일 기념사.

압제의 어둠이 깊다 하나 해방의 여명은 앞에 섰다. 오늘은 36년 일제의 압제를 끊어내고 삼천리강산에 해방의 자유 깃발을 휘날린 뜻깊은 날이다. 우리 민족은 36년 강도 일제 앞에서 한 날도 한 시 각도 굴하지 않고 해방을 위한 투쟁을 멈추지 않았다. …… 조국의 분단이라는 엄혹한 현실 속에서 오늘 또다시 민족 해방절을 맞이한 다. 우리는 이 분단이 일제의 잔재에서 비롯되었고 민족의 자존을 허락하지 않는 외세의 음흉한 흉계에서 비롯된 것임을 알고 있으며 이에 우리는 살아있는 양심과……."

연사는 중간중간 숨을 쉬며 기념사를 이어갔습니다. 이 순간에 이르러서는 종종걸음쳤던 교도관들의 움직임도 차분해졌고 굵지 않고 가늘지도 않은 목소리가 구치소의 하늘 위로 올라 멀리멀리 퍼져 나갔습니다.

"끝으로 우리의 주장을 외치겠습니다."

그렇게 정해진 식순대로 식을 이어간 우리는 함께 구호를 외치는 것으로 오늘의 옥중 기념식을 마치려고 했습니다.

"민족통일 가로막는 국가보안법 철폐하라!

사상 양심의 자유보장하고 양심수를 석방하라!

불법감금 억압통치 안기부, 보안사를 해체하라!"

우리는 끝 부분의 ~하라를 ~하라아 하면서 길게 내뿜는 구치소 식 제창법으로 구호를 외쳤습니다. 구치소의 구호는 외치는 것이 아 니라 마치 구호를 부르는 듯합니다.

"이것으로 분단 44년 진정한 민족 해방을 기르며 1989년 민족해 방 기념일 서울구치소 옥중투쟁위원회의 기념식을 마치겠습니다. 동지 여러분, 재소자 여러분 식사 많이 하시고 모두 건강하시기 바 랍니다."

오후의 소란이 끝나자 거짓말처럼 깊은 침묵이 서울구치소를 짓눌렀습니다. 그 침묵의 땡볕 사이로 다시 매미 소리가 파고들기 시작했습니다.

　서울구치소 옥중투쟁위원회가 철창을 식기로 두드리며 샤우팅을 하고 있을 때 마침내 임수경과 문규현 신부는 시멘트 블록인 판문점 군사분계선을 걸어서 넘어서고 있었습니다. 물론 그 즉시 체포되었지만, 그들은 분단 이후 판문점을 통해 북쪽에서 남쪽으로 넘어온 최초의 민간인으로 기록되었습니다.

　그 시절 서울 구치소에는 병동(病棟)을 제외하고 16개 동 전체에 걸쳐서 옥중 투쟁위원회가 결성되어 있었습니다. 옥중 투쟁위는 우호적인 교도관과 소지들의 도움을 조직하고 운동 시간, 접견 시간 등을 활용하여 소 내 전체에 연락망을 구성했습니다. 그 연락망을 통해 양심수들로 구성된 옥중 투쟁위는 매일 소리 방송과 같은 외침이나 경우에 따라서는 집단 단식과 같은 높은 수위의 행동에 이르기까지 함께할 수 있었습니다. 어떤 경우에도 단결과 집단행동이 가장 중요한 무기임을 서로 깨닫고 있었습니다.

　"야, 나도 그냥 민수 학생처럼 소리나 한번 확 지르고 싶네. 아이고, 갑갑해라."

　내가 소리 방송을 마치고 화장실을 나오면 답답한 구금 생활에 이런 지청구를 늘어놓은 자도 있었습니다.

　"이 자식이 미쳤냐? 민수야, 그 뭐시냐 그래, 씨발 노태우랑 맞짱 뜨다가 들어 온 거고. 너 같은 도둑놈이 주제넘게 떠들었다가는 그 다음 날로 꽁꽁 묶여서 끌려갈걸."

　그 말은 사실일 겁니다. 개별화된 재소자가 쉽게 할 수 없는 일이었습니다. 당시에 옥중에서 쉽게 건드리기 힘든 즉, 교정당국 입장에서 볼 때 요시찰 내지는 요주의 그룹이 세 그룹이 있었습니다.

첫째는 역시 한때 권력자였거나 돈을 가진 경제범들이라 할 수 있는 소위 '거물'들이었겠지요. 특히 거물 경제범들은 자본주의 사회에서 쉽게 무시할 수 없는 존재들입니다. 돈은 어느 곳에서나 힘을 발휘할 수 있으며 특히 그 안에서도 큰 힘을 발휘하는 '범털'이었습니다.

둘째는 조직폭력배라 할 수 있는 조직들인데 그들 역시 일정한 조직과 자신들만의 네트워크를 가진 그곳의 단골들이라 그렇습니다. 옥중투쟁위원회만큼 많지는 않았지만 그들로 취침 직전에는 '형님, 안녕히 주무십시오.'라고 빈 허공에 대고 큰 소리로 인사를 해대어서 자신들의 존재를 알렸습니다.

세 번째가 이른바 '양심수'들입니다. 시국사범, 사상범 여러 가지 이름으로 불리기도 하는 우리는 일단 죄의식을 가지고 있지 않기 때문에 교정당국이 죄에 대한 반성이나 대가로서 징역을 요구할 수 없었습니다. 즉 우리는 죗값을 치르는 것이 아니고 정치적 이유에 의해서 탄압받거나 묶였다고 생각했기 때문에 우리를 일반 죄수와 같이 다룰 수는 없었습니다. 그리고 우리도 역시 상당히 조직적 연결선과 단결력을 가지고 있었습니다.

양심의 자유, 사상의 자유 이전에 갇힌 우리에게 있어 중요한 것은 품위를 지키는 것이었어요. 진정한 품위는 절박하고 척박한 상황에서 가장 잘 드러나는 것이라 생각합니다.

우리가 그곳에서나마 품위를 지킬 수 있었던 가장 큰 힘은 우리가 끝내 고립되지 않았다는 데 있습니다. 밖에서 우리를 지켜보고 우리를 지켜주고자 했던 가족, 동지, 친구, 연인에 이르는 사랑하는 분들의 힘이 있었기 때문이라고 나는 생각합니다.

더 정확하게는 밖에서 우리를 잊지 않고 지켜봐 준 모든 동반자들의 힘이었어요. 그건 내가 강했다기보다는 밖에 수연이 있었고 어머니가 계셨고 민가협이나 민변이 있었고 안에는 그 시절을 함께 보낸 태식과 영기와 같은 친구들이 있었기 때문이며 우리를 이해해준 시절의 여러 인연이 있었기 때문입니다.

그렇게 내가 깨달은 것이 하나 있다면 '정치적 순결성'이나 '사상적 존엄' 또는 '어떤 품위를 지키느냐, 지키지 못하느냐' 하는 것에 이르기까지 모두 혼자의 힘으로는 이룰 수 없다는 걸 알게 되었습니다.

"저기 101번님. 12하1에서 '비둘기'요."

어느 날 사동 소지가 저녁 배식하면서 내게 속삭였습니다. 그리곤 쪽지 한 장을 식구통에 들이밀었습니다.

'민수야, 나다 영기. 들어왔다는 소식 들었다…'

작은 껌 종이 같은 종이쪽지를 펼쳐보니 멀리 12하 동에서 먼저 구속되어있었던 이영기가 소식을 보내왔습니다. 와락 반가운 마음이 들었습니다.

서울구치소 그 공간에 같이 살면서도 방이 멀어 얼굴도 볼 수 없는 친구를 생각하며 두 번째로 구속된 영기는 옥중 연락망을 통해 '비둘기'라는 은어로 부르던 쪽지 편지 한 통을 보내왔던 것입니다.

"학생은 공부해야 되는데. 여기 도둑놈 방은 너무 시끄러워서 공부가 되겠냐?"

공부라기보다는 소설 읽기나 교양서적 읽기로 하루의 반을 보내던 나를 보며 절도방의 좌장(座長)은 그렇게 얘기했습니다. 사실 계획대로 독서하기가 쉽지 않았습니다. 당시 구치소는 수용인원이 많다는 구실로 좁은 방에 7명에서 8명이나 집어넣어 모두 바로 누워서 잠을 잘 수 없고 옆으로 누워서 자는 이른바 '칼잠'을 잘 수밖에 없는 환경을 만들기도 했습니다. 그 자체로 비인간적인 환경이었고 일상 자체가 바글바글하고 시끄러워서 책을 놓거나 펼치기도 힘들었습니다.

한 가지 고마운 것은 그들이 그런 나를 위해 책이라도 편히 놓을 수 있게 옥중 제작 독서대를 만들어 주었습니다.

"민수 학생 위해서… 내가 간만에 징역도 좀 깰 겸, 독서대 하나 만들어 줄께. 영대야, 너도 니 형님 꺼 만드는 데 좀 도와라. 양말 하나 꺼내서 탐바구에 남은 밥 넣고 풀 좀 만들어. 할 줄 알지?"

그들은 나를 위해 독서대를 만들어 주겠다고 했어요. 좌장이 말한 대로 풀을 만들기 위해 영대는 짬 처리할 관자(官字) 밥을 물에 불린 다음 양말 한 짝에 넣고 플라스틱 바가지 안에서 거의 한나절 이상 손으로 주물럭거리며 치댔습니다. 그 정성 어린 손길로 풀기 없는 그 밥풀이 점차 점도를 가진 고운 풀로 변해갔어요. 아예 관복을 벗고 런닝 차림으로 열심히 치대는 영대의 이마에 땀방울이 맺힐 때쯤 양말 면직의 미세한 틈 사이로 풀이 배어 나왔습니다.

영대는 신문지에 풀을 개어 바르고 그사이 빵잡이 아저씨는 칫솔대 같은 플라스틱 칼로 라면박스를 여러 번 길을 내어 정교하게 재단했습니다. 이후 소지에게 바늘을 빌려 실을 꿰어 모양대로 바느질하고 풀 바른 신문지를 도배하듯이 그 박스 위에 붙이면서 독서대는 점차 모양을 갖추어 갔습니다. 그 작업을 하는 동안 좁은 방안이 풀 바른 신문지와 박스 재단 부스러기 등으로 널브러져 모두 벽쪽에 붙어서 발도 떼기가 어려웠습니다.

"이건 초벌이고… 그늘에서 말린 다음… 재벌, 삼벌하면 더 단단해지고 좋아지지. 급하게 햇볕에 말리면 안 돼. 다 뒤틀어져 버린다고. 하긴 징역 사는 놈들이 급할 게 뭐 있어. 이런 걸로 시간 깨는 거지."

그의 말대로 모두들 작업 구경에 방안이 어지러워졌다든지 좁다든지 하는 불평은 없고 '빵잡이라 역시 잘한다, 솜씨 있다.' 하는 칭찬이 나왔습니다. 그 칭찬에 그는 더욱 신이 나서 정성을 다해 재단을 하고 풀질을 하며 그렇게 이틀이 지났습니다. 마지막으로 영대는 좀 빳빳한 잡지 광고지를 뜯어 더 세심하게 풀질을 했습니다.

"이건 거의 코팅이다. 이 정도면 장마철에도 흐물흐물 안 되거든."

갈수록 작은 앉은뱅이책상 같은 독서대의 틀이 잡히고 풀 먹인 박스는 단단해져 갔으며 밑에는 두 개의 작은 서랍까지 만들어졌습니다.

"야 우리 좌장이 그래도 솜씨는 있네. 손재주는 있어."

그 솜씨에 나도 감탄스러웠습니다. 영대는 풀칠이 아직 마르지 않은 그 독서대를 그늘에 말리다 그곳에 햇볕이 들면 다시 다른 그늘 쪽으로 옮기며 정성스럽게 말려내었습니다. 그렇게 내가 서울구치소를 나올 때까지 들고 다녔던 그 독서대는 정성과 기다림의 미학이 만들어 낸 작품이었어요.

독서대가 다 만들어지고 내가 그걸 선물 받을 때쯤 우리는 약 5일간의 징역살이를 깼습니다.

"프로펠러만 주면 비행기도 만들어 도망갈 수 있다니까."

모두 그 독서대의 그럴듯함을 칭찬하자 좌장은 그렇게 뻥을 치며 즐거워했습니다.

좌장과 영대의 다음 작품은 윷놀이 세트였습니다. 먼저 윷을 만들기 위해서 비닐 끈이 필요합니다. 영대는 이 비닐 끈도 잘 만들었습니다. 런닝 팬티 포장지인 그 비닐포장지를 잘게 잘라 입에 물고 적당히 힘으로 당기면서 꼬기 시작하면 알맞은 탄성과 장력을 가진 끈이 만들어집니다. 소 내에서 끈을 만드는 것은 그 자체로 금지 사항이었지만 생활에 끈은 유용했습니다. 옷걸이나 휴지걸이 등 여러 가지 이유에서 우리는 끈이 필요했고 아주 긴 길이가 아니라면 소 측에서도 적당히 눈감아주는 형편이었습니다. 나중에는 아예 미적 감각을 가지고 파란색, 하얀색 또는 두 색을 섞어서 색깔 있는 비닐 끈을 만들기도 했어요.

윷을 만들기 위해 우선 칫솔 대가리를 비닐 줄로 잘라서 화장실 바닥이나 벽에 대고 문질러 모가 없는 둥그런 형태로 잡는 느낌이 좋게 만들었습니다. 그리고 칫솔 솔을 다 잡아 빼고 남은 구멍에 하얀 치약을 발라 넣어 예쁘게 윷을 만들었는데 아무리 던져보아도 '도개걸윷모'가 적당하게 제대로 나왔습니다.

우리는 그 윷으로 이른바 '전투 윷놀이'를 했는데 건전하게 '사탕 내기'를 했습니다. 사탕 한 봉지를 공평하게 나누고 고무 바둑알과 고무 장기알을 말로 사용하여 게임을 즐기다 보면 내기에 걸린 소박한 물질에 비해 게임 그 자체가 너무 재미있어 서로 열을 내기 일쑤였습니다. 너무 무료해서 나도 그 윷놀이에 끼어들었고 영대와 한편이 되어 20대, 30대, 40대로 나뉘어서 윷을 놀기도 했습니다. 저녁을 먹고 취침 시간까지 우리는 아예 리그전을 치르듯이 승패를 기록하며 윷놀이를 즐기기도 했습니다.

"경제방 가면 아예 우황청심환 놓고 한 판 한다니까."

의약품 차입으로도 일 인당 하루 1개까지밖에 살 수 없는 '우황청심환'은 가격이 원래 비싸고 보관이 간편하여 화폐가 없는 이곳에서 아예 화폐 대용으로 사용하는 정도였습니다. 여러 가지 '범치기'나 차입물, 비밀리에 담배를 조달하는 데에도 돈 대신 우황청심환을 사용하기도 했습니다.

그 사이 두 명이 집행유예로 나가고 또 초짜 한 명이 새로 들어왔습니다. 그렇게 멤버는 바뀌어도 저녁 윷놀이 리그는 계속되었습니다. 어느덧 더위가 물러앉자 아침저녁으로 제법 서늘한 바람이 불고 걷었던 관복의 반팔 접이를 풀어내려야 하는 계절이 왔습니다. 거꾸로 매달아도 돌아가는 국방부 시계처럼 꽁꽁 묶여 있어도 법무부 달력은 한 장씩 찢겨 나갔습니다.

구치소 생활에 대한 전체적인 느낌은 지루한 일상에 더 큰 지루함이 얹힌 그런 세월이었어요. 밖에서 생각할 때는 엄혹한 곳이라고 짐작했지만 막상 와보니 대학 입학 이후 그동안 바쁘고 격렬했던 학교생활에 비해서 그곳의 생활은 뒤를 돌아볼 수 있게 할 만큼 한가했습니다. 오히려 사색이 차고 넘치도록 흐르는 시간이기도 했습니다. 그 시간이 이른바 그 시절 그 길을 걸었던 사람들의 정서와 사색에 많은 영향을 미쳤으리라 생각해봅니다.

문제는 그 사색이 어떤 방향으로 매듭지어지느냐 하는 것입니다. 그 시절 나는 그리 활기차게 옥중 생활을 이어가지는 못했던 것 같아요. 기본적으로 무언가 맺힌듯한 답답함이 짓눌렀습니다. 실은 내 행동을 후회하는 데 오랜 시간이 걸리지 않았습니다. 돌이켜 보면 구치소에 들어온 바로 그다음 날 아침부터 나는 구속된 것을 후회했던 것 같습니다.

마음이 무겁고 답답했습니다. 내가 답답했던 가장 큰 이유는 아이러니하게도 수연, 그네 때문이었어요.

나는 아마 그 시절 단지 그네가 보고 싶고 같이 있고 싶다는 생각에 투쟁의 의미도 내용도 다 잊어버리고 빨리 그곳을 벗어나고 싶은 마음이 들었을 겁니다. 진정한 투사가 아닌 '흉내쟁이'에 불과했던 나의 약한 마음은 구척 담장 아래에서 나약해져 가기만 했습니다.

약한 마음에 무료한 일상, 갇힌 답답함이 엉켜가면서 지루하고 느릿하게 끌고 가는 검찰의 기소 행동이 겹쳐 한 달, 두 달, 석 달이 흘러갔습니다. 석 달이 지나서야 기소장이 날라 오고 그제야 공판 일정이 잡히기 시작했습니다.

그사이 나는 '절도방'을 떠나 그 옆에 옆방인 '경제방'으로 전방을 갔습니다. 독방이 넘쳐 어쩔 수 없이 합방에 넣은 요시찰 시국사범을 그렇게 전방 보내는 방식으로 서울구치소는 요시찰 시국사범과 재소자들과의 긴밀한 관계를 경계했습니다.

가끔 수연도 다녀가고 어머니도 다녀가시고 나면 며칠 뒤 접견자들이 넣어주는 자잘한 먹을거리가 들어오고 또는 영치금도 조금 불어나 있기도 했습니다. 하지만 일명 '경제방'으로 옮긴 뒤로는 그 돈이나마 쓸 이유가 없어졌습니다. '경제범'은 고상한 표현이고 주로 사기꾼들에 가까웠지만 그래도 '경제방'이라 학생인 나에게까지 차입물 구매를 요구하지는 않았기 때문입니다.

'절도방'보다는 기소 내용이 다소 복잡하고 재판에 더욱 신경을 곤두세운 그들에게는 웬만큼 다 변호사가 붙어있었는데, 최고의 관심사는 '현재 누가 강력한 전관예우로 자신들을 잘 구해줄 수 있는가'의 정보를 파악하고 그 줄을 정확하고 값싸게 찾는 것이었습니다. 지금 서초동에서 가장 잘 나가는 변호사가 누구인가를 궁금해하며 자신들의 의사를 전달할 면회자가 빨리 오기를 기다리며 그들은 진득한 징역살이를 하기보다는 좀 안절부절못하는 형편이었습니다.

"운동 시간에 운동장에서 유리 조각 같은 걸 찾아야 돼. 그래야

불을 댕길 수 있어."

경제방 빵잡이 아저씨의 말에 어느 날은 운동 시간에 내내 발로 슬쩍슬쩍 땅바닥을 뒤지고 다녔습니다.

"그럼 김 회장님이 우황청심환을 대기로 하고 강아지를 하기로 결정됐습니다."

경제방의 좌장이 담배 생각이 간절한 데다 아저씨들이 무료한 징역을 조금이라도 깨보자고 드디어 담배를 하기로 방내 회의에서 결정했기 때문입니다. 소 내에서 담배는 당연히 범칙(犯則)이고 문제가 된다면 징벌을 받아야 할 사항이었습니다. 하지만 당시에는 어떤 경로인지 비싼 값에 몰래 담배 한 개피를 구해서 화장실에서 피우는 행위가 있기도 했습니다. 출정 갔다 태식에게 듣기로는 거물 범털방에는 아예 담배 한 갑이 관물대에 숨겨져 있다고도 했습니다.

그 방의 좌장을 맡은 상가 분양 사기꾼 아저씨가 담배 값으로 우황청심환을 대고, 어디까지가 진실인지 알 수 없는 전과 몇 범의 보험 사기로 기소된 아저씨가 행동책을 맡아 일을 벌였습니다. 사동 소지에게 우황청심환 몇 개를 쥐여주고 어찌어찌 하더니 이틀이 지나서 저녁 배식 시간에 식구통으로 담배 한 개피가 들어왔습니다. 돈 가치로 따지면 담배 한 개피에 당시 돈 만 원 정도가 들어간 것입니다.

처음에 나는 양심수이고 요시찰이기에 정당한 항의 이외에는 구치소의 규칙을 지켜야지 하는 마음으로 담배 범칙에 동참하지 않겠다고 했습니다.

"안 돼! 강아지(담배)는 모두 다 같이 꼬실려야 돼. 담배는 그 방에서 모두 다 공범이 되어야 한다고. 안 그러면 못해."

경제방 빵잡이가 담배는 한 방이 모두 합심으로 동참해야지 한 사람이라도 빠지면 나중에 문제가 생길 수 있고 밀고자가 되기 때문에 모두 공범(共犯)이 되어야 한다고 주장했습니다. 하는 수 없이 나도 담배 범칙에 가담할 수밖에 없었습니다.

겨우 담배 한 개피로 방안의 여섯 명이 돌아가면서 피워야 하니 그냥 필터째 필 수는 없었습니다. 빵잡이 아저씨가 담배 한 개피를 살살 해체하여 성경책 한 페이지를 북 찢어 담뱃가루를 거기에 붓고 다시 길게 말았습니다. 그래서 막대기처럼 길어진 새로운 담배가 만들어졌습니다. 성경책 종이는 얇고 부드러워 그런 담배 말이용으로 아주 적격이었습니다.

"담배보다도 성경책 찢는 문제로 방 안에서 싸우다 방 깨지기도 하는데. 우리 방은 다행이네."

다행히 독실한 기독교인이 없었기에 성경책 한 장 찢는 것에는 모두 별 반대가 없었습니다. 이제 담배는 길게 만들었다고 치고 문제는 불이었습니다.

우황청심환이 하나 더 건네지고 다음 날 저녁에 차입한 니베아 크림 통이 들어왔습니다. 그 크림 통을 손가락으로 뒤지니 약속한 대로 그 속에 라이터 돌이 숨겨져 있었습니다. 그 라이터 돌을 칫솔대 밑면에 박아 고정을 시켰습니다.

"요건 어때요?"

도대체 그런 유리병 조각이 어떻게 거기까지 굴러들어왔는지는 모르겠지만 그 운동장 담벼락 밑 흙 속에서 작은 유리조각을 내가 발견했습니다.

"아, 요거 딱이다."

얼마나 오랫동안 묻혀있었는지 모양이 둥글둥글하고 처음에는 금방 유리조각인지 알 수 없었지만 빵잡이 아저씨는 안성맞춤이라고 했습니다.

저녁을 마치고 방 사람들이 모두 둘러앉았습니다. 가운데에 윷놀이하듯 펼쳐놓고 식구통 바로 위 교도관이 볼 수 없는 벽면에 탈지면을 조금 뜯어 침을 발라 붙여놓았습니다. 빵잡이 아저씨가 운동장에서 주어온 유리조각으로 라이터 돌을 튕기자 순간 스파크가 일면서 탈지면에 불이 붙었습니다. 담배를 물고 있던 이가 재빨리 대고 빨아 불을 댕겼습니다. 인간은 역시 불을 다룰 줄 알았습니다.

한 사람씩 화장실로 들어가 담배 연기 한두 모금씩 돌아가면서 빨았습니다. 너무 오랜만에 피는 담배는 구수했고 연기가 목구멍으로 넘어가니 다리에 힘이 풀릴 정도로 어찔했습니다. 화장실 벽에 손을 짚고 기대지 않으면 주저앉을 것 같았습니다.

구치소 접견실은 커다란 상자 안에 들어있는 또 다른 작은 상자와 같습니다. 그 작은 접견실에 교도관은 무료한 듯이 뒤에 앉아 있지만 접견 사항의 특이점을 기록하기 위해 볼펜을 달그락 달그락 돌리고 있습니다. 철창만 있는 것이 아니라 아크릴판으로 꽉 막혀서 원형을 그린 작은 구멍만이 뚫려있습니다. 이 틈으로 작은 소리의 대화나마 주고받으라는 것인데 도대체 낭만이라고는 눈곱만치도 없는 구조입니다. 건너편에 그리운 수연이 왔지만 손을 잡아 볼 수가 없었어요.

"잘 지냈어?"

"응, 난 잘 지내. 민수야, 괜찮아?"

"응. 나도 괜찮아. 야, 못 보던 사이에 더 예뻐진 것 같은데…."

"피. 예뻐지긴 뭘…."

"어. 잠깐 일어나 봐."

"왜?"

"치마를 다 입었네. 뭔 일 있어?"

"접견 왔잖아. 그리고… 일도 있고."

그날은 우리 청바지 마니아 수연이가 플레어스커트를 입고 다소곳이 앉아 있었습니다.

꽉 막힌 서울구치소 면회실, 그 접견장에서 우리는 또 이런저런 얘기를 나누었습니다.

"기소됐으니까, 곧 재판 날짜 나오겠지. 공소장 날라 왔더라고. 참, 부탁이 있는데… 카프 관련 책 좀 넣어줄래? 해금됐다고 하더라고, 한겨레신문 보니까. 카프 연구 해설서하고 작품집이 나왔어. 그리고 백석이라는 시인이 있어, 해금(解禁)됐거든… 백석도 좀 부탁해."

"카프? 백석? 백석이 사람 이름이야?"

"응. 백석이라고 시인인데 월북 작가쯤 될 거야. 최근에 해금됐다고 하니까, 작품집을 좀 부탁해."

"그래 알았어. 찾아서 넣어줄게."

그 시절 나는 안에 있다고 그네에게 주로 이런 부탁을 많이 했던 것 같아요. 그날은 매번 부탁만 하는 것 같아 내가 아마 무심코 '요즘 어때?' 하며 그네의 일상을 물었을 거예요.

"나?"

"응? 어떻게 지내나 해서…."

"실은 새롭게 활동하게 됐어."

"그래? 복학한 거야?"

"아니. 복학은 내년에 하고… 지금은 다른 거."

"사회단체니?"

"사회단체는 아닌데… 뭐 그런 쪽이라고 말할 수도 있고 자세한 건 너 나오면 얘기할게."

플레어스커트에 분홍빛이 스며나오는 옅은 화장, 입김마저 달콤한 그네를 그 접견실에서 돌려보내고 나는 또 탐바구에 마가린과 고추장을 비벼서 밥을 퍼먹고 철창에 찢긴 하늘 아래 소리를 내질렀을 겁니다.

세상은 그렇게 엄중하고 여자는 한없이 애처로워 보였는데 철창에 걸린 달님 사이로 검은 먹구름은 쉼 없이 흘러갔습니다.

11월에 들어서서 겨울을 앞두고 서울구치소 옥중투쟁위원회는 간단한 소 내 생활 개선 투쟁에 들어갔습니다. 요구사항은 방 내 옷걸이 제공, 세탁과 탈수 문제, 부식 개선, 겨울에 마실 물이라도 좀 더 온수를 제공할 것 뭐 이런 자잘한 것들이었습니다.

옥중투쟁위는 비둘기 연락망과 운동장에서의 대면 연락을 통해 단식 투쟁과 더불어 끼니때마다 식기로 사정없이 철창을 치기로 했습니다. 겨우 사흘 정도 단식하며 철창을 두드렸는데 투쟁위 대표들에 대한 보안과장 면담 이후 우리의 요구사항을 어느 정도 들어주는 선에서 타협이 이루어져 사태는 싱겁지만 평화롭게 매듭지어졌습니다. 겨우살이를 앞둔 단체행동으로 일종의 월동 준비와 같은 것이었습니다.

합의된 평화 속에서 서울구치소는 다시 깊은 침묵에 들어갔고 신영복 선생님의 표현한 대로 옥중의 가을은 겨울을 알리는 바쁜 전령처럼 조석(朝夕)으로 기온을 떨어뜨렸습니다. 바야흐로 옥중에서 가장 두려워하는 계절인 겨울이 다가오고 있었어요.

그때쯤 '임수경 지원 투쟁 결사대' 사건의 우리도 첫 심리 공판이 붙어서 출정하기에 이르렀습니다. 검찰 취조 때처럼 묶여서 우리는 다시 서초동 법정으로 나섰는데 첫 공판은 신원 확인과 변호사 선임을 확인하더니 이 주 뒤 같은 요일 같은 시간에 이어진다는 맥 빠진 내용으로 끝났습니다. 다시 이 주 뒤에는 공판 담당 검사가 지루한 공소장을 다시 읽고 나면 이 주 뒤에 공판이 이어진다는 판사의 일정 공고로 끝났습니다. 쟁점 없는 맥 빠진 재판이 속도감 없이 전개되고 우리는 그냥 호송버스에 실려 의왕과 서초동 사이를 오가는 신세였습니다.

그런 사이 전격적으로 나는 '경제방' 옆에 있는 독방으로 다시 옮겨졌습니다. 독방의 벽은 자해 방지용으로 사방 벽에 쿠션을 넣어 놓았더랬습니다. 그 몰랑한 벽에 기대어 앉아 '절도방' 시절 영대와 좌장이 만들어 준 독서대를 놓고 앉아 책을 펼쳤습니다. 독방으로 오니 끼니와 끼니때 사이 시간에는 사방이 너무 조용해서 책 읽기에는 천혜의 환경이었습니다. 웬만한 고시원이나 절간은 저리가라 할 정도였습니다.

더구나 합방 시절에는 많을 때는 8명까지 한 방에 집어넣어 모두들 어깨가 부딪혀 바로 눕지를 못하고 옆으로 누워 잘 수밖에 없는 '칼잠'을 자기도 했지만 아무리 0.8평의 작은 방이지만 독방은 말 그대로 독방이었습니다. 어깨를 쭉 피고 잘 수 있었습니다.

그러나 그것도 잠시, 휴일같이 운동도 접견도 없는 날이나 비나 눈이 내리는 날이면 그 천혜의 고도(孤島)와 같은 독방에 앉아 하루 종일 단 한마디도 말을 나눌 상대가 없었습니다. 어떤 때는 돌이켜 보면 삼 일 동안 누구하고도 대화를 나누어 본 적이 없을 때도 있었던 것 같습니다. 더구나 주변에 사람의 열기가 전혀 없으니 방 안의 기온이 뚝 떨어진 것 같고 초겨울의 찬바람이 심상찮게 느껴졌습니다.

"101번. 잘 지내? 독방 지내기 힘들지. 난 이제 곧 여길 떠날 것 같아. 기결로 확정됐으니까."

나에게 '베트콩 출신'이라고 처음 불러줬던 '절도방'의 그 좌장은 이제 2심을 마치고 상고(上告)를 포기한 채 기결이 되어 어느 교도소로 곧 이감(移監)갈 준비를 하고 있었습니다. 그가 복도에서 독방의 철창 쪽문으로 얼굴을 내밀며 그렇게 옥중 작별의 인사를 건네 왔습니다. 그러면서 그는 선물 하나를 내밀었습니다.

"애인 있다면서… 이거 나가면 민수 학생 애인 주라고… 그 애인이 보내준 차입물, 우리도 같이 나눠 먹었잖아. 우리가 도둑놈이긴 하지만 고마운 인사는 해야지 해서. 나랑 영대랑 같이 만들었어. 나가면 선물로 줘. 그래도 서울구치소 기념으로다."

그가 내민 것은 잡지 종이를 풀칠하여 예쁘게 만든 보석함 같은 작은 상자였습니다. 그 작은 보석함 종이 상자를 여니 나비 모양의 브로치가 들어있었습니다. 그 앙증맞고 귀여운 장식물은 흰색 비닐 줄과 파란색 비닐 줄을 엇갈려서 정성껏 꼬아서 엮은 비닐 줄 브로치였습니다. 비록 비닐 줄로 만든 장난감 같은 공작물이지만 정교함과 정성이 돋보이는 물건이었습니다. 정교함과 꼼꼼함, 정성 그리고 징역살이의 그 넘치는 시간이 없이는 절대 만들 수 없는 것, 선물하는 이의 마음이 빚어낸 특별한 기념품이었습니다.

그즈음 나는 독방에서 수연이 보내 준 카프KAPF를 읽었고 『감옥으로부터의 사색』을 다시 읽고 박용수 선생의 『우리말 갈래사전』을 일독했습니다. 평소에는 보지 못할 정도의 대하소설인 『장길산』을 읽고 또 기억이 가물가물한 몇 권의 책을 읽고 한겨레신문을 꼼꼼히 읽었습니다. 읽지 않으면 하루를 그냥 지나갈 수 없어서 급기야 이제는 다 아는 얘기를 마치 엄청난 비밀을 파헤친 듯이 말하는 정권 비사秘史가 가득 담긴 『신동아』를 '경제방' 아저씨들한테 빌려서 심심풀이로 읽어 보았습니다.

그런 읽은 것 중에서도 그네가 보내준 카프의 작품모음집에 여러 만감이 어렸습니다. KAPF. 물론 그 카프의 작품들은 문학사적(文學史的)으로 읽어야겠지만, 작품 자체는 생경하기가 이루 말할 수 없었습니다.

박영희, 김기진, 조명희, 최서해, 이기영 등등.

이데올로기의 핵심에서 선전 선동의 문학, 목적의식적 문학 운동의 선봉에 나섰다 엎어진 수많은 영혼들이 역사에도 문학에도 있었습니다. 어쨌든 그 지식인들이 살았던 그 시절은 어려운 시대였을 겁니다. 죽음을 눈앞에 두고 말 그대로 목숨을 걸고 살아야 했던 엄혹한 세월이었겠지요.

'얻은 것은 이데올로기요, 잃은 것은 문학'이라는 그들의 아픈 실패의 말. 그들의 조직적 실패, 문학적 실패를 조롱하거나 비판하면서 어떤 특별한 교훈을 얻고 싶지는 않았어요. 단지 짐작하기 어려운 힘든 시대를 살았던 그 문인들에게 측은한 마음이 들었습니다. 더불어 그들이 작품에서 이루지 못한 문학적 성취의 앙상함에도 안타까웠습니다. 따지고 보면 그들은 이데올로기도 문학도 다 잃어버린 것처럼 보였습니다.

그러다 나는 그네가 해금된 작품집을 더 보내줘서 딸려 들어온 강경애의 『인간문제』라는 작품에 이르러 다시 문학의 위대한 힘을 보았습니다. 카프의 본류라기보다는 '동반자 작가'라고 불렸던 여성 작가 강경애. 그녀의 작품은 당시의 어떤 문학 이론이나 이데올로기 이론보다 뛰어났습니다. 역시 작가는 작품으로 말해야 합니다.

그래서 한참 동안 '동반자'라는 그 말의 뉘앙스를 짚어 보았습니다. 본류는 아니지만 함께 가는 사람, '동반자(同伴者)'. 생각해보세요. '동반자'란 참으로 귀한 사람입니다.

그해 겨울 나는 독방에서 책을 읽거나, 벽에 기대어 앉아 오후의 햇볕을 넋 놓고 바라보거나, 영대에게 배운 대로 커피사탕을 온수에 녹여 커피 아닌 커피를 만들거나, 맨손으로 하루 세 번 설거지를 하다 손등이 다 터서 니베아 크림으로 마사지를 하거나, 어떨 때는 열이 올라 팔굽혀펴기를 100개나 하거나, 무시로 밥도 먹지 않고 담요를 뒤집어쓰고 죽은 듯이 누워있거나 하며 무참하게 내 앞에 내던져진 긴 하루를 깨기 위해 끙끙거렸습니다. 나는 자유를 잃고 묶인 몸이었습니다.

서울구치소 중앙감시탑에서 내리비치는 서치라이트 불빛 사이로 첫 눈발이 흩날리는 그 밤, 드디어 나는 그 유명한 백석의 『나와 나타샤와 흰당나귀』를 만나게 됩니다.

그해 카프와 더불어 이른바 월북 작가 내지는 북에서 살았던 우리 작가들에 대한 작품이 해금되었는데 정지용, 백석과 같은 이들이었습니다.

백석의 작품 원문은 한글 맞춤법조차 통일되지 않은 1930년대의 작품으로 투박하면서 정감 넘치는 토속어의 향연이 펼쳐지면서도 서정적 주지주의(主知主義)가 시대를 왜곡하지 않은 채 누긋하게 쓰였습니다. 소월(素月)이 우리말의 선율을 아름답게 가꾼 시인이고, 지용(芝溶)이 우리말을 갈고 닦은 시인이라면, 백석(白石)은 풍요로운 낱말밭에서 우리말을 깨어낸 시인이랍니다. 백석이 구사한 서정의 언어들은 특별한 수사나 조탁이 시도되지 않아서 먹먹하기조차 하지만 반대로 그 언어들은 더없이 맑고 투명했습니다.

나와 나타샤와 힌당나귀

가난한 내가
아름다운 나타샤를 사랑해서
오늘밤은 푹푹 눈이나린다

나타샤를 사랑은하고
눈은 푹푹 날리고
나는 혼자 쓸쓸히 앉어 소주(燒酒)를 마신다
소주(燒酒)를 마시며 생각한다
나타샤와 나는
눈이 푹푹 쌓이는밤 힌당나귀타고
산골로가쟈 출출이 우는 깊은산골로가 마가리에살쟈

눈은 푹푹 나리고
나는 나타샤를 생각하고
나타샤가 아니올리 없다
언제벌서 내속에 고조곤히와 이야기한다
산골로 가는것은 세상한테 지는것이아니다
세상같은건 더러워 버리는것이다

눈은 푹푹 나리고
아름다운 나타샤는 나를 사랑하고
어데서 힌당나귀도 오늘밤이 좋아서 응앙 응앙 울을것이다

오, 세상에! 1930년대에 뭐 이런 모더니즘이 있지?

소월이 노래한 사뿐히 저리 밟고 가야 할 진달래꽃은 없었어요. 우리 연시(戀詩)에서 한결같이 이별의 상황에서 솟구치는 여성적 애상(哀傷)도 없었어요. 단지 눈 오는 날 소주를 마시며 사랑하는 여자를 그리워하는 한 사내의 쓸쓸한 정경이 그려져 있었습니다.

내가 나타샤를 사랑해서 오늘 밤 눈이 온다는 그 기백과 정취가, 백석의 이런 뜬금없는 모더니즘은 계급과 혁명을 찾았던 카프와는 전혀 다른 것이었습니다.

그래요, 문학이란 어디에도 걸릴 것 없이 거칠 것 없이 뿜어져야 하는 것일 겁니다. 그것이 어떤 시대라 할지라도 그것이 어떤 사상이라도 그 어떤 그물에 걸릴 필요는 없을 겁니다.

나도 눈 내리는 밤 그 좁은 독방에서 주지주의의 향취에 취해서 백석의 그 시를 혼자 읊으며 방을 빙빙 돌았습니다. 하루 종일 아무 하고도 말을 나누지 못해서 이제는 혼자서 중얼거리기까지 했습니다. 나중에는 '나탸샤' 대신 수연의 영세명인 '스텔라'를 대신 넣어 이렇게 혼자 중얼거리기도 했어요.

'가난한 내가
아름다운 스텔라를 사랑해서
오늘 밤은 푹푹 눈이 나린다.'

그 밤 나는 그렇게 갇혀서 모두 잠든 구치소의 높다란 담벼락을 비추는 서치라이트 불빛에 어지러이 휘날리는 눈발을 오랫동안 보았습니다.

자유(自由)란 거창한 것이 아니었습니다. 자유란, 빈들에 서서 먼 산을 바라보며 흠뻑 비나 눈에 젖는 것일 수도 있겠구나, 하며 나는 시적(詩的)인 감상에 젖기도 했습니다.

결국 자유란, 이런 밤에 맨머리에 눈발을 맞고 대책 없이 거리에 쌓이는 눈을 밟으며 걸어갈 수 있는 바로 그것인지도 몰라요. 그렇게 걸어서라도 그리운 누군가를 찾아갈 수 있는 그것 말입니다.

"민수야. 너라도 먼저 나가. 수연이 기다리잖아."

"니가 판사냐? 내가 먼저 나가고 말고 하게."

"여자를 너무 많이 기다리게 하는 것도 안 좋아요. 크크"

태식은 마치 달관한 듯 나와 수연의 이별을 염려하며 출정 때 법정 대기실에서 이런 우아한 얘기를 던졌습니다. 겨우 1심 재판하는데에도 거의 다섯 달까지 끌렸습니다. 구속 기한인 만 6개월이 얼마 남지 않아서야 선고 공판이 잡혔습니다.

우리에게도 민변과 당시 야당 인권위원회의 변호사가 붙었지만, 원체 쟁점이 명확했던 사건인지라 특별한 변론이 없었습니다. 변호사들의 접견은 주로 주범인 태식에게 있었는데 아마 그때 그는 어떤 모종의 결심을 했던 것 같습니다.

쟁점은 우리가 뿌린 유인물을 둘러싼 국가보안법 논쟁이었습니다. 검사는 그 내용이 고무, 찬양에 해당하는 국가보안법 위법 내용이라는 것이고 변호사는 그 정도 수준은 아니라는 것입니다. 그러나 우리에게 있어서 중요한 것은 국가보안법이든 아니든 그 어떤 법에 저촉되느냐 하는 그런 법률적 문제가 아니라 우리가 주장한 내용이 가치 있고 일관되는 것이냐 하는 겁니다.

검사는 '우리의 주장이 북한의 주장과 동일한 점이 있어 반국가단체인 북한을 고무, 찬양하는 것'이라고 하였고 변호사는 '우리가 초범이고 학생이며 그래서 앞날이 창창한 젊은이들이므로 선처를 바란다'는 의미의 변론을 했습니다. 그런 것이 일반적인 법률 시장의 관행적인 표현이라는 정도는 알았습니다.

그러나 그때 결사대장인 하태식은 소극적인 변론을 뛰어넘어 우리 투쟁의 의미를 마지막으로 확인하기 위한 어떤 결심을 했던 것 같습니다.

최후진술이 있던 그 공판일, 마지막 차례로 태식은 법정에서 일어났습니다. 태식은 한 손으로 뻐근한 허리를 짚고 판사의 제재에도 천천히 얼굴을 뒤로 돌려 법정을 돌아보고는 결심한 듯 입을 열었습니다.

"우리는 자랑스러운 전대협 결사대입니다. 우리는 또한 분단된 조국의 통일을 위해 투쟁한 학생이기도 합니다."

이렇게 시작한 그의 최후진술은 전대협의 정당성과 임수경 동지의 방북에 대한 정당성과 역사성을 설파하였고 조국 분단의 원인이 외세에 있고 그 고착성이 독재 정권에 있음을 진술하였습니다. 판사석에 앉은 형사합의부 판사들은 무표정한 얼굴로 그런 태식을 내려다보았고 법정은 태식의 목소리로 가득 찼습니다. 그때까지 판사는 별다른 제지를 하지 않았습니다.

"그러하기에 우리의 투쟁은 정당합니다. 우리의 주장은 정당합니다."

마침내 태식은 최후진술의 말미에 이르러 주먹을 불끈 쥐고 외쳤습니다.

"통일운동 보장하고 통일의 꽃 임수경 동지를 즉각 석방하라!"

나는 그 구호 소리에 어떤 일갈을 듣듯이 깜짝 놀라 일어났습니다. 동시에 재판을 받던 결사대 피고인 우리는 모두 엉겁결에 따라 일어나 구호의 끝부분을 같이 외쳤습니다.

"사상 양심의 자유 보장하고 국가보안법 철폐하라!"

판사는 태식과 우리를 제지했습니다.

"법정에서 조용히 하시오. 경위! 경위!"

우리의 구호 소리에 법정이 순식간에 시끄러워지자 법원 경위들이 달려와 우리의 입을 틀어막았습니다. 동시에 방청석에 와 있던 가족들도 모두 일어나며 소리를 질렀습니다.

"정숙하시오. 질서를 유지하세요! 법정 소란으로 감치할 수 있습니다."

판사의 이런 경고에도 우리의 구호 소리와 더불어 가족들이 우리의 이름을 부르면서 법정은 순식간에 아수라장이 되었습니다.

"선고 공판은 이 주 뒤에 있겠습니다."

결국 이 말을 급히 마치고 판사들은 불쾌한 듯 일어나 퇴정하고 법원 경위와 교도관들이 달려와 우리를 끌어내려 했습니다. 방청객에 와 있던 가족들은 모두 일어나서 소리를 질렀습니다.

"조용히 하세요. 법정 소란으로 처벌받을 수 있습니다!"

법원 경위들은 거듭 경고를 하면서 우리를 한 사람씩 법정에서 끌어냈습니다. 그때 태식은 저항하다 발을 뻗었는데 마침 고무신 한 짝이 벗겨져 판사석 위로 날아갔습니다. 그런 소란 속에서 우리는 끌려 나가서 다시 법정 대기실로 들어갔습니다. 태식은 고무신 한 짝을 잃어버린 채 한 발은 맨발로 끌려나왔습니다.

우리를 가라앉힌 건 법원 경위들이 아니라 서울구치소의 호송 교도관이었습니다.

"끝났어. 수고했어. 학생들. 이제 그만 갑시다. 청계산 집으로."

흥분한 경위들을 물리치고 차분한 말투로 부드럽게 우리의 손을 잡은 호송교도관이 우리를 진정시켰을 겁니다. 우리는 순순히 주황색 포승줄을 받았습니다.

결국 하태식은 최후진술을 통해서 우리 유인물의 내용을 다시 한번 주장하고 확인함으로써 우리가 분명한 확신범임을 드러냈습니다.

그때 마지막까지 우리의 주장을 드러낸 태식의 행동으로 인해 그와 내가 가는 길이 서로 달라졌습니다. 당시 대장인 하태식은 구형으로 징역 3년을 받았고 나머지는 모두 징역 2년을 받았던 상황이었습니다.

"주범 하태식에 징역 1년 6개월, 공범 김원경, 박민수, 성창기, 김기환, 원성수, 조성환에 징역 1년을 선고한다."

판사의 선고 판결은 그리 길지는 않았습니다. 대체로 공소 사실을 인정하며 증거물도 채택한다는 것이었습니다. 그리고 형사 합의부는 끝에 다음과 같은 단서를 덧붙였습니다.

"단, 피고 박민수, 성창기, 김기환, 원성수, 조성환은 그 형의 집행을 3년간 유예한다."

하태식과 김원경은 실형을 받았고 나머지는 집행유예를 받았습니다. 내가 집행유예를 받은 이유는 역시 초범이고 학생이라는 그런 아주 상투적인 정상 참작을 들었습니다.

태식을 그곳에 남겨 두어야 했어요. 1심 선고를 받고 돌아오는 호송버스에서 우리는 다소 침울했습니다. 실형을 받은 이는 포승줄로 묶었고 집행유예를 받은 사람은 이제 더는 묶지 않았습니다. 새벽 길을 같이 나선 그 동지들이 서로 다른 형량을 받고 돌아서는 형국이라 집행 유예나마 받고 옥문을 나서는 해방감이 느껴지지 않았습니다.

"민수야, 우리가 어디에 있던 운동과 우리 삶을 위해 최선을 다하자."

"그래… 그래야지. 태식아 건강하고… 허리는 좀 어때?"

"괜찮아, 꾸준히 약 먹었어. 인제 다 나았어. 박민수 왜 이리 침울해? 자, 스마일. 나가면 수연이가 반가워할 거야."

태식을 남겨두고 나오게 된 상황에 마치 내가 배신자가 된 것 같았어요. 구치소에 도착해서 포승줄을 풀고 태식과 헤어져서 각자의 사동으로 돌아갈 때 나는 안타까움에 눈물이 날 뻔했습니다. 그러나 태식은 벨기에제 수정을 찬 두 손을 들어 흔들며 함박웃음을 지어 보였습니다.

"민수야, 수연이한테 안부 전해줘."

돌아서서 태식은 이렇게 소리치며 안부까지 전했습니다. 그는 당당히 걸어 사동 철문을 열고 안으로 사라져갔습니다.

"101번 사물 챙겨. 이제 나가야지."

"잠깐만요. 여섯 달이나 있었는데… 사동에 인사나 좀 합시다."

"그럼 너무 시끄럽게만 하지 말고. 부르면 나와야 돼, 만기방으로 가야 되니까."

이제 저녁이면 나갈 수 있는 나를 감시할 이유가 없어져서 방문을 열어두었기에 나는 사동 복도로 나왔습니다. 어머니께서 넣어 주신 사제 담요를 들고 아직도 '절도방'에 있던 영대를 찾았습니다.

호랑이가 그려진 부드러운 사제 담요를 2심을 마치고 이제 소 내 취사반에 지원하여 대기하고 있는 영대에게 던져 주었습니다. 본격적인 겨울에 접어들어 낮인데도 사동 안은 싸늘했습니다.

"형, 고생했어. 잘 가요."

"영대야, 잘 지내고… 우리 이런 곳에서 다시 만나지는 말자."

"예, 그래야죠."

영대는 내 손을 잡고 흔들었습니다. 가느다란 인연의 끄트머리에서 만났던 우리도 이별의 시간이 왔다는 것을 서로 알고 있었습니다. 이제 그도 나도 서로에게 주어진 길을 가야 하는 것이겠지요.

"민수 형! 담요 고마워요. 형 진짜 잘 가세요! 고마워요!"

영대는 교도관의 눈치도 아랑곳하지 않고 큰 소리로 나에게 작별 인사를 했습니다.

나는 또 머물렀던 '경제방' 아저씨들에게도 인사를 했습니다. 복도 철창에 매달려서 그들은 왁자지껄했습니다.

"101번 인제 가는 거야? 이야. 잘됐네. 징역은 나가는 맛에 들어오는 거라는데… 애인도 기다릴 텐데 얼른 가야지."

"나가자마자 하면 안 돼. 뼈 삭아. 여자가 얼마나 남자 양기를 빨아대는 줄 알아? 몸 좀 만들고 해야지."

"에이 젊은 데 뭐. 그런 게 어딨어? 그냥 하는 거지."

"야. 그게 얼마나 힘든 건데… 여기 있을 때는 몰라서 그렇지 나가면 병원부터 가봐야 돼. 지금 건강 상태로 하면 안 좋아."

"야, 이 바보야, 건강이 중요하냐. 연애가 중요하지. 이러니까 니가 여자가 없지."

"이 새끼가 내가 있는지 없는지 니가 어떻게 알아?"

무료한 그들은 오늘 밖으로 나가는 나를 빌어 자신들의 바람을 담아 이상한 심리를 한바탕 벌이며 환송했습니다.

내 방의 책들과 잡물, 비닐 줄 브로치가 들어있는 종이상자를 나일론 백에 담아 고무신을 신고 독방을 나섰습니다. 반대로 철문이 열리고 닫히며 나는 대략 여섯 달에 걸친 구속과 공판 기간을 끝내고 들어왔던 복도를 반대로 걸어 나왔습니다.

형식적으로 '만기방'에서 잠깐 대기하며 영치물을 찾았습니다. 관복을 벗고 내 조그마한 가방과 여름 옷가지를 찾아서 갈아입었습니다. 가방 주머니에 손을 넣어보니 수연이 내게 선물로 사 준 오르골이 만져졌습니다. 나와 같이 징역을 산 오르골이었어요. 오르골을 꺼내 태엽을 돌려보았죠. 뚜껑을 열자 왼쪽에 처연한 미소를 띤 수연의 흑백 사진이 보이고 오른쪽에 작은 태엽이 잘 돌아가며 소리를 냈습니다. '띠리리리' 하며 소리는 전혀 상하지 않고 그대로 울렸습니다.

출소 절차와 신원 조회를 마치고 사동 외문을 열고 밖으로 나왔을 때는 짧은 겨울 해가 이미 져서 초승달이 떠오른 시간이었습니다. 문을 열고 나오자 나는 이제 혼자가 되었고 아무 방해도 없이 구치소 외정문(外正門)까지 걸어가야 했습니다. 영치된 여름옷을 찾아 입었기에 바람이 차게 느껴졌지만 그 순간은 그런 추위도 아무렇지 않았습니다.

구치소 정문을 향해 천천히 걸어나가니 멀리 정문 쪽에 몇 사람들이 웅성거리며 기다리고 있었어요. 어둠 속에서 내 발자국 소리를 들었는지 누군가 내 쪽을 보며 소리쳤습니다.

"저…민수니… 민수야!"

어머니의 목소리였어요.

"예. 엄마! 민수에요."

"그래. 민수야! 민수야!"

어머니의 목소리는 내 대답에 커졌습니다. 내가 '예'라고 대답했지만 어머니는 당신의 눈앞에 내가 아직 보이지 않는다고 계속 불렀습니다.

"민수야! 민수야! 민수야!"

나를 부르는 어머니의 목소리가 청계산 골짜기에 아련하게 울려 퍼져갔습니다.

이른 저녁 초승달이 처연하게 빛나면 지금쯤 구치소는 저녁 시간이라 덜컹거리는 배식 수레와 함께 '배식'하는 아련한 외침이 울릴 겁니다. 달그락거리는 소리조차 없는 플라스틱 숟가락으로 밥을 먹고 나면 잠시 후 옥중투쟁위의 '애국의 소리 방송'이 이어질 것입니다.

모두들 다시 만날 날까지 건강히 무사히 안녕히 계시기를요.

나는 마음속으로 중얼거렸습니다. 여름옷을 입고 겨울 골짜기를 내려오는 그 길이 하나도 춥지 않았습니다. 어머니는 나를 계속 불렀지만 나는 잠시 돌아서서 어둠 속에 웅크리고 있는 서울구치소를 바라보았습니다.

상층 방에 사람들이 어슬렁거리는 실루엣과 불빛이 보였지만 아직 밤하늘을 울리는 그 길고 애절한 구호 소리는 들리지 않았습니다.

태식을 아직도 그곳에 남겨두어야 했습니다.

세 번의 권유

"그동안 우리 집에 있었어. 같이….."

"너네 집에? 왜? 수연이도 방이 있는데… 그 새 방 뺀 거야?"

"그건 아니고. 민수, 니가 수연이한테 직접 물어봐."

구치소에서 나온 다음 날 아침 일어나자마자 나는 어머니의 만류를 뿌리치고 학교로 향했습니다. '오늘 못 들어올지도 몰라요.' 라고 말하고 수연을 만나기 위해 나는 운동 부족으로 잘 걸어지지도 않는 발걸음을 이끌고 절뚝이며 학교로 갔습니다.

그렇게 학교에 들렀는데 어찌하다 먼저 수연의 친구인 경아를 만났어요. 그런데 그녀가 말하기를 수연이가 자기 방을 떠나 그녀의 집에 한 달 이상 있었다고 하더군요. 나는 왜 수연도 자기 방이 있는데, 하는 의아심을 가졌지만, 계속되는 그 친구의 말을 들었습니다.

"민수야, 수연이가 너 많이 기다렸어. 지금 아마 집에 있을 거야. 빨리 가 봐."

그 친구가 무언가 얘기하려다 마는 것 같아 캐물으려다가 그네에게 직접 들으라는 얘기처럼 들려서 더 묻지는 않았습니다.

주말의 미아삼거리는 어수선하고 혼란스럽기가 이루 말할 수 없었습니다. 그 뒤편 난잡한 시장 골목도 변한 건 없었어요. 하지만 수연과 나의 추억이 묻어있어 옥중에서 아득하게 그리웠던 골목길이기도 했습니다. 앞 코가 깨어져서 온전하지 못한 시멘트 계단을 넘어 내려서는 계단참에서 수연의 방을 바라보았어요. 창문 밖으로 라디오 소리가 흘러나오고 그 방에 사람의 기척이 느껴졌습니다.

"수연아! 수연아!"

그 방에 있을 사람은 그네가 다름 아니겠지만 이름을 부르면서 나는 잠시 긴장했습니다. 과연 그네가 대답할까 가슴이 두근거리더라고요.

"응. 민수니?"

그 다정한 목소리에 긴장은 일순에 풀렸어요. 미닫이 방문이 열리는 소리 그리고 새시 문이 열리면서 철창이 가로막지 않는 바로 앞에 그네가 거짓말처럼 서 있었어요. 분홍색 단추 셔츠를 입고 월남 치마를 입은 그네가 너무나 차분하게 서 있었습니다. 역시 감정을 내밀하고 차분하게 표현하는 내 여자가 거기 있었어요.

"수연아, 나야!"

우리는 반갑고 감격에 겨워 서로 손도 잡지 못하고 그렇게 잠시 서 있었습니다. 우리를 막고 있었던 철창은 이제 없었습니다. 여섯 달의 이별 아닌 이별에서 그렇게 나는 돌아왔습니다.

그네가 차려준 작은 밥상에 마주 앉아 참치캔도 하나 까서 우리는 같이 밥을 먹었어요. 식사 후에 그네는 커피포트에 물을 끓여 커피 믹스로 진짜 커피를 타서 내밀었습니다.

"자, 커피 한잔."

"오. 커피다. 담배도 담배지만… 이 커피도 상당히 중독성이 있더라고."

그제야 나는 창문 아래 벽에 기대어 두 다리를 쭉 뻗었습니다. 커피 향이 그 작은 방안에 가득 차는 듯했어요.

"수연아, 그동안 좀 바빴나 봐."

"응. 새롭게 일을 시작했거든…"

"아, 접견 때 말한 사회단체?"

"응. 단체 일도 있고 다른 것도 좀 있고."

어느덧 우리는 짧은 옥중 면회 시간에는 다 나눌 수 없었던 얘기를 나누기 시작했습니다. 이런저런 얘기 속에 짧은 겨울 해는 금방 져서 창문 밖은 이내 캄캄해졌습니다.

"참, 왜 경아네 집에 가 있었어?"

"그냥…"

"아니, 여기 방도 있잖아. 계속 경아네 있다가 오늘 왔다던데… 경아 얘기가."

"아니야… 뭐 별건 아니고."

"별건 아니고 뭐? 얘기해 봐."

수연아 매일 매일 너를 생각했어. 구치소의 차가운 방바닥에 누워서 자기 전에, 또 저녁 먹고 싸우팅이 끝나고, 철창 밖으로 밤하늘의 별을 보면서 나는 생각했어. 수연아, 너와 다시는 이별하기 싫다고. 내가 정말로 너를 사랑하는구나. 나는 이제 완전히 알 것 같더라고. 나는 나약한 사람이었어.

그렇게 혼자서 생각했던 날들이 떠올랐습니다.

"아니, 실은… 왜 요 앞에 시계점 있잖아?"

"시계점? 그런 게 있었어?"

"응, 여기 왔을 때부터 있었어. 거기 뭐 주인이 있는데… 좀 젊은 총각 같은 사람인데. 민수야 그런데 오해는 하지 말고 들어줘."

"오해는 무슨…? 오해 안 해."

여기까지 나는 도대체 무슨 얘기일까 전혀 짐작하기가 어려웠습니다.

"너 구치소 가고… 학교에 일이 있어 나가려고 지나가는데… 말을 걸더라고."

"무슨 말?"

"뭐 그런 거 있잖아. 그냥 무시하고 지나갔지. 그런데 계속 찝쩍대는 거야."

"아. 그런 거. 에이씨. 그 새끼 진짜 골 때리네. 왜 나한테 얘기 안 했어?"

"에이, 민수야, 너 안에 있는데 그런 얘기 뭐 하려 해. 아무 일도 없었는데 뭐. 내가 휴학하고 성수동 공단에 좀 다녔잖아. 출근하는데 자꾸 그 사람이 계속 말을 걸면서 한번 만나자는 거야. 내가 처음에는 대구도 안 했지. 나중에는 애인 있다고 그랬거든… 그런데도 자기가 보기에 뭐 거짓말하지 말라면서 애인 없다는 거야. 애인 있다는데 남자가 한 번도 안 찾아오냐면서…."

하긴, 내가 구치소에 있었으니…

그네가 그 사실을 그냥 말할 이유도 없었겠지요.

"그런데 너 나오기 한 달 전쯤에 집에서 자는데… 밖에서 무슨 소리가 들려서."

이때부터 참으로 심각한 상황에 대한 얘기가 수연의 입에서 흘러나왔습니다.

"잠에서 깼는데… 내가 방문도 걸어놓고 잤거든. 앞에 문을 열고 들어 왔더라고."

"누가? 그 새끼가?"

"응. 술을 좀 먹은 것 같더라고… 내가 깜짝 놀래서 방문을 두 손으로 꽉 잡았어. 그런데 자꾸 무슨 얘기를 하자고 하는 거야."

아니, 그까짓 미닫이문 발로 한번 뻥 차면 바로 넘어질 텐데. 아니, 밤중에 술을 먹고 여자 혼자 있는 방 앞에 문을 열고 들어와서 무슨 얘기를 한다는 건지. 거의 성폭행범이거나 성폭행 미수의 상황이었네. 야간 주거침입은 분명하고.

"아니 뭐야. 그 새끼…?"

"그래서 내가 계속 달랬어. 내일 얘기하자고…. 그런데 뭐 외로운 사람끼리 자꾸 만나자는 거야."

"무슨 얘기야 이게? 아니, 아니… 수연아, 괜찮아?"

"그래 괜찮아. 걱정하지 마. 방문 열고 들어온 건 아니니까."

수연은 차분하게 그때 상황에 대한 얘기를 이어갔습니다.

"하여튼 계속 내가 달랬어. 술 먹은 상태에서 너무 심하게 하면 더 안 되겠더라고. 소리를 지를까 했는데… 너무 밤중인 데다 오히려 상대를 자극할까 봐 위험해서. 그래서 오늘은 너무 늦었으니까 그럼 내일 보자고 했지. 그렇게 피하려고."

그건 굉장히 슬기로운 행동이었어요. 취해있는 미친놈들하고 맞붙어보았자 오히려 더 위험할 수도 있으니까요.

"그렇게 겨우 달래서 돌려보냈는데… 그 날 잠도 못 자고 주위가 조용해지고 가만히 살펴보다가 돌아간 것 같아서. 바로 새벽에 집에서 나왔지. 그리고 경아네로 찾아간 거야. 집에 들어올 수가 없었어."

그네의 재치도 있었지만, 그 침입자의 패악도 그 정도 수준이었기에 다행스러운 일이었습니다.

하지만 그때 얘기를 듣는 나는 불같이 화가 났습니다. 자리에서 벌떡 일어났어요.

"수연아, 그 새끼 어딨어? 이 새끼 내가 죽인다."

내 손을 잡아끌며 수연은 나를 말렸습니다.

"괜찮아. 뭘. 오늘 들어오기 전에 살펴봤지. 그전에도 낮에 길에서 살펴봤고… 시계점 팔리고 없어졌어. 그리고 어디로 갔는지 나도 몰라."

"그래도 내가."

"민수야, 괜찮아. 어디로 갔겠지 뭐. 민수야, 니가 왔잖아. 그럼 된 거지 뭐."

"수연아. 괜찮은 거지?"

"응, 괜찮아. 인제."

"그래. 다행이다. 내가 가슴이 다 떨린다."

세상은 민주화 투쟁 뭐 이런 것으로 남자가 빵에 가면 그 남은 여자를 다른 놈들이 건드리려고 달려드는 그런 위험한 세상입니다. 사랑은 또한 지켜야 하는 과제이기도 합니다. 남자에게 있어서 자기 여자는 항상 지켜야 할 대상이기도 합니다.

이 사바세계는 사람이 편하게 살기 좋은 세상이 아니라 사람이 겨우 살아갈 만한 세상이라지만 여자라는 사람이 살기에는 더욱 위험하고 힘든 세상이기도 합니다. 나는 남자로만 살았기 때문에 늦은 밤, 어두운 곳, 뭐 그런 것에 대한 두려움이나 어떤 경계가 없었습니다. 여자들은 그 자체로 일상의 어려운 점이 있었겠지요.

그러나 내가 수연이라는 한 여자를 사랑하고부터 나도 여자처럼 그런 어두운 곳을 두려워해야 한다는 것을 알게 되었어요. 세상이 어떻게 바뀌고 어떤 최첨단의 사회가 온다 하더라도 남자는 자기 사랑인 여자를 지키기도 해야 합니다.

돌이켜보면 당시 그 사건은 나에게 불을 질렀습니다. 수연을 혼자서 자취방에 그냥 놓아둘 수가 없었어요. 당시 우리 집도 공간이 좁았기에 그 이유를 들어 집에는 여차저차 학교 근처 친구네 있겠다고 말을 하고 나는 약간의 옷가지를 들고 그네의 방문을 두드렸습니다. 그네는 아무렇지 않게 내 후줄근한 옷 가방을 안으로 들였습니다. 나를 위해 옷장 한 칸을 비워주고는 짐정리를 하는 나를 보며 그네는 배시시 웃었습니다.

그렇게 우리는 동거를 시작한 겁니다. 그네의 반바지와 치마가 걸린 옷걸이에 내 바지를 걸고, 그네의 서랍장 밑에 내 속옷을 꾸겨 넣으면서 우리는 연애의 최고 단계라 할 수 있는 '동거' 아니, '함께 있기'에 돌입했습니다.

이제 우리 앞에는 내가 알지 못하는 어떤 선배에 대한 부담도, 어른들의 염려도, 각자 제 살길을 찾아 떠난 친구들의 훼방도, 우리를 가로막은 어떠한 철창도 없어졌습니다. 오직 사랑하는 사람과 함께할 수 있는 작은 공간이 놓였습니다. 우리는 그 날 밤 아마 서로 얘기하고 또 얘기하며 창 밖에 먼동이 터올 때쯤 잠이 들었을 겁니다.

사랑이란 그리 거창한 것이 아닐 수도 있어요. 외로운 이 세상에 밤새 이야기를 나눌 수 있는 사람이 있다는 것, 그것만으로도 참 행복한 일이에요. 그렇죠.

다른 사람들이 만약 그런 우리의 모습을 본다면 '너희들 동거하니?' 하고 말하겠지요. '동거'라는 말의 뉘앙스를 따지기 전에 나는 이렇게 표현하고 싶어요.

수연과 나는 서로 사랑해서 함께 있고 싶었던 거라고요. 그리고 나는 다시는 수연과 어떠한 이별도 하고 싶지 않았습니다.

"안에서 생각한 건데… 도스DOS를 좀 배워야겠어."

"도스?"

"응. 컴퓨터를 좀 배우게. 종로에 도스 학원이 많더라고. 2개월 코스 정도 다녀 보려고. 방학이라 뭐 별로 할 일도 없잖아."

"그래? 컴퓨터? 나오자마자 너무 머리 아픈 거 생각하는 거 아냐?"

대학은 겨울 방학이었어요. 나는 이듬해 찾아올 새봄에 복학할 생각을 가지고 있었는데 학교에는 이제 내 자리도 없고 그 한 세월을 보낼 일도 필요했습니다.

"글쎄. 나도 뭐 컴퓨터에 대해서 아는 게 별로 없으니까. 그런데 안에서 생각했는데 굉장히 궁금해지더라고. 아무리 내가 문과지만… 뭐 컴퓨터를 만드는 일이라기보다는 사용하는 방법에 대한 공부니까. 내 생각에 앞으로 세상에서 그런 게 필요할 것 같아."

그 시절의 컴퓨팅 환경은 5.4인치 플로피 디스크를 넣고 부팅을 해야 하는 XT, AT, 그리고 DOS 시대였지만 나는 그때 컴퓨터에 호기심을 가졌습니다. 아마 서울구치소에서 신문의 관련 기사를 보면서 그런 생각을 했던 것 같습니다.

"워드프로세서라는 게 있어. 이게 라이카 전동타자기하고는 비교가 안 된다니까. 그러니까 글이 중간에 삽입되어서 뭐든지 갖다 붙일 수 있는데… 글을 썼다가 막 수정할 수가 있는 거야. 대단한 거지. 내가 볼 때 라이카가 망하게 생겼어. 이게 단순한 기계가 아니야. 하여튼 글과 관련된 아주 중요한 기술이 될 것 같아."

나는 제법 미래에 대한 예견까지 곁들이며 말했습니다.

"그래 그럼, 그렇게 해. 너 타자치는 거 좋아하고 잘하니까."

수연은 컴퓨터와 타자를 동급으로 생각하며 무심히 받았습니다.

"타자하고는 좀 다르지. 컴퓨터라니까."

"그래, 뭐든. 컴퓨터 배우는 거 좋은 것 같애. 그리고 너 하고 싶은 대로 다 해봐. 안에서 많이 답답했을 거잖아."

1980년대가 그렇게 막 열정(熱情)의 시대를 마치고 1990년이 시작된 그 겨울 나는 종로 2가 골목에 있던 어떤 컴퓨터 학원을 다녔습니다. 우리 세대에서는 조금 이르게 그때 배운 DOS와 PC, 소프트웨어에 대한 학습 경험은 비록 아주 초보적인 것이었지만 나는 컴퓨팅 자체에 어떤 두려움을 없애고 다가갈 수 있는 기회를 가졌습니다. 그리고 한때 자판을 날라다닌다는 소리를 들었던 나의 타이핑. 그땐 정확히 몰랐지만 그 기능들은 사실 새로운 세기를 여는 거대한 첫발이었습니다.

'너 하고 싶은 대로 다 해봐'라고 말했던 수연은 자기 자신도 내가 하고 싶은 대로 다 할 수 있게 허락했습니다. 내가 원하는 대로 언제나 옷을 벗어주었습니다. 서랍 안에 좌약식 피임약인 '노원'을 넣어두고 그네는 나를 안았습니다. 내가 순종적인 여성을 요구한 것도 아니고 아직 그럴 정도는 아닌데 그네는 시장을 봐서 찬거리를 사 와서 나에게 따뜻한 저녁을 차려주었어요. 어떨 때는 과일도 깎아 주고 밤에 누워서 DOS 책을 보고 있으면 커피를 쟁반에 바쳐서 가져오기도 했습니다. 또 어디론가 출근을 하면서 나에게 플로피 디스크를 사라고 천 원짜리 몇 장을 놓고 가기도 했습니다.

조그마한 방 앞에는 그보다 작은 부엌 겸 세면장이 있었는데, 그곳에서 나는 세수도 하고 쭈그리고 앉아 설거지를 하기도 했습니다. 그때 그네는 좀 바쁘더군요. 그네가 아침 일찍 출근하고 나면 그 방 안에 혼자 남은 나는 책을 읽기도 했지만 늦잠을 자고 뒹굴다 보니 금방 룸펜이 된 것 같았어요.

그네의 노란 베니어합판 작은 책장에 꽂혀있는 『조선 근현대사』를 읽고는 북한의 '조선사회과학연구소'가 실패한 갑신정변을 일종의 '부르주아지 혁명'으로 규정하고 싶어 하는 그쪽 역사학계의 입장을 알게 되었습니다.

"요새 되게 바쁜가 봐? 성수 공단 일은 계속하는 거야?"
새벽부터 서둘러 외출 준비를 하는 그네에게 내가 물었습니다.
"아니, 인제 공장은 안 나가. 대신 다른 일이 있어."
"그래? 그때 말했던 사회단체? 어딘데?"
"아니, 그것보다 민수야, 너 앞으로 어떻게 할 거야?"
"나? 뭐… 일단 복학해야지."
"그래 복학은 해야겠지."
"군대가 문제지. 군 문제는 해결이 안 되잖아. 수연이 너 생각하면 사실 좀 깝깝한 상황이야."
'갑갑'을 '깝깝'이라고 된소리로 발음했습니다. 해가 바뀌어 바야흐로 나와 그네는 우리 나이로 스물다섯 살이 되었습니다.

한강이 얼어붙었다는 뉴스가 나올 정도로 추운 어느 날이었습니다. 그 날 집을 나선 그네가 저녁 무렵에 돌아올 때까지 나는 그 방에서 아마 거의 밖으로 나오지 않았을 겁니다.
"집에 있었네. 기다렸지. 지금 저녁 할게."
"오 일찍 왔네. 밖에 춥지?"
하얗게 입김을 불며 누런 종이봉투에 시장 찬거리를 사들고 온 그네가 방문 앞에 섰습니다. 그 봉투에서는 두부와 감귤이 쏟아져 나왔습니다. 가스레인지가 없었기에 부르스타에 찌개를 끓이고 작은 밥솥에 새로 밥을 지었습니다. 우리는 추운 날 더운 밥을 지어 작은 상을 펼쳐놓고 저녁을 함께했습니다.

저녁 뒷정리를 하고 커피 한 잔을 나누며 이런 저런 얘기를 했습니다. 그 날 그네는 내게 어떤 권유를 했습니다.

"민수야, 나 할 얘기가 있어."

"그래. 무슨 얘기?"

그네는 내가 구속되었던 작년 어느 때에 어떤 '운동 조직'에 가입했고 거기서 활동 중이라고 했습니다. 내가 '어떤 단체인데?' 하고 가볍게 물었지만 그네는 그 명칭을 쉽게 얘기하지 않았습니다. 그러자 내가 '그럼 어떻게 시작했냐?'고 묻자 누군가의 소개라고 말할 뿐 그 소개자를 밝히지도 않았습니다.

"누구 소개로?"

"우리 학교이긴 한데… 누구라고 말 안 하는 게 좋을 거 같아."

"보안 때문에…?"

"응. 보안."

지금 세대는 생소하겠지만 '보안(保安)'이라는 그 말은 서로 진중하고 존중하자는 큰 울림으로 들렸습니다. 보안, 그건 '비밀(秘密)이야' 하는 말이지요. 그런 걸 캐려고 드는 것은 호기심 이전에 불신(不信)이거나 가벼움이었어요.

"그래 그럼. 무슨 조직인데? 현장 투신?"

"아니 꼭 그런 건 아니고… 통일운동도 있고….'

"통일운동? 그럼 재야 단체야?"

"아니. 일단은 비합법 조직인데….'

"비합법?"

나는 순간 '수연아' 하고 그네의 이름을 부를 뻔했어요.

'비합법(非合法)'. 수연은 '비합법'을 얼마나 알고 있었던 걸까요?

그네를 절대 무시한 것은 아니지만 나는 순간 말문이 막혔습니다.

갑자기 교문 앞의 잔 다르크가 바로 앞에 서 있는 느낌이었어요. 나를 만나면서 언젠가부터 얕게 화장마저 하던 그네가 다시 여전사(女戰士)가 되어 곧추 앉아있는 느낌이었습니다. 나는 마른 침을 꼴깍 삼켰어요.

"비합법인데… 하지만 반합(半合) 영역에서 주로 활동하며 공개적인 역할도 있어. 민중당하고도 좀 관련이 있고…"

"민중당이라고? 민중당은 PD 라인 아니야?"

"아니, 꼭 민중당은 아니고… 민수야, 그리고 민중당이라고 다 PD, 그런 거 아니야. 민중당은 대중적이고 전위적인 합법정당이고, 우리 조직은 비합법적이지만 애국적 전위(前衛) 조직이고. 그런 거야."

수연의 얘기는 점점 수위를 높여갔습니다. '비합법'에 '전위(前衛)'라는 용어까지 등장했습니다.

"전위 조직이라고…? 수연아, 전위가 뭔지 알고 하는 얘기야?"

"그러니까 지금 당장 전위라는 게 아니고… 지향한다고."

"그게 그거지. 비합법 전위면…."

"애국적 전위."

'비합법 전위라면 그게 얼마나 위험한 건지 아니?'라고 말하려는데 그네가 말을 뚝 잘랐습니다.

"난 먼저 민수 니가 뭘 생각하는지 묻고 싶고… 뭘 하든지 그 과정에서 조직적 활동을 함께할 수 있어야 한다는 거야. 민수야, 난 너와 함께 그 조직 활동을 하고 싶어."

드디어 그네는 나에게 자신이 원하는 바를 얘기했습니다.

"난 그냥 대학원 갈까 생각 중이지. 물론 군 문제가 있지만…"

"대학원도 좋아. 개인의 그런 전망을 막는 게 아니고… 그런 전망 속에서… 통일운동은 힘 있는 사람은 힘으로, 돈 있는 사람은 돈으로… 그리고 공부하는 사람은 공부로… 그리고 노동자는 자기 계급의…."

"수연아, 그건 하나의 레토릭일 뿐이야. 있는 사람과 없는 사람은 다르다. 그렇게 쉽게 같이 갈 수는 없어."

이번에는 내가 그네의 말을 잘랐습니다. '내가 감옥에서 느낀 거야.'라고 까지 덧붙이려다 너무 닳은 사람처럼 느껴져서 그 말을 덧붙이지 않았습니다.

"운동이란, 자신의 처지와 입장에서 출발해서 환경에 굴복하지 않고 끝까지 조금이라도 우리 사회와 우리 역사와 그리고 나 자신을 변화시키기 위해 투쟁하는 것이잖아. 학생운동이 전부는 아니지."

그네는 굴하지 않고 '운동 자세론'을 펼쳤습니다.

"수연아. 잠깐…. 난 좀 생각할 게 있어. 군 문제도 있고… 그리고 너에 대해서 생각한 것도 있고."

"나에 대해서 뭘?"

"난 남자야. 너에 대해서 내가 책임질 것도 있고… 그러니까… 하여튼… 그렇다고."

'나는 너와 헤어지고 싶지 않아.'하는 의미를 말하고자 했는데 전혀 엉뚱하고 관념적인 '책임론' 운운하는 얘기가 나와 버렸습니다. 실은 위험한 조직 활동은 또 어떤 이별을 부를지 모른다는 두려움을 예측했거든요.

"피. 난 또 뭐라고. 그래 넌 남자고 난 여자야. 그러니까 같이 하자. 이 조직은 연인이나 부부는… 함께 하는 게 원칙이야."

"카톨릭이냐? 약간 천주교 냄새가 나는데…."

"성당은 아니야. 천주교 라인도 있지만 기본적으로 NL 조직이야."

우리는 잠시 서로를 바라보면서 마른 침을 꼴깍 삼켰습니다.

"하튼 그만 얘기하자. 나는 사실 별로 안 하고 싶어."

"그래? 왜?"

"앞으로도 생각 없어. 사실 너도 그만했으면 해. 일단 위험하잖아. 반북 이데올로기 때문에 NL 노선은 이중적 표현을 할 수밖에 없어. 특히 전위란 그렇게 간단한 문제가 아니다."

어지럽게 내린 눈이 아직도 골목길 구석에 뭉쳐있던 계절이었습니다. 나는 그네와 그 얘기를 나누면서도 아직 감옥에 있는 태식을 떠올렸어요. 태식은 재판정에서 최후진술과 구호 때문에 실형을 받은 것이라 생각했습니다. 그런 한 번의 강렬한 태도에 대해 냉정한 세상이 주는 후과는 컸습니다.

그러나 그네도 쉽게 포기하지 않았고 '같이 하자, 말자.'로 대화가 빙빙 돌면서 우리는 점차 소리가 높아졌습니다. 우리가 이런 것으로 처음으로 말다툼을 하게 될 줄은 몰랐어요.

"일단 나는 생각 없어. 좀 나갔다 올게."

"지금 밤에 어딜 가려고…"

"집에 좀 가게. 그 얘기는 없었던 얘기로 하자."

나는 처음 한 말다툼으로 침울해진 그네를 남겨두고 한밤중에 겨울 거리를 나와 집으로 향했습니다. 자리를 피하려고 무턱대고 나왔는데 그 날은 너무 추운 날이었습니다. 한겨울 찬바람에 귀가 떨어져 나가는 듯하고 아무리 입김을 불어도 언 손은 굳어만 갔습니다.

먼 하늘가를 날아가는 기러기 한 떼가 높은 구름 옆을 지나가는 것이 보였습니다. 뒤떨어진 두세 마리가 횡대에서 다소 떨어진 곳에서도 끝내 무리를 잃지 않고 꾸역꾸역 날아가고 있었습니다.

가출 아닌 가출을 했던 나는 얼마 지나지 않아 다시 미아동으로 돌아갔습니다. 이후 그네의 제안은 한 번 더 있었고 우리는 또 한 번 더 다투었습니다.

그네와 내가 이른바 학생운동권에서 만난 건 사실이지만 서로 어떤 조직적 이념적 전제가 있지는 않았습니다. 그러니까 우리는 개인의 자유의지와 고유하고 개성적인 연애 감정으로 서로를 선택했습니다. 그네와 나의 인연과 관계도 세상의 다른 어떤 커플들과 다를 바가 없다고 생각했습니다. 그 시절 내 내면에서는 그네와 함께 살아가는 일상과 평범한 삶에 대한 개인적 욕망이 꿈틀거렸습니다. 운동을, 혁명을 외면하고 싶지는 않았지만 나는 그냥 '동반자'가 되고 싶었을 겁니다.

평온하게 다시 열흘가량이 흘렀습니다. 그 날은 저녁부터 눈발이 어지러이 날리던 날이었을 거예요. 그날따라 수연의 몸이 좀 달떴습니다. 전희부터 조금씩 높아가던 교성이 얇은 창문을 넘어간다고 느껴졌는데 어느 순간 그네는 반대로 나를 애무하기 시작했습니다. 그네의 애무에 나 역시 몸이 달아올랐습니다. 그 밤은 서로에게 많이 익숙해진 우리가 성적 쾌락에 젖어 한겨울인데도 온몸에 땀방울이 송골송골 맺혔던 그런 뜨거운 밤이었어요.

나 역시 그네가 없는 밤이 얼마나 외롭고 공허한 나날인지 몸으로 느꼈던 후과를 가득 안고 있었습니다. 밀려오는 나른함에 스르륵 눈이 감겼습니다. 그 시절 우리는 그만큼 가깝고 친밀했습니다.

"민수야… 자?"

"으응… 아니…"

새벽녘쯤 되었을까요? 아직 밖은 밝아오지 않았는데 내 팔베개를 하고 누웠던 그네가 말을 걸어왔습니다.

"민수야. 내가 말한 조직 있잖아…"

"난 안 한다고 했잖아."

나는 돌아누웠습니다.

"그 조직… 연인이나 부부는 꼭 같이하는 거야. 아니면 나도 그만 해야 되니까… 그런데 난 너랑 꼭 같이하고 싶어."

"……."

"민수야. 같이 하면 안 될까? 조직에 너 있다고 말했어. 애인 있다고 말도 했단 말이야. 거기서도 널 꼭 보자고 한다고."

"꼭 나도 해야 되는 거야?"

"민수야, 학생운동이 전부는 아니잖아. 우리에게는 많은 삶이 남아있어. 계속 어떤 좌표도 없이 흔들리면서 무의미하게 흘러갈 수는 없어. 조직이 없는 개인은 한없이 나약한 존재일 수밖에 없잖아. 운동에서 개인적 특성으로만 달려가면 결국 냉담자가 되고 말 거야."

"성당에 냉담자가 된 건 너잖아. 스텔라."

"성당은 그렇지만… 우리가 서로 냉담해질 수는 없잖아. 운동에 대해서도 서로에 대해서도. 우리는 운동에서도 한 길을 가야지, 그렇잖아."

자유연애에서조차 한 길을 가고자 했던 그 시대 우리의 집단주의적 정신은 그렇게 명확한 명제를 만들었습니다. 세 번째 권유였어요. 앞서 두 번은 말다툼으로 끝났고 그네는 언제부턴가 이 권유를 관철하기 위해 나를 살피고 있었다는 걸 느꼈습니다.

부스스 일어나 아직 날도 밝지 않은 어둠 속에 앉아서 담배를 한 대 물었습니다. 창문을 조금 여니 얼어붙은 창문 밖에서 서성이던 찬바람이 밀려 들어왔지만, 오히려 상쾌해지는 기분이었어요.

우리는 이제 목소리를 높이지 않고 그 새벽 이런 저런 얘기를 나누었습니다.

"결국 산개전(散開戰)이란, 각자 맡은 참호 속에 있더라도 중앙과 연결선이 있어야지. 운동도 삶도 개인이 혼자서 계속 밀고 갈 수는 없어. 조직이 있어야 해. 그런 게 없다면 그건 운동이 아니지. 우리는 냉담해지고 쓰러질 거야. 그래서 서로 믿고 의지해야 한다고…"

그녀의 이런 말도 기억이 납니다.

애정을 가진 의식화 대상. 우리는 이 존재에 대한 애착을 어떻게 이해해야 할까요? 삶의 고비에서 일어나는 어떤 결정이란 그걸 맞이하는 개인의 자유의지일까요, 아니면 운명적 인연이 만들어 놓은 강요된 선택일까요?

나는 알아요. 애정을 가진 의식화 대상. 그 대상에 얼마나 집착하게 되는지. 그녀는 나를 쉽게 포기하지 않을 거라 생각했습니다. 세 번째예요. 수연은 나에게 이 길을 같이 가자고 세 번째 얘기했습니다. 이기고 싶지 않고 이길 수도 없는 사람이 그녀였습니다.

피할 수 없는 잔이 내 앞에 놓였다는 생각이 들었습니다. 그 잔을 사랑하는 그녀가 들고 왔습니다.

"그래. 알았어. 어떤 길이라도 같이 가보자. 누굴 만나면 되는 거라고?"

어느새 창밖이 밝은 때쯤 나는 일어나 자세를 곧추 앉으며 나에게 찾아온 이 인연을 받아들이기로 했습니다.

"정말! 민수야. 고마워."

"그래. 니가 그렇게 원하는데… 벌써 세 번씩이나 나한테 말하는데. 그것만으로도 내가 너와 함께 해야지."

"고마워 민수야."

그녀가 품속으로 안겨 왔습니다.

"피. 요런 깍쟁이. 내가 너 못 이기는 거 알지? 알면서 그런 거지."

그네는 '헤헤' 하며 귀엽게 생글거렸습니다.

"약간 어질하네."

"시원한 식혜라도 한 잔 줄까?"

"식혜가 있어?"

"그럼, 아까 올 때 시장에서 샀거든."

"응. 좋아."

그네는 우당탕 부엌으로 갔다 오면서 겨울철 날씨로 살짝 얼어가는 달달한 식혜를 소반에 바쳐서 들고 왔습니다.

"서방님. 여기 있사와요."

그네는 기분이 좋아졌습니다. 별로 농담이 없던 그네가 조선시대 흉내를 내자 나는 웃고야 말았어요.

"킥킥… 왜 아주 눈썹에 마초시지요. 부인."

어차피 그네를 첫사랑으로 만났고, 그네가 주는 새벽의 식혜를 마시면서 그네와 함께 가는 길이라면 이것도 결국 어떤 운명의 길일 것이라는 예감이 들었습니다.

"먼저, 가명을 하나 정해."

드디어 내 동의가 있자 수연은 그 주 토요일, 미아삼거리역 한 커피숍에서 조직의 지도라인과 만나기로 약속을 잡아 왔습니다. 제일 먼저 조직 보안상 서로 가명(假名)을 쓴다고 하며 자신의 가명은 '경미'라고 알려주었습니다.

"자기는 경미라고? 그럼 난… 나는 재우, 재우로 할게."

"재우?"

"응, 그냥 '재미있는 친구' 이런 뜻이야. 이재우라고 하자."

그네는 그럴듯하다는 표정에 내 말이 재미있는지 빙긋이 웃음을 띠었습니다.

"경미는 무슨 뜻이야?"

내가 물었습니다.

"아무 뜻이 없는데… 그냥 발음상."

"그래도 뜻이 있어야지. 내가 하나 붙여줄게. 경치게 아름다운 미인. 경미."

"호호호. 그런 뜻 아니야. 미인은 무슨…."

그네는 웃음이 터져 나왔습니다. 그런 말장난에 경미는 아니, 수연은 내가 너무 귀여웠는지 두 손으로 내 뺨을 쓰다듬었어요.

약속된 날 미아삼거리 근처 어느 건물 2층에 있는 커피숍으로 갔을 때 그네와 만나기로 한 그 사람이 먼저 와 있었습니다. 그렇게 그날 나는 그 사람을 처음으로 만났습니다.

그네 옆에 검은 뿔테 안경을 쓰고 마른 얼굴에 마른 체형의 연배가 30대는 되어 보이는 어떤 남자가 앉아있었습니다.

"안녕하세요. 이재우라고 합니다."

"반갑습니다. 경미 씨한테 얘기 많이 들었습니다."

조금 고지식해 보이는 인상의 그 사람은 부드러운 음성으로 인사를 건넸습니다.

"임수경 동지 지원 투쟁으로 구속됐다가… 석방된 지 얼마 되지 않았다고요."

"아, 예."

"고생하셨네요. 경미 씨가 얼마나 자랑을 하던지… 하하."

얘기는 부드럽게 시작되었습니다. 내가 다소 긴장하는듯하니 그는 그렇게 가벼운 화제부터 입을 열었습니다. 우리는 먼저 서로 개인적인 이야기, 이를테면 나의 학번이라든가 학과나 학생운동 시절 동아리나 총학생회에서 했던 일 등에 대해서 간단히 묻고 공유하는 시간을 가졌습니다. 그도 역시 공개적 활동 부분이 있다고 말했고 현재 민중당 관련하여 일을 하는 데 자신의 이름은 '이중하'라고 했습니다. 물론 가명이었겠지요.

"학생운동 출신들의 그 뭐랄까 '애국적 사회 진출론'인가 하는 게 좀 문제가 있소. 물론 넓게 보면 통일운동이나 남한 혁명이나 또는 시민운동이나 애국적 사회 진출 모두 일종의 산개전이며 진지전(陣地戰) 개념이라고 볼 수도 있습니다. 그런데 산개전과 진지전의 핵심을 잘못 알고 있소."

그가 본격적으로 이야기를 시작했습니다. 정세 파악 이전에 그는 먼저 이른바 '산개론 비판'으로 논조를 열었던 것으로 기억됩니다.

"개인적으로 흩어져서 각자 가는 것은 산개전이 아니라 그건 일종의 해산이오. 정세는 생물처럼 움직이는 것으로 파도는 높았다가 낮았다가 할 수 있는데 공세적 국면과 수세적 국면, 유화 정국과 강압 정국, 이 모든 정세를 개인이 파악하고 독자적으로 활동한다는 것은 양심일 수는 있으되 조직 활동이라고 볼 수는 없소.

시민운동, 합법적 사회운동, 의회주의, 정치 참여 이런 걸로 남한 사회의 모순이 깨지고 통일이 이루어질까? 물론 필요한 영역이며 권장돼야 하고 지평은 더 넓어져야 합니다. 하지만 학생운동의 좋은 성원들이 그렇게만 매몰되는 건 산개전의 의미나 사투(思鬪)가 학출(學出) 현장에서 잘못 발현된 거요. 좀 바로 잡을 필요가 있소. 합법적인 영역이라는 것도 그냥 주어지는 것이 아니라 투쟁을 통해 그 지평을 확대해 온 거요. 80년대 내내 우리는 합법적 영역의 확대라는 그런 투쟁을 해 온 겁니다.

NL의 대중노선과 통일전선 노선을 잘못 이해하고 있는 사람들이 많아요. NL의 사회 지향도 PDR이라는 것을 잊지 말아야 합니다. 부르주아지 혁명이 아닙니다. 바로 인민민주주의 혁명이오.”

마른 몸매에 안경 뒤의 눈빛이 빛나는 그는 ‘하오, 있소’ 라는 독특한 어체를 썼습니다. 강한 억양이 없는 그야말로 물 흐르듯 하는 말본새, 하지만 다소 고루한 말투에 딱딱한 한자어를 자주 썼습니다. 그는 레디컬했고 논리 정연했으며 음의 고저가 없는 평탄한 말투에 단어만 딱딱 끊어서 말하는 투였습니다.

“남한 혁명의 모든 운동은 비합(非合)에 뿌리를 두고 반합(半合)에 둥지를 틀며 합법(合法)에 가지를 뻗어야 한다, 이겁니다. 뿌리 없는 가지가 있겠습니까?

만약 합법적 영역에만 활동의 모든 것을 둔다면 그 사람은 활동가일 수는 있겠지만 운동가라고 보기는 어렵겠죠. 운동이란 정당한 목표를 위해 자신이 가진 모든 것을 내놓고 모든 방법을 동원하며 어떤 희생도 스스로 각오하는 겁니다. 합법적 영역의 시민운동이나 의회주의 같은 수정주의 운동 이런 걸로만 한국 사회 운동의 전망을 봐서는 안 됩니다. 특히 학출들이 이런 성향이 많아요. 학출 특유의 쁘띠성이 만개한 것이라고 볼 수밖에 없소.

전대협도 생각해보세요. 거의 반합법적이라고 할 수 있죠. 정세와 주체의 역량에 따라서 합법적 영역이 커지는 겁니다. 그냥 손에 쥐여주는 합법적 영역이나 운동의 성과는 없는 겁니다. 하지만 언제 또 정세가 밀려서 전대협도 비합적 영역으로 들어가지 않는다고 장담할 수 있겠소.

핵심은 비합적 영역의 비장함을 받아들이는 견결한 투쟁의식과 운동의식에 있어요. 웃기는 건 일각에서 그런 비합 영역의 애국적 전위의 지도를 받지 않으려고 한다는 데 있어요.

그런 전위에 의한 지도. 이런 것에 대한 종합적 사고가 없다면 '애국적 사회진출' 뭐 이런 것은 그냥 다소 사회성을 가진 취직이거나 아니면 개량주의, 수정주의 이전에 그냥 일종의 캠페인 같은 계몽주의에 불과하오. 그게 전부라고 생각하면서.

혁명의 결정적 시기에 있어서 지도 노선과 조직적 행동이 없기에 그런 건 결국 일상적 개량주의가 되는 거요. 지도 노선이 없는 활동은 또 일종의 개인주의라 할 수 있소. 언젠가부터 우리 운동에 개인주의가 만연하고 있소. 다시 집단주의 정신으로 우리는 무장해야 합니다."

우리말에서 '주의(主義)'는 여러 가지 의미를 가지지만 크게 세 가지로 구분할 수 있습니다. 첫째는 어떤 사상(思想)이나 이념(理念)을 가리키는 말이고, 둘째는 어떤 사조(思潮)나 가치중립적인 성향(性向)을 나타내는 말입니다. 마지막으로는 어떤 편향(偏向)이나 오류(誤謬)에 대한 지적으로 '주의'를 붙일 수도 있습니다. 이 세 가지 용례를 모두 섞어서 사용하는 그의 말에서 수없이 사용되는 '주의'를 들으며 나는 완벽히 동의하지는 않았습니다. 그러나 그 자리에서 그의 논리를 반박하거나 질문을 던지지도 않았습니다.

"우리 조직에는 직장인도 있고, 전문직, 자영업에 노동자도 있습니다. 합법적 영역에서 지도자도 있습니다. 조직 성원의 결기에 따른 단계는 있지만 모두 비합 중앙의 지도력을 인정하고 이를 받아들이는 것이 기본입니다. 그래야 모두 결정적인 순간 일치단결하여 떨쳐일어날 수 있는 겁니다.

정세가 퇴조한다면 우리는 오랫동안 지하투쟁을 할 수도 있고 정세가 고조되면 우리는 축적된 역량으로 전국적 단위로 나설 수도 있소. 문제는 핵심역량, 바로 애국적 전위를 준비하는 것이고 실질적으로 남한 혁명의 방법론이라 할 수 있는 통일전선 운동을 여하히 확장하고 애국적 전위의 지도력을 관철시키느냐 하는 거요."

'애국적 전위의 결사체는 반드시 필요하다. 이 결사체는 반드시 비합법적 영역 즉 지하에 뿌리를 두되 반합적 영역에 둥지를 틀고 합법적 영역을 확장해 나가야 한다. 통일전선 운동의 지도력과 주도권은 애국적 전위가 가져야 하며 남한의 현 상황에서 전위는 현재 비합법 지하조직으로 존재할 수밖에 없다.'

정리하자면 이런 조직론이었습니다.

경미 아니 그네는 식어가는 노란 유자차만 홀짝거릴 뿐 별말이 없었습니다.

"3월에 복학을 할 생각입니다. 집에서도 그렇게 알고 있고요."

그가 올해의 내 계획을 물었을 때 나는 단지 이렇게 말했습니다.

"여기 경미 씨는 참으로 경이로운 활동가예요. 조직에서도 높이 살 수밖에 없는 여성 운동가입니다. 재우 씨처럼 좋은 분이 함께하고 있으니 더 좋습니다. 재우 씨에 대한 조직 비상선은 경미 씨로 하겠습니다."

그 날 우리는 몇 가지 만남을 위한 수칙을 정했습니다. 그 수칙이 조직 접선의 방법이며 지침이기도 했습니다. 중요한 것은 약속시간과 장소를 정확하게 지킨다는 기본적인 것이었습니다.

"우리는 일단 애국적 전위를 추구하며 통일전선 운동을 지향하지만 그 수준에 맞는 조직이 다 갖추어진 건 아니오. 얘기는 앞으로 차차 더 나누도록 하고 다음 만남 장소는 재우 씨가 정하시죠."

"'무진기행'이라는 카페인데… 고대 정경대 후문 쪽에 있는데요."

"그럼, 일단 2주마다 한 번씩 보는 걸로 하죠."

그는 조그마한 수첩에 샤프로 그 약속을 간략히 적어 넣으며 말했습니다. 아마 자신만의 표기법으로 살짝 적는 것 같았습니다.

학생운동의 학번제 시스템에 의해 자연스럽게 고립되었던 나는, 아니 그네와 강하게 연결되었던 나는, 피할 길도 찾지 않았고 어떤 결심도 없던 그 중간자적 위치에서 어떤 조직적 약속을 안았습니다.

순진하게도 혁명의 선량한 동반자의 역할이라도 해야 하는 것이 아닐까 생각했습니다. 그러나 그때 그런 만남을 통해서 나는 '반제애국위원회'의 성원이 되었고 나중에 그 위원회의 11인 중앙 위원 중의 한 사람이 되어갔습니다.

미아동 옥탑방

"민수야, 넌 어떻게… 앞으로 뭐 할 거야?"

"글쎄… 뭐 일단 복학부터 해야지. 졸업을 해야 되니까."

"군대 문제는 해결 안 됐지?"

"응, 해결 안 됐어. 그런 줄 알고 있었는데 뭐."

구치소를 나온 그해 겨울 나는 예전의 친구들을 거의 만나지를 못했습니다. 그 사이 애국적 사회진출로 갔거나 또 다른 어떤 길로 우리 동기들이 떠났기 때문이지만 본질적으로는 한 캠퍼스에서 같이 어울렸던 한 시절의 인연이 다했던 것이었습니다.

그렇게 특별히 만나는 사람도 없이 지냈는데 총학생회 시절 절친했던 총무차장 정종욱과 연락이 되어 한번 만나게 되었습니다. 그는 내 출소 기념 겸 해서 보자며 학교 근처 안암동 어떤 호프집으로 나오라고 했습니다.

'오랜만이야' 하는 인사 이후 '어떻게 지냈냐?'하는 어제의 얘기보다 앞으로의 서로의 전망에 대해서 더 많이 얘기했습니다. 어쨌든 우린 과거 지향적이기보다는 미래 지향적이었습니다.

"민수 너, 졸업도 졸업이지만 군대 때문에 상황이 좀 갑갑해졌네."

"할 수 없지 뭐. 그래서 일단 복학부터 하려고… 종욱이 넌 뭐 할 건데… 혹시 고시공부?"

"고시공부는 무슨? 그냥 취직할까 해. 은행에 자리가 있더라고."

"총차했다고 은행가는 거야? 애국적 사회진출은 안 해?"

"그냥 사회에 진출하면 되는 거지. 애국적이고 안 애국적일 게 뭐 있겠어. 먹고 사는 게 일단 중요한 문제 아니겠어."

"그래, 먹고 사는 것도 큰 투쟁이다. 빵에서 느낀 건데… 우리 빼고는 다 그런 문제로 들어온 사람들이니."

호프 한 잔이 놓였고 우리는 이런 저런 얘기를 나누었습니다. 나는 DOS학원에 다니고 있는 것까지 말했지만 수연이 어떤 애원과 권유를 해서 누군가를 만났다는 얘기는 하지 않았습니다.

이런저런 잡담이 무르익었을 때쯤 그때 종욱이와 선약이 있었는지 우리 자리에 한 친구가 방문을 했는데요. 그는 종욱이의 법대 한 학번 후배인 최제원이라는 후배였습니다. 그 자리 이전까지 몇 번 얼굴은 보았지만 소개받은 적이 없어 잘 몰랐던 후배였습니다. 종욱이의 말에 의하면 그 친구가 이번 새로 출범하는 총학생회의 학술부장이 되었다고 하더군요.

후래자로 온 그는 먼저 나에게 출소 인사를 했습니다.

"선배님, 얼마 전에 출소하셨다고요. 고생하셨어요."

"고생은 뭘요. 앞으로 우리 제원 씨 같은 분이 할 일이 더 많겠죠. 3당 합당으로 정국이 아주 깜깜하겠어요."

난 무조건 후배라고 처음부터 말을 놓고 하지는 않습니다. 학번 물어보고 선후 따져서 말투를 정하는 것이 편리하겠지만 너무 빠른 것은 일종의 비례(非禮)라고 생각했거든요.

"그러게 말입니다. 김영삼이 그 정도일 줄이야."

그런데 그때 그는 혼자 온 것이 아니라 어떤 여자와 함께 왔었습니다. '안녕하세요?', '어서 와' 하는 것으로 보아 종욱이와 그녀는 이미 서로 아는 사이인 것 같았습니다.

"인사해. 전에 총무부장하셨는데… 구속되었다가 얼마 전에 나오셨어."

최제원은 그녀에게 나를 이렇게 소개했습니다.

"민수 형, 제 여자 친구입니다."

반대로 나에게는 그녀를 이렇게 소개했습니다.

"오, 그래요. 안녕하세요. 처음 뵙겠습니다. 박민숩니다."

"예, 안녕하세요."

그녀는 그렇게 의례적인 인사말만 던지며 이름도 내놓지 않았습니다. 그래서 내가 물었습니다.

"성함이?"

"예. 한지영이에요."

여자가 예쁘장한데다 무언가 우리 학교 여학생과는 분위기가 좀 달라서 한마디 더 물었습니다.

"혹시 우리 학교인가요?"

"아뇨, 이대예요."

"호, 멀리서 오셨네요."

"이대 87이에요."

그녀의 학번을 보충해서 말해준 사람은 그녀의 남자친구인 최제원이었습니다.

이윽고 테이블 위에 네 잔의 호프가 놓이고 우리는 주섬주섬 얘기를 이어갔습니다. 중간에 최제원이 '선배님, 말씀 낮추세요.' 했지만 나는 그냥 '아, 예.' 하면서 쉽게 말을 놓지 않았습니다.

그 만남이 있기 며칠 전, 당시 여당인 민주정의당과 김영삼이 이끌던 야당 통일민주당, 김종필이 이끌던 야당 신민주공화당, 3당이 전격적인 합당을 선언하였습니다. 여소야대 정계가 하루아침에 여대야소로 바뀌는 이른바 '보수대연합' 정계 개편이었습니다. 이제 야당으로는 호남을 기반으로 하고 김대중이 이끌던 평화민주당만이 남게 되었습니다. 보수적 정치성향을 가진 정당이 서로 합당할 수도 있는 것이지만 이 인위적 정계개편의 근원적인 문제는 이후 한국 사회의 소수자로서 '호남 고립'을 불러왔고 더욱 왜곡되고 비열한 지역주의를 야기시켰다는 겁니다.

"작년 내내 공안정국으로 몰아치더니, 이런 공작 정치를 할 줄이야. 우리가 군부정권을 몰라도 아직 몰랐나 봅니다. 이름도 일본 자민당을 거꾸로 한 민자당이랍니다."

새롭게 학생회의 간부를 맡은 최제원은 당연히 3당 합당의 부당성에 대해 울분을 토했습니다. 그는 3당 합당에 대항해서 서총련 차원에서 강력하게 투쟁해 나갈 예정이라고 말했습니다.

"김영삼 한 마디에 민주당이 싹 돌아서다니… 도대체 김영삼은 그 속에서 자기가 대통령 후보가 될 거라고 생각하나 보지?"

"그래도 이기택 의원이나, 노무현, 김정길 의원 등이 통일민주당 쪽에서 반대하고 나선 게 그나마 양심이야. 눈이 와야 소나무가 푸른 줄 알겠더라고."

"내각제 밀약이 없고는 이루어질 수 없는 야합인데… 김영삼이 버티겠어? 그 내부의 권력 투쟁이 엄청나겠지."

남학생 세 명이 동네 아저씨들처럼 맥주를 들이키며 주로 정치 이야기를 했고 최제원 옆의 그 여학생은 조금씩 호프 잔을 베어 물었다 내려놓을 뿐 가만히 듣는 편이었습니다. 단지 남자친구를 만나러 온 그녀에게는 어색한 자리였겠지만 불평하는 내색 없이 그녀는 친근한 배려를 보여주었습니다.

젊은 날, 최제원과 그의 연인은 잘 어울려 보였습니다. 특히 한지영, 그녀는 잠깐씩 던지는 말로 볼 때는 분명 운동권 같은데도 묘한 수줍음과 청순한 매력이 묻어나서 그 자리를 더 풍부하게 해주는 듯했습니다. 정국은 다시 요동치고 있었지만 어쨌든 나의 출소를 반겨 준 종욱이와의 만남은 유쾌한 자리였습니다.

그날 밤 유성(流星)이 지구로 떨어져서 흔치 않은 장관을 연출할 것이라는 뉴스가 있었지만, 불야성(不夜城)을 이룬 도시에 무슨 일이 있으랴 사람들은 별 감흥이 없었습니다. 눈에 보이든 아니든 별똥별은 낙하하겠지만 말입니다. 운명이 유성처럼 떨어지는 그 순간을 누구도 알아채기는 쉽지 않았습니다.

"조직의 명칭은 현재 우리 조직의 수준을 기준으로 일단 '반제애국위원회'로 했소. 우리 조직의 명칭 자체가 보안입니다만. 이후 통일전선운동을 위해 통일전선체로 확장해야겠지만 아직은 위원회 수준으로 했다고 생각하면 됩니다."

이중하와 나는 약속된 카페 '무진기행'에서 만났습니다. 먼저 우리는 격주 간격으로 목요일 오후 4시에 정기적으로 만나기로 약속했습니다. 약속시각에서 5분 이상 이르지도 늦지도 않게 시간을 지키기로 정하고 만약 5분 이상 한 사람이라도 늦어지면 그 접선은 위험 신호로 받아들이고 바로 파기하기로 했습니다.

"현재 나와의 관계 이외에는 '차단의 원칙'에 의해 지금부터 일체 차단됩니다. 모든 보고와 과업, 활동 지시는 재우 씨와 나 사이에서만 이루어지오. 현재 조직은 지하 활동을 강고하게 지속해야 하는 정세라고 판단하고 있기 때문이오."

이중하라는 지도원과 조직 세포인 나와의 단일 라인을 형성하는 것으로 일종의 '점조직'을 이루는 것입니다. 즉, 조직의 핵심관계인 비합적 관계는 그를 지도책으로 단일화하고 조직 활동을 통해 소개받거나 만나는 사람들은 모두 일시적이거나 단편적인 프로젝트로 여기는 것입니다. 다른 이들과는 '반제애국위원회'의 존재나 사항에 대한 어떤 얘기나 정보를 주고받지 않기로 했습니다.

"돌발 상황에 따른 비상 연락선은 경미 씨로 하겠소. 서로 개인적인 관계가 있으니 이 부분은 그렇게 처리하죠. 이 비상선 이외에 어떤 라인으로도 조직은 연락하거나 접선하지 않으니 혹시 모를 혼선이 없어야 합니다."

접선 약속이 한 번 파기되면 더 이상 접선을 미루고 비상 연락선을 가동하여 연결하기로 했는데 이 비상 연락선 이외에는 어떤 신호도 받아들이지 않는 것으로 했습니다.

또한 만약 먼저 온 사람이 살펴볼 때 약속 장소의 상황이 위험하다고 판단되면 테이블 위에 생담배를 하나 올려놓거나 입에 물고 있기로 했습니다. 그러면 접선하지 않고 바로 그 자리를 뜨는 신호로 설정했습니다.

"보안수칙보다 더 중요한 것이 상호 약속을 철저히 지키는 겁니다. 이 시간 약속 불이행으로 조직선에 혼선이 올 수 있소. 시간 약속에 대한 긴장감이 항상 날이 서야 애국적 전위의 기본입니다. 그리고 항상 미행은 조심해야 합니다."

'일상적으로 버스나 지하철을 탈 때 즉, 모든 대중교통 수단을 이용할 때 가장 늦게 타고 가장 늦게 내린다. 반드시 뒤에 어떤 것도 붙이지 않는다.'는 간단한 수칙이며 일상의 행동 지침이었습니다. 특히 접선을 나올 때는 직행으로 오지 않고 두 번 이상 교통수단을 오락가락 갈아타고 움직이며 이를 고려하여 시간상 미리 출발하는 습관을 들이기로 했습니다.

"전체는 부분을 위하여, 부분은 전체를 위하여. 이것이 사회주의적 집단주의 정신이오. 우리는 무분별한 개인주의를 버리고 집단주의 정신으로 무장해야 합니다. 주변 관계도 난잡하지 않고 담백하게 정리하는 것이 좋습니다.

조직적으로 결정 난 사항에 대하여 조직원은 결사 옹위해야 하지만 그렇다고 조직이 개인의 자발성과 창발성을 무시하지는 않겠소. 경미 씨는 재우 씨가 아이디어가 많은 사람이라고 말하던데… 언제나 좋은 의견이 있으면 말해주기 바랍니다."

하지만 시작하자마자 내가 무슨 별다른 아이디어가 있을 수 있겠습니까? 그 자리에서 결국 그가 준비해온 활동 계획을 받아들이는 것으로 나의 '반제애국위원회' 활동은 시작되었습니다.

"일단, 야학부터 해 봅시다."

카페 '무진기행'에서 커피가 다 식을 갈 때쯤 이중하는 이렇게 제안했습니다. 복학을 한다면 이후 활동은 그때 가서 생각하고 일단 긴 겨울 방학 중에 일종의 노동 야학을 하자고 했습니다.

"재우 씨는 학생운동에서는 핵심적으로 많이 활동했지만… 우리 운동의 계급적 지도세력이라고 할 수 있는 노동자와의 만남은 없었습니다. 우리 조직이 반드시 노동운동 조직이라고 할 수는 없지만, 혁명의 지도 계급은 언제나 노동자계급입니다. 노동자, 농민, 청년학생이라는 남한 혁명의 3대 역량에서도 우리는 항상 노동자 계급의 지도성을 인정해야 하오. 노동자와의 관계 설정은 아주 중요한 거요."

같이 담배를 나눠 피우고 그가 먼저 자리를 나섰고 나는 그 자리에서 5분을 더 머물기로 했습니다. 서로 엇갈리게 자리를 일어서는 것, 그 모든 것이 일종의 보안 투쟁이었습니다. 카페 문을 열고 나섰을 때 어스름한 겨울 저녁에 눈발이 어지러이 날렸습니다. 쓸쓸한 거리의 풍경이 어둡고 무겁게 다가왔어요. 개인적 고민에 매몰되지 않고 언제나 조직적 활동과 연계된 집단주의적 풍모가 애국적 전위의 기본이며 그때만이 갈 길이 보일 것이라는 이중하의 말이 기억에 남았지만 내면은 흩날리는 눈발처럼 어지러웠던 것일까요?

  그해 겨울 반제애국위원회 지도책 이중하의 지시에 의해 나는 구로역 애경백화점 근처에서 노동자 야학 담당자와 만남을 가졌습니다. '반제애국위원회'의 조직 기본 관계는 이중하와의 관계이며 그가 소개하는 활동이나 사람은 일반적인 사회 활동이나 합법적 활동으로 설정되었습니다. 그러므로 언제나 기본 관계의 결정에 의해 나머지 활동은 조정될 수 있습니다. 80년대 초창기 학생운동의 경험을 가진 사람이라면 누구나 쉽게 이해할 이른바 '언더와 오픈'의 관계 정도라고 생각하면 됩니다.

  겨울 저녁 약속이라 구로역에 내려서 약속 장소를 찾아갔을 때는 이미 해가 져서 가까이 다가서지 않으면 서로의 얼굴도 식별하기 어려운 데도 처음 만나는 어떤 이가 나를 금방 찾아냈습니다. 그는 키가 크고 훤칠한 남자였는데 몇 마디 인사와 대화 속에 그 역시 '학출(學出)'임을 금방 알아챘습니다. 나중에 알고 보니 그는 그 야학의 대표 강학으로 역시 서울대 출신의 학출이었습니다.

  그렇게 그해 겨울 나의 야학 활동이 시작되었습니다. 당시 나는 구로나 영등포 등지의 서남권 서울 지리를 전혀 알지 못해서 캄캄한 밤중에 업혀 다니듯이 그를 따라다녔습니다.

  '마찌꼬바'라 불리는 소규모 철공소가 줄줄이 늘어서 있는 거리를 거닐었습니다. 짧은 겨울 해가 떨어진 어둠 속에서 몇 군데 철공소가 군데군데 용접 작업을 하고 있어 주변으로 불꽃이 튀어 별똥이 쏟아지듯 하곤 했습니다. 이윽고 밤이 되면 모두 셔터문을 내려놓고 있어 막막한 거리였습니다. 내가 처음에는 동네 이름조차 모르자 거기는 문래동이라고 알려 주었습니다.

여기에서 주로 용접이나 선반 기술을 배우고 학출들이 신분을 세탁하기도 한답니다. 그래서 학생운동 출신들이 노동현장으로 투신하는 통로의 역할을 하는 곳이랍니다. 그런 철공소는 소규모이고 열악한 작업환경에 일손이 딸려서 업주는 취업자의 신분을 점검할 생각도 의지도 없었기에 현장 투신을 위한 좋은 통로의 역할을 해주었습니다. 나아가 아예 운동의 동조자나 노동 운동 조직 차원에서 운영하는 철공소도 있을 정도였습니다.

그 철공소 거리의 뒤편 어느 골목을 돌아 내가 활동했던 야학이 있었지만 나는 아직도 그곳이 정확히 어느 곳이었는지 기억하지 못합니다. 지난날 구로구청의 어둑했던 새벽길이 거기서 멀지 않은 것 같은데 공간 지각이 전혀 연결되지 않았습니다. 돌아보면 마치 흑백사진처럼 빛바랜 추억입니다. 그 몇 해 전 동안 이어온 내 학생운동의 모습은 그래도 컬러사진이나 활동사진처럼 역동적으로 기억되는데 왜 이때의 내 모습은 정지된 흑백사진으로 내 변연계(邊緣系)에 남았는지 알 수 없지만 말입니다.

'반딧불 야학'이라는 동화 같은 이름을 가진 그 야학의 학생은 당시 방림방직의 여공들이 주었고, 기아특수강의 남자 노동자 약간 명과 구로공단 단위사업장의 노동자 몇몇이 있었습니다. 그 야학에서 몇 사람의 학출 활동가를 만났습니다. 그들은 강학이었는데 우리는 노동자 학생들과는 달리 강학 모임을 통해 가끔 따로 모이기도 했습니다.

그 자리에 단 한 사람, 여성노동자 출신의 강학이 있었는데 그녀는 김다정이라는 이름으로 통했습니다. 협진양행이라는 구로공단에 있는 회사의 노조 사무국장 출신이라고 했는데 얘기 속에서 그녀도 한 번의 구속 경험이 있다는 것을 알게 되었습니다. 해고 노동자였던 그녀는 가방에 항상 시집을 가지고 다녔습니다. 어느 때보니 혼자서 자주 노트에 무언가를 끄적이는 시를 쓰는 문학소녀였고 기억되는 이미지조차 노동운동가라기보다는 문학소녀에 가깝게 남아있습니다.

구로역, 신도림역, 문래동으로 이어지는 경인로 도로 위를 달리는 자동차의 불빛만이 다가서고 멀어지는 쓸쓸한 겨울 거리에서 야학을 마치고 강학들과 어울려 포장마차에서 닭똥집에 소주를 나누어 마시곤 했습니다. 가끔은 그 자리에 야학 학생인 앳된 여공들과 형형한 눈빛을 가진 남성 노동자들도 함께했지만 주로 강학들과 야학 내용에 대해 얘기를 주고받았습니다. 하지만 밤이 늦을수록 나는 그 순간에도 미아동에 있을 그네가 그리웠습니다.

독서토론을 하고 한자공부도 하고 노래 공연 준비를 같이하고 MT도 같이 다녀왔지만 나는 노동자 학생들과 잘 어울리지 못했던 것 같아요. 그네가 처음 말한 애국적 전위의 활동이라는 것과 이중하의 관념적이되 급진적인 명제와는 달리 너무나 일상적인 야학 활동에 내가 실망했다고 볼 수도 있습니다. 그때는 대기업 노조와 공공 노조, 기간산업, 중공업 등 대규모 노조가 상당한 조직력으로 권리 주장을 표출할 수 있었습니다. 그 시절은 1987년의 노동자 대투쟁을 거친 뒤였습니다.

애국적 전위의 공개 활동이 이런 식의 소규모 써클 방식의 야학 활동이라는 것에 내가 아마 실망했던 것 같아요. 그건 마치 대학교 1학년 때의 동아리 활동과 비슷했지요. 건방지게 말해서 전대협에서 전국적인 정세 고민을 하던 내가 갑자기 하방(下枋) 당한 기분이랄까요? 횃불을 들어도 시원찮을 전위 활동이 예쁜 반딧불처럼 깜빡거려서 무얼 할 수 있을까 하는 생각이 들었습니다.

물론 운동이란 소박하게 자리하면서 어떤 작은 자리에서도 큰 판을 준비하는 것이겠지만 그때는 내 시간이 귀하게만 여겨져서 답답하게 느꼈습니다. 어쨌든 그 겨울 나는 갑자기 바빠져서 미아삼거리에서 종로 DOS학원으로, 문래동, 구로 애경백화점, 신도림 등지로 뛰어다녔습니다.

이중하와의 정기적인 만남은 계속되었습니다. 짧을 때는 30분, 길때면 2시간 정도 소요하면서 정기적인 상담자를 만나듯이 이어졌습니다. 그는 매번 간단하게 정세에 대한 얘기와 조직의 상황에 대해 말해주었고 나는 그와 약속한 대로 학생운동의 몇 가지 공개된 문건을 구해서 전달해주었습니다. 그러니까 야학 활동을 하고는 있었지만 나는 당시 그 조직의 학생운동 담당 세포였습니다. 정작 '반딧불 야학'에 대한 얘기는 별로 없었습니다.

어느 때부터 그는 나에게 '초록(抄錄) 작업'이라는 것을 지시했습니다. '초록 작업'이란 논문에 나오는 말로 어떤 책이나 문건의 내용에서 핵심만 발췌하여 줄이는 작업입니다. 내용의 핵심이 들어가되 양적으로는 원본의 약 1/10 정도가 되게 줄이는데 그러면서 그 줄인 문장을 읽어나갈 때 특별히 이해에 무리가 없도록 재구성하자고 했습니다.

초록이 완성되면 조직 성원들이 회람할 수 있도록 할 것이며 이게 조직 내부의 중요한 교육 자료가 될 거라고 그는 말했습니다. 그 작업이 운동의 사상적 통일을 위한 중요한 지적(知的) 작업이라고 강조했습니다.

어떤 경우에는 테이프를 잔뜩 주며 그 안의 내용을 글로 옮겨줄 것을 요구하기도 하였고 그것을 다시 추려서 초록으로 만들자고 했습니다. 처음엔 별것 아니라고 생각했는데 그 작업은 상당한 시간을 소요했습니다. 점차 작업량이 많아지면서 내 일상의 많은 시간을 그 일에 복무하게 만들었습니다.

수없이 수정하고 삭제하고 교정을 해야 하는 그 초록 작업을 옛날의 타자기로는 도저히 할 수가 없었습니다. 당시 DOS 시스템의 XT, AT PC를 거쳐 386 PC까지는 나왔다고 하지만 가격이 비싸고 별다른 소프트웨어도 없었습니다. 그때 마침 대우에서 나온 '워드프로세스'라는 기계가 있었는데 범용 컴퓨터는 아니지만 지금의 노트북과 비슷한 크기에 워드프로세스만 작동되는 전용기였습니다. '감열지'라는 별도의 프린트 용지가 인쇄되는 부분이 달려 있는 프린트 일체형으로 당시에는 획기적인 제품이었습니다. '감열지'는 별도로 구매해야 하는데 두루마리 화장지처럼 말려 있다가 프린트될 때는 펼쳐서 나오는데 일정한 크기로 점선이 있어 수동으로 잘라서 사용합니다.

이 대우 워드프로세스를 사기 위해 취직한 선배에게 신용카드를 빌렸습니다. 먼저 할부로 결제한 다음 그 월부금을 다달이 갚아 나갔습니다. 그때 내가 산 '워드프로세스'라는 기계는 당시에는 상당한 가격이었기에 그 할부금을 갚는 것이 쉽지는 않았습니다.

그러나 몇 번의 재복사로 인해 열화현상이 발생하여 흐릿해진 문건을 다시 타이핑하여 깨끗하고 선명한 감열지로 프린팅하고 나서

보면 그 기계가 주는 가치가 대단했습니다. 지도책 이중하가 조직의 사상적 소통을 위한 엄청난 물적 토대가 확보되었다며 과찬하기에 이르렀으니까요.

석 달 이상의 작업 끝에 초록된 총서 열 권의 책이 만들어졌습니다. 어떤 경우에는 테이프에 녹음된 내용을 글로 옮기니 책 한 권 분량이 되기도 했습니다. 그런 작업을 위해 마치 전문 작가처럼 일상의 대부분을 워드프로세스 자판 위에서 보내기도 했습니다.

"경미 씨는 대단해요. 조직에서도 기대가 큽니다."

어느 때 이중하는 '차단의 원칙'을 어기고 그네의 가명을 부르며 내 앞에서 수연을 칭찬하기도 했습니다.

"재우 씨는 초록 작업한 게 아주 좋아요."

또 어느 때는 나의 초록 작업을 칭찬하기도 했습니다.

"『꽃 파는 처녀』 읽어 봤죠?"

"예."

"문학에서 '종자'는 중요한 겁니다. '종자론(種子論)'을 좀 읽어봐요. 문예이론에서 얼마나 선진적인 이론인지를. 문예이론이나 문학에 관심이 많다고 경미 씨한테 들었는데… 문학은 인문학이고 기본적으로 인간학으로써 매우 중요한 겁니다."

또 어느 때는 그렇게 화제를 꺼낸 다음 '사회주의적 사실주의'와 '종자론'을 학습하기 위해 특별히 스터디 팀을 만들었다고 했습니다. 총 8회에 걸쳐 단기간 '주체의 문예이론'을 학습하기로 했는데 그때 그 모임에 나온 사람 중에는 '반딧불 야학'의 노동자 강학이었던 김다정도 있었습니다. 하지만 역시 보안 원칙에 따라 김다정과 나는 이미 야학에서 아는 사이라는 것을 드러내지 않고 그 모임에서 처음 만나는 사람처럼 행동했습니다.

"이재우 씨, 제가 쓴 신데 한번 봐줄래요?"

어느 때 김다정, 그녀가 그 스터디 중에 자신이 쓴 시를 남몰래 보여준 적도 있습니다. 학생인 내가 쉽게 표현할 수 없는 생생한 노동자적 감성이 그 시에 살아있었습니다.

"아주 좋은데요. 생생하고 감동적입니다."

내 칭찬에 그녀는 부끄러워했습니다만, 박노해와는 조금 다르게 여성 노동자의 감성이 야릇하면서도 강한 계급성이 그녀의 시어詩語에 묻어나왔습니다. 본래적으로 노동자의 삶과 경험을 가진 그녀의 진지한 학습 태도와 문학적 열정으로 볼 때 나는 그녀가 어느 때에 노동자 시인이 될 것이라는 확신도 들었습니다. 작고 소박한 여자였지만 볼수록 단단했고 갈수록 내면의 지적 역량마저 깊어지고 있었습니다. 인상 깊은 여성 동지였어요.

"가칭이긴 한데 '학생인권위원회'라는 조직을 만들고 싶습니다."

"인권위?"

"예. 구속된 학생들의 원호나 지원 사업인데요. 제가 생각할 때 구속 상태에서도 밖과의 연결선이 중요합니다. 그런데 주로 애인이나 동아리 차원이나 아니면 민가협 어머님들만 신경 쓰시고… 구속되는 순간 운동적 관계가 너무 단절되고 있어요. 실제로 학생운동의 훌륭한 성원들이 투쟁 과정에서 많이 구속될 수밖에 없습니다. 그들이 이후에도 운동적 차원에서 조직적 연계를 가져야 하겠고… 먼저는 그들에 대한 인간적인 원호와 지원이 있어야겠다 생각했습니다."

그해 봄 복학을 한 나는 참으로 오랜만에 제대로 된 수강신청을 하고 사범대학 강의실에 앉아 수업을 들었습니다. 강의실 창문을 통해 책상으로 한가득 쏟아지는 햇살을 바라보며 앉아있자니 문득 평화롭다는 생각이 들 정도였어요. 복학생이라 학번제 시스템의 동원 체제에서 벗어나니 자유로운 대학생이 된 것 같았습니다.

하지만 당시 민정당, 통일민주당, 공화당의 전격적인 3당 합당으로 여소야대의 정치판이 한순간에 거대 여당이 되어 버렸기에 학생들은 또다시 참지 못하고 대열을 지었습니다. 집회가 열리고 대열이 움직이고 또 최루탄과 화염병이 날았습니다.

나는 복학생이라 금방 참여하지 않고 그냥 멀리서 지켜보거나 어느 날은 아무렇지 않은 듯 강의실에 앉아 멀리 최루탄 소리를 듣기도 했습니다. 북적이던 동기들은 어디론가 다 사라지고 어쩌다 한 번씩 낯익은 후배들의 얼굴이 보였습니다. 대열의 앞에서 메가폰을 들고 성큼성큼 걸어가던 최제원의 모습도 볼 수 있었습니다. 그 모습에서 2년 전 총학생회 시절 나의 모습이 비추어 보이기도 했습니다. 그때쯤 나는 가방을 옆에 내려놓고 본관 앞 잔디 위에 쭈그리고 앉아 멀리 교문 앞 시위대를 다소 관조적으로 내려다볼 수 있기도 했습니다.

복학을 하고 봄이 오면서 나는 자연스럽게 그 '반딧불 야학'에 작별 인사를 고하고 활동을 정리했습니다. 그 과정도 이중하의 일방적인 지시에 의한 것이었는데 그도 어떤 정보를 듣고 그리 판단한 것이라 생각이 들었습니다. 아마 내가 잘 적응하지 못한 탓이기도 했을 겁니다.

이중하를 만났을 때 나는 '학생인권위'에 대한 구상을 밝혔습니다.

"재우 씨와 같은 사건 관련자들이 아직 안에 있다고 했죠?"

"예. 그런 것도 있지만… 학생운동의 많은 친구들이 아직 있고 후배들도 계속 들락날락하고 있습니다."

"재우 동지. 참 좋은 의견이라는 생각이 듭니다. 좋은 모범이 될 것 같아요. 그 인권위 내부도 잘 조직해보시고… 학생운동의 그런 성원들은 대단히 훌륭한 인자들입니다. 식민지 시대 학생운동은 민족해방투쟁의 선봉대이며 돌격대로서의 역할을 분명히 합니다. 한국 학생운동은 일제 때부터 전통을 가진 세계 혁명사에 길이 남을 빛나는 전통을 가지고 있습니다. 학생운동의 좋은 성원이 있으면 언제든지 조직에 추천해주기 바라오."

그 날 이중하는 학생운동의 중요성과 함께 지난 성과를 치하했습니다.

그렇게 학교 내에서 '학생인권위원회' 활동을 시작했습니다. 내 계획의 첫 번째는 학생 시국사범에 대한 일지와 내용, 사진 등을 민주광장 한구석에 판넬을 설치하고 전시하는 정도였습니다. 그리고 적당한 날을 잡아 '양심수 후원의 날'로 정하고 '일일 찻집' 같은 형식을 취해 모금활동을 했습니다.

다행히 나의 이 계획은 학생운동 내의 어떤 정파도 당연히 반대하지 않았고 모두 일정 도움을 주었습니다. 나중에 총학 간부로 일했던 후배 세진의 지원으로 별 어려움 없이 잘 진행되었습니다. 특히 그때까지 교도소에 있는 양심수 이영기를 애인으로 두고 있던 후배 정원이의 도움이 컸습니다. 모인 후원금으로 옥중에 있는 학우들에게 영치금도 보내고 한 달에 한 번씩 당시 월간지인『말』지를 보냈습니다. 그렇게 우리가 당신들을 잊지 않고 있다는 마음을 전하고자 했던 것입니다.

그 뒤로 '학생인권위원회'의 더욱 발전적인 활동까지는 참여하지 못했지만 그 정도로 아직 감옥에 있었던 하태식과 친구들에게 빚진 마음과 같은 것을 약간 덜어낼 수 있었습니다.

"이번 주 토요일 밤 일제히 실행하기로 했습니다. 이 과업에는 전 조직이 함께 동원될 겁니다."

어느 때는 16절지의 반쪽에 불과한 작은 쪽지의 유인물 뭉치를 이중하가 건네주었습니다. 조직은 서울과 수도권 인근에 집중 유인물 살포를 하기로 했다는데 2인 1조로 세포구성을 하여 나는 의정부 지역을 맡았습니다. 당연히 수연과 한 조가 되어 같이 집을 나서 의정부로 버스를 타고 갔습니다.

그네와 나는 옷 속에 유인물 뭉치를 숨기고 어두운 밤거리를 배회하는 연인처럼 위장했는데 당시 우린 사실 위장이 아니라 진실로 연인이었죠. 유인물을 다 뿌리고 골목길에서 우리는 진짜 연인처럼 키스를 나누기도 했습니다.

어두운 골목길에 몰래 종이쪽지를 던지는 그런 행동이야 이전의 내 투쟁방식과 비교해볼 때는 아무것도 아니었지만, 그 유인물의 내용이 너무 센 것이어서 긴장감이 대단했습니다. 또 이상스레 수연과 함께 움직이는 자체만으로도 가슴이 두근거리며 어떤 걱정이 밀려왔습니다.

그 시절 내가 느꼈던 그 걱정의 이면을 들여다보았습니다. 돌이켜보면 그네와 나의 관계는 일반적인 젊은 연인 사이 그 이상도 이하도 아니었습니다. 불안한 정국과 달뜬 활동. 안정되고 편안하게 여자와 살고 싶었던 내게 비합법적 지하조직은 근본적인 걱정거리를 깔아놓았습니다. 그네와 나의 관계는 본질적으로 그냥 평범한 젊은 연인이었습니다.

꽃이 다 지고 난 어느 늦은 봄날 우리는 이사를 하게 됐습니다. 수연의 어머님이 올라오셔서 할 수 없이 내가 그 방의 자리를 며칠 피한 사이 그네는 부모님의 도움으로 방세를 조금 더 들여 미아동에 어느 옥탑방을 얻었습니다. 그러자 나는 또 해바라기처럼 그네를 따라갔습니다. 그곳은 다소 위험하고 흔들리는 가파른 철제 계단을 올라가야 하는 옥탑방이었지만 우리는 그곳을 좋아했어요. 그전과 달리 볕이 잘 들었고 빗소리가 더 생생하게 들렸고 하늘이 환하게 열려 계절의 변화가 더 실감 나는 곳이었습니다.

같이 이삿짐을 나르고 조그마한 찬장을 부엌에 새로 매달았습니다. 그전보다는 더 넓어진 방에 조그마한 중고 TV도 사다 놓았습니다. 그 작은 브라운관 TV가 있어 우리는 한가한 일요일이면 늦잠을 자면서 일요일 아침 시간을 늘어지게 장식하는 오락 프로그램을 누워서 보기도 했습니다.

마른장마가 띄엄띄엄 국토의 남북을 오르고 내린 뒤 태양의 계절이 찾아왔습니다. 그 시절 수연은 여름날 가끔 과감한 패션을 일삼았는데요. 하얀 허벅지가 드러나는 짧은 반바지에 위에서 내려다보면 가슴골이 훤히 보일 만큼 깊이 파인 티셔츠를 입곤 했지요. 내가 '너무 짧은 것 아냐?' 하면 그네는 '덥잖아' 하며 대수롭지 않게 넘겼습니다. 그런 여자의 자유를 말리고 싶지는 않았습니다.

우리는 가게 앞 좌판이 어지럽게 놓인 동네 작은 재래시장에 같이 나가 장을 보기도 했습니다. 배추 한두 포기를 사다 부추만 넣고 심심하게 김치를 담그기도 하고 즉석에서 구운 김을 사다 가위로 잘라놓았습니다. 그네가 그런 일의 주도권을 잡으면 나는 어설픈 조수가 되어 지시하는 대로 도와주곤 했지요. 봉지 쌀을 사서 작은 쌀통에 부어놓고 그네는 내 팔베개를 베고 잠을 자기도 했습니다.

그네가 머리를 감고 물기가 떨어지자 왼쪽으로 고개를 기울이며 수건으로 말리면서 들어오는 그런 순간에도 나는 함께 할 수 있었습니다. 속옷을 입은 그네가 로션 따위가 놓인 문갑 앞에 앉아 바쁜 외출 준비를 하면 시간을 덜어주기 위해 내가 수건을 빼앗아 그네의 머리를 툭툭 털어주기도 했어요.

빨래를 하고 청소를 하고 머리를 감고 옷을 갈아입고 우리는 일상의 한복판을 같이 지냈습니다. 그렇게 우리는 '연애'라는 그 시절인연(時節因緣)에서 '일상의 함께 하기'라는 아주 중요하고 행복한 한 시절을 같이 보냈습니다.

"이런 어쩌지?"

"왜?"

"지금 나가야 하는데… 스타킹이 없네. 있는 줄 알았는데 올이 다 나가버렸어."

"그래? 내가 사다 줄게."

"헤. 그럴래. 근데 살 수 있어?"

"세븐일레븐에 보니까 여자 스타킹 있더라고. 금방 갔다 올게."

그네의 외출 준비에 그 정도 심부름이야 아무것도 아니었습니다.

"근데 뭘로 사야 되는 거야?"

"응. 커피색으로 비너스 꺼. 팬티스타킹."

그 시절, 미아삼거리역에서 옥탑방으로 들어오는 골목 초입에 '편의점'이라는 새로운 형태의 가게가 막 생겼습니다. 지금이야 흔하디흔하지만, 그 시절 새롭게 생긴 그 편의점은 24시간 골목길을 훤하게 밝혀주어 그네의 늦은 귀가와 우리의 일상을 지켜주었습니다. 편의점의 세련된 디자인과 상품 진열로 한 번도 사본 적이 없는 여자 스타킹 사는 것도 그리 어렵지 않았습니다.

"재미없다. 수연아. 그냥 나갈까? 차라리 맥주나 한잔하자."

토요일 밤에는 동네 골목길을 조금 더 빠져나와 삼양동의 어느 허름한 영화관에 동시 상영 영화를 보러 가기도 했습니다. 영화가 재미없으면 나는 그렇게 속삭였고 우리는 별다른 아쉬움도 없이 어두운 극장을 빠져나왔습니다.

"어머! 비 온다."

"뛰자. 하나, 둘, 셋! 뛰어!"

여름날 예고 없는 소나기 내리는 그 밤, 우산이 없어서 소나기를 맞으며 우리는 동네 생맥주 가게까지 뛰었습니다. 길거리의 빗물이 튀어 종아리를 적시고 내 슬리퍼를 적시고 그네의 샌들을 적셨습니다. 어느새 비에 젖은 그네의 셔츠에서 붉은 속살이 배어 나오기도 했지만 우리는 키득대면서 넘치는 생맥주 거품에 입을 가져다 대었습니다.

"연인들은 심각한 얘기 잘 안 한대… 세상에 민족, 운동, 통일 이런 걸 얘기하면서 연애하는 사람들은 별로 없다나."

어느 때 그네가 말한 그 말처럼 우리는 반제애국전선이나 조직 활동에 대해서는 별다른 얘기를 하지 않았습니다. 대신 동네에 새로 생긴 만두가게에서 김치만두가 좋은지 고기만두가 좋은지에 대해 얘기했습니다. 식은 밥을 구수한 누룽지로 만드는 방법에 대해 얘기했고 어설픈 홍콩영화나 90년대 초반의 한국영화에 대해 비평했습니다.

맞아요. 정치적 문제, 사상적 문제 이런 건 모두 삶의 문제로 녹아나야 하는 겁니다. 어떤 사상적 공감을 먼저 내세우면서 '동지적 연인' 뭐 이런 걸 되뇌는 커플은 사랑이 가진 아삭아삭하면서도 상큼한 맛을 모르는 것이랍니다.

사랑이란 생활 또는 일상 그 자체일 수도 있어요. 한없이 무료하고 무의미한 일상의 순간에 우리는 얼마나 빛나는 사랑의 이야기를 기다렸던가요?

그네가 있다는 것 또는 그이가 있다는 것, 사랑하는 사람을 가까이 마주하고 있다는 것, 우리는 그것이 얼마나 감사한 일인지를 잊고 살기도 한답니다.

한쪽 귀에 이어폰을 꽂고 테이프 플레이어를 들으며 그 소리를 채록하려고 워드프로세서 자판을 두드리다 갑자기 후드득 하고 비가 오는 소리가 들려왔습니다. 벌써 저녁때가 되었는지 날은 어둑해졌습니다. 그 소리에 무언가 깨달은 사람처럼 나는 워드프로세서를 덮고 자리에서 일어났습니다.

그렇게 비가 오는 날이면 우산을 챙겨 들고 미아삼거리역으로 아직 돌아오지 않은 수연을 마중 나갔습니다. '삐삐'라는 페이저는 있었지만 핸드폰이 없던 시절이라 신호만 보내놓고 그냥 기약 없이 30분쯤을 기다립니다. 그러면 한 무더기의 사람들이 쏟아졌다 다시 끊어졌다 하는 사이 어느 순간에 지하철 계단을 올라오는 많은 사람들 속에서 그네를 발견할 수 있었어요. 그네도 무심코 계단 위를 올려보다 나를 알아보고는 금방 입가에 환한 미소를 지었습니다.

스커트를 입고 옅게 화장을 한 그네는 한층 성숙한 여자의 모습으로 콩콩거리며 계단을 뛰어 올라왔습니다. 내가 우산을 건네주면 그네는 펼치지도 않고 내 우산 속으로 쏙 들어왔어요. 그렇게 우리는 꼭 붙어서 비 오는 밤거리를 걸었습니다.

"배고파. 만두 먹자."

어떨 때는 금방 집으로 가지 않고 동네 골목 만두가게에 들러 만두를 한 접시 먹고 한 접시는 포장해서 나왔습니다.

"자기, 저녁 안 먹었지? 좀만 기다려 내가 옷 갈아입고… 바로 저녁 차려 줄게."

수연은 조직 일로 늦게 들어온 밤이면 내가 집에서 자기를 기다리고 있었다며 저녁을 차려주려고 하더군요. 내가 뭐 직장을 다니면서 그네를 부양하는 것도 아닌 데다 밥보다 그네와 함께 있는 게 더 좋았기에 나도 부엌으로 갔습니다.

"밥은 괜찮아. 뭐해?"

내가 뒤에서 그네를 안았습니다.

"좁아. 저리 가. 이따가 설거지나 해."

"밥은 나중에 먹자. 지금 괜찮은데…."

그런 실랑이 사이에 더 굵어진 빗줄기가 후드득후드득 창문을 때립니다. 수연은 정말 비 오는 날을 좋아했어요. 그 옛날 왜 비 오는 날이 좋으냐는 내 물음에 무심하게 그냥 '멜랑꼬레 하잖아.' 하고 답했던 그네. 하긴 그런 개인의 취향에 무슨 특별한 이유가 필요하겠어요.

비 오는 밤이면 수연은 더 뜨겁게 달아올랐어요. 우리는 그때까지도 빗소리에 묻히는 정태춘을 같이 들었고 또 김광석도 들었습니다.

사람들은 얼마나 알고 있을까요? 여자들이 자신이 욕망하는 남자 앞에서 얼마나 애교스러워지는지를. 여자들은 기본적으로 좀 장난꾸러기들이며 욕심꾸러기들인가 봐요. 우리는 기본적으로 두 개 이상의 얼굴을 가지고 살아가고 있습니다.

"수연아… 사랑해…."

"아하. 응… 나도… 나도 사랑해…. 아."

그네의 귀를 물고 속삭이면 들려오는 그네의 신음소리. 부끄러워

밝은 곳에서 얼굴을 바로 쳐다보며 말하지는 못해도 어두운 방에서 빗소리를 들을 때에는 우리도 그런 말을 내놓을 수 있었습니다. 그 시절 우리는 작지만 충분히 사랑을 나누면서 사랑한다고 속삭일 수 있는 사랑하는 우리만의 공간을 가지고 있었습니다.

한편 뜨거운 밤이 지나고 날이 밝아 등교를 하면 열혈 후배들의 대열을 멀리서 바라보는 관조적 위치에 서 있게 되지만 이면에서는 비합법 활동을 이어가며 긴장감을 늦추지 않는 전사로서의 자세를 요구받았습니다.

투쟁과 사랑, 조직과 일상, 가난과 젊음이 부추를 넣은 김치 속처럼 버무려진 시절이었습니다.

그대가 곁에 있어도
그대가 그립다

"수연아, 오늘. 학교에서 태식이 만났다."

하태식을 만난 일을 그네에게 말했습니다.

"오. 그래. 태식이 나왔구나. 몸은 좀 괜찮대?"

"응. 괜찮더라."

불볕더위가 수그러들고 내리는 빗속에 가을바람이 묻어있을 때쯤 형기를 마친 하태식은 출소했습니다. 학교 중앙도서관 앞길에서 약속도 없이 그를 마주쳤을 때 우리는 잠시 그대로 서서 서로를 바라보며 웃었습니다. 그리고 서로 다가가서 포옹을 나누었습니다. 태식은 출소와 동시에 고향집으로 내려갔다가 복학을 알아보러 왔다고 했어요.

우리는 그 날 막걸리잔을 기울이며 서로 알고 지낸 세월의 절반 이상을 감옥에서 지낸 우리의 우정과 인연을 부어 마셨습니다. 하지만 그 순간에도 그에게 내가 어떤 조직에서 활동하고 있다고 말하지 않았습니다. 그는 고향집 얘기, 홀로된 아버지에 대한 이야기, 복학 후의 학업 계획 등을 얘기했습니다. 우리는 마치 출옥 이후에 정신을 차린 복학생처럼 가만히 서로의 삶과 전망을 나누었는데 돌이켜보니 이런 화제의 얘기가 처음이기도 했습니다. 투쟁본부, 결사대 이런 얘기만 잔뜩 나누다 헤어졌으니까요.

"사법고시를 한 번 볼까 하는데…"

그때 태식은 예상 밖의 계획을 꺼냈습니다. 얘기를 찬찬히 들어보니 '한 번 볼까?' 하는 말은 그의 무심한 말투일 뿐이고 그동안 집안에도 계획을 얘기했고 학교에서도 함께 할 고시 스터디 팀을 찾아놓았습니다.

'언제 그런 생각을 했는데?'라는 내 물음에 그는 막걸리 한 잔을 다 비우고 먼 산을 바라보는 듯한 멋진 눈빛을 보여주더니 '독방에서 햇볕이 바닥에서 천장까지 옮겨가는 그 시간 내내 바라보다 생각이 떠올랐다'고 얘기했습니다. 시작도 끝도 없이 느껴지는 그 지루한 옥중의 긴 시간 발심한 그런 계획이라면 내가 더 물을 것도 없다는 생각이 들었습니다.

"건강한 거야? 허리는 괜찮아?"

"괜찮아. 달리기도 잘한다고."

냉소적이라 할 수는 없고 그렇다고 달관한 정도는 아니고 뭐랄까 태식은 좀 초연해져서 나타났다고 할까요?

"수연이는 잘 지내지?"

"그럼. 잘 지내."

태식은 그네에 대한 안부도 물었습니다.

"수연이한테 고마운 게 많았다. 내가."

"그래?"

"그럼. 서울구치소 있을 때 수연이가 영치금도 많이 넣어주고, 책도 넣어주고… 내가 고맙다고 하더라고 전해 줘. 그리고 민수야, 수연이한테 잘 해줘."

"그래, 그래. 알았다."

끝으로 '학교에서 가끔 보자.' 하며 결사대의 인연을 끝내고 마침

내 친구의 자리로 서로 돌아왔습니다. 우리는 마치 먼 전장에서 돌아온 늙은 군인처럼 진중했고 지난날을 성찰하며 서로에 대한 깊은 정을 감추지 않았습니다.

"수연아, 누구랑 같이 왔나 봐!"

계단을 쿵쾅거리며 단숨에 우리가 들어섰습니다.

"어머. 종욱이네. 와! 너무 오랜만이야. 반가워."

어느 날 한 번도 누군가를 초대하지 않았던 수연과 나의 그 작은 방으로 정종욱을 데리고 갔습니다. 남의 공간에 왔다는 생각에 잠시 쭈뼛거리던 그를 끌어 방으로 들어서니 그네의 호들갑으로 그는 금세 표정이 밝아졌습니다.

"저녁은? 기다려 내가 금방 저녁 차려줄게."

그네는 우리의 만남을 이어주고 맨 처음 우리 인연의 정체를 알아차린 종욱을 위해 작은 부엌으로 갔습니다. 새로 참치 캔도 하나 따고 밥통에서 더운밥을 펐습니다. 그네는 마치 남편의 귀한 친구를 대접하듯이 밥상을 차리고 앉았습니다. 따신 국그릇에서 피어오른 김이 작은 창문을 뿌옇게 흐려 놓았습니다. 창문을 여니 시원한 바람과 함께 어디선가 때 이른 귀뚜리 소리가 같이 방안에 들어섰습니다. 따뜻하고 즐거운 저녁이 이어졌습니다.

이윽고 밥상을 물리고 머그잔에 한가득 커피를 받아 종욱이와 흐뭇하게 둘러앉았습니다.

"신혼집에 놀러 온 것 같네. 하하. 보기 좋다."

그는 놀리듯이 얘기했지만 우리는 별로 부끄러워하지도 않았습니다. 그때 종욱은 이전에 말한 은행에 취직해서 다니고 있었습니다.

"월급은 꼬박꼬박 나오는데. 내 청춘도 꼬박꼬박 바쳐야 한다는 거지."

그 날 그는 은행원의 모습에서 마주치는 세상에 대해서 얘기했습니다. 처음에는 바쁘고 적응하기 위해 애썼던 일을 말하다가 차츰 일상의 무의미함을 내비추었습니다.

근무하는 곳이 건국대 근처라 또 일련의 학생들과 자주 마주치는 일을 얘기하며 이제는 마치 방관자가 된 자기 자신이 낯설기도 했다고 했습니다. 어느 날 본사가 있는 시내에서 학생시위대와 마주쳤는데 뛰어가는 학생들과 경찰들 사이에 아무런 관심을 받지 못하는 자신이 양복을 입고 그 가운데에 서 있었다고도 얘기했습니다.

"평화롭기는 한데. 사실은 무의미한 것 같아. 사는 게 뭔지?"

그때에 이르러 '반제애국전선(反帝愛國戰線)'은 조직이 더 확대되고 활동도 더 활발해진 것 같았습니다. 특히, 민중당 내부에 어느 정도 라인을 구축했던 것 같은데 민중당의 어떤 지구당을 거의 장악하였습니다. 그리고 '반딧불 야학'과 같은 반합적 활동 소조가 늘어났고 그 영역이 진보정당, 노동야학, 노동조합, 학생운동, 지역운동에 이르기까지 다채롭게 포진하였습니다.

"특히 기획사, 출판사, 신문사와 같은 매체 조직이 활동에 아주 필요한 거점이라는 요구가 대두됩니다."

이중하의 말처럼 당시 지방자치제와 함께 나타난 지역 신문에 관심을 고조시키며 이른바 학출들은 야학 활동보다 그런 일에 더 적합하다고 했습니다. 그리고 조직 차원에서 기획 출판사를 설립하고자 한다고도 했습니다.

그해 여름 조직은 '위원회'라는 이름과 함께 간간이 '전선(戰線)'이라는 이름을 병용(倂用)하기 시작했습니다. '전선체'라는 사회과학적 의미 또는 혁명사적 지위를 달성했다기보다는 어느 때부터 사람들이 늘어나기 시작하면서 관성적으로 그렇게 스스로를 지칭하기 시작했습니다.

"조직을 확대하겠소."

이중하는 이렇게 말했습니다. 통일전선체의 기본적 토대는 만들어졌다고 판단하였고 서울, 경기 수도권 지역을 중심으로 인천, 충청, 강원 지역으로 조직의 거점이 마련되고 확대되었다고 그는 진단했습니다.

"계속 말했지만, 학생운동의 좋은 성원들을 많이 소개시켜 주기 바라오. 조직의 확대 노선을 통한 역량 강화 시기라고 판단하며 개별적 추천과 대면을 통해 세포 조직으로 받아들이겠소."

여름이 완전히 지났을 때였습니다. 이중하는 만남의 끝머리에 항상 새로운 성원의 소개와 확대를 얘기하며 여러 단위에서 귀중한 조직 성원들이 새롭게 조직되고 있다고 말했습니다.

"조직적 의무라고 생각하고 성원을 추천해주시오."

그런 몇 번의 얘기에도 무관심하게 대했던 나에게 어느 날은 반드시 한 사람의 성원을 추천해줄 것을 요구했습니다. 현 시기 추천 활동의 중요성에 대해 평소와 다르게 장황하게 강조하기도 했습니다.

그 순간에 나는 얼마 전 보았던 정종욱을 떠올렸습니다. 왜 내가 하태식이 아니라 정종욱을 떠올렸는지는 분명한 이유가 있는 것은 아닙니다. 되짚어보면 태식은 사법고시 공부를 하겠다는 명확한 의지를 보였고, 종욱은 자신의 일상을 허무하게 말했기 때문이 아닌가 합니다. 물론 반제애국전선이 일상의 무상함을 깨어 주려고 활동하는 조직은 아니지만, 자기 일상을 그렇게 허무하게 얘기하지 않았다면 나는 정종욱을 떠올리지 않았을 겁니다.

"종욱아. 비합법 운동 조직인데…"

"비합법? 학생운동 지도하는 거야? 요새 유행한다는 늙은 학생 운동?"

완연한 가을이 되었을 때 나는 반제애국전선에 내 친구 정종욱을 소개하고 연결시키게 됩니다.

"아니, 그런 거 아니고… 뭐. 일단 사상운동이 먼저이고… 결정은 항상 본인이 스스로 하는 거고, 만나보고 결론은 네가 직접 내리면 돼."

나는 제대로 설명도 못 했습니다. 그렇게 시작해서 두서없이 이런저런 얘기를 종욱에게 했습니다. 아무 급할 것 없는 사람처럼 그는 보채지 않고 천천히 내 얘기를 들었습니다. 어느 순간부터는 나도 이중하로부터 귀동냥으로 들은 정세 분석, 사상 분석 등등을 흉내 내기 했는지 모릅니다.

지금 와서 느끼는 것이지만 그런 폼 내기, 흉내 내기는 결국 나를 갉아먹고 나를 무너뜨렸어요. 세상에 아주 작은 진리조차 자신이 깨닫지 못한 것을 마치 자신의 것 인양 말하는 것이 나중에 얼마나 자신을 무너뜨리는지 그때는 몰랐습니다.

하지만 당시에 그는 나를 신뢰했습니다. 아니 나와 친했다고 봐야 겠지요. 갑자기 학교와 운동을 떠나버린 공허함 속에서 은행원의 일상을 보내던 그는 나와는 달리 별 두려움 없이 단번에 만나보자고 했습니다.

아마 동대문과 신설동 사이 어느 커피숍이었을 거예요. 종욱은 '정경호'라는 가명을 준비하고 그곳에 나왔습니다. 그렇게 나와 종욱, 이중하가 한자리에 앉았습니다.

간단한 소개와 인사 이후 자리를 주도한 사람은 역시 이중하였습니다. 그의 단호하면서 간결한 정세 분석과 사상적 고취에 대한 역설. 내가 미아동에서 그를 처음 만났을 때와 비슷한 이야기가 오고 갔습니다. 종욱 아니 '경호'는 진지하게 그의 얘기를 들었습니다.

그것이 처음으로 세 사람이 한 자리에서 만난 자리였습니다. 기억을 더듬어 보아도 뭐 그리 심각하지도 않은 자리였고 간간이 농담을 섞기도 했었던 것 같습니다. 하지만 그 뒤로 우리 세 사람이 한 자리에서 만난 적은 없었기에 그 자리가 처음이자 마지막 자리였습니다. 서로 얽혔다고 볼 수 있는 우리 세 사람이 시공 속에서 함께한 것이 그러니까 딱 한 번이라는 것입니다.

정종욱은 왜 그리 쉽게 그 자리에 나왔을까요? 나는 왜 그를 그 자리로 초대했을까요? 무슨 필연이 있었을까요? 깊은 인과를 설명할 수 없기에 그건 우연히 일어난 일일 수도 있습니다. 그 우연이 더 운명처럼 와 닿습니다만.

병아리가 알을 깨고 나오기 위해서는 새끼와 어미닭이 안팎에서 서로 쪼아야 하듯이 학생운동 이후 경로를 잃어버린 공허함이라는 새끼와 한국현대사의 주요모순을 잡겠다는 전위의식이라는 어미닭이 때를 만나 그런 사건을 만들었을 수도 있습니다. 줄탁동기(口啄同機)라는 것이지요. 어쨌든 세상에 그냥 일어나는 일은 없습니다. 내면의 욕망이 쪼아대고 외부의 욕구가 맞닿으면서 사연의 껍질이 깨어져나가니까요.

"경미 씨는 성남으로 가게 됐어요."

수연이 졸업을 하면서 문제가 생겼습니다.

그 시절 조직은 유의미한 포스트로 몇몇 지역 신문에 거점을 마련하기로 했습니다. 3당 합당으로 지방자치제의 전면적 실시가 연기되고는 있었지만 지방자치를 요구하는 대세적 흐름은 되돌릴 수 없는 것이었습니다. 전면적인 지방자치에 대비하여 군데군데 지역 신문이라는 지역 언론이 처음으로 생기던 때였습니다.

"경미 씨는 성남에 있는 '성남 주간' 신문에 취직해서 그 지역에서 지역 신문 기자로 일단 활동하기로 했어요."

조직은 당시 몇몇 지역 신문에 의미 있는 교두보를 확보하고 있었는데 성남 지역의 주간 신문인 '성남 주간'도 그중의 하나였습니다. 1990년 아직 분당이 개발되기 전의 성남은 상대원동 공단지역을 중심으로 지역 노동운동과 지역 문화 활동, 지역 청년 활동이 상대적으로 활발한 곳이었습니다. 이른바 '철거민의 도시'로 시작된 도시이므로 운동의 계급적 기반이 튼튼한 곳이었습니다.

"조직적 결정이기도 하고 경미 동지의 사회 진출과 지역적 요구가 모두 반영된 결정입니다."

"음. 성남… 요?"

"그렇소. 경미 동지와도 어느 정도 얘기가 다 되었고… 지역 언론에서 기자로 활동하면서 그 지역 민중당 조직과 연결해서 함께 활동할 겁니다."

이미 다 결정된 것이고 내게는 통보에 불과했어요. 이른바 '경미 동지'는 마치 몸은 내게 주고 마음은 조직에 있는 것 같았지요.

일종의 조직적 위장술이라지만 그네의 성남 진출은 말 그대로 사회 진출이었습니다. 쉽게 말해 그네는 처음으로 직장생활을 하게 된 겁니다.

문제는 말이죠. 그렇게 우리의 작은 신혼집이라고도 할 수 있는 그 미아동의 옥탑방이 깨져야 한다는 것이었어요. 나는 아직 학교에 붙잡혀 있어야 하기에 성남까지 따라갈 수 없었습니다. 그리고 현실적으로 군대 문제가 계속 발목을 붙잡고 있었어요. 대학원을 가지 않는 이상, 바로 그다음 해도 장담할 수 없는 지경이었습니다.

그렇게 아무런 예고 없이 수연과 나의 그 미아동 옥탑방이 사라졌습니다. 우리는 공개적으로 동거를 한 것이 아니었기에 어디에도 그런 얘기를 하지 못했습니다. 한편 동거를 공개한다는 것이 무슨 의미인지도 우리는 미처 생각하지도 못했고요.

부랴부랴 나는 학교 근처 태식의 자취방에 간단한 내 짐을 옮겨 놓았습니다. 내 짐을 먼저 옮겨 놓고 수연의 짐까지 싸서 성남으로 옮겨놓고 방을 내놓으니 생각했던 것 보다 그 방은 커 보였습니다. 빈 방을 바라보았더니 그 방에 쏟아놓았던 우리의 추억들마저 비어 버린 것처럼 허전한 마음이 들었습니다.

그 후로도 오랫동안 나는 그 옥탑방의 추억을 잊지 못했습니다. 그네와 함께했던 비 오던 밤, 그네와 한가로이 지냈던 휴일의 그 편안했던 일상. 기약 없는 청춘의 불안한 미래와 젊은 날의 깨끗했던 사랑이 긴장감 높았던 비합법적 지하조직활동과 같이했던 그 시절의 추억이 가슴 한편에 올올히 자리했습니다. 위태로운 철제 계단이 펼쳐진 그 옥탑방을 그네가 어떻게 추억해 왔는지 나는 알지 못합니다만.

성남은 생각보다 멀었어요. 학교 앞에서 버스를 타고 여러 정류장을 거친 다음 잠실역에서 내려 또 버스를 갈아탔습니다. 복정동을 넘어 성남 시청의 비탈길을 오르는 버스에는 항상 사람이 많았습니다. 아차 하면 좌석이 없어서 땀에 전 사람들 사이에 끼여서 버스를 타고 이리저리 쏠려 다녀야 했습니다. 도시의 수많은 사람이 아침저녁으로 끊임없이 서울과 성남을, 성남과 서울 사이를 바쁘게 오갔습니다. 나는 서울 촌놈처럼 언덕과 언덕으로 이어지는 그 생소한 도시에서 버스에 의지해서만 겨우겨우 움직일 수 있었습니다.

수연은 바빠졌어요. 기본적으로 사회 초년생으로서의 긴장감이 높은 데다 조직에서 주어지는 몇 가지 사안도 함께 처리해야 했던 것으로 여겨집니다. 나중에 그네가 작성한 기사를 모은 큰 파일 스크랩을 보았는데 짧은 시간에 비해 놀랄 만큼 써놓은 기사량이 많았습니다. 처음에는 사회부였는데 주간 지역신문의 속성상 다른 부분의 일도 있었던 것 같습니다.

지역 도시는 마치 작은 왕국이나 도시국가처럼 얽히고설켜 있습니다. 그 지역에만 있는 권력자도 있고 전통적인 아전(衙前)도 있고 지역 지도자도 있습니다. 여기에 지역 언론도 있고 중앙과는 다른 지역만의 정치와 지역적 이슈가 따로 있기도 한답니다.

성남은 특유의 강한 운동성으로 그 언덕길 너머마다 지역 조직과 운동 조직이 각자의 영역과 내용, 인맥으로 얽혀 있었습니다. 수연은 그 시절 새로운 사람들을 만나고 회사가 요구하는 기사를 작성하고 빈 시간에는 반제애국전선의 전사로서 활동도 해 나갔습니다. 그렇게 그네의 가방은 차츰 무거워졌겠지요.

그때 나는 집과 학교가 멀어서 반절은 태식의 자취방에 의탁하고 지냈는데 그의 공부를 방해하지 않기 위해 나름 애썼습니다. 물론 태식은 내가 있고 없고 정도로는 꿈쩍하지 않을 자기절제로 공부에 용맹정진하고 있었습니다. 그는 대단히 규칙적인 생활을 했어요. 밥을 많이 먹으면 공부에 방해된다면서 소식을 하고 건강과 공부를 챙겼으며 매일 주어진 거리를 규칙적으로 달리고 멈췄습니다. 그런 태식을 위해 내가 해줄 수 있는 것은 집에서 김치나 밑반찬 따위를 가져다주는 것이었습니다.

그가 학교 도서관으로 책을 싸들고 가면 그 자취방은 내내 조용하였기에 나도 내 작업을 할 수 있었습니다. 그러나 그때쯤 아마 나는 어떤 슬럼프에 빠졌을 겁니다.

시나브로 조직에 대한 회의(懷疑)가 찾아왔습니다. 그 당시 내가 느낀 전위조직 '반제애국전선'은 수공업적인 조직 방식과 활동에 논조만 급진적이며 비타협성만 강조된 사상체계로 가끔 맹동주의적 행동을 요구했습니다. 반대로 나는 시스템을 갖추고 대규모로 성과를 내는 대중운동 방식을 선호했고 기본적으로는 그런 공명심(功名心)이 가득했던 젊은이였는지도 모릅니다. 야대여소(野大與小)가 하루아침에 여대야소(與大野小)로 바뀌었지만, 아직 선거를 통한 정권 교체가 가능하고 그 정도 수준도 우리의 운명을 엄청나게 바꿀 것이라고 믿었습니다.

조직은 통일전선체(統一戰線體)라고 주장하지만 다분히 형식적이었고 활동 지시가 일방적이었습니다. 지하조직의 보안성을 강조하다 보니 단선적 조직 체계는 사실 민주적 의사결정과 참여가 제한적이었습니다. 어느 때부터 비타협적이고 단선적인 사상으로 가득 찬 조직은 머리는 커다란데 팔다리는 가는 가분수(假分數)의 괴물처럼 느껴졌습니다. 수공업적, 형식주의, 맹동주의, 비민주성 등 이런 부정적인 인식이 들기 시작하자 조직의 그런 모습이 계속 엿보여서 자발적 적극성을 갖기가 힘들었습니다.

한편 더 결정적인 것은 수연이 보고 싶었다는 겁니다. 성남이 마치 먼 하늘 아래 딴 동네처럼 느껴졌습니다. 머나먼 다른 세계처럼 아득했습니다.

그네가 그리운 어스름 저녁이면 답답한 자취방을 나와 버스정류장 근처 커피숍에 앉아 삐삐를 치고 기다렸습니다. 그러나 금방 전화가 오지 않았어요. 목소리라도 들어보려고 재미도 하나 없는 책을 읽으며 기다렸습니다. 그래도 쉽게 전화가 오지 않았습니다. 그럼 한 번 더 커피숍 카운터에서 삐삐를 쳤습니다. 재미가 너무 없고 번역도 엉터리라 한 페이지 읽는데 족히 5분 넘게 걸리는 '러시아 형식주의 문학'을 나름 미학적으로 읽어보려 애쓰며 그 악서(惡書)를 30페이지나 읽어가도 전화가 오지 않았습니다. 어느 날은 두 시간쯤 지나 전화가 와서 겨우 받을 때도 있고 어느 날은 아예 전화가 오지 않을 때도 있었습니다.

정말 오늘날같이 휴대폰이 없었다는 것이 통탄할 노릇입니다. 일상은 허전하고 그네는 보고 싶고 조직에 대한 회의는 밀려오고 전망은 막막했습니다. 게다가 왜 이런 생이별을 해야 하는지 미칠 지경이었습니다.

어둡고 흐린 날이면 이제 철창에 찢긴 하늘 밑이 아닌데도 왜 나는 이별 없는 하늘 아래 서지 못하는지 내내 우울하게 지냈습니다. 사랑은 복합적이라 일상을 채워주는 친밀감과 든든함이 비어버린 자리에 그립고 보고 싶다는 메울 수 없는 상실감이 스며들었습니다.

"이게 뭐야?"

수연을 돌아보며 따지듯이 물었습니다.

"뭐…?"

내가 한 권의 멋진 시집(詩集)을 흔들어 보였습니다.

"뭔데…?"

"이거… 류시화 시집 말이야?"

"이거 뭐!"

그네가 다가와서 그 책을 낚아챘습니다.

그렇게 자주 만날 수 없었던 그때쯤 어느 주말 겨우 성남에 있던 수연의 방으로 찾아갔을 때입니다. 내가 책꽂이에서 우연히 발견한 책 한 권을 꺼내들었습니다. 그건 『그대가 곁에 있어도 나는 그대가 그립다』라는 제목의 류시화 시집으로 그 제목과 같은 시가 들어있습니다. 그것 자체야 아무 문제가 없는 거지요.

문제는 책의 표지 안쪽 간지에 그 책을 선물한듯한 이의 글귀가 적혀 있었습니다.

들기에는 무겁지만 그렇다고 놓을 수도 없는 그대.

그대가 곁에 있어도 그대가 그립다.

스물다섯 번째 생일날을 축하하며

남자 필체로 보이는 글씨로 이런 글이 쓰여 있었어요.

그 글귀의 내용이 하 의미심장해서 대체 어떻게 받아들여야 할지.

그네가 자기 책을 낚아채고 꼭 쥐었지만 나는 다시 보자고 보채지도 않았습니다. 그냥 아무 말 없이 그네의 눈을 쳐다보았습니다. 잠시 색다른 정적이 방안에 내려앉았습니다.

"이거… 나 생일이라면서…"

겨우 입을 연 그네는 말을 다 마치지도 않고 다시 입을 다물었습니다.

"누군데?"

참지 못한 내가 물었습니다.

"직장 선배라고 할 수 있는데…"

"직장 선배?"

"그래, 선배. 내가 성남 잘 모르잖아. 성남에 대해서 많이 얘기해 준다고."

"그냥 직장 선배라서… 그래서 생일을 챙겨준 거야?"

"같이 일을 많이 하니까. 내가 도움받는 것도 많고. 그 사람 성남 사람이거든."

내 질문과 그네의 답변은 전혀 맞는 것이 없고 서로 자기 말만 하는 형국이었습니다.

그리고 이럴 때는 무엇을 물어보아야 하나요? '그 남자는 어때?'라고 물어야 하나요? 어떤 장점과 매력이 있느냐고 물어야 하나요? 아니면 나와 비교해서 어떤 비교우위를 따져보아야 하나요? 그것도 아니면 날카로운 심문보다는 자백을 기다려야 하나요?

다시 침묵이 흘러 더 이상 물을 것이 없었습니다.

"같은 회사야?"

"아니 같은 신문사는 아니고… 다른 신문사 기자야."

더 이상 좋은 질문도 생각나지 않았고 스스로 옹졸하게 여겨져서 그쯤에서 멈췄습니다.

'그대가 곁에 있어도 그대가 그립다?'

이게 도대체 뭐냐? 왜 내 애인한테 이런 시집을 보내는 거야?

생일 선물을 주는 것까지야 그렇다고 쳐도 이상한 글귀에 '그대'라고 부르는 것은 과한 것이 아닙니까?

그런데도 어느 때부터 나는 '그대가 곁에 있어도 그대가 그립다'라는 그 아득한 표현이 자꾸 되뇌어졌습니다. 마음속으로 소리를 내어 읽어보기도 했습니다.

그대가 곁에 있어도 나는 그대가 그립다

물속에는

물만 있는 것이 아니다.
하늘에는
그 하늘만 있는 것이 아니다.
그리고 내 안에는
나만 있는 것이 아니다.

내 안에 있는 이여.
내 안에서 나를 흔드는 이여.
물처럼 하늘처럼 내 깊은 곳 흘러서
은밀한 내 꿈과 만나는 이여.

그대가 곁에 있어도
나는 그대가 그립다.

'그대가 곁에 있는데도 그립다'는 표현은 의미심장한 형용모순이었습니다. '그대'라는 중의적 의미가 깊게 느껴지면서 솔직히 말해서 시가 정말로 멋지네요.

'물속에는 물만 있는 것이 아니다. 내 안에서 나를 흔드는 이여, 은밀한 내 꿈과 만나는 이여. 그대가 곁에 있어도 그대가 그립다.'

자꾸 되뇌다 그 시절 내가 그 시를 외우게 됐다는 겁니다.

이게 선시(禪詩)인지 연시(戀詩)인지는 모르겠지만 말입니다.

이제 그 날을 기억해야 할 차례입니다.

돌이켜 보아도 실체를 온전히 알 수 없었던 그 조직, '반제애국전선'. 그 시절 어떤 열정과 어떤 미혹이 우리를 그 길로 이끌었는지는 알 수 없는 일입니다.

그 날은 어쩐 영문인지 지도책 이중하가 성남에 있는 수연의 자취방에서 만나자는 약속을 잡았을 때였습니다. 이중하도 이미 그네의 그 자취방을 알고 있었나 봅니다. 낙엽이 바스러지는 쌀쌀한 늦가을, 어둑한 저녁 무렵에 이제 싸리눈이 날린다 해도 이상할 것이 없는 그런 계절로 접어들었습니다.

약속된 날 저녁 무렵 내가 그 방에 도착했을 때 방주인인 수연은 미리 퇴근해서 와 있었고 지도책 이중하도 같이 있었습니다. 이중하와 나는 방 안에 놓인 식탁 겸 책상에 마주 앉았고 그네가 커피를 내주었습니다.

"재우 동지. 학생 운동의 대표로 임수경 동지가 방북했고 이를 계기로 통일운동에 대한 대중적 관심과 기반이 획기적으로 높아졌소. 임수경의 방북 투쟁은 통일 운동의 일대 쾌거라고 할 수 있습니다."

이중하는 이렇게 얘기를 시작했습니다.

"이 시기 필요로 나서는 것은 우리 운동의 진정한 지도계급이라 할 노동자계급이 방북하는 것입니다. 해서 조선노동당과 통일에 대한 계급적 논의의 물꼬를 터야 한다는 것이 우리의 생각이오. 계급모순과 민족모순의 이중모순을 감내하는 우리 운동의 진정한 전위계급인 노동자 계급의 방북 투쟁이 요구되어 집니다."

이중하의 얘기는 결국 조직에서 누군가를 방북시키겠다는 얘기였습니다.

'방북 투쟁…?' 엄청난 일이었지만 한편 솔직히 좀 뜬금없다고 생각했습니다.

"방북한다면 누가 한다는 겁니까?"

"지금은 그것도 확실히 정해진 건 아니지만, 우리 조직을 대표하고 노동자 계급을 대표한다는 의미에서 볼 때… 일단 김다정 동지를 생각하고 있습니다만, 물론 본인의 의지가 있어야 되고 조직적 논의에서도 결의가 모여야 할 겁니다."

'김다정을…?'

그녀의 이름을 듣고 나는 속으로 한 번 되뇌었습니다.

김다정이라면 나와 함께 문예 스터디를 했던 야학의 노동자 출신 강학인데…

소박한 여성이지만 강단 있는 그녀의 성정(性情)으로 볼 때 이런 거사에 적격일 수도 있겠다는 생각이 들었습니다. 더불어 이중하는 김다정을 제2의 임수경쯤으로 만들려고 하는 것인가, 하는 생각도 들었습니다.

"만약 김다정 동지가 방북을 하고 이를 공개한다면… 그럼 조직도 공개하자는 건가요?"

내가 그렇게 말을 던지자 이중하는 이렇게 받았습니다.

"공개 부분은… 그건, 아직 결정하지 않았소. 통일 운동에서도 비합적 영역이 중요하듯이 방북을 공개하는 것이 유일한 방법은 아니오. 중요한 것은 노동자계급의 대표가 평양을 방문하고 연방제 통일 방안을 비롯해서 북과 통일 논의의 물꼬를 열고 통일운동에서도 노동자계급의 지도력이 확보되어야 한다는 것이오."

'아니, 공개하지 않는다면 그건 밀입북에 다름 아닌 데…'

연방제니, 노동자 계급의 지도력이니 하는 문제보다 공개 여부가 더 핵심적인 것이었습니다. 나는 속으로 그렇게 생각하며 이것은 임수경의 방북과는 전혀 다른 차원의 문제가 될 것이라는 예감이 들었습니다.

"방북 사업과 관련해서 조직적으로 먼저 네 가지를 결정해야 합니다. 첫째는 방북 투쟁 그 자체입니다. 해서 조직 전체에 '방북 제안서'를 상정하고 집단적 결의를 모을 생각이오. 두 번째는 방북을 결정한다면 성사 이후에 이를 공개할 것인지 아니면 일정 비공개 기간을 거칠 것인지 여부입니다. 세 번째는 누가 갈 것인가 하는 것, 마지막으로 조직 전체가 이 방북투쟁을 어떻게 지원하고 구체적으로 준비할 것인가 하는 겁니다."

이중하는 자신이 말하는 '방북 투쟁'이 일종의 제안이라고 말했지만 나는 그것이 이미 결정되었고 실행하려는 절차에 불과하다는 것을 느꼈습니다.

"재우 동지가 그 제안서를 써주시오."

드디어 그는 그날 나에게 요구하려는 얘기를 꺼내었습니다.

그때 수연은 아무 말 없이 옆에서 사과를 깎고 있었어요. 그의 이야기를 듣는 순간 바로 그네를 돌아보았습니다. 그네는 무표정한 얼굴로 내 시선을 받아냈습니다. 꼭 다문 그네의 작은 입술은 미세하게 실룩거릴 뿐 좀처럼 열리지 않았습니다.

"제가 아직 내용을 잘 몰라서… 제안서를 쓸 수 있을지?"

나는 망설였습니다. 잠시 방 안에 깊은 침묵이 흘렀습니다. 그가 마침내 입을 열었고 동시에 담배를 하나 꺼내 물었습니다.

"그럼, 내가 한번 초고를 불러 볼 테니 정리한 다음에 해 봅시다."

테이블 위를 정리하고 재떨이와 내 대우 워드프로세스만 올려놓았습니다.

"남한 혁명의 애국적 전위를 지향하는 우리는 분단이 제국주의 침탈의 역사적 결과이며 우리 시대가 해결해야 할 가장 큰 민족문제이며 사회문제라고 인식하며… 에… 우리는 노동자, 농민, 학생 3

대 혁명 역량에서 먼저 노동자 계급의 지도성을 인지하며… 분단에 기초한 한국 사회의 계급 모순은 우리 사회가 인민민주주의 혁명으로 나아가야 함을…"

그는 담배를 피우면서 가끔 천정을 보며 쭉 자신의 생각을 읊었습니다. 그네는 구석에 가만히 앉아 있었고 이중하는 천천히 말을 이어갔습니다. 나는 말없이 계속 자판만 두드렸습니다. 나는 그때 그의 말을 거의 다 받아냈습니다.

그러므로 따지고 보면 그 '방북 제안서'의 기초를 잡은 사람은 이중하입니다. 물론 그걸 하나의 제안서, 즉 어떤 문장으로 완성시킨 사람은 나입니다.

그로부터 채 일주일이 되지 않아 나는 그 문제의 '방북제안서'를 수연을 통해 그에게 전달했습니다. 마치 던져 버리듯이 나는 이중하와 직접 만나지도 않고 그네를 통했던 것입니다. 그렇게 건네주고 나서 그 '방북제안서'의 첫머리에 무엇이라고 시작했는지조차 전혀 기억이 없습니다.

나는 왜 그 '방북제안서'의 한 문장도 제대로 기억하지 못했을까요? 왜냐면 그건 거짓말이었거든요. 내 생각이 없는 거짓 글이었거든요. 나중에 그 '방북 제안서'를 받은 총책 이중하로부터 잘 작성이 되었다는 치하가 있었지만 나는 조금도 뿌듯하지 않았습니다.

돌이켜보면 '방북제안서', 그 글은 내게 어떤 심리적 장애를 만들었던 것 같아요. 내가 오랫동안 글을 버리고 문학을 버리고 나아가 한 때 책 읽기마저 등 돌렸던 그런 계기가 되었다고 할까요.

글을 쓴다는 건 사실 좀 슬픈 일입니다. 이 이야기를 하고 있는 나 자신을 바라볼 때도 내가 궁상스럽게 여겨지기도 한답니다. 오만 가지 취미와 재미가 만개한 지금 세상에 쭈그리고 앉아 글을 쓴다는 건 그 자체로 궁상맞은 일이지요. 공연예술이나 영화, 그룹사운드에 이르기까지 집단 작업과 팀플레이가 넘치는 현대 예술에서 유독 글쓰기만은 오롯이 혼자 생각하고 홀로 안고 가야 하는 외로운 길이기도 합니다.

한편으로 글을 쓴다는 건 무서운 일입니다. 글이라는 것은 어쩔수 없이 고독의 동반자이고 자기 내면과의 대화이면서 끝내 외부로 내보이는 주장의 표출이기도 합니다. 서술하고 묘사하고 주장하고 논리를 펼친다는 그 글이, 자신의 생각과 아무 상관없이 단지 기교로서만 작용할 때, 그래서 '솔직함'과 '정직함'이 사라져 버릴 때 그것은 자신과 타인에 대한 기망(欺罔)이 아닐 수 없습니다. 그 '방북제안서'에 담긴 나의 거짓이 오랫동안 글을 무섭게 만들었습니다. 마치 예리한 칼에 베인 상처처럼 말입니다.

세월이 흘러 이제는 이렇게 하나의 이야기를 쓰고 있습니다.

상처는 있지만 세월 속에서 많이 아물었고 무엇보다 '있는 그대로 보라'는 하나의 화두를 가지고 있기에, 그리고 사랑하는 모국어가 있기에, 한 편의 이야기를 또박또박 적어나갈 수 있습니다.

사실주의, 리얼리즘이란 내가 이십 대 때부터 천착했던 문예사조(文藝思潮)이에요. 하지만 이제 리얼리즘이란 단순히 하나의 사조라기보다는 문학이 이루어야 할 중요한 과제 중에 하나가 된 것 같아요. 상상력과 더불어 핍진성(逼眞性)은 쓰는 사람도 읽는 사람도 붙잡아야 할 과제입니다.

'있는 그대로 보라'는 리얼리즘에 대한 불교적 표현일까요? 아니면 그조차도 오온(五蘊)이 화합하여 생긴 몸과 마음에 참다운 '나'가 있다고 집착하는 아상(我相)에 불과한 것일까요?

하지만 '있는 그대로 보는 것'과 '있는 그대로 그리는 것'은 다른 차원의 문제인 것 같아요. 실은 그림도 있는 그대로만 그릴 수는 없어요. 그리는 사람과 아무 상관없는 그대로의 세상이 별도로 존재하는지는 몰라도 도대체 그리는 사람의 눈과 손을 통하지 않고 나타나는 그림은 없을 것입니다. 글도 화자(話者)의 관점과 감정, 생각의 필터를 거쳐 서술될 수밖에 없습니다. 화자도 작자가 만들어 낸 허상에 불과하지만 말입니다.

그날이 정말로 날씨가 좋고 맑은 날이라 모두들 마음이 쾌활할 수 있었다 하더라도 화자가 '그날은 너무 맑아서 오히려 슬펐어요.' 이렇게 생각하면 그뿐이라는 거죠.

인간의 감정이란 크게 나누면 희로애락애오욕(喜怒哀樂愛惡慾)의 칠정(七情)으로 대별할 수 있지만, 그 농도와 채도가 다 제각각이라 마치 CMYK 사원색(四原色)이 섞여 그 어떤 총천연색의 인쇄물을 찍어 내는 듯합니다.

가청권의 대역폭을 벗어난 주파수를 인간이 들을 수 없듯이 가끔 일상의 감정을 뛰어넘는 진폭의 감성이 찾아올 때 이를 표현하기 위한 적당한 말이 현실에 존재하지 않아요. 언어란 기호일 뿐 내 슬픔의 질량이나 내 마음의 열량을 표현할 수 있는 하나의 단어가 없다는 겁니다. 그렇게 표현이란, 묘사란 갈수록 어려운 일이더군요.

'부사'를 쓰면 '동사'가 죽어요. '형용사'를 쓰면 '명사'가 죽는답니다. '직유(直喩)'를 쓰니 덧칠한 그림처럼 지저분해지고 '은유(隱喩)'를 쓰니 난해한 경전처럼 혼자서 염불하고 지랄이에요.

더구나 소설이란 논문과 달리 진리나 진실을 찾아가는 것도 아닙니다. 에세이와 달리 특별히 주의 주장하는 바가 없거나 느껴지지 않을 수도 있어요. 읽는 사람은 '도대체 뭔 소리 하는 거야? 이런 얘기를 왜 주절주절 대는 거지?' 하고 느낄 수도 있습니다.

그건 인간이 그리 합리적인 동물이 아니라는 데 기인하기도 할 겁니다. 또는 우리네 삶이 설명할 수 없는 우연과 비합리성으로 뭉쳐 있기 때문이기도 할 겁니다. 그러니까 '합리성을 잃어버린 우리 사는 이야기' 이게 문학꺼리일 수도 있다는 거지요. 그건 참 감사한 일이에요.

하지만 나는 믿어요. 우리 인간은 이야기를 좋아하는 종족이라고. 그것이 나의 이야기이든 다른 이의 이야기이든. 이야깃거리를 읽으며 그런대로 공감하거나, 아니면 '뭐 이런 연놈들이 있지' 하면서 터부시하거나 한 꺼풀 분별하면 그뿐. 무엇을 얻어야 하고 무엇을 느껴야 하고, 무엇을 배워야 할 것은 없습니다.

소설은 마치 술자리에서 어떤 수다쟁이 주정꾼이 떠드는 그런 쓸데없는 이야기일 수도 있어요. 가끔 공감하면 따라서 한 잔 쭉 들이키면 그뿐이에요.

그 시절 나는 직감적으로 예측했어요. 만약 반제애국전선이 문제가 된다면 바로 그 '방북제안서'가 나의 행위 중에서 가장 큰 문제가 되리라는 것을. 나는 국가보안법 유경험자(有經驗者)였기 때문에 무엇이 그 법에 반드시 저촉될 것인지를 어느 정도 알고 있었습니다.

활자는 항상 고른 크기로 얌전하게 종이 위에 줄지어 있지만 인간은 그 의미에서 여러 가지 무시무시한 행동과 해석을 해냅니다. 매끄러운 감열지에 음각된 깔끔한 글씨들의 나열인 그 '방북제안서'는 조직 지도책 이중하를 통해 조직단위 세포들에게 손에 손을 통해 옮겨졌고 그들은 어떤 의지(意志)를 모아 갔을 것입니다.

전위(前衛)는 사생활(私生活)이 없다

"전위는 사생활이 없습니다. 사생활이니 프라이버시니 하는 것 자체가 부르조아지적 발상이요. 특별히 계급의 전위를 지향하는 우리는 반드시 높은 도덕적 풍모를 가져야 합니다. 자신의 개인적 생활도 자신의 개인적 감정도 인민들이 보기에 도덕적으로 문제가 없어야 하오. 그런 삶을 지향해야 하는 겁니다. 그런 점에서 재우 씨는 자기비판이 필요한 것이 사실입니다. 더 문제는 그런 자기비판을 지금 받아들이지 않고 있다는 거고요."

"나는 쉽게 잘못했다고 말하고 싶지 않습니다. 제 감정의 문제… 제 마음을 그렇게 비판의 대상으로만… 두고 싶지는 않습니다."

세밑을 앞두고 이중하와 만났을 때였습니다.

그 날 이중하는 '방북투쟁'에 대한 조직적 결의가 모아졌다고 말하면서 일정 기간 비공개로 하기로 했다고 했습니다. 비공개는 예상했던 일이며 그 무서운 계획은 이제 그 자체로 밀입북이 되어버릴 것입니다. 전대협(全大協)과 같은 대중적 기반도 없으면서 성격이 전혀 다른 조직이 왜 갑자기 그런 흉내를 내는지 알 수 없었습니다.

"다정 씨가 갈 예정입니다. 김다정 동지가 스스로 결의를 내놓았습니다. 우리 조직을 대표할 김다정 동지를 지원하고 안내할 해외 조직과의 연락도 이루어졌습니다. 우리는 장도(壯途)에 오르는 김다정 동지를 위해 환송회도 열 것이고 필요한 방북 투쟁 자금도 모금할 겁니다."

나아가 방북투쟁을 위한 조직적 자금 모집을 결의했다는 얘기를 꺼냈습니다. 그건 결국 조직원 개별에 방북자금을 할당하는 결의였고 사실 결의했다기보다는 지도책 이중하의 설정이었을 겁니다. 결의나 할당이나 결과는 같은 것이니까요.

아마 이 부분에서 내가 할당된 방북자금을 거부했던 것 같습니다. 워드프로세서 대금도 다 못 갚은 상황에서 현실적으로도 돈을 마련하는 것이 사정상 너무 어려웠고 안 그래도 회의감에 들었기에 그런 지시를 받아들이기가 쉽지 않았습니다. 결국 나는 속내를 드러냈습니다.

"저는 방북… 그 투쟁에 동의할 수가 없습니다. 감히 말씀드리건대… 그건 일종의 맹동주의(盲動主義)라는 생각이 듭니다. '남한 혁명은 남한 민중의 손으로'…"

이중하는 내 말이 끝나기도 전에 낚아챘습니다.

"'남한 혁명은 남한 민중의 손으로', 그 말은 맞는 말이지만, 그것만 강조하면 오히려 교조주의요. 자체 역량을 키우기 위해서는… 혁명 기지와의 연대도 필요한 것입니다."

나도 지지 않고 주장을 반복했습니다.

"그런 식의 방북 투쟁은… 그러니까 밀입북은 그 자체로 모험주의입니다. 자칫 엄청난 후과가 생길 수 있습니다."

이중하는 깊게 담배 연기를 마시고 내뿜었습니다.

"선도투쟁(先導鬪爭)을 부인하는 겁니까? 언제나 애국적 전위의 희생 없이 운동이 전진할 수 있다고 생각해요? 맹동주의라고 단정하는 건 조직에 대한 모독이요."

우리는 평소와는 다른 톤으로 소리를 높이기 시작했습니다. 그렇게 내뱉고는 잠시 서로 입을 다물었습니다.

그런 와중에 그는 갑자기 다른 얘기를 꺼냈는데, 그건 미아동에서 나와 그네가 동거한 부분에 대한 지적이었습니다. 내가 그 부분에 대해 얘기한 적이 없었는데 그는 그 사실을 이미 알고 있었습니다. 어떤 이유에서든 그가 그런 정도 사실은 알 수도 있으리라 생각했습니다.

어떻게 알게 되었느냐는 질문은 하지 않았고 나는 어설프게 '그건 사적인 문제'라고 말했던 것 같습니다. 이 부분에서 이중하는 단호하게 비판의 잣대를 들이댔습니다.

"재우 동지. 경미 씨와의 관계를 단지 자신의 감정의 문제로만 봅니까? 재우 씨가 경미 씨와 동거한 것. 그 자체부터 사실 문제이며 조직은 비판적 관점을 가지지 않을 수 없습니다. 여타의 다른 사람들에게 떳떳하게 말하지 못할 자신의 사생활을 가져서는 안 되오. 그건 우리가 추구하는 도덕적 풍모가 아니오."

"저를 비판하는 것은 좋습니다. 다 떠나서 제가 도덕적으로 문제가 있다는 것도 받아들인다고 하고… 그럼 도덕 이전에… 제가 경미를 사랑했고… 하여튼 그런 것도 잘못입니까? 여긴 감정도 없나요?"

"왜 이렇게 감정적이죠? '사랑'이라는 말로 모든 것을 덮을 수는 없습니다. 내가 말하는 것은 사랑 자체를 비판하는 것이 아니라 그런 개인적 감정에도 흔들리지 않는 집단주의적 정신을 가진 전사(戰士)가 되어야 한다는 겁니다."

그러면서 그는 그 무서운 테제 '전위는 사생활이 없다'를 꺼내들었습니다. 그는 조직과 공유하지 않는 사생활은 조직원의 자세가 아니라며 나를 몰아세웠습니다.

"저와 경미에 대해 그렇게 도덕적 잣대를 들이대며 뒷담화를 까는 것도 일종의 모독입니다. 이건 개인적 사랑의 문제입니다."

나는 처음으로 지도책 이중하와 대거리를 했고 그의 지시를 거부했습니다.

"개인적 사랑보다 더 크고 높은 혁명적 과업이 애국적 전위에게 있소. 개인의 감정을 앞세우는 것은 뿌띠부르조아지적 사고입니다."

우리는 그 날 주변을 아랑곳하지 않고 목소리를 높였는데 그것만 보더라도 감정을 잘 다스리지 못하는 일반인과 같은 행동으로 전위의 그것과는 거리가 멀었습니다.

그 자리를 어떻게 마쳤는지는 모르겠습니다. 냉각기를 가지자고 했는지 아니면 그가 내게 '근신(勤愼)'하라고 했는지 정확하지는 않지만, 다음 약속을 좀 멀찌감치 잡고 특별한 과업(課業) 아니 숙제 없이 지낼 수 있게 되었습니다.

의견 충돌과 다툼이 있었지만 이중하와 헤어져 돌아설 때는 오히려 지겨운 초록 작업에서 벗어나 휴식할 수 있을 것이라 생각했습니다. 그때 나는 정치경제학 같은 서적에 너무 마음을 부대끼지 말고 편하게 소설에 기대어 보기로 했습니다. 하지만 책 살 돈도 마땅치 않으니 동네 책 대여점에서 빌려다가 뭘 읽기는 읽었는데 난삽한 마음이라 별 감흥이 없었어요. 할 수 있는 게 책 읽기뿐이었지만 스승도 없고 도반(道伴)도 없었기에 하릴없는 시간 죽이기에 불과했을 것입니다.

자기 삶을 틀어쥐지 못하고 조직 활동이라는 미명(美名)으로 너무

타력(他力)에 의존하다 보니 금방 생활이 흐트러졌습니다. 열정 없는 방황은 삶을 금방 피폐하게 만들었습니다. 미혹일지라도 고단한 투쟁의 길을 가는 것과 회의에 빠져 방향을 잃고 헤매면서 떠밀려 가는 것은 전혀 다른 것이었습니다. 혼란스러운 지경이었습니다.

그때 나와 달리 하태식의 용맹정진(勇猛精進)은 대단했습니다. 두툼한 법서(法書)에 손때가 묻고 침이 묻어 감출 수 없는 손길로 책은 불룩해졌습니다. 책마다 빼곡한 글씨가 새겨지고 새벽같이 나가서는 밤늦도록 도서관에서 돌아오지 않았습니다. 그가 가끔 막걸리 한 잔을 하고 들어올 때는 한 권의 책을 걸이한 날이었을 겁니다.

이제 그 날 새벽에 내가 겪은 얘기를 해야 할 차례입니다. 한때는 그 기억을 끄집어내고 싶지 않았지만 세월이 흘러 이제는 아무렇지 않게 돌아보아도 될 만큼 빛이 바랬습니다만.

아마 그 전날 밤 태식과 함께 소주를 마신 기억이 있습니다. 맞아요, 그건 태식의 스터디 팀과 함께 어울렸던 자리였어요.

"지리산 갔다가… 남해로 가는 거야."

그 용맹정진 고시 공부팀은 겨울 공부 결제(結制)에 들어가기 전에 호연지기(浩然之氣)도 기르고 팀워크도 다질 겸 지리산(智異山)으로 겨울 산행을 떠난다고 했습니다. 그 전야제로 술자리를 가졌는데 태식이 외에도 내가 아는 면면들도 있었기에 합석을 하게 되었습니다.

술자리가 무르익자 자연스레 사람들이 내게 같이 산행을 가자고 했어요. 산행 이후에는 남해의 어떤 섬으로 여행 일정을 이어나가겠다고 했는데 그곳에 어떤 팀원의 고향집이 있기에 모두 초대를 하겠다는 것이었습니다. 술김에 내가 '그럴까'하고 말을 하니 모두들 같이 가자고 잔을 권했습니다. 하지만 일정을 따져보니 남해로 들어가는 때쯤에 이중하와의 약속이 걸려있어 최종적으로는 어렵겠다고 사양했습니다.

그리고 그날 밤 태식의 자취방에서 같이 잠을 잤습니다. 자는 중에 너무 목이 말랐다는 기억이 듭니다. 그리고 어지러운 꿈을 꿨던 것 같습니다. 그래요. 그 꿈은 아마 내가 어떤 길을 떠나가고 내 뒤에서 수연이가 나를 더 이상 쫓아오지 못하고 바라보는 그런 꿈이었습니다. 앞뒤의 사연이 무엇인지는 알 수 없지만 나는 또 떠나가고 그네는 나를 놓치는 그런 안타까운 꿈 말입니다.

꿈속에서도 타는 목마름이 찾아왔어요. 그 타는 듯한 갈증 때문에 잠에서 깨어 물을 찾았습니다. 원효가 해골바가지의 물이라도 단숨에 마시듯 달고 시원하게 찬물을 마셨습니다. 돌아보니 태식은 잠에 빠져있었고 새벽인지 아니면 아직 한밤중인지 밖은 캄캄했어요. 갈증과 물 한잔과 기억나지 않는 어설픈 꿈과 여러 상념에 얽혀 잠을 놓치고 바람벽에 기대앉았습니다.

엉클어진 상념(想念)이 휘몰아치고 윙하는 바람 소리가 지나가고 빠앙 하는 차 소리마저 들려왔습니다. 이런 고요한 겨울 새벽이면 어린 시절 고향집에서는 먼 데서 덜커덩덜커덩하는 기차 소리가 들려오곤 했습니다. 그 아련한 소리만으로도 얼어붙은 강물 위로 기차가 달리는 장면이 어둠 속에서 떠오르곤 했었지요. 점점 잠이 멀어지고 내 속의 생각들이 저마다 춤추기 시작했어요. 조각난 꿈들이 파편처럼 흩어져 갔습니다. 그렇게 상념이 흘러다니다 결국 그네에게까지 가 닿았습니다.

그네가 보고 싶어졌습니다. 옆에서 잠든 친구를 내려 보다 이윽고 나는 자리에서 일어났어요.

작은 가방을 매고 그 방을 나와 그네가 있는 성남으로 향했습니다. 동네 골목을 빠져나오는 동안 한 명의 사람도 지나치지 못할 만큼 세상은 아직 잠들어 있었습니다. 몇몇의 사람만이 얼어붙은 차창에 머리를 기대고 있는 버스를 타고 잠실까지 갔습니다. 히터를 틀었지만 버스는 외풍이 심해 몸을 잔뜩 웅크리고 자리에 파묻혔습니다.

잠실에서 다시 버스를 갈아타고 아직도 어두운 송파대로를 지났습니다. 새벽일을 나서는 사람들의 집합장이라 할 복정동을 지날 때도 인파와의 방향이 반대였기에 내내 버스는 빈자리가 있었어요. 오히려 차 내에서도 입김이 나올 만큼 추웠습니다.

입김을 불어가며 그네가 사는 성남동 비탈길을 올라갔어요. 그때까지도 날은 밝아오지 않았습니다. 수연은 곧 출근을 해야겠지만 아직 주위가 동이 트지 않은 새벽이니 그네의 방에서 언 발을 녹이고 같이 아침을 먹을 수도 있을 겁니다. 그네가 나가면 방을 치우고 그 날은 그 방에서 그네가 퇴근하기를 기다리며 지내고 싶었어요.

그렇게 그네의 방 앞까지 왔습니다. 여러 세대가 사는 다세대 주택이라 항상 빠끔히 열려 있는 철제 현관문을 조용히 열고 건물 옆의 좁은 모퉁이로 들어섰습니다. 그네의 방은 옆 모퉁이에 붙어 있는 방인데 옆에 작은 부엌이 달려있고 방 문 앞에 신발을 벗고서야 들어갈 수 있는 방이었습니다.

찬바람에 고개를 푹 숙이고 그 방 앞에 이르렀습니다.

그리고… 오, 나는 정말 그 자리에서 발걸음이 멈춰졌습니다.

신발 두 켤레가 나란히 놓여 있었어요. 그네의 방 앞에 두 켤레의 신발이 나란히 놓여있었습니다. 한 켤레는 여자 신발이고 한 켤레는 남자 구두였습니다. 여자 신발은 그네의 것이 분명하지만 구두는 누구의 것인가요?

처용처럼 네 가랑이를 본 것은 아니지만, 두 켤레의 신발을 보았습니다. 나는 그 자리에서 한 발짝도 움직이지 못했습니다. 방안은 불이 꺼져있고 인적도 없는 듯 고요한데 그 자리에서 그렇게 한없이 얼어 붙어있었습니다.

이건 무엇을 의미하는 것일까요? 지금 어디에 나는 서 있는 것일까요?

무거운 침묵과 어둠 속에 아픈 칼바람이 지나갔습니다. 차가운 바람이 지나갔지만 돌덩이처럼 그냥 그렇게 있었어요. 방 안은 너무나 고요했어요. 마치 아무도 없는 듯했습니다.

'혹시 아무도 없는 것은 아닐까?'

문 뒤의 현실이 두려웠습니다. 한참 뒤에야 겨우 문을 두드렸습니다.

"수연아… 수연아."

이상하게 내 목소리는 아주 작게 소리가 나왔어요. 아무도 들을 수 없는 속말에 불과한 그런 소리였습니다. 아무 반응이 없었습니다.

정말 아무도 없는 것인가?

그런데 후드득 방 안에서 인기척이 들렸어요. 하지만 문은 열리지 않았습니다.

"수연아! 나야."

내가 좀 더 큰소리로 그녀를 불렀습니다. 그리고 다시 문을 두드렸습니다. 걸어 놓은 문고리가 딜컹거렸습니다. 방 안에는 분명 사람이 있었어요.

"잠깐만…"

잠시 뒤 문 너머로 방 안에서 수연의 목소리가 작게 들렸습니다.

순간 그 목소리만으로도 와락 반가웠어요.

"수연아!"

나는 다시 재촉했습니다. 문을 쉽게 열리지 않았습니다. 또 문을 두드렸습니다.

"수연아, 추워."

"잠깐만… 기다려."

이윽고 겨우 방문이 열렸습니다. 문을 열자 방 안의 온기가 훅 밀려왔어요. 따뜻했습니다. 따뜻했기에 추운 곳에 서 있었던 나는 더 소외된 것 같았습니다. 그네가 놀란 얼굴을 하고 내다보았습니다.

"민수야, 왜 왔어?"

그러나 그네는 춥고 먼 길을 온 내게 너무 야박한 말을 던졌어요. 아니, 놀래서 그랬겠지요.

나는 감히 그 방에 들어서지 못하고 안을 들여다보았습니다. 급하게 이불이 개켜있고 베개 두 개가 엇갈려서 놓여있었습니다.

그리고 방 안에는 내가 모르는 어떤 남자가 있었어요. 그 구두의 주인인 그 남자는 벽에 기대어 앉아 있었습니다. 하지만 나는 그 사람의 얼굴이 하나도 궁금하지 않았습니다.

분명 그들은 같은 이불을 덮고 누웠다 급히 일어났나 봅니다. 나의 그네는 나 아닌 다른 남자와 그 방에서 하룻밤을 보낸 것이 분명했어요.

내가 지금 보는 이 광경이 무얼 말하는 건지, 내가 무엇을 알아야하고 무엇을 느껴야 하는지 혼란스러웠습니다.

"수연아! 나와 봐!"

나는 그때도 방 안에 들어서지 않고 서 있었습니다. 좁은 그 방에 신발을 벗고 들어서고 싶지도 않았습니다. 내 말에 수연이 맨발로 밖으로 나와 겨우 신발을 찾아 신었습니다. 그네는 바로 내 손을 잡으려고 했지만 나는 손을 뿌리쳤습니다.

"뭐야! 어떻게 된 거야?"

"민수야, 좀 있다 출근도 해야 돼. 오늘은 그냥 돌아가. 내가 나중에 연락할게."

그네는 구차하게 나를 달래지 않았습니다.

"뭐하는 거야?"

확 짜증스런 소리를 내질렀습니다. 그네는 난감해 했지만 쉽게 대구하지 않았습니다.

"어떻게 오셨는지는 모르겠지만… 오늘은… 그냥 자리를 좀 피해 주셨으면 합니다."

방 안에서 그 남자가 그네의 난처함을 도와주려는 듯 그런 말을 던졌습니다. 그 사람 역시 구차하지 않았고 당당했습니다. 이상스레 나는 그게 그리 나쁘게 여겨지지는 않았습니다. 구차하게 얘기했다면 더 짜증이 났을 겁니다.

"이건 우리 문제니까. 당신은 가만있어요."

나는 문제의 소유권을 내세워 날을 세웠습니다. 그네는 당혹스러운 상황에서 얇은 입술을 꼭 깨물고 있었습니다. 나도 계속 소리를 지르거나 대판 싸우지도 않았습니다. 젊고 열정이 넘친 나도 추하지 않고 세련되게 굴려고 무척 노력했습니다.

"민수야. 회사 가서 연락할게."

"연락할 필요 없어."

"일이 있어서 그런 건데…"

"실망이야! 이런 식이면 다 그만두자."

"그런 게 아니고… 나중에 설명할게."

"부끄러운 줄 알아! 설명이고 뭐고. 니 마음대로 하고. 나는 가련
다."

어떤 대화가 될 수 없는 상황이었습니다. 나는 이대로 돌아가기로
했습니다. 그 날 나는 방안에 들어서지도 않고 돌아섰습니다. 정확
히 기억나지는 않지만 돌아서며 내가 그 남자의 구두를 발로 찼던
것 같습니다.

"민수야! 연락할게!"

그네가 꽤 멀리 쫓아 나왔지만 뒤도 돌아보지 않고 비탈길을 내려
왔습니다. 내 이름을 부르는 그네의 목소리와 함께 그네가 찬바람
속에 계속 서 있는 것이 느껴졌지만 나는 돌아보지 않았습니다. 돌
아보면 소금기둥이 될 것 같은 굳은 마음으로 그 길을 빠져나왔습
니다.

생각해보면 그 날 너무도 온순하게 나는 갔던 길을 되돌아 왔습
니다. 꿈길 같은 길을 따라 꿈같은 광경을 보고 그 길을 다시 되돌
아서 종암동으로 돌아왔습니다. 이윽고 아침 햇살이 반짝 내리는데
도 그날의 춥고 매서웠던 칼바람은 몸과 마음을 꽁꽁 얼렸습니다.

잠을 설치고 찬바람을 맞고 돌아와서 그런 걸까요? 태식이 이미
학교로 나간 빈 방에 겨우 돌아와 누우니 고뿔 기운이 찾아오는 것
같았습니다. 식은땀이 속옷을 적시는데 머릿속과 이마에는 땀방울
이 맺히면서 얕게 끙끙 대기 시작했습니다. 흐린 겨울날 어둑한 방
안에 불도 켜지 않고 젖은 빨랫감처럼 널브러졌습니다.

어느새 얕은 신음을 혼자 앓다가 깜박 잠이 들었습니다. 햇볕도
한번 나지 않던 짧은 겨울날이 그만 허무하게 저물고 사방이 컴컴한
때에 겨우 눈을 떴습니다만, 천장만 쳐다보며 그대로 또 누워있었습

니다. 새벽의 그 목격담이 '악몽이었나?' 느껴질 만큼 몽롱했습니다.

"민수야. 어디 아프냐?"

"응. 아니… 좀… 왜?"

그런 저녁 무렵인가 태식이 모처럼 일찍 들어왔습니다.

"머리가 땀에 다 젖었네. 많이 아프냐? 민수야."

"아냐. 잠을 좀 설쳤더니… 피곤하기도 하고… 찬바람을 좀 맞았나 봐."

"아침부터 없던데. 혹시 성남 갔다 왔니?"

"아니야. 딴 데 약속이 있어서…"

거짓말을 했지만 그는 내 말을 믿는 것 같지는 않았습니다.

"저녁은 먹었냐?"

"아니. 별생각이 없네."

내가 벽을 보고 돌아눕자 태식도 더는 말을 붙이지 않았습니다. 그가 나를 가만히 쳐다본다는 느낌이 왔지만 벽처럼 움직이지 않았습니다.

이윽고 그는 자신의 일을 해나갔습니다. 한참 있다 내가 옆으로 돌아 방 안을 보니 그가 배낭에 짐을 꾸겨 넣는 것이 보였습니다.

"어디가?"

무심히 물었습니다.

"응. 말했잖아. 우리 스터디 팀, 지리산 간다고."

"지리산?"

"그래. 겨울 산행하고 섬에 갔다가 다시 책에 파묻히기로 했거든."

"언제 오는데?"

"한 일주일 정도 잡았는데."

'일주일…?'

그럼 나는 일주일 동안 혼자서 누워 있어야 하는가 하는 망상이 갑자기 들었습니다.

"야! 나 혼자 두고 가는 거야?"

그 순간 이불을 뒤집어쓰고 있던 내가 벌떡 일어나 따졌습니다.

"아니. 너 약속 있다며. 같이 가자고 했더니 니가 안 된다고 했잖아."

태식은 내 모습에 휘둥그레졌습니다.

"내가 그랬나? 그래도⋯그렇지. 그래. 나. 약속 취소됐어. 나도 돼. 태식아, 나도 가자. 지리산."

그런 기분에 빈방에서 혼자서 있기 싫다는 자각(自覺)만으로 태식의 겨울 여행에 갑자기 동참하게 되었습니다.

용산역 플랫폼의 찬바람은 그냥이라도 매운 눈물이 맺힐 만큼 매섭고 엄혹했습니다. 사지(四肢) 말단의 감각이 무뎌지고 양 볼이 빨갛게 얼어갈 때쯤 밤새 달려 새벽녘에나 구례역에 도착할 통일호 열차가 들어섰습니다.

짐을 올리고 추위를 쫓을 겸 종이컵에 소주 한 잔을 마시고 일행들은 내일의 산행을 위해 잠을 청했습니다. 기차 히터에 얼었던 몸이 풀리면서 스르르 녹아내리니 모두 이내 잠이 들었는데 낮에 충분히 눈을 감았던 탓인지 홀로 쉬이 눈을 붙이지 못했습니다. 손에 팩 소주를 하나 들고 혼자 객차 연결 칸으로 나갔습니다.

연결 칸의 작은 창문에 성에꽃이 가득 피어 철로 가의 불빛이 꽃무늬처럼 번져가는 그 아래 발판에 앉았습니다. 열차의 덜컹거림이 온몸으로 전해왔습니다. 소주를 물처럼 마셨습니다. 지리산은 어디에 있는지 밤 기차는 가끔 웨엥하는 울음을 울며 끝없이 덜컹거렸습니다.

소리 없이 눈물이 흘러내렸어요. 또 소주를 들이켰습니다. 눌러왔던 아픈 마음이 터져서 울음도 나왔습니다. 닦지 않은 눈물이 줄줄 내리고 나중에는 콧물도 주책없이 흘러서 입술 위를 적셨습니다. 어깨를 들썩이는데 그나마 기차의 덜컹거림이 내 울음소리를 묻어주었던 것이 다행스런 일이었어요.

그런 때에 누군가 내 손의 팩 소주를 빼앗아 자기가 한 잔 마셨어요. 돌아보니 태식이었습니다. 그는 아무것도 묻지 않고 아무 말도 하지 않았습니다. 친구 태식은 그냥 아무 말 없이 내 어깨를 감싸주었습니다. 그때 그는 내가 가장 바라던 위로의 행동을 해주었습니다.

그 순간에 나는 누구에게 어떤 말도 어떤 충고도 어떤 분석도 듣고 싶지 않았거든요. 내가 어떤 이를 깊이 사랑했고 또 어떤 이로부터 상처받음을 그대로 느끼며 단지 누군가 그냥 말없이 감싸주기를 바랐습니다. 충고 없이 위로받으며 내가 흘릴 수 있는 한줄기 눈물을 깨끗하게 흘리고 싶었을 뿐이죠.

한참 후에 태식이 조용히 말했습니다.

"민수야. 그만 들어가자. 침낭 덮고 한 잠 자자. 산에 올라가야지."

양지는 녹아서 질퍽거리고 음지는 아직 살얼음이 놓인 그 산, 지리산. 처연한 겨울 운무(雲霧) 사이로 산이 산을 불러 봉우리 물결이 우쭐우쭐 흘러가는 그 길고 긴 능선 길을 앞사람을 따라 걸었습니다. 발밑의 아이젠으로 살얼음을 깨며 철커덕 철커덕 나아갔습니다. 추워서, 코끝이 쨍하게 추워서 아무 잡생각마저 얼어 붙이는 그 산기슭을 오르고 또 올랐습니다. 혁혁 입김을 불며 걷고 또 걸었습니다.

겨울 산행은 고되었지만 가야 할 길이 있고 올라야 할 봉우리가 있었기에 등짝에 김이 오르도록 걷다 보면 슬픈 마음이 젖을 틈이 없었습니다. 더구나 맹목(盲目)으로 앞사람의 발길만 좇으면 만사가 간단하기에 그때서야 더는 눈물을 흘리지 않았어요.

노고단을 내려와서 피아골 삼거리와 임걸령을 지나 경남, 전남, 전북이 갈라진다는 삼도봉(三道峰)에 도착했습니다. 뱀사골 산장에 이르러 점심을 펼쳤어요. 일행이 많은 데다 놀면 쉬면 가는 탐방(探訪)에 눈길과 얼음길, 진흙길이 오락가락하여 속도를 내지는 못했습니다. 세석까지 가려던 걸음이 점심 먹고 퍼지면서 토끼봉 지나 연하천 산장에서 짐을 풀었습니다.

미역국을 끓이고 팩 소주를 스테인리스 머그잔에 담아 나눠 마셨습니다. 오싹하고 얼얼하고 짜릿했습니다. 밤중에 화장실을 가려고 나오니 달빛이 연하천의 나무들을 모두 허연 색깔로 바꿔놓았습니다. 깊은 숲이 하얗게 바래서 별천지(別天地)같이 변색했는데 툭툭 가지에 쌓인 눈덩이가 떨어지는 소리가 어둠 속에서 들려왔습니다. 여기저기서 귀신들이 나와 춤춘다 해도 하나 이상할 것 없는 별인간(別人間) 귀신 산천(山川)이었어요.

해가 지면 태식과 산 속에서 소주를 기울였지만 축 처져서 민폐를 끼치고 싶지 않아서 해가 뜨면 더 신이 난 듯이 발걸음을 재촉했습니다. 드디어 나는 웃고 떠들었습니다. 달관한 성자(聖者)처럼 애써 웃고 떠들었다고요.

형제봉과 벽소령을 지나 선비샘에 이르렀습니다. 칠선봉 가기 전 전망대에 이르자 열 겹의 산봉우리가 물결처럼 어우러지고 하늘은 시리게 맑아 구름 사이로 서광(瑞光)이 내리는 화엄세계(華嚴世界)가 펼쳐졌습니다. 누군가 멀리 천왕봉이 보인다고 손짓으로 알려주었습니다.

산꽃의 전시장이었던 세석평전에 맑은 햇볕이 한꺼번에 쏟아져 내려와 얼음 낀 바위마다 눈물을 흘리고 있었습니다. 아껴 피던 '솔' 담배는 다 떨어지고 마지막 한 갑 남은 '청자'를 피웠지만 그 까칠한 담배가 산 밑과 달리 부드럽고 구수하기가 말할 수 없었습니다. 세석산장에서 다시 짐을 풀고 물을 끓이고 잠자리를 잡았습니다.

다음 날 산길에 익숙해지자 단숨에 촛대봉, 장터목, 제석봉을 지나 드디어 천왕봉에 올랐습니다. 고된 산행이었지만 가야 할 길이 있고 올라야 할 봉우리가 있었다는 것은 다행입니다. 그 길이 온화한 봄꽃의 길이 아니라 춥고 숨찬 얼어붙은 길이라 할지라도 젊음 앞에 가야 할 길이 놓였다는 것은 축복받을 일이에요.

'하고 싶은 일'을 했다기보다는 '마땅히 해야 할 일'을 하는 것으로 다져졌던 우리들의 젊은 날. 그 당위에 대한 헌신과 복종이 결코 무의미한 맹목의 세월은 아니었을 겁니다. 시대는 바야흐로 '네가 과연 무엇을 하고 싶은 것이냐?'라고 청년들에게 묻는 시대에 접어들었지만, 에너지는 '당위'와 '자율', 그 어떤 경우에도 발휘될 수 있습니다.

중산리 쪽으로 하산 길을 잡고 일행들은 부지런히 내려왔습니다. 칼바위를 지나 중산리매표소에서 우리는 일단 진주로 가는 버스에 후다닥 몸을 실었습니다.

이어지는 여행 일정도 너무나 멋졌다고 할까요? 진주에서 버스를 갈아타고 통영으로 들어왔습니다. 당시 충무라고 불렸던 통영에서 맛있는 원조 충무김밥에 따뜻한 어묵 국물로 몸을 녹이고 새벽에 들어오는 배를 타기 위해 부두로 뛰어갔습니다.

겨울 바다, 남해의 깊고 푸른 물결 위에 초록의 섬들이 점점이 피었습니다. 따뜻한 햇볕이 한가득 쏟아져 안개가 걷히자 뱃바람에도 아무렇지 않게 갑판에 나설 수 있었습니다. 서해는 아니지만 그네가 좋아했던 노래 '서해에서' 가사처럼 물결은 뱃전에 부서지고 섬마을 사람들의 종종걸음마저 가까이 보였다가 멀어져갔습니다. 출렁이는 뱃머리 위에 손으로 잡으면 정말로 잡을 수 있을 것 같은 갈매기들이 끼룩끼룩대며 머리 위로 날아들었습니다.

여름 관광객은 사라지고 없는 섬마을 어귀. 삐뚤빼뚤한 돌담으로 이어진 섬 동네 그대로의 골목을 돌아 여행 동무의 고향집을 찾았습니다. 가지런한 어망(魚網) 앞에 선 아버지와 머리 수건을 풀며 달려오는 어머니가 객지에서 돌아온 귀한 자식과 볼이 빨갛게 언 서울 학생들을 반겨주었습니다.

섬 동네 굴뚝에 하나둘 연기가 오르고 우리도 밥상을 가운데 놓고 모두 둘러앉았습니다. 생굴이 플라스틱 바가지에 가득히 담겨 밥상에 오르고 생미역이 그대로 바다를 품었는데 김이 서리는 된장국에 야초(野草)보다 해초(海草)가 더 많은 상차림이었습니다. 무학 소주를 물 잔에 담아 마시는데 사이다처럼 달고 시원할 정도였습니다.

통영의 남쪽 바다에는 초록의 보석 같은 작은 섬들이 점점이 뿌려져 있습니다. 한려수도의 옥빛 바다 위, 한산도의 서남쪽에 우리가 머문 아름다운 섬, '비진도'가 있었습니다.

섬 주변에 기괴한 바위가 많고 섬 봉우리에는 진귀한 산야초가 풍부하고 바다에도 해산물이 풍성해서 '보배에 비할 만한 섬'이라는 뜻으로 비진도(比珍島)라는 이름을 얻게 되었다고 합니다.

비진도는 안섬과 바깥섬으로 나뉘는데 안섬과 바깥섬이 가느다란

모래톱 사구(砂丘)로 연결되어 있습니다. 민가는 주로 안섬에 있는데 비진도해수욕장은 안섬과 바깥섬을 연결하는 아령 손잡이 같은 위치에 있습니다. 텅 빈 겨울 해수욕장에 서보니 한쪽은 은모래사장, 다른 한쪽은 몽돌해변으로 이루어진 특이한 형태의 지형이었습니다. 서쪽도 바다이고 동쪽도 바다이니 한 자리에 서서 고개를 돌려 일출과 일몰을 한꺼번에 볼 수 있다고 합니다. 바닷물도 그냥 푸른 색이 아니고 코발트빛이었어요.

"날이 억수로 존네. 물도 거울맹키로 좋은 기 이런 날도 벨로 없다. 물도 서울 학상들을 반갑다 카는 갑제. 마 고깃배나 함 타로 가제이."

서울 학생들을 위해 동무의 아버지가 작은 고깃배를 출항시켰습니다. 잔잔한 바다라 할지라도 배는 옥빛에 푹 젖은 듯 반쯤 물속에 내려앉아 출렁거렸습니다. 물길을 잘 아는 데다 우리 맘대로 누비고 다닐 수 있으니 큰 배는 들어올 수 없는 바다 동굴 속으로 들어갔다가 나오기도 했습니다. 그곳에는 파도와 세월이 깎은 천연 조각상들이 수천 년 동안 전시되어 있었습니다.

"저가 갈매구 섬이라."

'갈매기 섬'이란 오롯한 바위섬인데 모양이 그렇다는 것이 아니고 말 그대로 갈매기가 주인인 섬이었습니다. 바위와 암석마다 갈매기의 배설물로 희번들한데 섬의 절반을 갈매기와 가마우지 떼가 뒤덮고 있었습니다. 그러다 한 마리가 날아오르면 뒤따라 한 무리가 한꺼번에 끼룩끼룩대며 날아올라 하늘가를 멋지게 돌아다녔습니다. 남해의 많은 섬들 중에 하나 뚝 떼어 내여 갈매기들에게 준 것 같지만, 날개를 가진 그 자유로운 날짐승들 외에는 접안은커녕 다가가기조차 어려운 곳이었습니다.

가만히 엔진을 끄고 그대로 물결 위에 배를 맡기자 남해의 옥빛 물이 어른거려서 손을 뻗어 그 푸르고 시린 물을 만질 수 있을 정도였습니다.

배 밑의 물은 묵처럼 물컹거렸습니다. 부력을 받은, 작은 배 위에서는 물이 찰랑인다기보다는 푸딩처럼 물컹거리는 어떤 장력의 힘을 느꼈습니다. 마치 바닷물은 고체와 액체의 중간쯤에 해당하는 듯한 착각을 일으켰어요. 멀리 보니 바다는 지나온 흔적도 나아갈 지표도 없이 그저 그렇게 망망했습니다. 물은 갈라진 상처가 없었습니다.

상실의 깊은 자괴감을 가지고 산과 바다를 넘나들었던 것은 내게 있어서 일종의 크나큰 행운이었습니다. 맑은 공기, 찬바람, 청명한 하늘과 넘실거리는 물결, 훌쩍 떠난 여행에 대한 기대와 답답한 일상의 쳇바퀴에서 벗어난 해방감에 이르기까지. 실연(失戀)과 상실감에 젖은 젊은이가 있다면 여행이 가장 좋은 치유 방법이라고 말하고 싶습니다. '실연을 이기려면 햇볕 아래 나서라'는 충고가 있어요. 햇볕은 그 자체로 치유의 물질인 세로토닌을 생성하고 자존감을 높여줍니다.

육체의 활발한 움직임으로 자칫 혼자서 날뛸 수 있는 감정의 자맥질을 붙잡아 둔 것. 어두운 방 안에서 이불을 뒤집어쓰거나 찌질하게 선술집에서 소주잔을 기울이기보다는 치유의 광합성을 찾아 산천을 떠돈 것은 그때 내가 잘한 일일 겁니다. 우리는 동물이기에 이런 동물적 광합성이 필요하겠지요. 그때 내가 혁명의 전위는 되지 못했지만 실연의 전위는 되었던 것일까요?

어떤 상황에서도 어떤 감정에서도 수연을 그리며 그녀를 생각했는데 왜 그런 일이 일어났을까? 배신감, 상실감 하여튼 묘한 기분 더러움까지 그런 악감정이 없었다고 말할 수는 없습니다. 그러나 가장 큰 감정으로는 무력감(無力感)이 찾아오더군요.

한편 내가 무언가를 자꾸 의지하고 내 처지와 조건이 그네에게 어떤 갈등과 상심을 던져주었다는 것이 더 서글프더군요. 그리고 그런 내 문제를 쉽게 해결할 수 없다는 현실도. 그 시절 답답한 현실에 짜증을 내고 찌질되고 있었던 내 모습이 돌아 보였습니다.

여행을 마칠 때쯤, 수연에 대한 내 마음이 완전히 정리되었거나 그네로부터 내가 완전히 벗어났다고 말할 수는 없어요. 그러나 반제애국전선은 정리하기가 쉬웠어요. 내게 있어서 '반애전'은 사실 수연과의 인연으로 시작된 것이지 나 스스로의 어떤 발심과 결의가 없었다는 것을 나는 뚫어지게 바라보았습니다.

그래서 한 가지 분명하게 마음의 결정을 내렸습니다. 반제애국전선을 그만두어야겠다고.

그 사건을 통해서 분명하게 내가 내 본심을 들여다보는 기회를 가지기는 했습니다만, 수연과의 관계, 실연의 상심으로 확 집어던진 것만은 아닙니다. 지도책 이중하의 스타일이나 조직의 맹동주의, 전위적 비장함과 사상적 견결성에 대한 상투성, 노선에 대한 차이 뭐 이런 것으로 미주알고주알 다투고 싶지는 않습니다. 그냥 절이 싫으면 중이 떠나야 한다는 평범한 진리를 그대로 받아들입니다.

내가 애초부터 그 사상과 노선에 완전히 동의하지 않았다는 것을 깨달았습니다. 조직운동에 대한 깨끗한 나의 발심이 없었습니다. 집단주의의 거센 바람 속에서도 '나'라는 한 개인의 생득되고 후천된 자의식은 살아 있었습니다. 운동이, 조직이, 그들이 잘못된 건 없습니다. 단지 '나'라는 따라쟁이의 종말이고 허세로 펼쳐놓은 어설픈 전위의 좌판을 스스로 걷어야 했습니다.

서울에서 멀어지면서, 성남이라는 그 비탈진 가난한 도시에서 멀어지면서 나는 그렇게 수연에게서도 멀어지고 있었겠지요. 문제는 내가 그런 보헤미안적인 여행을 만끽하면서 이중하와의 약속을 일언반구(一言半句)도 없이 어겼다는 겁니다. 아직 정보통신의 시대가 열리지 않은 그 시절, 스스로 잠적한 조직의 세포에게 어떤 비상 연락선도 작동되지 못했습니다.

현대인들은 '사랑' 그 자체를 사랑합니다. '사랑' 그 자체를 갈망합니다. 살펴보면 누군가를 사랑하는 것이 아니라 자기 자신을 더 사랑하는 것처럼 보이기도 한답니다. 자기애(自己愛)도 중요한 것이지만 사랑은 반드시 그 대상을 필요로 하는 '타인의 욕망'인데 말입니다.

자크 라캉이 말했듯 나의 욕망은 모두 타인이 나를 어떻게 대해 주고 나를 위해 어떻게 행동해주고 나와의 관계에서 어떻게 해 주는가 하는 타인에 대한 욕망이기도 하지요. 우리는 내 욕망을 채우기 위해 다른 사람의 행동과 감정, 반응을 제 맘대로 끌어오지 못해 내내 절절맨답니다. 어느새 내 마음은 사라지고 그이 또는 그네의 마음과 행동에 기대어 감정이 요동치는 파리하게 애절한 존재가 되어 버리기도 합니다.

실제로 사랑의 상실은 엄청난 박탈감을 가져다줍니다. 현실에서는 누구도 이런 사랑의 상실을 원하지 않더군요. 그러나 이야기 구조에서는 왜 상실의 아픔이 없는 사랑 이야기가 드문 걸까요?

사람들은 이상하리만치 좌절된 사랑, 금지된 사랑, 대답 없는 사랑, 사랑이 가져다주는 오해와 비극, 사랑의 상실에서 오는 아픔, 눈 먼 신뢰와 세월이 가져다준 배신의 스토리를 통해 묘한 미적 구조를 들쑤셔 놓습니다. 왜 그럴까요?

우리는 사랑의 상실을 더 리얼한 이야기라고 받아들이는 것 같습니다. 하지만 그런 슬픈 사랑이 좋아서 그런 것은 아닐 겁니다. 아마도 살면서 자신이 겪은 어떤 사랑의 이야기에서 꼭 그런 비슷한 부분이 있어 동일시(同一視)가 일어나기 때문이 아닐까요? 공감하는 것 말입니다.

결국 이질적 존재들의 깊은 상호작용이라 할 수 있는 '사랑'은 운명적으로 상실감과 좌절, 오해와 비극, 배신과 슬픔 이런 것들을 주렁주렁 달고 다닌답니다. 수연과 나의 이야기도 크게 다르지 않습니다.

이별 없는 만남이 없듯 상실 없는 사랑이 또 얼마나 있을까요? 계속해서 채워가고 만족하는 것이 사랑일 거라고 생각한다면 그건 유치하고 평면적인 망상으로 사랑을 기대하는 것일 겁니다. 누군가를 사랑한다는 것은 다른 어떤 것을 잃어버릴 개연성(蓋然性)의 확대이며 언젠가는 '사랑' 그것마저 상실하고 절절맬 그 난감함을 각오해야 한다는 것입니다.

당시 동네마다 전봇대 옆에 '벼룩신문'이라는 정보지가 뿌려지기 시작했는데 거기에 실린 생활정보인 부동산 거래와 구인구직, 광고 등이 실생활에 상당한 영향을 미쳤습니다. 그 '벼룩신문'을 통해서 가까운 미아삼거리역 부근에 인력 시장이 있다는 사실을 알게 되었습니다. 그 정보를 바탕으로 처음으로 노동 현장에 나갔습니다. 읽히지도 않는 책을 덮고 육체노동의 신성함에 잠시 의탁해보자는 심정이었습니다. 물론 돈도 좀 필요했고요.

봄이 살금살금 다가오는 새벽녘 인력 시장에는 사람들이 북적였습니다. 미아삼거리 정류장에서 봉고차를 타고 캄캄한 길을 꽤 멀리 달려갔습니다. 아침 해가 차내를 노릇노릇하게 물들이는 빛의 향연이 상쾌한 새벽길이었습니다.

별다른 기술이 없으니 '데모도' 일을 할 수밖에 없었지요. 직사각형의 길쭉한 돌덩이를 옮기는 일이었습니다. 그 무거운 시멘트 덩어리는 차도(車道)와 인도(人道)를 구분하는 '경계석'이라는 겁니다. 그 경계석을 필요한 곳에 옮겨 놓아야 인부들이 보도블록 작업을 할 수 있습니다. 경계석은 남자 4명이 나란히 어깨에 메어도 휘청거릴 만큼 무거운 시멘트 덩어리였습니다. 혼자서는 그 돌덩이 하나에도 꼼짝할 수 없었습니다. 양어깨에 파스를 붙이고 허리가 꺾이지 않게 단단히 긴장했습니다. 4인 1조에 '야리끼리'로 일을 마쳐야 하기에 힘들다고 혼자 퍼지는 독자 행동은 할 수 없고 일도 휴식도 모두 같이 움직여야 했습니다.

육체노동은 힘들었지만 밤에 잠이 잘 오고 난삽한 생각을 할 틈을 줄여줍니다. 게다가 바로바로 돈을 주는데 상당히 짭짤했습니다. 저녁에 태식에게 삼겹살을 사먹이고도 쌀을 사들고 들어갈 만큼 충분했습니다. 게다가 피곤하면 하루 이틀 쉬었다가 나가도 누구도 뭐라 하는 사람 없이 반겨주었습니다. 보도블록과 경계석, 시멘트 등 결국에는 사람이 실어 날라야 할 일거리가 산더미처럼 쌓여있었기 때문입니다. 건설과 노동이 대호황이었지요.

일터는 꽤나 먼 곳이었어요. 어두운 거리에서 봉고차를 타고 눈을 감은 채 가다 보면 붉은 해가 멀리 한강 저편에서 떠오를 때쯤 도착했던 곳입니다.

그 시절, 내 기억의 날씨는 명료한 맑음보다 애써 감추려 했던 관성과 무언가를 잊으려 했던 아픔으로 희뿌연 연무(煙霧)에 싸인 흐린 날로 남아 있습니다. 아침 안개 속에 아직 채색하지 않은 회색빛의 웅장한 아파트 숲이 올라가는 모습이 한 장의 사진처럼 기억에 남았습니다.

반제애국전선에서 비밀 MT를 갔던 능곡 '평화의 집'보다 더 먼 곳에 사람들이 살기 위해 회색빛의 아파트 숲을 만들고 있었어요. 신도시가 생길 거라고 했습니다. 사람들은 그곳을 '일산'이라고 불렀습니다.

그때 나는 수연과 만난 이후 가장 오랫동안 그네를 만나지 않았습니다.

[2권에서 계속]